光棍汉

任生月◎著

远方出版社

图书在版编目(CIP)数据

光棍汉 / 任生月著 . —— 呼和浩特：远方出版社，2018.11

ISBN 978-7-5555-1167-0

Ⅰ.①光… Ⅱ.①任… Ⅲ.①长篇小说 – 中国 – 当代 Ⅳ.① I247.5

中国版本图书馆 CIP 数据核字 (2018) 第 231563 号

光棍汉
GUANGGUN HAN

著　　者	任生月
责任编辑	云高娃　敖尔格勒玛
责任校对	云高娃　敖尔格勒玛
封面设计	李鸣真
出版发行	远方出版社
社　　址	呼和浩特市乌兰察布东路 666 号　邮编 010010
电　　话	（0471）2236473 总编室　2236460 发行部
经　　销	新华书店
印　　刷	内蒙古爱信达教育印务有限责任公司
开　　本	170mm×240mm　1/16
字　　数	320 千
印　　张	22
版　　次	2018 年 11 月第 1 版
印　　次	2019 年 11 月第 1 次印刷
标准书号	ISBN 978-7-5555-1167-0
定　　价	48.00 元

如发现印装质量问题，请与出版社联系调换

谨以此书献给

养育我的那片热土

目 录

第一章　困惑……………………………………1

第二章　娶老婆…………………………………23

第三章　有家的日子……………………………59

第四章　夜幕下的情与爱………………………74

第五章　日子的苦与辣…………………………93

第六章　悲恋……………………………………119

第七章　磨砺……………………………………139

第八章　过年……………………………………157

第九章　磕磕绊绊………………………………168

第十章　改革……………………………………195

第十一章　日子再苦也得过……………………220

第十二章　跟老婆回家…………………………229

第十三章　进城做买卖…………………………236

第十四章　计划生育……………………………251

第十五章　抉择…………………………………256

第十六章　罪恶…………………………………270

第十七章　丑恶与苦难交织……………………284

第十八章　恶果…………………………………321

后记………………………………………………343

第一章　困惑

　　火红的太阳使大地上的水分蒸腾形成一层透明攀升的热浪，随空气的流动徐徐而上，潮湿的坝梁被烤得热烘烘的。白虎旦戴着一顶破草帽，左肩搭了一件又脏又旧补丁摞补丁的蓝布衫，两腿弯曲，双手抱着膝盖，光膀子坐在坝梁上，两眼直勾勾地望着滚动在天边的热流和庄稼地出神，心又一次坠入了没有着落无边无际的深渊。一阵凉风吹来，头上的破草帽和从破绽处钻出来的头发以及参差不齐的破帽檐一起扇动起来。他抬手把草帽摁了摁，一只绿头苍蝇落在他汗津津的鼻梁上，扑棱着翅膀使劲儿吮吸着脸上的臭汗，他迅速抽搐着鼻梁，又抬起手在脸前猛扇了几下，把那只苍蝇吓跑了。他的耳边除了绿头苍蝇和蚊子的嗡嗡声，还有偶尔刮来的风吹拂着庄稼和植物，除此再没有任何声音了。四周静悄悄的，夏日午间庄稼地里的寂静使他感到害怕。收工了，庄稼人都扛着农具三五成群忙着回家吃饭、息晌，唯有他坐在那里发呆，不想回家。看着一个个远去的背影，心里刺痛得难受。

　　他厌恶那些远去的人们，厌恶昨天晚上那出扫兴透顶的事。一想起那事他就像吃了苍蝇那么难受，痉挛似的伸出干裂粗糙的手在脖子上反复搓摸了几下，并且伸长脖子使劲儿咽了几口唾沫，用舌头舔着干裂嘴唇上和血渍沾在一起的小纸块儿，烦躁地用力扇打着缠绕在身边嗡嗡作响的苍蝇和蚊子，偶尔还有几只小蜜蜂。一只可恶的蚊子毫无惧色地落在他的左臂上，使劲儿吮吸起来，他狠狠给了它一巴掌，那只可怜虫顿时断了气，鲜红的血渍留在他的右掌心，他感到鲜红鲜红的血不断从自己胸口往外滴。虎旦凝视着手掌心凄楚地想：唉！这日子过的，何时才是个头啊！他把下颚搁在两膝之间，两只干裂粗糙的手不断搓着双脚，像在抚摸自己那颗孤独苍凉的心。过了一会儿，又把破草帽从头上抓下来放在胸前使劲儿晃动着，想把昨晚的一切尽快忘掉。

昨天劳动时，"坏分子"林淑英又成了人们议论的对象。因为队长要她跟几个知青去河滩浇地，她借口身体不舒服硬是不去，为此跟队长大吵了一架。最后，队长拿她没办法，只好妥协了。队长是个四十开外，粗野暴躁的人，仗着在村里本族人多势力大，自己又是根红苗正几代贫农，乡里还有当官的亲戚，所以说话办事很气粗，也很霸道。除了老支书外，其余的大队干部他都不放在眼里，甚至连乡里的一些干部也不怕。只要他不顺心，分配下来的工作就抵住不办，整天凶神恶煞，把生产队的干部和社员喊来喝去，急了眼就骂人，根本不管你受得了受不了。队里的人都惧他三分，谁也不敢不听他的。没想到今天一个"坏分子"竟敢不听他使唤，肆无忌惮地跟他对抗，使他的威风在众人面前一扫而光。人们都幸灾乐祸偷偷耻笑他，年轻人边劳动边在嬉笑打闹中比山喻水地讥讽他，成年男女话里话外含沙射影地辱骂他。他明知人们是在嘲笑辱骂自己，也不能发火。因为人家是相互开玩笑，只好干挨了。

林淑英是从县城发配来的。"文化大革命"中，丈夫遭人诬陷，说他在单位的办公桌上写了攻击"文化大革命"的反动标语，被"造反派"抓起来批斗了一顿，然后就不了了之了。后来，丈夫因蓄意聚众闹事坐了牢，她本人被打成了"坏分子"，从县城遣送到这儿进行劳动改造。林淑英虽然是带着"坏分子"的帽子来这里进行改造，但她心里始终不服，决心一定要把丈夫的问题搞个水落石出。平时她心里老憋着一股劲儿，窝着一股恶气。与其说她是来接受贫下中农的改造，还不如说是来怄气的。再加上她看不上这里的人愚昧、无知，瞧不上队长的野蛮、粗暴，平时总说自己身体不好，不好好参加集体劳动，更不虚心接受改造。她人长得漂亮，又是国家的正式职工，虽然是个"坏分子"，但衣着打扮整洁干净，举止说话也与村妇大不相同，身上有股与众不同的韵味，村里好些男人对她垂涎三尺，他们个个像馋猫盯着她，好像盯着一块大肥肉，想打她的坏主意。她领着两个孩子还有一个十几岁的妹妹，住在小队部饲养院旁边。有人觉得她好欺负，她又是"坏分子"，所以经常半夜三更打门敲窗来骚扰。为防万一，她只好在门后立了一把铁锹，甚至出门还扛着锹以防身。尤其这位队长大人借工作之便，对她骚扰不断，一没人就贪婪、猥琐地盯着她，对她动手动脚，说一些下流肮脏话挑逗她。因她是城里妇女，有单位，又有文化，他没敢硬来，怕人家将来一旦平了反，有了出头之日，自己吃不了也得兜着走，只是试探性地骚扰。林淑英早看透了他的鬼心思，只因他没对自己下手，也没造成实质性危害，为免遭事端只好佯装糊涂，跟他不软不硬、似近非近地周旋着，让对方猜不出，摸不透，急得他像热锅上的蚂蚁，吃不上桃子还想吃，撩拨得他心里火辣辣的。

最近听说她跟男人的问题属于人民内部矛盾，马上要给平反。前几天她已把妹妹跟两个娃娃打发回城，人们明白她在这儿待不了多久了。队长大人跟那些贼心不死的男人们心里开始蠢蠢欲动，他们不愿让这块嘴边的肥肉白白溜掉，这就是队长大人为什么对她奈何不得的原因。一来他想看看跟这女人有没有相交的希望，二来说不定将来还有用得着她的地方，所以只好忍气吞声地吃了这个哑巴亏。队长那点坏心思人们早就看出来了，所以大家变着法儿挖苦和辱骂他，同时也是一种报复和发泄。

在队长身上发泄了一顿，人们就把话题转到了林淑英身上。男人们像谈论一个诱人的大仙桃一样谈论着她。

"还是人家城里的女人嘞，腰身细细的，脸蛋白白的，走起路来像水上漂，穿衣吃饭的模样也比咱这农村人好看。再加上人家长得漂亮，又会说话。咱这庄稼汉这辈子能碰碰这种女人死了也值！唉，可惜人家就要飞走了，咱没那福分啊！"

"这样的女人不碰白不碰……肥水不流外人田，有胆量的赶快抓紧啊！"

"对！就从今天晚上开始吧。谁先去？"有人既是趁机起哄，又有些心照不宣。

"我看还是牛二先来吧！"一个满身肥膘，脸上长着酒窝的女人，拍了一下正抱着锄头用小木棍刮泥的男人。

"我有老婆，还用去碰她？我看让没老婆的先去碰一碰才是正事。"他抬起头看了看四周，诡秘地朝虎旦努努嘴，向大家暗示了一下，然后把锄头往胸前拉了拉，继续刮着上面的泥。

"哎哟，牛二当然不能随便去碰人家啰，那母老虎成天跟在屁股后头盯得稀紧，他有贼心也没贼胆啊！"长着一副马脸，绰号叫马正经的人，阴阳怪气不紧不慢地歪着头，嘴的一侧叼着刚卷好的烟，烟雾从脸前弥散，一只眼睛微微轻闭，另一只眼漫不经心地斜瞟着手指，抠着指甲里黑乎乎的脏东西。

围过来休息的人跟刚才那位胖女人咯咯笑了起来，目光同时投向离牛二不远的一位年轻女人。那女人佯怒地撇了撇嘴，拿起一块土坷垃向马正经打过去，他咯咯笑着赶紧抬起一只胳膊护住了脸。"我看，凡有母老虎照看的人就不要再想着去碰人家了，好事还是留给没母老虎照看的人吧。"马正经讥讽地朝牛二笑着，睥睨了虎旦一眼。

"说得对，今晚还是虎旦先来吧，正好是干柴遇烈火，可要烧个旺嘞。"胖嫂抖动着满身肥膘，连说带笑扯大嗓门附和，生怕别人不知道。

"虎旦，你有没有胆量今晚去试一试？她现在就一个人，想干啥你们就放开胆子大胆地干吧，没人拦！"坐在地圪塄上的人边敲打着衣裳和鞋子上的土，边插着话。

"是啊，虎旦，你今晚就放开胆子试一试，看看自己的胆量到底有多大。"正在干活的人也挺起身子接上了茬。

人们故意七嘴八舌拿他开心。虽然都是些无聊透顶的玩笑话，但虎旦的心头泛起了涟漪。他和好多人一样，对林淑英不知有过多少次非分之想，可就是没敢动真格的。今天在人们不经意的玩笑中，突然产生了强烈的冲动。在那个破土屋里，晚上只剩下她一个人，真是千载难逢的好机会。想到这儿，他不由自主地高兴起来，心里顿时产生了邪念。

收工后，虎旦火急火燎地回到家，没顾得上喘口气，抱了一大撂柴急忙做起饭来，吃过晚饭连做饭的家什也没顾得上洗，把碗筷一撂，就鬼使神差匆匆忙忙往林淑英那儿走。弯弯的月亮被硬碶碶的乌云遮挡得严严实实，天气阴沉昏暗，西北方向传来隐隐的雷电声，晚风中带着一股潮湿气味。虎旦仰起头看看黑压压的天空，估计后半夜要下雨。他的家离林淑英家二里多地，路面坑坑洼洼，全是纵横交错的车辙。他心里只想着林淑英，火急火燎往前赶，两只麻绳纳的钵子鞋在硬邦邦的红泥车辙上绊来绊去，把踝骨磕碰得疼痛难忍，皮都破了。他停下来摸黑在路边抓了点儿土，撒在伤口处，然后咬着牙骂骂咧咧、跌跌撞撞往前走。

跨过饲养院前的那条渠，远远看见微弱的灯光下林淑英的门虚掩着，一个身影在窗前来回移动。他想：她一定是在扫炕，可能马上就要睡觉了，我来得正是时候！想到这儿，全身的热血像沸腾的开水翻滚起来，原本就浮躁的心突然颤抖个不停，一股热流涌在脸上，火辣辣的。他忘记了疼痛，连走带跑地直冲了过去。从虚掩的门缝中，他看见林淑英上身穿一件白色背心，下身穿一个花裤衩，正俯下身子铺被褥，他不顾一切推门闯进去。

见一个黑影猛不防从门外冲进来，林淑英吓了一大跳，惊恐地跪在炕上厉声喊："谁？"

"别喊！是我。"虎旦贪婪地盯着她袒露在外的乳房和雪白的大腿，像饿狼般迅猛朝炕上扑去，一把抓住了她柔软的乳房和大腿。林淑英被这突如其来的袭击吓得惊慌失措，本能地反抗着，企图从炕上站起来，但被虎旦死死压住了。

"你要干什么？你个畜生！赶快给老娘滚出去！"她扭动着身体猛力用手和脚朝他脸上、身上乱抓乱踢，拼命挣扎往起爬。

虎旦禽兽般拼命扯拽着她的背心和裤衩，哧啦一下，她的背心彻底被撕破了，从身上滑落下来，裤衩也被拽了下来，一个鲜活的胴体完全暴露在他面前，他的声音颤抖着，"不要喊，今天让哥哥睡睡你！"他身上的汗腥味和口腔的恶臭使她作呕。他瑟瑟伸手向她的大腿根部摸去，拼命抱住她的双臂，又一次将她压在自己的身下。他肮脏的身体重重压在了她的胸脯上，两只魔爪肆意在她的胴体乱摸……她拼命朝他的脸部、臂部抓去，突然狠狠咬住了他的胳膊。

"哎哟！哎哟！"虎旦用力甩动着被咬的胳膊，却怎么也甩不开，他迅速把身子缩了回来，林淑英趁机连滚带爬摸到锅台跟前，赶忙将菜刀紧紧攥在手里。

"你走不走？不走老娘砍死你！"她凶狠地举起菜刀，声嘶力竭大声喊叫着。在昏暗的油灯下，虽然看不清她憎恶的面孔，但是从她的声音和那把举起来的黑乎乎的菜刀以及咆哮挥动的神态，虎旦顿时心惊肉跳。

他连滚带爬下了地，颤巍巍地举起手，"好！好！好！我走，我走。"他慌慌张张提着裤子，像一条丧家犬，躬身消失在黑魆魆的夜色中。

马上背后传来噼里啪啦扔东西的声音，他的心通通直跳，害怕刀、棍打在头上，抱住脑袋深一脚浅一脚地往前跑，跑出很远才停下来，发现一只鞋没有了，什么时候丢的也不知道，裤子还在手上，他稍微舒了口气，把裤子穿好。雨淅淅沥沥地下起来，天更黑了。他踏着高低不平泥泞的小路步履艰难地往回走，回到家身上全湿透了。他摸黑脱掉衣服爬上了炕，瘫软地躺在那里，感觉自己像一条受伤的野狗。原打算在这女人临走之前占个便宜，万万没想到不但没占着便宜，还损失了一双鞋，差点儿连命也搭进去。他感到有根棍子在胸口猛烈地搅动，脑子里急速翻滚着什么，是败下阵来的沮丧与迷茫，还是没得逞的悔恨？他搞不清，反正搅得他心乱如麻，怎么也睡不着。他突然想起那只鞋落在林淑英家的炕上，当时由于太冲动没顾得上脱鞋就上了炕，两人在撕扯中鞋可能掉了，出来时只想着逃命，哪里能想到鞋！现在才为鞋的事担心起来。他担心林淑英会不会告他，因为东西留在人家那里，一告就准。这事传出去对她也不好，或许临走前她想多一事不如少一事，悄悄把事压了呢。想到这儿，他心里轻松了许多，好像林淑英真的不向外张扬了。可是，他转而又想起了另一桩事。昨天晚上饲养院不知住没住人。假如住人，看没看见自己光着屁股被人家撵出来。假如让人看见，那就丢大人啦！以后自己在村里咋活？他默默地祈祷老天爷保佑：一来林淑英不要把这事向外张扬，二来但愿昨晚饲养院没住人，谁也不知道这事。

整整一上午这件事紧紧萦绕在脑海中，让他无法摆脱。他抓起身边的一块土坷垃用力朝地里扔去，土坷垃把庄稼打得呼啦啦直响，庄稼的叶片也剧烈地抖动着，他望着那些被打中的庄稼直发呆。

虽然昨天差点儿成了人家的刀下鬼，自己当时被吓得魂飞魄散，燃烧起来的欲火顿时荡然无存，可现在他又觉得，那好似一场梦，自己也分不清是真是假。他茫然地望着天边那些飘浮不定的云彩，感到自己很像它们，于是就怔怔地凝望起来。它们一会儿像巍峨的山峰，一会儿像崎岖的小路，一会儿像茂密的树林，一会儿又像混浊的大海，转眼突然变成面目狰狞的恶鬼，龇牙咧嘴瞪着他，虎旦不由得打了个哆嗦，赶紧擦了擦额头上的汗，神经质地看了看四周，最后长长舒了一口气。

他奇怪自己咋会心血来潮干出那么龌龊的事？一个"坏分子"咋那么厉害？假如自己再不走，就成了她的刀下鬼，幸亏自己跑得快。他不禁有些后怕，长出了一口气，摸了摸被牙咬过的地方，像触电一样迅速把手缩了回来。那一块青紫青紫肿得很厉害，稍微碰一下就痛得要命。虎旦厌恶地瞅了下疼痛的地方，突然憎恨起自己来，咋连个女人也弄不了，眼看得手的好事却弄得一塌糊涂，真败兴！

他恨自己，也十分厌恶自己，更憎恶自己讨厌的胃和早晨那顿饭。可恶的胃知道自己心里难受，还故意跟他作对，欺负他。早上那顿饭好像白吃了，不到半前晌，他就饿得饥肠辘辘，胃翻腾得好难受。整个上午，他一边干活一边拔地里的东西吃，无论是种的还是野生的吃了好多。那些蔓菁、萝卜、野菜吃得他胃里直泛酸水。它们毕竟是蔬菜，只能缓解一时的饥饿，并不能当饭吃啊！他痛苦地呻吟着。说来奇怪，最近不知道为什么早早就饿了。照这样中午再不吃饭一直挨到晚上才吃，哪能受得了啊！他气愤地嘟囔着，不断用手抠着脚上的泥，两眼死死盯着远处屋顶上的缕缕浓烟犹豫不决，左肩膀上搭的那件又脏又旧补丁摞补丁的蓝布衫把紫外线晒起皮的又被指甲深深抓破一大块儿的黝黑的手臂和肩膀遮了起来。为节省中午一顿饭，肚子受不了，如果再加上一顿饭，马上就得断顿，这可怎么办？"今年，队里是不可能再给补粮了。唉！要吃的没有，想要女人也没有。真他妈的！我这是过的什么驴日子啊？"他自言自语地说着，从破衣衫里掏出一小块纸，卷了点旱烟，叼在嘴的一侧猛吸了两口，挺着身子站起来，顿觉眼前一阵发黑，两眼直冒金星，整个身体向一边倾斜，差点儿跌倒，破布衫滑落在地面扬起一片尘土，他闭上眼定了定神，然后捡起布衫，光脚丫趔趔趄趄地朝村里走去。

　　他拖着疲惫的身子回到家，一头栽到炕上，再也不想起来了。"唉，家里如果再有个人该多好啊！"他盯着房梁自言自语地说。可是冷冷清清的院子里除了自己连个鬼影儿都找不到，就是得了急病死在这儿也没人知道。有老婆孩子的人遇到感冒发烧、头疼脑热躺在炕上有人照顾，自己不管得了什么病都没人照应，甚至连个看望的人都没有，只能孤苦伶仃地躺在这儿受煎熬。幸好身体好，平时很少得病，这大概是老天爷的关照吧。他心里思忖着，躺了一会儿挣扎着爬起来往锅里舀了两瓢水，耷拉着头歪歪斜斜地坐在灶台前往炉膛添了些柴，呆呆地望着炉膛里熊熊燃烧的火苗，不由得想起了昨晚的事来……

　　过了一会儿还没等水开，他盛了半碗米倒进热水锅里。按理，这顿饭只能等到晚上吃，可是他实在坚持不住啦！饥饿难忍，唾液一个劲儿从胃里往外翻，整个胃像要蹦出来，难受得直想呕吐。他感觉自己的肚子是个无底洞，半碗米根本填不饱，犹豫了半天，恨恨骂道："他妈的！真是狼刨了肚渣子了，干脆今天吃死算啦！老子也不想活了。"

他边气愤地骂着,边像跟谁赌气似的又狠狠盛了些麸子面倒进锅里,举起一个生锈的大铁勺用劲儿搅和起来,搅了一阵又气哼哼地往炉膛里添柴火,柴添得太多火苗熄灭了,浓烟从炉膛冒出来,熏得他喘不上气来,咳嗽着跑出屋外。在门口他正好撞在扁担上,气得满脸发青,牙齿咬得嘎嘣嘣直响,弯腰抓起扁担拼命朝门前那棵老榆树打去,扁担一打两截,扁担钩甩出老远,蹦了几下重重落在地面上发出一阵沉闷声。他把手里拿的那一截狠狠甩在地上,又用脚猛力跺了几下,这时,被牙咬过的胳膊阵阵作痛,他龇牙咧嘴轻轻吹了吹疼痛的地方,丧气地回了屋。锅里的米面粥已经散发出煳味儿,他赶紧跑过去拿起铁勺在锅里搅了搅,还在上面撒了点盐,然后舀了点放进嘴里尝了尝,举起大铁勺把它们全盛进一个烂沿的搪瓷盆里,又拿出几瓣儿蒜扔进饭盆,蹲在炕沿上不顾一切地吃起来,嘴里急速地发出狼吞虎咽和咀嚼蒜的声音,好像几辈子没吃东西,不大一会儿一盆饭一扫而光。这就是他的一顿饭,村里人笑他吃的是猪泔狗食。

一顿饭过后,虎旦浑身上下舒服了许多,痉挛的胃也不那么难受了,想睡觉,上下眼皮直往一块儿粘,于是他连鞋也没顾得上脱,赶紧爬上炕,四肢朝天伸开成"大"字,很快就睡着了。

这是一个风光旖旎的地方,到处是绿油油的庄稼,庄稼地里的玉米长得一人多高,金灿灿的玉米散发着诱人的清香,成片的豆类植物也长得非常喜人,每株豆苗上都挂满了颗粒饱满的豆荚。地与地之间用一行行树隔开,树的两旁是一个个小水渠,渠里的水潺潺而去,在太阳光的反射下,好似条条银色的飘带。田间里各种彩蝶飞来飞去,小蜜蜂也扑棱着翅膀到处采蜂蜜。远处茂密树林中的村庄隐隐可见,缕缕青烟穿过村庄,穿过树梢,飘向白云聚集的地方……看着眼前的美景和这些丰硕的果实,他心里不知有多舒畅。虎旦双手捧起一个玉米正想把它拧下来,忽然,从远处传来清脆悦耳的歌声,歌声非常好听,就像一股清泉从他心底流过,那么清爽、动人。他兴奋地抬头望去,见一个姑娘沿着渠边的小道从村那边走来,不!好像是飞过来的,转眼就到了他跟前。只见姑娘提着满满一篮煮熟的玉米和豆荚，豆荚下还有一大盘喷香的饭菜，那些饭菜究竟是什么他不知道，但是散发出来的香味太诱人了。她笑盈盈地把这些东西推进他怀里，甜美而温和地盯着他，微微点了点头，示意他趁热吃下去。虎旦惊喜地接过篮子，正准备吃，忽然篮子不见了，姑娘也不见了，他急忙扯开嗓子大喊，可是没人应答，正要去找，一转身撞在一棵大树上摔了个大跟头，他的全身猛烈地抽搐了一下，从梦中惊醒了。

原来自己又在做梦，类似的梦经常做，醒来后才知道是南柯一梦，空欢喜一场。刚才那美人和一大篮吃的，如泡影一样消失得无影无踪。他感到非常沮丧，闭着眼不想起来，还想让那个梦继续做下去。

可是，躺了一会儿只听到屋里苍蝇嗡嗡乱叫，睡意荡然无存，他只好从炕上爬起来。扫视屋里，他心里不禁打了一个寒战，简陋寒酸的屋子里只有自己，锅台上用过的锅碗瓢盆上爬满了苍蝇；炕的一角堆放着一卷行李，地下搁着两只破木头箱，箱子上堆放着乱七八糟的东西；旁边有三个缸，用来盛水和放粮食的，水缸敞着，半缸水上漂着一个用丝瓜做成的水瓢，水瓢在缸里轻轻摆动着好像在荡秋千，两个放粮的缸用高粱秆做成的盖儿盖着，除了自己谁也猜不透它里面还装着多少东西。

看着那些可恶的苍蝇，他拿起炕上的一把破笤帚狠狠朝锅台扔去。"这些龟孙子也跟老子抢食！也敢欺负我！"他高声骂道。笤帚落在锅盖上把那个烂沿的饭盆一打两瓣儿，一根筷子蹦起来掉在地上，苍蝇都惊吓得飞走了。他愤愤地跳下地，拿起打破的盆子朝院里扔去，好像跟谁生气，脖子上的青筋暴突，鳄鱼眼瞪得老大，胸部一起一伏喘着粗气。

中午很快过去了，下午的劳动又要开始。他戴上破草帽，披上烂布衫，无精打采极不情愿地朝干活的地方走去。这条通向庄稼地的路，已经走了几十年，从来没有引起他的注意，可是今天不知咋的，他边走边细细地打量起周围的景色来，突然被车辙碾得坚硬不平的土圪塄绊了一下，差点儿摔倒，他气愤地抬起脚狠狠踢了几下，然后又愤愤往前走。很快，梦里的情景使他不由得与眼前的景色联系了起来。眼前的景色和梦中相比差得太远啦！他边走边感慨地想，地里的庄稼跟人家的比简直是天上地下。人家那玉米长得一人多高，玉米棒子足有二尺长，玉米粒也有拇指盖大。他伸出长满茧子的粗糙大手，来回瞅着足有二分硬币大的拇指盖，想验证一下自己的判断是否准确。随即他肯定了自己的判断，好像一块浮躁的石头从心底沉了下来，感到莫大的踏实与满足。他背着手急速往前走，使劲儿追寻着梦里的情景，突然又抬起两手反复比画了几下，想确认一下梦里那玉米棒究竟有多长。他无法阻止自己的思绪不回到梦里，那个梦实在太吸引人了。它像魔鬼吸引着他，让他不能自拔，很快又把他带到梦中的豆荚上去。"那些豆荚也足有半尺多长嘞，颗粒比我的前门牙还大呢。"他自言自语着，无意识地用指头戳了戳大门牙，嘴里带进不少沙土，还有咸咸恶心的怪味。"呸！妈的。"他赶紧低头啐了起来，使劲儿把嘴里的东西都唾出去。"假如我们的庄稼能像梦里那样该多好，我肯定不会再饿肚子了。"他心里嘀咕着，随即又自言自语地感慨道，"唉！最动心的还是梦中的姑娘啊！"他把烂布衫扬了扬，脸上突然泛起一抹兴奋的红晕。以前自己也做过不少关于女人的梦，但是梦见女人给自己送饭还是头一回！当自己从姑娘手里接过饭篮的刹那，心里突然萌生出的冲动，跟昨晚在林淑英那儿产生的冲动一模一样，让他浑身发抖喘不上气来，难以控制的兴奋简直无法形容。他双目紧蹙，细细回味着梦中的情景，像揣在心窝子里的热馒头，暖乎乎的，尽管在梦里，也能深切地感受到。"有老婆多好呀！"他不由自主激动地自言自语，"怪不得傻继成一看见老婆女子就抱住不放，整天闹着要老婆。看来还是自己有老婆的好，惦记人家的女人简直是痴心妄想！唉！"他感到昨晚的事给了自己当头一棒，对他的打击太大了。"与其睡人家老婆，还不如自己找一个！"他的心隐隐作痛，并通通直跳，好像快要蹦出来了，突然产生了想娶老婆的强烈愿望。"不管好赖，自己找一个吧，有了老婆省得受昨天晚上的气！"他烦躁地自言自语道，好像受到了极大侮辱，不由自主一溜小跑地往前赶。昨晚上那么狼狈透顶的画面再一次浮现在他眼前，把他折磨得心痒难挨。他停下脚步闭上眼睛使劲儿摇着脑袋，想把它忘掉。可是，它好像一块巨大的胶死死粘在了心窝上，咋甩也甩不掉。他低着头痛苦地用双手拍打着胸口，大步流星地朝前小跑起来，脚下发出嗒嗒的响声。

多少年来，看到别人娶妻生子他十分羡慕，但是从不敢跟自己联系起来，可今天他有了想找老婆的急切愿望，自己也觉得奇怪。反正心里燥热得非常厉害，全身热血剧烈沸腾，兴奋得难以自拔。他踩着车辙留下的干硬不平的路，深一脚浅一脚地迈开大步急速往田间走，好像那里就有他要娶的人似的。他一边走一边想：我要赶快娶老婆，再也不能过光棍汉的日子了。傻继成还懂得要老婆呢，我好端端的一个人咋不能？村里像我这年龄的，人家都有老婆了。虽然王强娶的老婆有点傻，但还给他生了个儿子，总算有后了。东头的成则娶的老婆虽然不会过日子，但他还有个家，起码有个跟他说话，给他洗衣、做饭、暖被窝、收拾家的人，更重要的是身边天天有女人陪着。

这些年自己想女人想得晚上常常睡不着，半夜起来听别人的门。村里有老婆的人家他几乎都听过。为听门，他曾闹出不少笑话：让主家撵得蛇跑兔蹿，碰在墙上、树上、扁担或箩筐上，要么就掉进山药窖、猪圈或场面壕；衣裳撕得稀巴烂，鞋也跑丢了；身上碰到的到处是伤，青一块紫一块的，就像刚从火线上下来的残兵。最要命的是，在他爬在人家窗台上，全神贯注地偷听屋里的动静时，主家早就端着一盆凉水站在他身后，猛然向他浇来，浇得他像个落汤鸡满院乱窜，等跑回家衣裳已冻成了冰棒。为了听人家的门，付出的代价可不小，也成了村里人的笑料。光棍汉夜里听门在这儿也是一道风景，大家都见怪不怪，只是一到虎旦这儿，就另当别论了。只要说起什么可笑的事，大家总爱捎带一段虎旦听门的故事，好像成了典故，并且还演绎成连续剧传来传去，越传内容越多，越传越可笑。

"真他妈的，不是些东西！"听说人们拿他开心，他总要愤愤骂一句，随后又自嘲地咧嘴笑一笑。

最有意思的还是尾随老婆、女子们去河里洗澡偷看她们。哎呀！那才叫过瘾呢！他眯起两眼细细回味着。天气一暖和，村里的女人们都要去河滩洗澡。她们经常趁大晌午三五成群鬼鬼祟祟相跟着去河滩。到了那儿，看周围没人就赶紧钻进柳林，脱掉衣裳，扑通扑通跳进河里洗个痛快。看着她们在水里走来游去，虎旦兴奋得难以控制，他紧握双拳匍匐在地面上，燥热的身子止不住瑟瑟发抖，诧异而贪婪地盯着，两只大眼睛简直快要跳出来了，恨不得立即冲上去把她们搂进怀里。可是有贼心没贼胆，吓死他也不敢，唉！只能过过眼瘾罢了……幸好偷看女人洗澡谁也不知道，要不然定会被当流氓抓起来。为了保险，他只看过那么几回，以后再也不敢看了。

唉！即使老婆不好，也比他孤零零一个人强。"自己这是过的什么狗日子呀！"他望着远处正在吃草的几匹马和几头驴，自言自语着，"所以我要赶快找老婆，越快越好，再也不能等了！"眼睛上被蚊子叮起的大包影响了视线，他用手揉了揉，又扯起破布衫擦着脸上、身上的汗，用破草帽在脸前不断扇动着。但是怎么找？上那儿找？他双眉紧锁望着远处，犯了愁。一想到自己穷得叮当响，还是个大肚汉，就泄了气，热血沸腾的激情瞬间冷了下来，心里也没了底，沮丧、灰心丧气的恶症又向他袭来，他迷茫地看着左右，两只脚不听使唤地在车辙上碰来碰去，差点儿摔倒。

整个下午他的心情很不好，一句话也不想说，全身没劲儿四肢发软，像得了大病。他只顾低着头拼命地干活，人们在田间地头说了些什么、干了些什么，他一点也没注意，好像成了另一个世界的人，与这个世界完全隔绝了。中途休息下来，有人招呼他喝水，他也没在意，像一个木偶走到水桶旁舀起一碗就往肚里灌。其实这是生产队为避暑给社员们熬的绿豆汤，可虎旦根本没喝出来。

每当痛苦时，他就会出现这种状况。多年缺乏爱的生活，使他变得内向、孤僻、性格怪异，高兴时手舞足蹈激动不已无法控制，不高兴时情绪一落千丈，无精打采垂头丧气，暴躁，缺乏自信，怀疑一切，不相信周围的人。此时就连三岁的小孩他都要敬畏几分，认为这世界上任何一个人都比他强大，都值得他羡慕或惧怕。嘴上干裂的口子一着水猛烈刺痛起来，他不由自主地用手按了几下，皱眉看了看水桶，才意识到刚才自己喝的是绿豆汤。

虽然虎旦个头很高，但老是挺不起胸来，走路总弯着腰，低着头，两条长长的胳膊耷拉在两侧甩来摆去，就像断了臂的木偶那样。敦厚干裂的嘴唇，一年四季都裂着大小不等的口子，一到刮风下雨或受冷遇寒就疼得钻心，所以他的嘴上经常贴着一小块纸。黝黑浓密的眉毛就像两条没有形状的虫子，下面安着两个"猪花眼"。十几年前，这双眼睛曾闪烁过青春的光芒，但随着岁月的侵蚀，慢慢失去了光泽和活力，变成眼大而无神的鳄鱼眼。最叫人猜不透的是，究竟因为饿还是缺女人，他整天无精打采，就连说话办事也没有一点生气，腰来腿不来，全身像要散架。有人说他是因为没女人打不起精神来，也有人说他是饿得没了精神头。好端端的大后生，如今变成大老汉。三十五六岁的人，看上去足有四十五六岁。平时他不多说话，别人说话他就转动着那双鳄鱼般的人眼睛，恍惚急速甚至又畏怯惶恐地窥视着，好像听不懂人家的话，又好像对人家的话特别好奇，想把话里的每一个字都记下来似的。在人们的谈话中，他的心理也发生着极其复杂的变化，有时是无言地感叹，额上的皱纹凝聚成一道道深深的沟壑，两眉紧锁，双唇噘起，脸上的肌肉紧绷绷的，严肃地盯着某个地方发呆；有时会流露出讥讽嘲弄的神色，撇着脑袋，睥睨着周围的人，从鼻孔里发出不屑的声音；有时还突然自顾自地痴痴傻笑起来，脸上的肌肉也跟着不停地颤动，把人们搞得莫名其妙，大家惊疑地看着他，再相互瞅瞅，然后就心照不宣哈哈大笑起来。

"虎旦！你小子得了甚暗乐啦？"

"是不是跟哪家的小媳妇、大姑娘好上了？"

"要么就是挖谁家的祖坟，挖出金元宝来啦？"

对人们的讽刺挖苦他早习以为常，好像没听见一样，只是满不在乎地哼哼冷笑。可是有时候他会突然冒出一句话，像放了一个闷炮，把人噎得目瞪口呆，半天说不上话来。

由于鳏居多年，他养成了懒散的习惯，什么事都爱依赖人，依赖生产队，做什么都得过且过，过一天算一天，从没任何打算。人们说他不是过日子而是耗日子，一人吃饱全家不饿，耗了一天算一天，所以给他取了个绰号叫活死人。纵然他有满身不是，也特别憎恶这个绰号，谁要当面这么叫，他就跟谁翻脸。曾经为这个绰号，他还跟村里一个外号叫二侃头的人打得你死我活，差点没遭下人命。因此当着面很少有人再敢叫他的外号，只在背地叫叫而已。但是，说来也怪，说他懒，有时候干起活儿来倒像一头牛，力大无比，一干就是半天，一会儿也不歇，倔脾气上来，割地、锄地、担土、打坝一个顶俩，所以，队里一些重体力活儿，样样短不了他。

虎旦着实是个可怜人，父母早已双亡，只有一个姐姐还远嫁他乡，村里再没什么至亲，只有他一个人孤苦伶仃地过日子。这还不算什么，最大的问题是肚大能吃，一顿饭二斤面的馒头、两大碗猪肉烩菜，一扫而光，手掌大的油糕片子十几个，外带两大碗猪肉粉汤，风卷残云进了肚不在话下，是全乡出了名的大肚汉。所以，一年四季他总是吃不饱饿着肚子。

过去由于科技落后，大部分农村靠天吃饭，好多地方的粮食不够吃。生产队里分粮，一般成年人全年口粮二百八十斤粗粮。对虎旦来说，这点粮食根本不够，所以队里供给他三百六十五斤，算是对他的特殊照顾。尽管这样，他还是不够。由于穷，他养不起猪、鸡等，一年吃不到多少肉，肚子里没油水，一顿吃一天的口粮还不够，肚子总是空空的，经常饿得心痒难挨，捶胸顿足。

当时，农村搞的是集体化，全部土地都归集体。农民劳动实行工分制，劳动所得由生产队统筹安排。吃的口粮、蔬菜、油和肉等，均统一分发。由于土地容量有限，当务之急需解决吃饭问题，所以大部分土地都用来种植粮食，蔬菜、果类的种植比例较少。冬储的蔬菜只有土豆、白菜和少许蔓菁、萝卜、大葱，不仅种类单调，而且数量也有限。好年景了，不管好赖每人还能分百十来斤大白菜、百十来斤土豆，外带一些蔓菁、萝卜、大葱等。假如天年不好，这些东西就大打折扣。

在夹缝中生存的人们，无时无刻不在挖空心思想尽办法求得生存，求得日子能过得宽松一点。每到秋收季节，村里的男女老少都会急切地跑到地里寻求收获，寻求最后的希望。他们拿着口袋、锄头、铁锹、镰刀和大大小小的箩筐，像一支不正规的队伍，遍布在秋田的每个角落，在田间地头大搜寻。队里装庄稼的大车在前面走，老人、娃娃、老婆、女子就在后面跟一大片。装车的汉子用铁叉把庄稼捆刚往起一挑，这些人就呼啦一下涌上去，争抢着捡落下的粒穗，哪怕是一粒一穗都不肯放过。无论是带穗的，还是豆类、油料、土豆、萝卜无一能落下。只要人畜能吃的，他们统统捡回家。经生产队刨过的土豆地，一遍又一遍地被人们用铁锹、锄头、耙子刨来刨去。像捡金子一样，都要捡回家。不光捡家门口的，他们还结伙跑到别处去捡，好多人去几十里甚至上百里的地方拾荒，一走就是半月二十天。除此之外，大家还尽量四处搞些白菜、萝卜，设法弥补不足。尽管如此，人们对粮食与蔬菜的需求还是远远不够。每年一到春季蔬菜就被吃光了，粮食也所剩无几。好人家精心安排，把剩余的粮粗细搭配，吃饭还有烂腌菜将就。有的人家，这个季节粮食少不说，蔬菜也吃得精光，每顿饭便牙倒蒜，以蒜代菜。等天气暖和了，野菜长出来，勤快人家挖野菜就饭吃。懒命鬼们懒得挖野菜，依然牙倒蒜，蒜吃完了就干脆"甜吃"。虎旦是典型的懒命鬼，硬饿肚子也懒得挖点野菜，自然也是个"甜吃"的主。每顿饭除了没油水还缺蔬菜，单靠队里分的那点儿粮度日，对他这个大肚汉来说，日子苦得真是可想而知了。由于粮食严重短缺，夏天苦又重，他只好硬着头皮一天做两顿饭。到了冬天他再也不敢做两顿饭了，一天只做一顿饭，勒紧裤带过日子。

寒冷的冬天，虎旦的日子更雪上加霜，由于破旧的房子多年失修，一遇寒流就像一个破筛子到处穿风。他家的门窗除了中间有两块小玻璃外，其余都是糊纸的小格子。格子上糊的纸经过一个夏天雨水的冲刷都破了，他懒得重新糊裱，哪个窟窿大了才糊点纸，小窟窿、小缝就懒得糊了。再加上家里没人气，饭做得少又懒得生火，家里一天烧不了几次火，所以一到冬天，后墙就结冰，家冷得像个冰窖，哈出的气都是白的。

有时男人们想瞒老婆或家人做点儿暧昧之事——喝酒、耍赌、烫片片或谈论跟女人的事、与情人偷偷约会，虎旦这光棍窝就是最好的据点。但是谁上他那儿，总得带上一大筐粪或柴，一进门就烧火，否则冻得没法儿待。夏天，干一天活儿累得够呛，晚上回家他倒头就睡，睁眼天就亮，不知不觉把日子混过去了。可冬天农活忙完没事干，夜又长了起来，睡在炕头上又饿又冻，黑了等不到明，实在难熬！所以，平时没人来，他无论如何也不在家里待着，整天满村串着蹭吃蹭喝混日子。

冬天，全村每天数他起得早，大清早天没亮就爬起来，先抱点柴往炉子里一塞，蹲在灶膛边，边烤火，边抽烟。等把冻得发僵的身子烤暖和了，太阳还没露头，他就开始满村乱转。瞭见谁家烟筒上冒烟，他就往那儿赶。不管人家愿不愿意，进了门他就杵在地圪崂，瞪着两个大眼珠子骨碌碌满屋乱看。在这家待一会儿，转身又去另一家，一早上能把整个村子全串遍。遇上男人们抽烟，不管人家愿不愿意，他硬凑过去趸摸着抽两口。人家吃饭时，做的饭宽裕了给他盛一碗；假如做的饭不宽裕，主家在炕上吃，他在地下蹲着看，实在不好意思他就躲出去。有时，他推开门看见人家吃饭就退出来。有时，人家的男人、娃娃们还没起炕，只是老婆女子们先起来生火暖家，他就闯进去，弄得人家十分尴尬。如果主家心情好，心里不满也只是睁一只眼闭一只眼过去。假如人家心情不好，奚落、臭骂他一顿不说，还会毫不客气地将他撵出门外。村里多数人都是看他长大的老邻居，时间一久，对他那点儿臭德行早已司空见惯，所以就算尿盆还在家里没倒出去，他闯进门来也不在意。只是一些年轻人和少数人讨厌他的做法，为防备他大清早闯进来，事先用铁锹把门顶上。他推不开便尴尬地叫一声，抄着手赶紧走开。也有人见他来，就使唤他倒尿盆、端猪食、铡草、刨灰、倒垃圾……反正大清早起来所有杂七杂八的事都使唤他干，好像故意惩罚他无礼闯入似的。对这些，他根本不当一回事，高兴了就指哪儿做哪儿，边做边不干不净地开一些下流玩笑，不高兴了骂骂咧咧甩门就走。其实他也很乐意被人使唤，因为只要干上一点活儿，就能混上吃一顿饭。

由于粮食有限，平时人们也不能总给他吃的，只有队里开会或搞生产大会战，他才能敞开肚皮饱饱吃一顿。在杀猪宰羊时分或逢年过节，村里人都会招呼他去家里改善一下。人们也爱在杀猪宰羊时叫他帮忙，借此可以让他饱饱吃一顿，也没人笑话，临走还送他几斤肉或头、蹄、下水之类的，也算是对他的接济。这个季节对他来说，是再好不过的一个季节了。一到这时，他就能隔三岔五地解解馋，吃几顿饱饭，一会儿帮人家抬牲口，一会儿帮人家煺蹄头、洗肠肚，为蹭一顿饱饭吃，忙得不亦乐乎。

村里人说他是饿死鬼转世，一辈子就是这个命，永远吃不够。好多人为他担忧，害怕他这辈子真的吃不上饱饭。看他那样，知青们也很同情，经常送吃的给他。如果这些人有事需要跑腿帮忙或分下的农活干不完，求他时有求必应，所以在知青点他也成了常客。有时实在不想做饭了，他就到知青那儿蹭一顿。但这毕竟次数有限，大多数还得靠自己的口粮度日。正如庄户人山曲儿中唱的那样："地圪洞茅庵破门扇，光棍汉穷死没人看。破茅庵庵穿堂风，好活难活个儿知情啊！"

嫁在他乡的姐姐已年近四十，家里好几口人，日子也不富裕，即使这样还经常抽空来照应、接济他。每到入冬，姐姐就把做好的衣服和一些吃的东西带来，在他那儿住上几天，把家从里到外打扫、收拾一遍，再把他穿过的破旧衣物带回去废物利用，做里子布或打成衬子做鞋用。姐姐来时常带着孩子，只要母子们一到，冷清的小屋顿时生机盎然，让他又感受到了家庭的温暖。孩子们屋里屋外地玩耍嬉戏，会唤起他对小时候的许多美好的回忆，冷却凝固的心，重新焕发出对幸福生活的向往。看见姐姐忙里忙外地收拾，他就像看到了母亲一样。虽然对母亲的记忆有些模糊了，但一看到姐姐，他对母亲已淡忘了的记忆一下又清晰起来。姐姐长得很像父亲，一点儿也不像母亲，但她的言行和举止与母亲如此相像。有一次，他蹲在窗台下看姐姐忙里忙外地操持家事，忽然产生了一种错觉，觉得母亲回来了，她老人家从东屋进去又从凉房里出来，一边喂鸡，一边收拾乱七八糟堆放在院里的农具。他惊呆了！猛地从地上站起来，躬着身，脖子伸得老长，瞪着两眼，张开嘴半天说不出话来。他死死盯着眼前，几秒钟后发现原来那是姐姐。他又用手狠狠把眼珠子揉了揉，再定睛看，依然是姐姐。但他一直狐疑母亲是否真的回来过，母亲的灵魂是否就在自己身边始终没有离开？不然自己咋看见她了呢？他把这事赶快告诉了姐姐，姐姐也认为他的想法是对的，可能母亲放心不下他一人，所以没有走，或者常回来看看。听姐姐这么一说，他伤心地蹲在院子里抱头放声大哭。姐姐见他这样，也伤心地哭起来。

"虎旦，你的命咋这么苦啊！难道这辈子注定要打光棍了……妈妈呀！你老帮帮你儿吧，不要叫他打光棍啦！"姐姐也坐在地上捶胸顿足，边哭边声嘶力竭地央求着死去的母亲……

姐弟俩嚎了好一阵才慢慢止住了哭声，姐姐撩起衣襟擦着眼泪，哀怜地看看虎旦，无可奈何地摇了摇头进了家门。

姐姐的到来是他最开心、最高兴的事。近两年娃娃们大了都有自己的事做，没时间再来了，只有姐姐还经常来。农闲时虎旦也去姐姐家串门，一去就是一两个月。只有到了姐姐家，他才能敞开肚子吃几天饱饭，但是住久了也不敢敞开吃，只吃个半饱。姐姐看他可怜，当家人不在时就偷偷给他做点吃的。自从父母去世后，姐弟俩相依为命，虎旦把所有的精神寄托都放在了姐姐身上。虽然她仅年长他四五岁，但在他眼中姐姐很像母亲。

一想到自己过的日子心里就发堵，可是又能怎样？他烦躁地跺跺脚，唉！只好听天由命吧！平时，他常这么安慰自己，时间久了干脆什么也不想了，只是抱着有今儿没明儿的心理,一天一天地熬日子。

在姐姐出嫁后的那几年,村里有人也为他张罗过对象,姑娘们都嫌他太穷,没依靠,所以没谈成。后来又有人给他介绍了一个聋哑人,可是对方听说他能吃也没敢找。从那以后,再没人给他介绍对象了。这么多年人们对他的独身生活早习以为常,谁也不会再去关心他的事。今天突然冒出要娶妻的念头,连自己都不明白是咋回事,假如把这个想法说出来,大家一定会笑话他脑子出了问题。

他感到找老婆比登天还难,最后决定放弃,再不想这事儿了。每当遇上难事他就想逃避,从没有战胜困难的勇气。对于他这个几代贫农的儿子,没有政治上的挫折,也没有任何生理缺陷,假如他人穷志不穷,是个聪明勤劳成器的好后生的话,也不会把日子过成这样,更不会到如今还是个光棍。只是由于他懒惰,缺乏精明的头脑,再加肚大能吃,才造成现在这种局面。

娶不娶老婆的事把他整整折磨了一个下午,痛苦、沮丧搅得他心力交瘁,难以自拔。晚饭后家里没点灯,虎旦一个人光脚丫盘腿坐在院子里,四周黑茫茫一片,偶尔传来一阵狗叫声和驴叫声,还有母亲喊自己的儿女回家的声音,或者是谁家喂猪、喂牲口的吆喝声。这些声音好像放电影那样,一幕一幕地在他眼前展现着,是谁在吆喝牲口、谁叫娃娃回家他都知道得一清二楚。这些声音太熟悉了,就连他们吆喝牲口和喊人时脸上的表情、动作他都能想象出来。以往,他晚饭过后没事干了,就爱竖起两只耳朵听村子里发出来的各种声音。虽然这些声音是断断续续发出的,在他的脑子里就像连续剧一样能把它们连续起来。他胡思乱想,一会儿想谁家因摸黑喂猪不小心掉进猪粪坑,拱了一身猪粪臭烘烘的,连饭也吃不成,只顾收拾那满身是粪的衣裳;一会儿又想哪家喂牲口让牲口踢了,还被铡草刀铡了手;哪家娃娃不听话,挨了娘老子一顿打……遐想过后他便暗自发笑,耻笑那些有家口的人就像一头愚蠢的驴,整天为乱七八糟的屁事操心受罪。这时,他庆幸自己光棍一条,一人吃饱全家不饿,不用操那些闲心,更免了不少罪受。可是今天他再也没有心思为自己是光棍庆幸了,反而怜悯起自己来。饿肚子、缺老婆，心里空落落的，孤独难忍，娶妻的事再次袭扰着他。他用指头搓着胸脯上大片大片的泥卷儿，抬头看着天上的星星，仔细想想，这么多年，由于肠胃和性带给他的双重饥饿，经常折磨得他半夜起来睡不着觉，直挖炕皮。"自己过的是什么日子啊！简直连猪狗都不如！"他凄楚而愤恨地自言自语道，用手搓了搓下巴，双手抱腿，仰面朝天看着满天星星，扯着公鸡嗓子颤声唱起来：

正月十五庙门开，

牛头马面两边排，

你看人家有老婆的多痛快，

光棍无妻心里真难挨，

泪蛋蛋抛下来！

二月里来龙抬头，

你看人家抖不抖，

吃吃喝喝人伺候，

到了黑夜有人摆枕头，

没老婆的真犯愁！

三月里来是清明，

光棍起身去上坟，

提上篮篮拿上供，

到了坟头烧了一把烂纸经，

哧溜哧溜哭几声。

四月里来四月八，

奶奶庙上把香插，

人家双双求儿女，

光棍无妻求呀求什么？

一个人没法活。

　　五月里来五月五，

　　人里头数不过光棍苦，

　　衣裳烂了没人补，

　　穿得烂裤羞也挡不住，

　　露出两个腿肚肚。

　　唱得好不酸楚、凄凉，唱着唱着，一串串掉了线的泪珠从他满是皱褶的眼角不断流了下来。

　　唱完《光棍哭妻》，他的心情比下午平静了好多，慢慢开始理智起来：痛苦有啥用，应该仔细地想一想这件事究竟该怎么办？他用长满老茧的手搓了搓脸，开始琢磨：村里谁肯为我张罗这事？把村里的能人像过电影似的，在脑海里过了一遍，总觉得哪个也不合适，最后想到了老支书。老支书是抗美援朝下来的村干部，为人厚道办事踏实，思想觉悟高，问题看得远，在村里很有威望，在全乡甚至周边地区名气也不小，求他帮忙一定没错，明天找老支书去！主意拿定，他打算明儿一早就到大队部找老支书。

第二章　娶老婆

　　由于心里有事，虎旦一晚上没睡好，盼着天亮，夜里醒来好几回。好不容易等到天刚发亮，他就迫不及待地起了炕，披了件衣服来到院里。半个月亮挂在西边，四周朦胧，墙外的景物依稀可见。他在院子里来回踱着步，听着村里的鸡鸣声、狗叫声，心里忐忑不安，恨不得天快亮。黎明的晨风吹得人凉飕飕的，在平时若穿这么点儿衣服出来一定感觉很冷，可是今天他心急如焚，一点都没感觉到。好不容易盼到东方露白，他顾不得吃饭就急匆匆地直奔大队部。到了大队部发现门紧锁着，住在队部的饲养员还没起床，他叫醒了饲养员，饲养员告诉他支书昨晚没住在队部。于是，他又急匆匆赶往支书家。支书家离队部约二里路，为赶在支书上工前，他几乎是连走带跑到了支书家，到了那儿大汗淋漓浑身湿透了。

　　支书看他那样吓了一跳，以为出了什么事，急忙问："虎旦，你咋啦？一大早跑来出啥事了？"边说边穿好鞋从炕上下了地。

　　这一问倒把虎旦问傻了，他站在那儿半天说不出话来，眼珠子骨碌碌乱转，只顾用手臂擦着脸上的汗。原来只想急着找支书，见了支书怎么说还没想过，咋跟他说呢？他会不会笑话我？虎旦怯怯地看着支书，犹豫着。转而，他又默默地想：这些已经无关紧要了，既已到此就大胆地直说吧，反正掉不了脑袋！想到这儿，他就鼓足勇气对支书说："大叔，我想娶媳妇！"

支书瞪着眼吃惊地问："什么？"正在装烟的手停了下来，烟锅里的烟叶撒了出去。

"我想请你老为我张……张罗——一个媳妇！"他结结巴巴地说完这句话羞得满脸通红，不断地挠着头，两只手不知往哪儿搁。

支书听到他的话不禁哈哈大笑起来，"你就为这事大清早跑来找我？我还以为谁家出了甚事啦。"

"这是半夜梦见娶老婆了吧？哈哈！"家里其他人也笑起来。

虎旦满脸通红半天没吱声，翻着白眼看了看大家，又偷偷看着老支书，两只手交叉握在一起扭动着。

在锅灶旁做饭的支书老伴看到这种情形急忙搭上了腔："哟，虎旦想娶媳妇这是好事呀！告诉大婶，你怎么突然间想娶媳妇了呢？是看别人娶老婆眼馋了吧！"她拿菜刀把切好的土豆揽进一个大瓷盆，从锅里舀了两铜瓢水倒进去，抬头疑惑地看着虎旦，很快又赞许地点点头，继续切着菜。"是啊，光棍汉没老婆就等于没有家，如果有个媳妇把这头野驴拴住也省得整天乱跑啦。"她感慨地轻轻点了点头。

支书听了老伴的话，长叹了口气搭讪着说："话说得没错，是这么个理，但是眼下上哪儿去找啊。"支书忧郁地瞥了虎旦一眼，半天没吱声，不紧不慢地往烟锅里装着烟。大叔没成家的几个儿女惊异地交头接耳，回头看看虎旦和父亲，突然忍俊不禁地笑起来。

虎旦尴尬地看了看他们，迷茫地盯着支书，心通通直跳。大婶为了不让虎旦太难看，赶紧打圆场，"慢慢找吧，这也不是三两天的事，再说他已经等了这么多年。"她麻利地用手把土豆从盆里捞出来扔进油锅里，拿起一把已经磨成椭圆形的铜铲子，迅速搅和了几下，又从后锅舀一瓢水倒进去。

支书蹲下来一边往炉膛里添柴，一边戏谑地对虎旦说："你大婶说得对，这事我给你慢慢打听，咱瞅个合适的。到了秋后大叔给你娶媳妇，送你进洞房。"

他把炉膛里的柴火往一旁拨了一下,将旱烟袋伸在火上使劲儿吸了两口把烟点着,蹲在灶台旁一口一口地抽着。

支书的话让他松了一口气,于是他低着脑袋什么也没说,转身就往外走。两位老人硬留他吃了饭再走,拗不过二老,再说他也确实饿了,闻见锅里的饭味儿哈喇子直往外流,所以就留了下来。

老支书一家是方圆几百里的好人家,大婶年轻时一直是村妇女主任,待人朴实善良、乐于助人,和虎旦的母亲是结拜姐妹,见到虎旦就像看见了他的妈妈,感到格外亲切。看虎旦很可怜,她经常送吃的接济他。支书虽答应了虎旦的请求,但心里没底,感觉很为难。老两口私下合计了好几回,都觉得这孩子的对象不好找。看在他妈的分儿上,也不能让这小子打一辈子光棍。老两口认为,只要虎旦愿意,找个寡妇或者有生理缺陷的也行。于是,他们决定尽快托人为他踅摸对象。

虎旦想找媳妇的消息很快传开了,起初人们觉得这事儿好笑,过后也感觉没什么,男人娶老婆很正常,何况他才三十几岁,总不能打一辈子光棍吧。可是谁会找他呢?人们都为他犯愁。多数人很快就把这事忘了,虎旦对此也始终没底,搞不清楚究竟娶老婆是对还是错,只是再也不想做光棍汉了。

时间一天天过去,虎旦娶媳妇的事始终没有着落,急得他火烧屁股,上大叔家跑了好几回,依然毫无音信。为此,他彻底失望了。地里的庄稼进了仓后,漫长的冬闲季节又开始了,虎旦的心情就像这茫茫的冬季,苍白、荒凉。他感到自己这辈子再也没什么希望了,这光棍是打定啦,所以心情很不好,打算去姐姐家住些天,把憋在心里的想法跟她说说,想从那里得到点安慰。他感到只有姐姐才能理解他,设身处地地为他着想。

那天早晨醒来后家里很冷,他穿好衣服下地抱了些柴火添在炉膛里。村里人现在都在做饭,可他不敢做,冬季每天只能吃一顿饭,不然就透支了,来年没粮吃。他只好烧起了干锅,这样做是为了暖炕,又暖家。两口大铁锅好像是一个大火炉子，不一会儿就把家烘暖了。没事干他又躺在炕上，头枕两手，跷起二郎腿望着房梁想心事，"人们说，在阴间能碰上死去的人，假如真是那样，我还不如到那边去找我娘老子……这活下个甚？还不如死了得好。"不知为什么他从没像现在这么绝望过，好像自己已经活到头了，突然产生了去另一个世界寻找母亲的愿望。

"虎旦，虎旦起来了吗？"突然有人在院子里喊。听见喊声他稍微把身子动了动没吱声，依然盯着房梁出神，建民推门走进来。

他是村里的读书人，中学毕业后回了乡。他的同学中好多人都找了工作，但他本事不大心气挺高，一般工作看不上，不想当工人，想坐办公室，所以错过了机会，只好回家当农民。他中等个儿不胖不瘦，腰板挺得很直，满头乌发像涂了胡麻油一绺一绺的，在阳光下油光铮亮，浓眉下两只眼睛滴溜溜转，一看就让你有种人不大鬼还不小的感觉。他爱学城里人的样子，梳个小分头，围个小围脖，两手插在裤兜里耍酷，走起路来大摇大摆的，总要显出自己和村里人有所不同。他也是村里好吃懒做不爱劳动的二流子，平时爱扯闲话，好打听点小道消息，善于把听来的东西发挥、加工，编故事。不管什么事经他嘴一传，无事变有事，小事变大事。他经常把一些失真的事说得天花乱坠，好像真的一样，所以村民送他一个外号：大歪嘴。虎旦对他向来不屑一顾，从不把他的话放在心上。建民有一个最大的优点，虽然说话口无遮拦，好给人编造故事，但并没有坏心眼，只是开心逗乐，玩玩而已，再加上有个好脾气，不欺负人还挺仗义，所以在村里很有人缘。由于爱闲逛，他也是虎旦这儿的常客。

他一进门就狡黠地瞅着虎旦，"懒驴，我以为你还在睡觉，没想到起得挺早。怎么啦？是不是又在想女人？"虎旦瞪了他一眼。建民见他不说话，立即爬过去用手在他脸前晃了晃。虎旦又瞪了他一眼，把身子翻了过去。

"嘿！还活的呢？好家伙！我还以为这炕上躺的个死人嘞！"他在虎旦背上拍了一巴掌，"瞪我干什么？我是来给你报喜的，还不快起来好好感谢感谢？"

说着张嘴在手心哈了口气迅速搓着双手,两眼满屋子滴溜溜乱转。

虎旦歪着脖子斜了他一眼,"哼!鬼嚼黑豆!"撇着嘴闭上了眼睛。

见虎旦不相信,建民急了,瞪大眼看着他,"哎,我好心好意大早跑来给你道喜,你却说我是鬼嚼豆子了?这事很重要,你想不想知道,不然我就走了。"说着把头一甩就要下地。

见他要走,虎旦不耐烦地伸手把他拽了一下,问:"什么事?有话快说,有屁就放!"

建民原本想好好卖卖关子,见他这样也没心思了,只好实话实说:"我二姨村里来了两个甘肃女子,急等着要找对象,就看你小子有没有这个福分了。"

"什么?"虎旦一骨碌翻身坐起来,瞪着两眼珠子急迫地问。

建民睥睨地瞥了他一下。

虎旦半信半疑地看着他,"这是真的?"

"是真的。不信你跟我走一趟,看看虚实。"建民两手插在裤兜乜斜着虎旦,很认真的样子。

虎旦犹豫了一会儿,试探地看着建民,"什么时候去?"

"今天就去。"建民死死盯着他果断地回答。

原来,建民二姨村里有两个甘肃媳妇,最近从老家领来几个逃荒的老乡,打算冬天在这儿干点手艺活儿,混口饭吃。他们还带来两个年轻女子,想在这儿找婆家。前几天,建民到二姨家串门听说了这事,所以赶紧跑回来找虎旦。

虎旦听了建民说的情况,马上动了心,想赶快去看个究竟,所以糊弄吃了点东西,跟建民直奔二姨家。

到了二姨家已近黄昏,看到外甥领着一个小伙子风风火火地进来,二姨已经猜到了几分。因为建民来时曾跟他们说过虎旦想娶媳妇的事,所以今天他俩一到就什么都明白了。二姨边下地边开门见山地问:"是来相亲的吧?"

虎旦冲二姨笑着点了点头,没说什么,只是迷茫地四处瞧瞧,怯生生地盯着二姨。建民脱鞋跳上炕，盘腿在热锅头坐下来，接过二姨递过来的一碗热茶喝了几口，就像放连珠炮似的，把他们的来意向二姨说了一遍。二姨听了满口答应晚上领他俩去见甘肃女子。

晚饭过后，二姨领着他俩去见那两个女子。两个女子住在王玉才家，听说虎旦想见她们，玉才媳妇急忙到隔壁把她俩叫了过来。她们见了虎旦和建民，什么也不说，只是不好意思地笑笑，相互紧紧地依偎在一起，靠着地下的木柜，腼腆地注视着周围的人。虎旦见她俩进来迅速转动着眼睛打量了一下，又偷偷看了看其他人，正好与玉才媳妇的眼光相遇，他赶紧惶恐地低下头，一眼不眨地看着地面。玉才媳妇和二姨见此，相互使了个眼色，撇了撇嘴痴痴笑了起来。

虎旦的心通通直跳，脑子乱七八糟的。他面朝姑娘们盘腿坐在炕沿上，两手紧紧握着帽子，大拇指迅速机械地搓动着帽檐，心里暗暗想：建民说得没错，一看就是两个黄花大姑娘，年龄都不大。他不敢正视她俩，只是不断用眼角偷偷斜瞟着她们，心里继续琢磨：小的估计没出二十，大的最多也是二十刚出头。小的长得好看，大的稍差些，但也不丑……

"这是邻村的虎旦，想跟你们认识一下，交个朋友。"二姨笑着用手指了指虎旦，对两个女子说。那两个女子边笑边看了看虎旦，虎旦的思路一下被二姨打破，他脸涨得通红，眼皮上的肌肉突突直跳，慌张地抬起头朝二姨似笑非笑地咧了咧嘴，然后又斜瞥了她俩一眼，把脸扭向建民。

"呵，还不好意思，害羞哩。"建民看虎旦那样撇了撇嘴，"不单他和你们交朋友，我也想和你们交个朋友行不行？"他盘腿坐在炕里头，两手放在膝盖上，躬身前倾冲那两人挤了挤眼，"我是本村人，名叫王老大，听说你们要找对象，看我俩怎么样？"他冒充是本村人，拍了拍自己的胸脯，不怀好意地笑着拽起虎旦的一只胳膊摇晃了几下。

她俩看了看他谁也没说话。建民又拍着虎旦的膝盖说："你看我们这位，人长得好身体又壮，是他们村里的大名人。一人吃饱全家不饿，你们谁找上他都能享清福。"他狡猾地盯着两位姑娘，心里却暗暗嘲讽自己言不由衷。

二姨和玉才媳妇听到这话，不由得咯咯笑起来。二姨抿嘴看了看建民，又看了看两位姑娘。白虎旦臊得满脸通红，也不好意思地笑了笑，两手托住炕沿，一句话也说不出来，瞪着两个大眼睛呆呆地坐在一旁，不知如何是好。建民却依然嬉皮笑脸地逗着那两个人，一会儿问人家家里有些什么人，为什么要来这儿找对象；一会儿又问人家多大了，念没念书。两个女子谁也不告诉他，只是支支吾吾羞怯地笑着。他见人家不说话，就模仿人家说话，笑话人家说话口音难听。他手舞足蹈有声有色地编了些甘肃人的笑话说给她们听，把二姨和玉才媳妇逗得捧腹大笑，那两个女子也笑个不停，虎旦忍不住也咧开大嘴跟着傻笑，同时两手在炕沿塞窣乱摸，眼睛不断偷偷瞟着她们。建民东一句西一句地调侃，旁边的二姨和玉才媳妇也不时插几句附和着，他的调皮话和怪话像流水一样，一个劲儿地往外冒，逗得两个女子直乐。

待了好长时间，二姨觉得该走了，便起身对玉才媳妇说："好了，今天就这样吧，过后再说，现在不早了，我们该回去了。"说着她围好了头巾从炕上下了地，建民跟虎旦也从炕上跳下来。

玉才媳妇看大家要走，也站了起来，拍着虎旦的肩膀说："好，有啥事明天再说吧。"然后拉着二姨的手摇了摇，"嫂子，有空常来啊。建民不走再来，多来给婶子讲些笑话，让我好好乐一乐。"她说着把他们送出门外，二姨和建民也跟她寒暄着，虎旦跟在一旁一句话也不说，只是不时看着玉才媳妇，并且偷偷扭回头往屋里瞧瞧。二姨见他那样，伸手拉了一把，"虎旦，你俩先回去，我跟你玉才婶还有几句话要说。"说完她冲建民挥了挥手，然后就凑到玉才媳妇身边悄声嘀咕着什么。

虎旦忐忑不安地跟建民回了二姨家，屁股还没坐稳，二姨就满脸笑容跟着进来了。

"二姨，你跟玉才婶说甚悄悄话了？还不让我们听。"建民好奇地问，虎旦也不安地看着她。

二姨神秘地看着虎旦,"虎旦,你看那两个女子怎么样?相中了吗?"

虎旦冲二姨难为情地咧了咧嘴。他见二姨那咄咄逼人的眼光无法回避,只好吞吞吐吐地说:"咱有甚条件了……还相不中人家?只是看……人家愿不愿意吧。"

"嘿嘿!这小子倒是说了句实话。"建民睥睨了虎旦一眼,"还挺有自知之明的啊!人家眉不脱眼不瞎,那么好的黄花大姑娘,你小子有甚相不准的?二姨,玉才婶咋说?那两个女子愿意不?"

建民一边脱鞋一边跳上炕,推了推熟睡的表弟,把脚伸进了他的被窝。表弟从睡梦中不情愿地"嗯"了一声,皱着眉把身子翻了过去,建民冲表弟做了个鬼脸笑了笑。

二姨瞟了一眼儿子,压低了声音说:"你玉才婶说人家找男人有条件。"

"甚条件?"建民惊奇地瞪大眼睛看看二姨和虎旦。

虎旦也不安地注视着二姨,急切地希望知道结果。二姨俯身把两只手插进睡在前炕的女儿的枕头下试图暖暖手,睡意蒙眬的小女儿烦躁地挥动着小手哭起来,二姨赶紧把手抽出来,轻轻拍着哄她睡着了,然后边往炉子里添柴,边轻声说:"下户口、要彩礼,假如能满足这两条就行。"她疑惑地看着虎旦,"你赶紧回去想想办法,找亲戚朋友帮帮忙。人家说啦,除了下户口,彩礼必须要,这是她们出来找男人的唯一条件。"

"要多少?"建民和虎旦同时问。

"你玉才婶说,少则几百,多则上千块,到时可以商量。"

虎旦马上泄了气,耷拉着脑袋蹲在地下不知如何是好,半天一声不吭。建民双手抱着膝盖,盯着地下的虎旦琢磨了一阵,眼睛突然一亮,"哎!虎旦。老支书不是答应给你踅摸对象吗?你回去告诉他就说对象我已帮你找到了,不用他找了。只是人家要彩礼,看他能不能帮你想想办法。"被建民这么一说,虎旦豁然觉得又有希望了，刚才还像纸一样灰白的满是沟壑的脸上，又露出了笑容。

他龇着两个大门牙，冲建民笑了笑，"求支书趸摸对象和给彩礼是两回事，谁知道他会不会答应。"

"他答应了更好，如果不答应你就死皮赖脸地磨他，肯定能答应。他也不愿意叫你一辈子打光棍。村子里光棍多了麻烦事也多，哪个干部也不愿意自己的社员净是光棍。"

"管他答应不答应，你先去试一试，硬叫碰了也不能叫误了。"二姨边说边在后炕的黑沙毡上放了一床被子，"虎旦，快上炕睡觉。天气不早了，有甚事咱明天再说。二姨这条件不好，你跟建民和盖一床被子吧。晚上冷的话，把这件皮袄搭在上面。"说着她从木柜里拉出一件皮袄扔给虎旦。

晚上，虎旦住在了二姨家。深夜，全家人早已酣然入睡，虎旦却睁着两眼翻来覆去睡不着，两个女子的影子在脑海里晃来晃去。在玉才家，他把两个女子偷偷看了个够，他发现两个人年龄差一些，长相差一些，性情也不一样，一个胆大活泼，一个老实稳重；一个话多，一个话少。初次见面说不准哪一个更好，他心里掂量着，觉得哪个也行。假如按自己的心思，恨不得两个都要。他瞪大两眼看着黑乎乎的房梁思量：假如一个在家做饭，一个下地干活，那该多好！我再也不用睡凉炕、住冷家、想老婆孤独难熬，半夜起来抓炕皮，而且也不用下地干活了，成天坐在家里有吃有喝，东荫凉倒在西荫凉，真是神仙过的日子啊……他感到美滋滋的，快要飘到房顶上去了。忽然，顿觉心里一阵冰冷，又从房顶上掉了下来。"唉，快不要做梦啦！这种日子我恐怕下辈子也修不到。"他无比沮丧地在心里暗暗呻吟，不由自主地讥讽起自己来。过去那些有钱人能娶好几个老婆，听说现在世界上有好多国家的有钱人还是这样。唉！他们可真有福气呀！我们这儿的王爷，新中国成立前老婆一大堆，新中国成立后虽然大多数老婆都走了，但还有一个老婆陪着他。另外他还有儿女一大群，儿孙满堂人丁兴旺。真不知道他积了甚德，咋那么大的福气！我三十几的人了还光棍一条娶不上老婆，除了姐姐，这世上再没人能想到我，人世间真是太不公平啦！我要有老婆娃娃，咋能落得这么个下场——孤苦伶仃，无依无靠。现在好不容易碰上这两个女子不嫌弃自己，但人家还要彩礼，我咋能拿得起呢？一想到彩礼他就心惊肉跳、抓耳挠心，越想越伤感，眼泪不由自主地顺着眼角直往下流，把枕头湿了一大片。

窗台上蜷缩着的两只鸡不断发出低沉的呻吟，虎旦翻身凄楚地向窗台望去。在月光下，透过那层麻纸卧在窗台上瑟瑟发抖的两只鸡清晰可见。不知为什么它们没回到鸡窝里，而是卧在窗台上，使那苍白的冬夜更蒙上了一层厚厚的伤感与悲怜。虎旦把自己的命运跟它们联系了起来，觉得自己就像蜷缩在窗台上的那两只无家可归的鸡那么悲凉无助。突然，他怜惜起了那两只鸡，担心它们随时可能成为人或凶残动物的牺牲品。

突然有人说梦话，使他从伤感中清醒过来。哎！难受有什么用？他用手背擦了擦眼泪。"往前看吧。或许大叔能给我帮这个忙。老天爷保佑！但愿大叔能帮我这个忙。牛奶会有的，面包也会有的！"他突然想起了苏联电影《列宁在十月》中的一句台词，随口说了出来。"老婆也一定会有的！"他默默安慰着自己，狠狠给自己打着气。

"假如那两个女子有哪个愿意跟我，我该怎么办？是要还是不要？不要吧，想女人想得实在心痒难挨。要吧，那么一个大活人成天张嘴吃饭，我能养活得了吗？现在我连自己都养不起，娶回老婆还不得饿死？"他反复问自己，"唉！饿死她是小事，就怕我的日子更不好过啦！"他既丧气又感慨，心里突然没有一点儿底。到底该咋办？这老婆是要还是不要？他心里慌乱起来。老婆只能满足男人的欲望，但她不能当饭吃。假如能娶一个只会干活，还能跟他睡觉，永远也不吃饭的女人有多好。这荒唐的念头在他脑子里盘旋着，他盯着窗台上的鸡，忽然被梦中的呓语打乱了思绪。

院子里的公鸡已经开始打鸣，窗台上那两只鸡也发出了咯咯咯的声音。屋内有人在翻身，有人在咬牙，睡在身边的建民在说梦话。虎旦使劲儿在他小腿上蹬了几下，建民嘟囔着翻了个身，打着鼾又睡过去了。他瞪着眼犹犹豫豫拿不定主意，思谋了半天决定明天去找老支书，看他咋说。想到这儿心情平静了许多，或许是因太困的缘故，他很快就睡着了。

第二天清早，建民还没醒来，虎旦便迫不及待地爬起来，悄悄跟二姨打了声招呼，匆匆赶回去找老支书。

初冬的早晨，大地覆盖着一层薄薄的霜雪，踩上去发出嘎吱嘎吱的响声。虎旦用白茬皮袄紧紧裹住身子，急着赶路，顾不上路滑只管抄近路走。一路上除了他呼哧呼哧的喘气声和嘎吱嘎吱走路声外，周围再没什么声音。人们还没起床，除了跑出来的野狗和一些没归圈的牲口外，只是偶尔传来鸡鸣声、狗叫声，还有牲口的嘶叫声。路上坑坑洼洼，七高八低很不好走，再加上路滑，他又走得快，走一阵就一个趔趄，他提心吊胆得怕跌倒。当走到一个小山口，突然冲出一条大黄狗凶猛地向他扑来，把只顾赶路的虎旦吓得跳了起来。他急忙捡起几块石头打过去，狗一边回头看着他，一边狂吠着跑掉了。他瘫软地坐在地上，双手抱住胸口半天喘不上气来，闭上眼睛休息了一会儿，等剧烈跳动的心稍许平静下来后，才慢慢站起来。"今天时气不好，一出门就遇上鬼了！"他朝地下狠狠啐了几口，愤愤骂道，凝视着狗去的方向，拍了拍身上的尘土，抄手继续往前走。

到了支书家，见院子里摆了好多农具，听见屋里唠唠嗑嗑的人很多，不知谈论什么。他站在窗台前犹豫该不该进去，大婶正好从屋里出来，"虎旦，你是从家里来的？为什么不进家？"她纳闷地问。虎旦不好再说什么，冲大婶"嗯"了一声进了屋。

原来屋里坐的都是大队、小队干部，他们见虎旦进来谁也没在意，只是抬头看了看继续谈论着刚才的话题。见没人搭理自己，他便蹲在地下用纸卷了点烟叶，自顾自地抽起来。整个屋子被浓浓的旱烟味笼罩着，烟雾缭绕呛得人眼睛流泪嗓子直发痒，有人发出阵阵剧烈的咳嗽，尽管如此，也没影响人们的谈论。

"我看三中全会的政策就是好，中央是想让农民实行自主权利，凭自己的本事把日子富起来。"坐在下炕的二队队长用手擦了下旱烟嘴，递给身边的人。身边那位接过烟袋往烟锅里装着旱烟，凝重地皱了皱眉，"我看不一定。现在他们也是摸着石头过河，心里没底。谁知道哪天不高兴了，一翻脸又成了资本主义的尾巴。"这是一队队长，他始终坚持搞大集体，不主张农村实行包产到户。

"就是。这些年，上头的政策一会儿一变，说不定哪天再变了，谁也吃不准。这……"在地下的人也竭力附和。

"政策再变也与咱老农民无关，大不了咱还是种地，莫非还能把你开除出地球？"有人不满地反驳。

"人家是南方的农民，文化、土地，各方面的条件都比咱们强，咱本地人哪能跟人家比？"

"同样是农民，人家能干，我们为什么不能干？我就不信这个邪！"民兵连长文海脸涨得通红，坚定地看了看大家，脸上显现出极其不满的神色，"与其现在这么苦巴巴地过日子，还不如豁出去干一场。我反正就这么干了，愿意干的举手！"人们并没举手，只是哗然地笑了笑。他在炕上由蹲的姿势变成坐的姿势，脸涨得通红，显然是跟人进行过激烈辩论。此时他的决心已下，严肃地坐在那里，好像秤砣铁了心，激动的情绪随坚定的决心平静了下来，两眼炯炯有神地盯着大家。

虎旦蹲在那儿瞪着眼，仔细听着大家的谈话。原来，中央有了新政策，十一届三中全会提出农村实行包产到户。据说，有些地方已经搞成功了。对这一新生事物有的人反对，有的人拍手叫好，大家意见各不相同，正为这事发表自己的看法。虎旦对此并不感兴趣，也不赞成。他认为还是大锅饭好，包产到户对自己不利，干一年假如打不下那么多粮，连队里给他的三百六十五斤口粮也没了，这不更糟了？自己再去指望谁？听着人们的议论，他的心一下子凉了半截。原想求支书办的事现在也没了底，心里七上八下，犹豫不决，蹲了一阵，什么也没说便离开支书家，拖着沉重的步子慢慢回了家。

建民一觉醒来，二姨告诉他虎旦已经走了，很生气，心里嘀咕着：这小子真不够意思，不打招呼就一个人溜了，也不叫一声，害得我大老远还得一个人往回返，连个做伴儿的都没有！既然这样，他也不打算急着回去了，决定在这儿住上几天再回。吃过早饭没事干，他在村里到处转悠。转着转着，突然想起那两个女子来，出于好奇又朝玉才家走去。

"哟，这不是建民兄弟吗？是哪股风把你吹来了？"半道迎面碰上村里的大旋风，大旋风远远地就扯着嗓子对建民喊。

"这还用说，自然是嫂子你这股风吹来的啰。"说着他卖弄地挤了挤眼。

"咦，咦，咦，快不要鬼嚼啦！"她全然不信地撇了撇嘴，往地下啐了口唾沫，"呸！你个大歪嘴，心口不一，没句真话！"心神不定地看着他，竭力猜测着他的用意。

建民一本正经地说："咋不信？"他朝天指了指，"今天风尘不动晴空万里，除了你这股大旋风外，哪里还有风？不是你还能有谁？"

大旋风这才明白建民在耍弄她，佯怒地瞪大眼睛装作要打他的样子，建民见势不妙拔腿便跑，大旋风趁机就在后面追赶起来。他在前头跑，大旋风在后面追，一不小心建民摔了个大跟头。由于追得急惯性又大，大旋风一下扑在了他身上，把他死死压住了。两个人笑着滚成一团，手忙脚乱挣扎着想爬起来。建民压住了大旋风的腿，大旋风又压着建民的半截身子，硬是半天都爬不起来。建民用劲儿把大旋风推开，好不容易才从地上站起来。见大旋风一身灰土坐在地上笑得爬不起来，建民便捧腹大笑。而大旋风见建民土头灰脸十分滑稽，更是笑得前俯后仰直不起腰来，坐在地上一个劲儿地喊肚子疼。

建民不断拍打着身上的尘土，笑着拉了她一把，"嗨！这个怂老婆！"然后又笑着问，"嫂子，你上谁家串门？"

"玉才家，你呢？"她勉强忍住笑，抬起手把散乱的头发重新理了理。

"我也是。你去那儿不只是串门吧？"建民狡黠地冷笑了下。

"是啊，听说他家来了几个甘肃人，我想去看看。"她和建民踏着往玉才家的小路，地面上的尘土跟着他们的脚印不断飞起来。

"甘肃人有什么好看的？你是不是还有不可告人的目的？说给兄弟听听。"建民睨视着她不卑不亢地问。

"哪儿来那么多小算盘，我只是出于好奇想去看一看。"大旋风偷偷往建民脸上扫了一眼，不断拍着自己身上的尘土。

他见对方撒谎不肯说，冷笑了一下，"哼！方圆几百里，眼观六路，耳听八方的大名人，难道只想去看一看？鬼才相信！"他撇了撇嘴，誓不罢休地说，"老实说你有什么打算？跟兄弟说说或许我能给你参谋参谋。"

大旋风见瞒不过建民，只好照直对他说："有人想找她们，我先去看看探个口风。"她佯装若无其事地撩起衣襟擦着脸。

建民想：你捣得那点小鬼不说我也猜得到！他两手插在裤兜里，睨视着对方又问："谁想找？说出来我看行不行？"

大旋风很干脆地说："你不认识。"她探寻地瞅着建民，见他还没放过自己的意思，便直截了当地说："我娘家门上穷，娶不起媳妇的光棍有好几个，这倒是两个便宜的主，不用花什么钱。"她边说边将眼神直往建民脸上瞟，想窥探出他的内心。

建民一听，便立即为虎旦着急起来，心想：坏事啦！虎旦真是半路遇上个母夜叉，真倒霉！如果让这个夜叉抢在前头，虎旦的媳妇就没戏了，这事必须得抓紧办，必须赶快把这消息告诉虎旦。想到这儿他看了看大旋风说："嫂子，既然这样你快去吧，我就不去了。"他止住了脚步扭头对大旋风说。

"你不是要去玉才家吗？咋突然又不去了？"大旋风不解地看着他。

"我上他家没甚事，只想去凑热闹。你要办的是大事，赶快抓紧办吧，不打扰了。况且，我还准备回家，要么就晚了。"他若无其事地说完摆了摆手，头也没回就往二姨家走。

他跟二姨说了一声，就急着往家赶，一路上走得很快，一点都不敢怠慢，唯恐虎旦娶妻的事泡了汤，一进村就直奔虎旦家。

从支书家回来后，虎旦的情绪一直很低落，心烦意乱，无精打采，在家里待不住就东家出西家进地乱窜，几乎把全村都串遍了。他的性格本来就脆弱，现在遇上这么大的事，就更惶惶不安犹豫不决了。失落、迷茫不断地侵袭着他，痛苦得不能自拔。自从昨晚吃过饭至今，他还没吃任何东西，肚里空空的，胃痉挛又开始发作了。这些年由于饥饱不一，他把胃都搞坏了，经常疼痛。尤其饿了以后胃痉挛闹得更厉害，头晕眼花，浑身发软，直冒冷汗，蹲在地下站不起来。遇上今天心情不好，反应更强烈，好像得了大病。他赶快往回走，好不容易回到家，进门一头栽到了炕上。

建民风风火火地走进来，满脸通红头上冒着汗，看见虎旦躺在炕上，过去就拽，边拽边大喊："懒虫！太阳照在屁股门儿上了，还睡觉？赶快起来吧！"说着就去打他的屁股。虎旦翻了一下身，死活不起来。见虎旦这样，他急得直跺脚，"甘肃女子眼看就要被人抢走了，你还在这儿睡大觉，想不想娶老婆了？"

虎旦一听翻身坐起来，"甚？你说甚？咋回事啊？"他瞪大眼睛急切地问，"你咋知道的？"

建民摆着手，上气不接下气地把见到大旋风的事一五一十地告诉了他。

虎旦听了心里咯噔一下，心想：是啊，我们这地方光棍汉那么多，打她们主意的人肯定不少，到底该咋办？他心里犯起了愁，默默嘀咕着，双眉紧蹙，眼珠子死死盯着建民。建民见他不说话又急着问："你打算怎么办？"

虎旦吞吞吐吐地把今天在支书家听到的事和自己的担忧说了出来。

建民听了高兴地拍了下大腿说："这不是更好吗？还愁什么？两人一块儿干活打的粮多，说不定你小子今后再也不会饿肚子啦！"

虎旦摆了摆手说："假如分不到好地又买不起肥料，能多打粮吗？"

建民一听此话有道理，便想了想说："要么去找老支书商量商量，你看怎样？"

虎旦犹豫了一阵同意了，觉得他说得对，于是决定吃了饭再去找支书。

不知咋的，建民一来虎旦的饥饿反应也减轻了许多，他俩一块儿做好饭抓紧吃完，就马不停蹄地往支书家走。

到了支书家，支书不在，只有七十多岁的老奶奶一个人坐在墙根下晒太阳。老太太告诉他们早饭后支书出去再没回来，去了哪儿她也不知道。虎旦和建民发现，从她那儿无法知道支书的去向，只好从家出来直奔大队部。

到了大队部，会计告诉他俩东村有事支书去处理了，一会儿回来。于是他们就坐在饲养员那里等。

饲养员是村里的五保户，六十多岁了，没儿女无依无靠。老两口儿住在大队部给队里喂牲口，兼做饭、看守队部。见他俩进来，老两口儿把他们让上炕，老太太往炉子里添了些炭，又给他们热了一壶茶端上来。几个人围坐在炕头上边喝茶边拉闲话，老头不一会儿出去给牲口添些草料，老太太坐在热锅头靠着窗台打起盹儿来。虎旦跟建民凑在炕沿边的火炉子跟前边喝茶，边轮流烫了阵片片。

建民已经睡了一觉，支书还没回来。太阳眼看要落山了，虎旦急得像热锅上的蚂蚁，建民也等得不耐烦了要回家，正在这时支书回来了。看见支书他俩非常高兴，虎旦憋闷了一天的心豁然开朗起来。他深深地长舒了口气，正要张口跟支书说话，建民已火急火燎地迎了上去。

"叔，您可回来了，我们等了你老一下午啦。"建民边说边用手指了指虎旦。

支书问："你们有甚事？"

建民回头揪了揪虎旦的衣服，着急地说："快跟叔说。"

虎旦正要开口，建民便又抢着说："就是虎旦娶媳妇的事。"

支书一听是这事，脑袋就涨了起来。虎旦的事他曾托人打听过，但是一直没有对茬儿的，再加近来事多把这暂搁下了，打算过一阵再慢慢踅摸。没想到虎旦却等不及了，隔三岔五一个劲地找他。为此他很犯难，不知咋跟虎旦说。他迟疑了一下，有些难为情地对他俩说："现在还没合适的，等有了我告诉你们，心急吃不了热豆腐。"

听了支书的话建民急忙说："叔，不是这个意思。"他捅了捅虎旦，还没等虎旦开口，就连珠炮似的把这两天的事从头至尾跟支书说了一遍，还把见到大旋风的事也添油加醋地说了一遍。

支书听了他的话半信半疑，扭头问虎旦："这是真的？"

虎旦点了点头说："是真的，昨天我见过那两个女子。"

支书听了他俩的话很高兴，沉思了一会儿，决定明天去那儿看看，让他俩先回去，明天一早来找他。打发他俩走后，支书把明天的事安排了一下也回了家。

晚饭过后，支书告诉老伴今天虎旦找他的事，并把情况也向老伴说了一遍。老伴一听觉得这是个好机会，催支书明天一大早就起身去看看，有可能的话干脆把人领回来算了。

支书沉思了片刻对老伴说："虽然答应帮虎旦找媳妇，可是真要娶回来了，不又给队里添了负担？多了一张嘴口粮咋解决？"

"不是要搞包产到户吗？把地分到个人手里去种，再也不用队里管，还怕什么！"老伴坐在炕头纳着一只鞋底，态度坚决地看了他一眼。

支书坐在下炕，手捧着一个大烟袋，皱着眉头犹豫地说："包产到户的阻力很大，乡里有人还不敢放手搞，想再等一等看。所以，来年能不能搞起来还不知道。再说，即使搞起来，能不能搞好也很难说。"他把烟锅在鞋底上磕了磕，又装了一袋烟慢慢点着。

"但是，你总不能因为这点顾虑就不让他娶媳妇吧？"老伴说，"再则，我们尽了力对得起他的爹妈啦。至于以后好活赖活是他的事，与咱无关。莫非个儿寻死还怨天要命吗？"老伴儿一手拿着鞋底，另一只手用纳鞋针在头皮上挠了挠，皱眉看着支书。

支书觉得老伴说得对，什么话也没说，默默抽着烟，决定明天先去看一看。尤其听说大旋风要掺和此事，她感到更应该去看看才是。

大旋风三十多岁，是外村人，从小没了爹。由于生活所迫，她不到二十岁就嫁到建民二姨那个村，是远近闻名、方圆百里无人不知的大名人，也是有名的风流人物。她活泼开朗，不甘寂寞，不安于现状。男人是个老实巴交的庄稼汉，只会干活没多大能耐，她打心眼儿里不喜欢，所以整天往外跑，认识了一些乌七八糟的人，还有采购员和汽车司机。她丈夫老实善良，家里的大小事都她说了算，所以谁也管不了她。刚结婚那阵子婆家看不惯她，也唆使丈夫管过，但是她动辄要离婚，有时还寻死觅活来吓唬人，跑到娘家三月五月不回来，男人怕离婚也只好由她罢了。

在大孩子还不到两岁时，她曾丢下嗷嗷待哺的娃娃跟一个司机走了半个月，引起同族和村里人的极大不满。婆家的一个堂哥看不下去，等她回来后，两口子指责她年纪轻轻不守本分，把娃娃丢下跟人在外瞎跑，既败坏了自己的名声，也丢了家族的脸。她一听就火了，说自己是清白的，怨哥嫂多事损坏了自己的名声，跟他们大闹起来。堂哥一气之下打了她两巴掌，这一打她和堂哥彻底翻了脸，在他家"大闹天宫"，砸锅砸碗，凡家里能砸的东西，不管值不值钱，拿起就砸，砸完了干脆连哭带闹睡在炕头不起来。村干部和族中的人都没了辙，最后经乡干部出面调解，哥嫂向她赔了礼才算了事。为此，堂嫂气得差点要了命，睡在炕上半个多月没起来。这事把堂哥两口子和整个家族搞得昏天黑地，好像遭了一场龙卷风，鸡飞狗跳，于是人们送她一个很形象的外号——大旋风。

由于她心眼多、手腕辣、交际广，不管什么事只要有她掺和人们就发怵，所以支书老两口听说她在打那两个女子的主意，决定明天一早领上虎旦去玉才家说亲。

第二天，天还没亮虎旦就来到支书家，在那里吃过早饭，和支书一起直奔玉才家。

支书家和玉才家相距只有二十几里路,虽然不属同一个村但属同乡。两个村的人大多数都认识,有好多还是亲戚,平时来往很密切。支书又是全乡家喻户晓的人物,一进村就受到人们的欢迎,有的要拉他回家坐坐,有的问这问那,支书边走边跟人们打着招呼、搭讪着。

　　到了大门口看见玉才正在喂猪,支书向虎旦摆了摆手暗示他不要出声,两人悄悄走到玉才身后。玉才听见身后有动静,猛一转身看见了他俩,急忙扔掉手里的猪食勺,迅速搂住他的脖子,大声嚷嚷起来:"哎哟,是姑舅呀!好稀罕啊!是哪股风把你刮来的?"支书只管咧着嘴笑没说话。玉才半推半拥地把支书带进了屋,虎旦也跟着他们进了屋。玉才媳妇听见外面有人说话,也从里屋走出来。

　　"哟,是大哥呀!真是稀客!"她眼里闪烁着快乐的光芒,并扫了虎旦一眼,心里一下明白了,"就你一个,嫂子怎么没来串一串?"边说边给客人倒水,无比热情。

　　支书接过水说:"家里的杂事多,你嫂子走不开,昨晚还跟我说要不是家里那些杂事,她还能来看看你们。"

　　玉才两口子听了支书的话笑着说:"现在是农闲时分,庄户人这时不出来走串,还等甚时呀!"

　　"这话说得也对,"支书在炕上坐定,"你俩就跟我一块儿去串个门吧,临来时你嫂子还特意嘱咐,要我务必把你俩带回去呢。"

　　玉才夫妇笑着点头答应,抽空一定去串门。接着他们相互询问了双方父母和亲人们的近况。寒暄了一阵后,支书开门见山地说明了来意。

　　玉才媳妇看了看虎旦对支书说:"没想到大哥的消息挺快的,其实她们刚来还没几天,上门来提亲的人倒不少,但是都不行。"虎旦瞪大眼睛急迫地看着他们,趁人不备一只手伸在裤带下面挠痒痒。

　　支书问:"为什么?"

　　玉才媳妇说:"要么是年龄太大,快能做父亲了,要么是呆傻或者有残疾,像虎旦这样还算不错的。"玉才媳妇边说边回头看了看虎旦。虎旦慌忙把手从裤带下抽出，心里不禁暗暗高兴。他随手去端水碗，拇指沾进碗里把指头烫了一下，慌忙放下水碗，把指头放在嘴边吹着，两耳却使劲儿听着他们的谈话。

玉才指着媳妇说："这两个都是她的亲戚，想托她给找个好人家。所以，我们也想尽量给人家找好，不然对不起她们的父母。"

支书点了点头，"说得对，你们看虎旦怎么样？他除了能吃外再没别的坏毛病，另外也只有姐姐一家亲人，没有任何牵挂。至于吃饭问题，我想办法解决。"他两眼来回看着他们夫妇，意思是请他们放心。

玉才媳妇听了很高兴，"大哥出面张罗此事肯定错不了，前天他已经来过，只是不知道他看中了哪一个，我们……"说着扭头扫了虎旦一眼，虎旦正端着一碗水边喝边使劲儿瞅着他们，见玉才媳妇看自己，慌忙把视线收回碗里，假装什么也没听见。

没等媳妇说完玉才便打断了她的话："大哥来一次也不容易，咱们先别说了，快做饭去，让我和大哥喝两盅。"说着拉支书上了炕里头，并把立在炕边的桌子放在炕中央，自己也挨支书坐下来。

玉才媳妇打住话题到东屋做饭去了。支书和玉才边抽烟边唠起了家常和虎旦的事，支书提出要见见那两个女子。玉才遗憾地告诉他，两个女子跟老乡出去了，午后才回来。支书一听，只好作罢。虎旦呆头呆脑地坐在炕沿边，一句话不说，竖起耳朵听他俩说那俩女子的事。听大叔说要见两个女子，他高兴得心通通直跳，可是一听玉才讲她俩不在，又立马泄了气，觉得待在屋里无聊得很，就到外面去转悠。

建民一觉醒来，太阳已一竿多高。他匆匆吃完饭跑到虎旦家，虎旦早不在了，他又赶快去了二姨家。到了二姨家一问，虎旦根本没来过，他断定虎旦已去了玉才家，于是气喘吁吁往玉才家走。

快到玉才家时看见虎旦，他就冲虎旦大喊起来："虎旦，你这个狗日的，走时咋不叫我一声？"他大步流星地走过来，上气不接下气地说。

"叫你干什么？"虎旦漫不经心地抬起眼皮看了看他。

"哎！你这个家伙卸磨杀驴，我还是你的介绍人，怎么就把我忘了？太不够意思了吧？"建民气哼哼跺着脚，朝地下啐了口唾沫，抹了把嘴。

虎旦听他这么说，痴痴地笑了起来，"哼！你还是我的介绍人？该不是想给自己介绍一个吧？"他不怀好意地瞅着建民，踢着脚边的枯草。

"哎！你这家伙不但不领情，还倒打一耙？我叫你胡说！"说着他拿起土块向虎旦打去。

虎旦见势不妙拔腿就跑，边跑边扭头喊："是你自己跟那两个女子讲的。"

"想给我栽赃没门儿！"说着他顺势追过去，"好你个龟孙子，真是狗咬吕洞宾，不识好赖人！看我打不死你！"

两人追打着绕玉才家的房子转了两圈，实在跑不动了，就坐在门前的土堆上呼哧呼哧喘粗气，并且你看看我，我看看你，哈哈大笑起来。玉才媳妇出来抱柴火看见了他俩，便把他们喊进了屋。

支书和玉才已经摆好了喝酒的架势，见他俩进来几个人就开始喝酒。酒过三巡，他们的话多了起来，起初只围绕着虎旦的事说，后来就打起了酒官司。玉才媳妇见此急忙对玉才说："大哥他们还要办事，少喝点儿。"

玉才把胳膊一甩说："什么狗屁事？喝！明天再说！"

媳妇急了，"你忘了？明天大旋风就要领她们走了！"

支书一听这话，酒醒了大半，"什么？她们明天要走？"

"是啊。"玉才媳妇点着头。

"她们同意啦？"

"同意了。"

"你们为什么不制止？"

"人家说得天花乱坠，把两个女子的心给说动了，我们也不好说什么。"

支书木讷地看着玉才夫妇,他没想到事情发展得这么快,"这么说,这事不能再拖了,得马上见那两个女子。"他看着玉才夫妇,夫妇俩急速点着头,也很赞同他的意见。

"兄弟媳妇,饭是不是已经做好了?"

"大哥,已经做好了。"玉才媳妇边说边往灶台跟前走,用征询的目光看着他,好像正在待命的士兵。

"那咱赶紧吃饭。"支书严肃地挥了挥手,好像一个发号施令的将军。

他扭头看着建民和虎旦,"你俩赶快吃,吃了饭建民马上去找她们。"

说着,玉才夫妇已把饭端了上来。建民和虎旦也觉得事情很急,所以二话不说狼吞虎咽地吃起来。吃完饭,建民急忙去找她们了。

支书也匆匆把饭吃完,顾不上喝一碗汤就放下了碗筷。他把嘴抹了抹,看着玉才夫妇,"咱们也不是外人,大哥征求一下你们的意见,你们两口子看虎旦找哪一个比较合适。"

玉才夫妇相互对看了一下,沉思了一会儿,"把大的给虎旦是否好些?因为大的比较老实,遇不上合适人会受气。如果跟了虎旦又有大哥做后盾,肯定赖不了。"玉才媳妇向丈夫投去征询的目光,有些拿不定主意。

"嗯……"玉才不断挠着头皮,认真地思索着,"我看……也行!"他突然把脸朝支书撇过去,很坚决地看着他。

"好哇。既然你两口子都是这个意思,咱等姑娘回来再征求一下人家的意见,看她愿不愿意,最后再决定。兄弟,你看怎么样?"

"行!行!大哥的想法挺好,就按你的意思办吧。"夫妇俩异口同声地点头赞许。

正在这时,大旋风领着一个男人走进来。"哟!你们都在呀!"她怀着恶意迅速用眼珠子扫视了所有人,然后盯着支书大叫起来,"哎呀!这不是大名鼎鼎的赵支书吗?什么时候来的?今天咋想起到我们这儿来啦?"她故作惊讶的虚伪使人有些毛骨悚然。跟着她进来的还有一个三十开外的汉子，膀大腰圆满脸横肉，腿叉开站在当地盯着大家，像个杀手。

大旋风突然进来，让大家吃了一惊，他们都把目光投向了支书。支书正欠起身对着油灯点烟，见大旋风突然闯进来，也暗暗吃了一惊。但他不露声色慢慢地吸了两口烟，然后又从鼻孔里吐出去，盯着大旋风不慌不忙地说："大名鼎鼎不敢当，只是没事来姑舅家串个门。"

大旋风尴尬而嘲讽地笑了笑，指了指那壮汉扭头对玉才媳妇说："这是我娘家兄弟，现在来领人。"说罢嘴角带着冷笑冲支书乜斜了一眼，心想：哼！还跟我捣鬼，看咱俩谁能斗得过谁？

玉才媳妇手里的饭碗差点儿掉了地，张开的嘴半天合不拢，惶恐地打量着他们姐弟，"怎么是现在？不是说好明天吗？"

"是啊，原来打算明天，可是我们想了一下还是现在吧，免得夜长梦多。"大旋风弦外有音地向大家瞟了一眼，狡黠地盯着玉才媳妇。

大伙儿把眼光又一次集中在支书身上。看来她要先下手啦，支书想，"来，先让客人坐下，一块儿喝杯酒。"说着他举起一杯酒，不紧不慢地朝大旋风递过去，顺便看了玉才夫妇一下，暗示他们赶快把大旋风姐弟让上炕来。

大旋风怕误了事，不断摆手竭力推辞。玉才夫妇却死拽硬拉地把她推上了炕，大旋风只好无奈地接住了酒杯。

大旋风是个不甘寂寞的人，哪儿有红火事她心里就痒痒，总短不了去凑凑热闹，在酒场上能喝能唱还能划拳，也是个角儿，所以男人们喝酒总爱叫上她。平时遇上人们喝酒，她肯定不谦让，会毫不含糊跟人们碰上几盅，可今天要办大事，她不敢马虎。本来她不打算喝，但是招架不住支书他们几个人的一再相劝，只好接住酒盅喝了起来。跟她来的那男子见她喝，也二话没说跟着就喝。支书不断给玉才夫妇和虎旦使眼色，他们三人心领神会一个劲儿地给他俩敬酒。几个人轮番敬完酒后，支书提议大旋风唱一段。

大旋风被大家一忽悠，借着酒劲儿就扯着嗓子唱起来：

大红公鸡窗台上卧，
不图喝酒图红火。
拿上筷筷捯罐头，
虽有心事难开口。
为人不把朋友交，
枉在世上走一遭。

唱完这一段大家使劲儿鼓掌，夸她唱得好要她再来一段。她扭捏着说不唱了，但禁不住这几个人的撺掇，又唱了起来：

满天星斗半卡月儿，
什么人留下抖山曲儿。
冰块块不化加火烧，
你不会唱山曲儿妹妹我给你教。
你骑上车车圪塄畔上过，
小妹妹绕手你回来坐。
大门关住你就驾墙墙来，
墙头上刺丝儿手扳开。
跳墙你就朝东面拐，
东圪崂崂有一个春灶灶台。
春灶台上给你藏下几片糕，
哥哥不要忘了妹妹的好。

就这样边唱边喝，不知不觉把两个人灌得头晕眼花，看见屋里的东西直打转。大旋风忽然意识到自己上了圈套，从炕上站起来打算要走，虎旦和玉才拉住她怎么也不让走，故意不断摇晃着她的身子，一会儿工夫她就瘫软趴到炕上再也起不来了。她那位兄弟由支书招呼着，也很快酩酊大醉，如一摊泥趴在了炕上。这正是酒坏英雄水坏路，神仙也出不了酒的扣。大旋风再泼赖也没拗过烧酒的厉害。

看见他俩都被灌醉，支书朝虎旦和玉才使了个眼色，三个人相继出了屋来到大门外。支书悄悄对玉才说："你赶紧给我们准备一套马车，等建民回来我们立刻回去。"然后，他又对虎旦说："建民可能快回来了，你去村口接他们，叫他们千万别回来，在那儿等着我。"虎旦和玉才马上照支书的话去做。

一会儿工夫玉才就把马车备好了。支书没敢进屋向玉才媳妇告辞，只悄悄拉上玉才匆匆赶车往村口走。到了村口，建民他们已经等在那里。支书要他们快上车，两个女子惊异地看着玉才。支书见她们有疑虑，便让玉才把情况跟她们说了说。玉才把她俩叫到一边，将支书来这儿的目的一五一十地说了一遍。听完玉才的话，两人互相对视了一下，其中一个对玉才说："昨天我们已经答应了人家，明天去她娘家的。"

玉才说："说实在的，我和你姑不同意。因为大旋风娘家离我们村几百里，还不在一个公社，她家里的情况以及兄弟们的情况咱都不了解，我们不放心。"他指了指支书，"他是方圆几百里的大好人，是全县最有威望的老支书，由他出面做媒我们放心。"玉才的话刚说完，两个女子又相互交换了下眼色。

支书看她们心里没底，便走过来对她俩说："要么你俩先去我家串几天，看看那儿的情况再做决定，行不行？"

两个女子看着玉才，嘴里嗫嚅着什么。玉才突然恍然大悟，"哦，大哥！"他赶紧走过去搂着支书的背把他拉到一边低声说，"她们找对象还有个重要的条件。"说着他伸出食指比画了一下。

"要彩礼？"支书好像早已料到，若有所思地点着头，回头看了看那两个女子，咬着嘴唇沉思了一下，然后挠着头说，"好哇，彩礼的事我想办法解决。"

"行！"玉才拍了拍他的背，"我跟她们把这事说一说。"说着他走到那两个女子跟前与她们低语了几句，她俩再没说什么便坐上了车。

支书原来只想把大的领回去给虎旦做老婆，没想到这个计划被大旋风打破了，只好将计就计把小的也领上。现在摆在面前的主要是如何帮虎旦解决彩礼，他不由得犯起愁来，扭头睨视着虎旦。虎旦见玉才跟支书和那两个女子来回嘀咕，便猜出是在说彩礼的事，心里提心吊胆，像揣了兔子通通直跳，一直惶惶不安地盯着支书。当支书扭头看他时，正好与他恍惚不安的眼神相遇，他慌忙躲闪开支书的视线。支书见虎旦一副狼狈不堪的模样，无可奈何地叹着气，两手背在身后，沉重地踏着车辙往前走。

一路上他仔细观察了这两个女子，发现两人的性格很不一样，经过斟酌，他觉得玉才夫妇想得对，大的与虎旦较合适。可是，小的给谁呢？如果让大旋风领走的话，这孩子肯定找不上好人家，闹不好就把娃娃毁了。

他对大旋风的为人是早有耳闻，听说她要把这两个孩子给兄弟，实为她们捏一把汗，怀疑她在捣鬼，担心她把她俩贩卖出去，现在总算一块石头落了地。不管咋说，大旋风没占着便宜。假如真要给了她的兄弟，看她那有人养没人教的样儿，估计兄弟们也好不到哪儿。尤其今天领的那一位，如果是给他的话，这两个可怜的女子就等于小羊入了狼口。

唉！可怜的娃娃们啊，就因为穷，为找口饭吃，从大老远跑到这儿。水灵灵的大姑娘，用自己的一生来碰运气，运气好可能遇个好人，运气不好就把一生毁了。国家一直提倡自由恋爱，婚姻自主，反对买卖婚姻。可是对贫困地区的人来讲，连最基本的生活问题都解决不了，还谈什么自由恋爱、婚姻自主……唉！支书惆怅地看着车上的两个女子，心情很沉重。

太阳落山时他们到了家，折腾了一天几个人累得精疲力竭。虎旦和建民在半道下了车，支书吩咐他们明天一早就到他家来，并要虎旦叫上他们的队长，以便一块儿商量着赶快把虎旦的事定下来。

支书领着那两个女子回到家，着实叫全家人吃了一惊。他把情况给大家说了一下，几个娃娃交头接耳相互看了看谁也没说什么，只是十分怜悯地盯着那两个女子。老伴赶紧做饭，吃过饭安排两个姑娘在西房住下，老两口开始合计第二天的事情。

再说大旋风一觉醒来已近午夜，发觉自己睡在玉才家，心里十分恼火，她立即叫醒那个男子，什么话也没好意思说，狼狈地走了。原来想通过那些狐朋狗友，把两个女子贩出去从中捞一把。因为还没找好主，怕夜长梦多有人抢先给两个女子找了主，所以准备先领她们去了朋友那儿再做打算，没想到支书赶在了前头。听说支书他们是为那两个女子而来，她就很快领上兄弟赶去了。那位兄弟也是一个"咬钢吃铁"的主，整日游手好闲惹是生非。通过她的关系，现在他在城里跟一个司机学开车。这几天他来家串门，她想让他唬一唬支书他们，没想到自己的如意算盘被那个姓赵的给打碎了。半夜酒醒后她也没好再问什么，只顾拉着兄弟往家走，回到家里越想越生气，越想越窝火。支书他们上哪儿啦？那两个女子昨晚回来了没有？全然不知，急得她像热锅上的蚂蚁。晚上再也没睡着，只是苦苦地想着这件事，她焦虑地盼着天快亮，打算明天一早去打听个究竟。

第二天一大早，虎旦、建民还有队长就来到支书家。支书打发建民把马车送回去，虎旦和队长留下来商量事儿。建民原以为自己是有功之臣，想参与此事，没想到支书让他去还车，心里很不情愿。可是，支书的话他不敢不听，于是闷闷不乐地赶着车走了。

除了虎旦的队长外，支书还请了几个大队干部，想与大家一起商量此事。首先，他把详细情况说了一遍，然后又谈了他的想法，人们听了后都同意，并佩服他智斗大旋风的一招干得漂亮。事情商量好后，支书把那个年龄大的叫过来，跟她把大伙的意思说了一遍。姑娘没说什么，支书问她："你到底愿不愿意？"

她不好意思地点了点头低声说："只要待我好，并且能有口饭吃就行。"然后她看着地面犹豫了一下，抬起头态度坚决地说："不过还有一个条件，就是得给我一千元的彩礼钱。"她坚定地看着支书。

支书思量了一下说："只要你们俩好好干，吃饭问题以后会解决的。另外，虎旦在这儿也没什么亲人，以后你就是他的亲人，安心在这儿好好过日子吧。至于彩礼钱……"他停下来看了看虎旦和大家，又把视线转在姑娘的脸上和蔼地说，"虎旦是个单膀孤人，除了他姐再没任何亲人。而且姐姐的日子过得也紧巴巴的，经常靠国家救济，根本拿不出钱来。他本人更是穷得叮当响，去哪找那么多钱？你看能不能少些？"

姑娘垂下头盯着地面考虑了一会儿，微微撩起眼皮点了点头。

"那……你看是多少？"支书试探性地问，所有人都看着她。

姑娘面带难色地看了看大家，"八百！"说完迅速低下了头，眼睛紧盯着地面。

在场的人听了一阵唏嘘，把眼光投向了支书。

支书沉思片刻移开叼在嘴上的烟袋摸了摸嘴，微微倾斜着脑袋点了点说："好吧，八百就八百，我想办法帮助解决。"说完，他脸色阴沉地看了一眼虎旦。虎旦如若局外人，随着支书与姑娘的对话，他的眼光迅速在他们两人身上移来移去。在场的人交头接耳狐疑地看着，"支书，这么多钱你上哪儿解决？该不是……"大队长疑惑地瞪大眼睛问他。

支书挥了挥手，"这个问题你别管了，我自有办法。"

在座的人顿时骚动起来，"你不是要把刚给儿子准备好娶媳妇的钱拿出来吧？"

"那钱可不能用！那么大的小子了，好不容易才瞅上个对象，眼巴巴靠着那些钱娶媳妇呢，你却把钱拿出去，这不是明摆着叫儿子打光棍吗？"

"哎呀，虎旦这事我们众人帮着想想办法吧，可不能再让支书一个人扛啦！"大家七嘴八舌地议论着。

"支书,你那点钱谁不知道是你用命换来的!为了给儿娶媳妇,你才拿出来,那也是万般无奈,现在你可不能这么做。"大队民兵连长,一个血气方刚的年轻人态度坚决地冲支书大声说。

支书满脸阴沉地听着人们的对话,只顾抽烟,一言不发。

"文海说得对,我们庄户人娶个媳妇不容易!你可千万不能把娃娃的事给荒了。"大队长非常认真地注视着支书,把从肩上脱落下来的衣服往肩头拽了拽,扭脸对姑娘说,"女子,这众人的话你也听见了。咱庄户人一下往出拿这么多钱不容易。支书在抗美援朝时差点要了命,那钱是组织上送他回家养病时给的救命钱,和这么多年他们夫妻俩从牙缝里抠出来积攒的钱。他一直不舍得用,就是为给儿子娶媳妇的。现在为了能促成你跟虎旦的婚事,他准备把这钱给你。"大队长咽了下唾沫,眼里流露着真诚的企盼,"人心都是肉长的,我想,你听了这种情况肯定也于心不忍。所以,咱们再商议一下,你看彩礼钱能不能再少些?"

其他人也都附和着,"是呀。咱们都是庄户人,日子过得都挺不容易。再说,你还想在这儿落户,解决户口问题是件大事,也很不容易。给你在我们这儿落了户,就等于给你解决了大问题。你也看见了,虎旦他根本拿不出这些钱来,只得靠众人帮忙。所以,你的彩礼就少要些吧。"

姑娘见大家这么说,心里很是犹豫,低头看着脚尖,不断抚弄着手中那块方格红绿相交的棉线头巾,沉默了一会儿,然后轻轻抬起头,"我要彩礼也是迫不得已,要么我也不会跑到这儿来。刚才听大家说的一席话,我心里也很不好受。既然众人这么说,我可以再让一让。"她停顿了片刻,抬头看了看大家,"那就给七百吧,再也不能少啦。"她低下了头,说话有些哽咽,后半句话是带着颤音说的,几乎让人听不见。

支书忧郁地看了看那女子和虎旦,把手中的烟袋放在炕上,严肃地对虎旦说:"你也要好好对待人家,她大老远到这儿不容易。"虎旦搓着双手笑着点了点头,并偷偷看了姑娘一眼。

虎旦的事就这么定了下来。支书和其他队干部商量，先给他们补助一百斤粮食，让尽快安家。至于彩礼钱，支书还是坚持把娶儿媳的钱用上，大家都反对他这么做。最后以民兵连长和大队长为首的几个人决定一起跟支书给虎旦凑这些钱，剩下的事以后再慢慢解决。

虎旦的问题解决了，支书心里的一块石头也落了地。可是，剩下的那个姑娘该怎么办？支书也犯了愁，老两口商量让她在这儿住上几天送她回玉才家。既然她已答应了大旋风，就让姑娘自己决定吧。

在支书家把事定下后，支书就叫虎旦赶紧领姑娘回家。一听让他领人回家，虎旦的心通通跳个不停。他偷偷看了那女子一眼，只见女子满脸羞涩，怯生而麻木地看着周围的人。虎旦心里有种说不出的滋味，脑子里只反复滚动着一句话：谢天谢地，我白虎旦也有老婆啦！有老婆啦！支书、大婶还有其他人对他说了些什么，都没听进去。只见那女子扭扭捏捏地低着头，不时畏怯地望一望大家，轻轻咬着嘴唇朝支书他们点一点头。虎旦看着姑娘羞涩胆怯的样子，心里一阵幸灾乐祸，全身热血沸腾，感到从没有过的快意在强烈滚动，从未有过的快活蔓延在身体的每个角落，让他喘不过气来，他的身体微微颤抖着，脸上闪耀着快乐兴奋，他感到自己是个打了胜仗的英雄，满载战利品而归，这个战利品就是眼前这位姑娘。他像是酒醉的汉子，没再说什么，只管领上那女子急匆匆往家走。

他一边走，一边时不时猥獕地回头盯着她，好像跟在自己身后的是一件稀罕物件，担心丢掉或欣赏不够似的。那女子脸色非常难看，步履艰难地跟在他后面，缩头缩脑，谨慎而怯生生地窥视着他。

领陌生女人进家，这还是头一回。看着眼前的女人，他心里无比痛快，暗暗想：不管咋说我总算有老婆了。究竟是喜是悲自己也说不清楚，反正他迫不及待地想赶快回到家，光明正大地把这个女人搂在怀里。她是我的了！她是我的啦！从今往后我就可以天天搂上女人睡觉。她就可以任我用，由我使唤，谁也管不了！他停下脚步回过身死死盯着她，那女子在离他几步远的地方立即停下来，胆怯地看着他，心里慌张地揣摩着他的想法。他猥琐地耸了耸肩膀，用手捂住嘴痴痴地笑着扭过身去，继续往前走。

一进家，虎旦望着姑娘的背影，猛然产生了一种难以抑制的冲动，他二话没说，不顾一切地冲上去抱住了她。姑娘被他突如其来野兽般的举动吓呆了，惊恐地扭动着身子试图从他怀里挣脱出来。虎旦全身的热血在沸腾，他奋不顾身地把她向炕头拽去，嘴里喃喃地说："你是我的老婆了，你是我的……"他身上、嘴里的恶臭味儿喷射在姑娘的脸上，他那厚厚的大嘴紧紧捂住姑娘的鼻子与嘴唇，让她喘不上气来。骤然，泪水从她脸上流下来，她无力地闭上眼睛，感觉自己从高处坠入了无底深渊，耳边有无数个声音在呐喊："李玉兰，你完了！你完啦！彻底的完啦。"随着这可怕的声音自己摔在了茫茫刺骨的寒冰上，好冷，好害怕！顿时全身僵直麻木，失去了知觉……

当李玉兰醒来后，白虎旦已经穿好了衣服，满脸通红汗淋淋地躺在她的旁边注视着她。他的眼睛里奔放着快乐、兴奋、自得的光。从他的眼神完全可以知道他心里在想什么。李玉兰看见那张脸感到恶心想吐，她惊恐地迅速坐了起来，突然发现自己的衣服几乎全被剥光了，乳房和臀部全部裸露在外面，她急忙搂起自己的衣服盖在害羞的部位。她的外衣一部分还压在虎旦身下，她气愤地拽了拽，狠狠地瞪着虎旦。他讪讪地爬起来下了地，玉兰满脸泪水，瑟瑟发抖地穿上了衣服。看着那个老气横秋走出院子驼背又猥琐的男人，她痛苦地趴在炕上啜泣起来……

听说虎旦有了老婆，村里男女老少都来看新人，有的还送来吃的东西或日用品，一向冷清的院落，一下子热闹起来。虎旦忽然感到自己的腰杆挺直了，从未有过的喜悦与自豪油然而生，孤独和烦恼一扫而光，脸上挂着甜蜜的笑容，好像一夜间人就变了似的。

建民惦记着虎旦的事，所以第二天就急忙赶了回来，进了村没顾上回家，径直往虎旦家走，到了那里发现媳妇已进了门，来往的人络绎不绝，虎旦脸上堆满了笑容。建民是个爱凑热闹的人,自然要给虎旦出些难题,戏弄他俩一顿才肯罢休。

戏弄完虎旦后,他从虎旦那儿出来,急忙赶到支书家,把一个非常重要的信息告诉了支书。原来,在那两个女子走后第二天,大旋风又去玉才家领人,没想到她们已经不在了,为此心里很憋气,她发誓不达目的绝不罢休,准备找几个人来这儿闹事。另外,还听村里人说,她要把她们贩卖到邻乡去。

支书听到这个消息立即打发人去乡里做了汇报,乡里也马上派人找大旋风,大旋风见势不妙只好就此罢休。

这下子,支书原准备让那位姑娘再回玉才家的打算彻底打消啦。原来,他只想给虎旦找媳妇,没想到现在还得给这女子找婆家。老支书坐在自家炕头上,越想越觉得好笑,"既然这样,就好人做到底吧!"他对自己说。可这孩子给谁呢?他把全村的老小光棍都在脑子里过了一遍,最后想到了建民。

建民在家里排行老四,有一个哥哥、两个姐姐、两个妹妹,哥哥姐姐都已成了家,两个妹妹还在上学。他中学毕业后回了家。从小他受父母和哥哥姐姐们的娇宠,养成了好吃懒做、不爱劳动的坏习惯,好多姑娘嫌他懒,说过几个都没成。支书觉得应该赶快给建民找个对象,有人管着也许还能把他的坏毛病改一改,想到这儿打发人去叫建民。建民来了后,支书把自己的想法跟他一说,没想到他脑袋摇得像拨浪鼓,说什么也不同意,打心里瞧不起那姑娘,笑话人家办事寒碜说话难听。

支书一听,便打消了这个念头。看来给姑娘找对象的事,不是马上就能解决的,他只好把姑娘暂时安排在大队部给饲养员帮忙,等来年再说啦。

虎旦把媳妇领回家的第二天,就迫不及待地请建民代笔,给姐姐写了一封信,把他娶老婆的喜讯告诉了姐姐。信的内容是这样的:

姐姐:

    你好。姐夫和外甥们也好吧。自从春节后,再没见到姐姐,很是想念。早就打算去你们那儿,可是因为忙一直没去成。我有一个非常非常重要的事和最最高兴的消息告诉你们,我有老婆啦!她从甘肃来,是建民帮忙找的。从此,我再也不是光棍汉了,我是个有老婆的人啦,再也不用过那种冷屋冷灶的苦日子了……

建民还想再写点儿,被虎旦打住了。本想说是自己帮的忙,但是觉得不合适,又在括号里加了"老支书"几个字。

半个月后姐姐从家里赶来,顺便带来些吃吃喝喝,为虎旦操办婚事。姐姐一来,虎旦的小屋蓬荜生辉。玉兰进门那天,就把屋里屋外从头至尾打扫了一遍。这是自姐姐出嫁后,从来没有过的。冷清破烂的院落经过打扫焕然一新,虎旦顿时觉得心里暖乎乎的。现在有两个女人屋里屋外地张罗,凝固在虎旦心中的孤独、寂寞被释放得无影无踪。听说弟弟有了媳妇,姐姐高兴得几天没睡好,抓紧安排了家里的事,带上东西匆匆赶来了。像往常一样,她把给弟弟做的鞋子和衣裳也都带来了,并且用自己多年积攒的两块布,给他俩缝了件新衣裳。姐姐想尽最大努力把虎旦的婚事操办好,但虎旦媳妇不同意,说穷家穷业简单办办就行了,不要太铺张,应尽量节约开销。在她的坚持下,姐姐同意了,只叫来老支书夫妇跟村里一些有头脸的人,在家里吃了一顿饭,算是办了一个小型婚宴。

这些人中自然没少了建民。建民对虎旦的邀请非常高兴,突然产生了从未有过的自豪感。他尽量显出文明庄重的样子,穿上自己心爱的夹克衫、一条半新的毛涤裤,特意洗过的头发还抹了点发蜡,打扮得比虎旦还抢眼,好像这里的新郎是他而不是虎旦。过去和虎旦在一块儿,并没觉得什么,但是今天跟村里有头脸的人一起被邀请,他感觉自己的地位一下子高了,正襟危坐,不再跟虎旦两口子开玩笑,戏弄他们了,装出一副威严的样儿,惹得在座的人暗暗发笑。尤其虎旦,起初对他今天的表现很纳闷,后来明白了建民的心思,不由暗自失笑,心想:这小子,还跟我装正经!穷酸!

吃过饭后，大家都告辞了，建民也和大家一样离开了虎旦家。他一路上不断琢磨着今天的事，体会被人尊重的感觉，现在才明白被人抬举竟然这么好。建民奇怪虎旦过去常有的那种孤僻、胆怯、没有自信的眼神一下子不见了，变得开朗自信起来，今天他自信的眼神建民从未见过。从虎旦的眼神中，他感受到人有了老婆就有了幸福，有了老婆就有了自信和自尊，有了老婆还能找回尊严！

不知是因为从没有过这种待遇，还是受了虎旦感染的缘故，看见虎旦高兴，他也像遇上了喜事一样心里美滋滋的，走着走着突然兴奋地跳上前边的一个小土坡，展开双臂抬头仰望着天空，张大嘴扯开嗓子大声吼起来："唉！……唉嗨！……唉……嗨嗨……"一口冷气猛然呛进了嗓子，嗓子受了强烈刺激，痒痒的，他剧烈地咳嗽着从土坡上走下来，一时的兴奋被这意外的冲击淡化了，他抱着肚子，躬身迅速朝家跑去。

把虎旦的事情办妥后，姐姐没住几天就回去了。姐姐走后，他们把家打扫粉刷了一遍，把门窗重新糊裱了一番。虎旦媳妇把家里所有破旧衣物都翻出来拆洗缝补，能用的东西都废物利用，一个多月的时间，就把一个破烂不堪的家整理得有条不紊。村里人看了都夸赞不止，庆幸虎旦有福气，找了个好媳妇。

按照姐姐的安排，春节他俩去姐姐家过。腊月二十三这天，天刚蒙蒙亮，媳妇就叫醒了虎旦，把里里外外收拾了一遍。虎旦给昨天就借来的毛驴添了些草，又把驴车仔细检查了一遍，拿一条破口袋装了些草料放在车后，随后把一条毡子和两条口袋铺在车上，这是他们去姐姐家的交通工具。一切准备就绪，吃过早饭，两人就赶着驴车往姐姐家走。

塞外的腊月，寒风凛冽，虎旦脚穿毡鞋，头戴大棉帽，身穿破皮袄，腰上还系了根麻绳，手里拿一条皮鞭坐在车辕边，当车把式。媳妇坐在他身后，用一条旧棉被把自己围在中间，又将另一条旧被紧紧裹在身上。虎旦看着身后的媳妇，心中乐滋滋的。他举起鞭子边抽打毛驴屁股，高兴得哼哼唧唧唱起来：

豁唇唇吹梅圈不住个风，
　　秃手手弹弦挑不起来音。
　　背锅锅上坡挺不起个胸，
　　急磕磕谈恋爱活活儿坑死人。
　　骡驹驹……

　　身后媳妇听他唱的曲儿很逗，憋不住扑哧一下笑出声来。虎旦听见媳妇笑，正打算继续往下唱的曲子戛然而止，难为情地咧着大嘴扭头看着媳妇问："你笑甚？是不是唱得可难听了？"

　　媳妇捂着嘴尽量止住笑说："不，不是。"

　　虎旦撇了撇嘴依然难为情地笑着说："唉……还不说实话。"说完他又在驴屁股上抽了几鞭，把想唱的曲儿憋了回去，闷闷地坐在车辕上张望着四周。

　　自从老婆进了家，他感觉自己像换了一个人，天天都是好心情。尤其今天又要领上媳妇去姐姐家过年，在姐夫、外甥们面前有了面子，心里说不出的痛快。本来想扯开嗓子好好唱几声，没想到这女人还耻笑他，所以不敢再唱了，只好默默看着四处的景色想事情。

　　这条路不知走了多少回，每次都会给他留下一些痛苦的记忆。冬季光秃秃的原野上那些飞扬的尘土，常把他一颗探亲的心搅得无比惆怅，让他乱如麻。四野荒芜的小草和稀稀拉拉的枯木，会让他联想到自己就像它们一样，命运多舛，受尽风雨和霜雪的摧残，孤苦伶仃，孤立无助。枯树上的鸟巢也会叫他浮想联翩，羡慕不已。他认为每个鸟巢就是一个幸福的家，他想象它们在巢里怎样生活、吃饭、睡觉、生儿育女。心情不好时，他看见鸟巢还会掉泪。尤其这条路上鸟巢一个接一个，好像除了它再没别的了，一路看着它们总让他不愉快。远近坐落的村庄和路经的旅店、饭馆以及住户，都能使他联想起不愉快的事。甚至在路上看见人们说呀笑呀的，或路边住户门前跑的猫、狗等，都会使他产生忧愁与悲伤。

可是，今天沿途的一切却让他兴奋，觉得那些原来十分诱人。他抑不住内心的高兴，用鞭子敲了敲驴屁股，又扯着嗓子唱起来：

> 正月里正月正，
>
> 正月十五挂红灯。
>
> 红灯那个挂在大门墩，
>
> 问一声五哥哥呀，
>
> 你多会儿来上工。
>
> 二月里来刮春风，
>
> 二妹妹扎着那红头绳。
>
> 五哥两眼瞅着我，
>
> 问一声五哥哥亲不亲。
>
> 三月里来是清明，
>
> 五哥放羊出了门。
>
> 羊儿在前人在后，
>
> 只见黄土不见人。
>
> …………

虎旦媳妇的心情正好与他相反，这段时间她从未舒心过。尤其今天跟上虎旦去姐姐家过年，心里更像猫抓似的难受。虎旦一开始唱的曲儿里，她觉得词很逗，所以一笑而过没感到什么。可他下面唱的《五哥放羊》却勾起了她的思乡之情，这曲调和词再加沿途的一切，使她触景生情，更加思念家乡、思念亲人、思念日思夜想的爱人了。一路上她偷偷抹着眼泪，虎旦却一点都不知道，只管扯着嗓子唱，直到唱累为止。

第三章　有家的日子

过完春节，虎旦夫妇回到了自己家。这是一个自父母去世后最让虎旦开心的春节，在姐夫和孩子们面前有了面子，自己的腰板也挺直了。最让他开心的是姐姐一家和周围的人说他娶了个好老婆。

由于队里补了一百斤粮，再加上原来的三百多斤，虽说多了一个人，暂时还有粮吃。虎旦媳妇是穷人家的孩子，很会精打细算，是个过日子的好手，一回来就跟他合计今年的生活。自从她进了门，一天两顿饭，不管好赖基本能吃饱，再没感到寂寞孤独，再没睡冷炕，使他真正尝到了有老婆的甜头，感觉浑身是劲儿，对生活充满了新的希望。

春节一过，庄稼人要为新一年的生产做准备。老支书召集大队、小队干部开会，研究包产到户的事。一九七八年底，中国共产党召开了十一届三中全会，做出把工作重点转移到社会主义经济建设上来，制定了关于加快农业发展的决定。十二月，安徽凤阳小岗村十八户农民秘密签订契约，决定将集体耕地承包到户，搞大包干。之后，有不少地区的农民也相继学着干了起来。

春节前乡里开了"三干会"，专门讨论此事，征求队干部们的意见。会上大家各抒己见，对小岗村十八户农民的做法多数人赞同，私下商量回去后立即行动，也有少数人不同意那么做。乡里虽没有明确表态，却采取了默许的态度。

得到上级的默认，支书心里有了底。正月期间，他一直在思考这个问题，并且征求了好多人的意见。听说有人偷偷搞了包产到户,村民中好多人的心也活泛起来,企盼这儿也能尽快搞起来。年前,支书开完"三干会"回来,有人蠢蠢欲动,给支书出谋献策、提建议,要求赶快把这项工作搞起来。也有人对包产到户持怀疑态度,并且还有抵触情绪。多数人持跟风和观望态度,静观势态发展,随大流儿。

面对人们不同的想法,支书仍有自己的主张。现在,他的整套方案已经成熟,只等在会上和队干部们进一步讨论确定下来。

听说要研究包产到户,大队、小队干部早早就聚集在大队部等候支书发话。等支书把开会的中心意思一说完,人们就踊跃地发表起自己的意见,各抒己见,讨论非常激烈。经过激烈讨论,多数人赞同支书的意见——同意分两步走,先把队里的牲畜分到户,待时机成熟后再分田。

包产到户的方案确定下来后,各小队就分头迅速行动起来。正月一过,他们的分配方案就拟好了,然后又经大队委员会进一步讨论,最终定了下来。根据当地的以往政策,凡娶来的媳妇都按当地社员一样对待,嫁出去的女子所有分配一律取消。这样,玉兰很荣幸得到和当地人一样的待遇,两口子一下分到十只羊。虎旦和建民两家还合分到一匹马、一头牛,这是他有生以来从未想过的。羊和牲口分到手后,虎旦别提有多高兴啦。虽然分的马、牛是两家共用,但是对他而言已经非常难得,感觉它们也完全属于自己的财产。分到牲口,他似乎比娶了老婆还高兴,嘴咧得老大,脸上笑开了花,像摸小孩的脸蛋那样,一个劲儿轻轻地抚摸着那些牲畜的脊梁。尤其那匹马,更让他爱不释手。这些年实在太穷啦,连自己都养不起,更谈不上养牲畜了,即便一只鸡也没养过。虽说两个牲口属两家共有,但总有他白虎旦的一份儿啊!从未有的喜悦与踏实油然而生。没跟建民家商量,他径自把两个牲口拉回家,回到家又把它们浑身上下摸了个遍,一会儿摸牛屁股,一会儿又抚摸马脊梁,蹲在墙根下心里美滋滋的,像观赏宝物一样端详着它们。媳妇见他拉回牲口也很高兴,想给它们喂点草料,可家里没有。虎旦一看急了，赶紧奔饲养院。他想去那儿弄些草料，哪怕赊借一些也行，等秋后再还回去，但无论如何也不能叫它们挨饿、受罪，觉得叫它们受罪比自己受罪还难受。

虎旦刚走，建民就风风火火赶来了，没等进院就扯着嗓子喊上了："虎旦！虎旦！"

虎旦媳妇听见喊声急忙从屋里出来。

"虎旦呢？虎旦！"建民依然冲屋里高喊。

"有啥事？他刚出去。"虎旦媳妇说。

建民听说虎旦出去了，心里更恼火，"这小子倒挺逍遥自在的！连声招呼也不打就把牲口拉走了，有这么干的吗？简直反啦！"说着气哼哼地进了屋，蹲在了炕沿上，两眼充满红血丝，手搭在膝盖上不耐烦地四处打量了一遍。

虎旦媳妇赶忙跟进屋，满脸堆笑地说："兄弟，别生气。他可能是高兴得昏了头，没和你们打招呼就把牲口拉回来了。那两头牲口反正是咱们的了，谁也拉不走。等他回来，你俩有什么话再商量。"说着给建民递过一碗水。

建民接过水，又听她这么一说，气消了一半，抬头看了看她，心想：嘿！看不出这女人还有这一套，挺精明的，虎旦能娶这么个老婆真走运！

虎旦媳妇见建民的气消了些，便找话和他聊了起来。她告诉建民，自己叫李玉兰，有三个哥哥和一个妹妹。虽然家里劳力不少，可是由于土地贫瘠，水源缺乏，农民全靠天吃饭。连着几年地里干旱，庄稼颗粒不收。母亲常年有病，身体很不好，哥哥们都快三十岁了，因为家穷全没娶上媳妇。为了给家里减轻负担，她跟着表姑来到这儿。虽然虎旦很穷，可是这儿的自然条件比她老家好多了。她相信在这儿落了脚，靠自己的努力，将来日子一定会好起来的。听了虎旦媳妇的一席话，建民突然对她产生了由衷的敬意。

多少年，因为闭塞、封建，本地人很排外，对外来人总存有偏见。尤其是那些外来女子，由于她们贫穷，地位卑微，加上生活习性的不同，常被本地人瞧不起，受欺负。这些人也因自身条件不好而拿命运做赌注，孤身远离家乡和亲人，来到陌生的地方，为了家人把自己出卖给不爱的人，体验不到真正的爱情，更感受不到做人的尊严，在当地人面前低人一等，对人们的冷遇、嘲笑总是逆来顺受，抱不理睬态度。建民与其他人一样，从没注意过这些人的存在和感受，对她们总是不屑一顾。可是与虎旦媳妇的闲聊中，他突然意识到，自己的想法是错误的。他边跟她拉话，边仔细打量起她来，一米六五以上的个子，泛黄的脸、高鼻梁、薄嘴唇、圆脸庞，虽不算漂亮，但也很耐看，越看越好看。她的长相与虎旦形成了鲜明对比，使建民感到很好笑。一双丹凤眼，眼睛里时时流露出精明与豁达，她的内心世界远远比外在丰富得多，建民不觉暗暗吃惊。跟虎旦媳妇一阵闲聊，他心头的恼火一扫而光。等了半天还不见虎旦回来，他觉得待着无聊，便起身走了。

很快要到春耕时节了，虽然各队根据自己的情况把牲口按大小好坏搭配后分给了社员，可是土地还没有分开，到底是尽快分开还是再等一等，支书心里也很犹豫。经大队委员会讨论，决定秋后再分。于是，今年的生产任务还与往年一样，分到各个生产小队安排。

在计划经济年代，一切都是按照国家的计划进行，连种粮也不例外。春天地里的一切农作物都按往常下种后，人们仍然像过去一样，履行着大集体的劳作时间，一起出工一块儿收工，实行工分制。

李玉兰跟大家一起参加了劳动，从此融入了新环境，开始新的生活。她干活泼辣、能干，在女人中是数一数二，甚至和有些男子相比也不差，没几天便在村里出了名。尤其被大歪嘴建民一宣扬，她立即就成了全村的大名人。老婆有了名，虎旦也觉得光彩，好像自己出了名似的，心里美滋滋的。下地干活夫妇俩形影不离，引来村里人好一阵议论和讥讽。于是，两人上下工不敢在一起走了，虎旦在前面走，李玉兰跟在后，还保持了一段距离，到了地里也不敢太近乎，怕人们说闲话。刚开始李玉兰和大家在一起还觉得有些生疏拘谨，时间一久逐渐跟人们熟了起来。由于自己是外来人，和本地人相比总有些低人一等的感觉，再加上虎旦穷，又是村里的老光棍，在村里也没威信，因此李玉兰说话做事很小心，总怕被人瞧不起。

转眼，玉兰离开家已经半年多了，一直没收到父母来信。曾给他们写过几封信，也始终不见回音，不知收到没有，她心里很着急。自从到了这儿，她再没见过玉才夫妇。跟她一块儿来的那个姑娘叫鞠香，两个月前有人给说了个对象也走了，现在只留下她一个人。除了虎旦，她再没任何亲戚朋友，感到十分孤独。跟虎旦虽然已经生活了好几个月，但是对他还没什么感情，常有一种说不清的生疏感。

每当夜深人静她就会想起家乡，想起父母和兄妹。尤其妹妹，从小跟她形影不离，几乎是她背大的。父母忙于地里的活计顾不上照顾妹妹，玉兰从几岁起就洗碗、做饭、看孩子，承担了好多家务活儿，真是穷人的孩子早当家！得知她要离开家时，妹妹伤心地哭了好几天。为了不让家人担心，一到虎旦这儿，她就写信告诉了他们，并把彩礼一块儿寄了回去。她知道家里需要这些钱，可是不知为什么，始终没收到家里的来信。为此她坐立不安，真想回家看看，只是没钱回不去。

去年分的粮也吃得不多了，人的肚子里没油水饭量就重，再加上虎旦又能吃，恐怕连春天也过不去就要断粮，这几天她为粮食的事开始犯愁。因为家穷才逃荒到这儿，谁想到来了这儿又遇上个穷汉，真是房漏偏遇连阴雨，苦日子何时能有个头啊！李玉兰年纪轻轻犯愁的事真不少，每天心里七上八下，忧愁郁闷，可又没地方诉说，只好一肚子装了。真是穷人愁事多，穷人的孩子早当家啊！

眼看粮食就要吃光了，玉兰跟虎旦商量，再去找老支书，请求队里能给补点儿粮。商量好了，虎旦就去找支书。见虎旦要求补助，支书才想起他的吃饭问题。自从娶了媳妇，虎旦再也不在村里到处乱串了，大部分时间都待在家，支书很少见到他，加上队里的事把支书搞得晕头转向，所以他几乎把虎旦忘了。支书答应再给他们补些粮食，为他们解了燃眉之急，玉兰愁苦的心也得到些安慰。

每年临近夏季，青黄不接日子最难熬。冬储的大白菜和土豆已吃光，多数人家吃饭没菜，除了腌制的萝卜菜外再没别的。有的人家甚至连腌萝卜也吃光了，只好米饭就大蒜或者"甜吃"。殷实人家的粮还能凑合到夏收，不会过日子的人家就要断顿了，好多人拿着升、斗开始到处借粮。看着地里的庄稼，人们心里直痒痒，急切地盼望着收割季节早日到来。

虎旦夫妇也把去年冬储的白菜和土豆吃光了，玉兰挖上野菜腌制好就饭吃。虽然队里又给虎旦补了点粮，但是对大肚汉的他来讲，仅靠这点粮食还是等不到夏收的。玉兰想，光凭救济不是长久之计，自己也应该节省着过日子，于是每天上工总带着一根麻绳、一个大箩筐和一把镰刀。劳动歇息时，她就到田间地头挖野菜、割草，收工后把沉甸甸的一大筐野菜或一捆草带回家，挖的野菜充饥，割的草除喂那几个牲口，剩余的晾干储存起来。拿到救济粮后，玉兰把它加工成细粮，糠没舍得丢，又细细地磨了一遍，跟米掺和在一起，然后再放些野菜熬成菜粥吃。

大多数人家为了节省粮食，也常喝菜粥，一般是在菜粥上浇一点放佐料的炝锅油。日子好的人家，能多放些炝锅油，日子差点儿的，就少浇点儿。可是，虎旦夫妇的菜粥里啥都没有，只有盐。虎旦一年四季很少吃肉，有了便吃一顿，没了就不动，一来因为穷，养不起牲畜和鸡禽；二来他不是个勤快人，光棍汉过日子懒得喂养那些，油、肉多靠姐姐接济，除此就是众人接济和队里分的那一份了。因为没有计划，往常正月一过就把油吃光了，今年多亏玉兰再三节省，才熬到现在。虽然菜籽油还有点儿，但所剩无几。玉兰觉得不能把东西吃的精光，所以近段时间就不放油了，只撒把盐调味。

他俩每顿饭离不开野菜，是那些野菜帮他们度过了饥荒，让虎旦第一次闯过了饥饿关，等到即将下来的新小麦。

经过一段青黄不接的日子，夏收在望。今年老天爷做主风调雨顺，没下冰雹，也没闹洪灾，庄稼长得很好，是个难得的丰收年。看着即将到手的丰硕果实，社员们个个喜上眉梢，老支书心里也踏实了许多。俗话说：人逢喜事精神爽，社员们干起活儿也有了劲头。

在开镰的前一天支书召集各生产小队的干部开了一个会，并把今年上交公粮的任务指标摊派给各个小队，及时安民告示，为的是使大家有思想准备。支书强调收割季节，凡能劳动的人都要参与，因为说不定什么时候就要下雨或冰雹。对于农民来说，最关键就在这半月十天。队长从支书那儿回来后就立即组织社员做夏收准备。

人们盼新粮盼了很久，这段日子顿顿野菜粥，吃得胃很不舒服，要么大便干燥几天拉不下，要么就拉稀。新小麦下来，怎么也能吃几顿白面烙饼了，所以他们天天看着地里庄稼的变化，急切祈盼着夏粮尽早成熟，赶快摆脱这青黄不接的日子。听说要开镰，男女老少个个喜笑颜开，晚饭过后，家家磨镰刀、收拾打场用具，做夏收准备。

男人们找出搁置了多日的镰刀，沾上水在磨石上哧溜哧溜地使劲儿磨，把所有能用的镰刀磨得锋利，还把刀把和接口都检查一遍，看是否结实，一切没问题了才算了事。男人们磨好镰刀再拾掇打场用具，连枷、扫把、场面……女人们洗涮了锅碗，喂过了猪、鸡，就开始缝补割地要穿的、用的衣物，然后再烧些绿豆水或白开水，装在罐子里准备割地时喝。

虎旦两口子也不例外，忙着做明天的准备。虎旦拿出磨石和所有的镰刀，端了一盆水放在跟前，将几块土坯摞起来当板凳，坐在上面。由于他日子过得邋遢，手头家具不是缺胳膊就是短腿，这几把镰刀也都歪瓜裂枣，没个像样的。他挨个儿把它们挑了半天，好不容易挑出两把能用的磨了一遍，磨完了，便把它们搁在凉房的窗台上。玉兰借昏暗的灯光补烂布衫，这是虎旦已经穿了两年的衣裳，领口、袖子和肘部等都磨破了，可是玉兰仍不舍得把它扔掉，觉得补一补还能在劳动时穿。一切都准备就绪，两人才熄灯睡觉。

天还没亮，家家都起来做饭、挑水、喂猪、喂鸡和其他牲畜，收拾农具……

东方微呈鱼肚白色，队长就吆喝人们出工，听到吆喝声大家拿上农具、水及一些吃的东西，慌忙从四处往地里走。在朦胧的晨曦中，时时可以听到人们的咳嗽声、说话声、脚踩在地面上的窸窣声和啪嗒啪嗒拍打地面的声音。大地上万物微微可辨时，人们已经到了地头。

队长按地垄把活儿分开，人们就立即割了起来。上岁数的人懂得干活掌握火候，讲究后劲儿，不紧不慢地割，越割越有劲。年轻人干活不考虑后劲儿，只图一时的冲劲儿。尤其那些愣头青们谁也不服谁，互相打赌、比赛，看谁速度快。民兵连长和妇女队长各自为营，摆开两大阵营，从自己的队员中挑出强将进行比赛，誓与对方比个高低。所有被挑选出来的男女青年捋起袖子，冲进庄稼地展开你死我活的较量。第一个回合下来两队不分胜负，彼此不服气，就开始第二、第三个回合的较量。三个回合下来后有了差距，有的人已经气喘吁吁了。大家坐下稍许休息了一会儿，接着继续比赛。最后人们实在顶不住了，一个个败下阵来，只剩民兵连长陈文海和李玉兰两个人还在较劲儿。败下阵来的人跟在他俩后边，不断给他们鼓着劲儿。

"文海哥，加油啊！你可千万不能叫这老婆落下！"建民跟两个年轻人挥动着镰刀，紧紧跟在民兵连长的身边不断喊，趁机还弯下腰帮他割几镰刀。胖嫂和牛二媳妇见状赶紧跑过去追打着他们，不让他们帮忙。妇女队长和几个媳妇也跟在玉兰身边，拼命给她鼓着劲儿，也像建民他们那样，借机帮玉兰割几下。胖嫂的丈夫把镰刀往腰里一别，捋起袖子，手一挥，吆喝几个年轻人也朝她们奔了过去，满地追赶着她们，不让她们靠近玉兰的地垄……

文海也有些顶不住了，但是碍于面子，死活不肯败下阵来，脸憋得通红，手忙脚乱拼命甩动着镰刀往前割。

"我说，文海呵！你可千万不要给咱尿裤子。"马正经直起腰来把镰刀插进后衣领子里，两手托在胯上，伸长了脖子大声喊，"割地这玩意儿是屁打脚后跟，用的巧劲。"他一瘸一拐拉着两条腿，从麦地里走到地畔上，找了个地方坐下来，脱下鞋用力磕着上面的土，"就像你那怂相，脸涨得跟个醋葫芦，蹄蹄爪爪乱扑棱，干忙不出活儿，这不叫人家把你比得尿裤子还等甚？"说着把鞋里的土倒了出去。

"哎！这个死不了的！"坐在他旁边的人两手扑打着吹过来的鞋土，赶快挪动了地方佯怒地骂了一句，然后也嘲弄地说，"就是嘛！文海，我咋觉得你那不像是在割地，倒像是老母猪在地里乱拱了。"

"哈！哈！哈！说得对，说得对！"人们哄堂大笑，不管男女老少都赞同，无论是割地的还是不割地的，把眼光都集中在了民兵连长身上。

"文海！不行了吧？不行了就赶快认输吧！"妇女队长得意地大叫。

"对呀！快认输吧！不要打肿脸充胖子硬充好汉了。"女人们都跟着嚷起来。

文海扭过头偷偷看了玉兰一眼，见她没半点退缩的意思，仍然割得很起劲儿，而且已经超出自己好几米。他实在支撑不住，速度逐渐慢下来。小伙子们见势不妙，赶紧上去帮忙，女人们哪里肯让，小媳妇大姑娘见状蜂拥而上，到处追打帮忙的人，麦地一片混乱。连长再也支撑不住了，扔掉镰刀一下倒在地上，四肢伸开呈"大"字，胸部起伏急速喘着气。看着他那狼狈相，人们都过来起哄："哟！这是咋啦？堂堂五尺男人，咋就叫一个老婆整怂啦？"

"哈！哈！文海叫女人整得尿裤子啦！"

"哟！兄弟，咋下软蛋啦？"

"呀！我看看，这是头野驴还是颗软蛋？"胖嫂说着弯下腰在他大腿上狠狠拧了一把。连长疼得直咧嘴，跳起来去蹿胖嫂，她咯咯笑着躲到了妇女队长身后。

马正经背着手站在一边慢条斯理地说："噢，原来还会弹蹄啊！我以为是谁家的狗死啦，躺在这儿。"逗得大伙儿又一阵哄堂大笑。

"狗杂种！"民兵连长笑着爬起来，捡起一块石头朝马正经扔了过去，马正经猫着腰转身便逃。看着马正经那滑稽相，他幸灾乐祸地拍手大笑。

站在旁边的建民一伙也开口了："文哥，你把我们的士气都灭尽了，还能笑得出来？咋连个老婆也干不过？"

连长摸了摸头，难为情地笑着说："哎，没想到虎旦那怂老婆那么厉害，今天竟然栽在她手里了。"

建民双手抱胸，装出一副歇斯底里的样子，摇着头说："老天爷呀！以后我们就要受那些怂老婆们的气啦。"逗得大家又笑了起来。

队长见开玩笑影响了劳动进度，便吆喝着人们抓紧干。在队长的督促下，大家一鼓作气超额完成了上午摊派的劳动任务。

一大早队长就组织了几个人磨面、杀猪，为割地的准备午饭。这是惯例，年年如此，今年也不例外。听说队里又要给社员吃饭，虎旦高兴坏了，一上午馋虫在肚里不断翻滚，搅得他心烦意乱。想到中午的那顿饭，他就忍不住流口水。好不容易等到晌午收了工，所有劳动人扔掉手中的活儿，急急忙忙往队部赶，等着吃锅贴猪肉烩菜。虎旦更是迫不及待，眼看就要割到地头的几垄地也顾不得割了，撂下就走。

"虎旦！你小子一听见吃连命也不要了？芽长那么点儿营生，夹住尿就能做了，你还非得把它留下？我看你脑袋灰蛋灰蛋的，就开了个吃窍！"队长瞪大眼睛，怒气冲冲地提着镰刀朝虎旦奔过来，"回来！回来！你把它割了再走！"队长烦躁地大喊，唾沫星子在脸前飞溅。

马正经一手托臀部，一手将镰刀顶着地面，歪歪斜斜扭动着身子，龇着牙站了起来，"我看你小子三天不打就上房揭瓦，真是挨鼻头不揭好日子！"他一瘸一拐摇晃着身子，"一听见吃，两眼瞪成个痨铃，脖颈伸得像雁骨碌！"说着迅速往前疾走几步撵上虎旦，用镰把在他屁股上敲了几下，"快！赶快回去干活儿！"

"就是，赶快回干活儿，干完再吃。"建民不怀好意地朝队长做了个鬼脸，又斜眼看着虎旦努了努嘴。

"你小子一听见吃就心魂不顾,连你老祖宗也忘啦?"牛二鄙夷地用手指点着虎旦,随手把镰刀扔在老婆脚跟前,"给!把我的镰刀拿上!"然后边解裤带边急速到另一片地畔去解手。

无论已经收工的,还是没收工的,大家七嘴八舌地谴责、奚落他:"那小子这辈子就开了个吃窍,再甚窍也没开。"

"谁说人家除了吃窍甚窍也没开?人家还开娶老婆那一窍呢!"

"没错!人家可不单单只开那么一窍,人家开的窍多着呢!你们知道个甚?"

"哈!哈!哈!"

虎旦难为情地笑着悻悻折回来,一边往自己撂下的地头走,一边不断弯腰捡起土块儿向四周敲怪话的人们打过去,"我让你孙子再鬼嚼!看打不断你狗日的腿!"

玉兰听人们七嘴八舌地拿虎旦开心,又见他猥琐狼狈的样子,脸上火辣辣的,于是赶紧跑过去迅速割起来,几个路过的女人也帮着一块儿割,很快就把剩下的那点儿地割完了。

人们前拥后簇地涌到了队房,好些老弱病残的人听说要给劳动的人会餐,也赶来蹭饭,一时间队房里里外外全是人。几个做饭的半截老汉和老婆忙得不可开交,有的姑娘小伙子看见他们忙不过来,也主动上去帮忙。为了能尽快吃上这顿饭,虎旦也帮忙了。担心菜烧煳,他拿起一把小铁锹不断在锅里来回翻腾着。由于锅大菜多翻起来很不得劲,他就干脆蹲在锅台上去翻。香喷喷的猪肉味儿扑面而来,他的哈喇子差点儿流了出来。馋劲儿实在难以控制,他迅速从锅里抓了一块肉扔进嘴里,没想到肉太烫,进了嘴后咽不下去又吐不出来,烫得他龇牙咧嘴,两只眼就像小孩玩耍的铜铃骨碌碌乱转。于是,他捧着肚子猫着腰,猛地从锅台上站起来。在场的人见状哄然大笑,一旁帮灶的牛二老婆笑得泪流满面直不起腰，抱住肚子跑出门外。建民和几个年轻人正在屋外打打闹闹，见牛儿媳妇笑得上气不接下气跑出来，屋里院外还一片哗然，也赶紧跑过去想看个究竟，刚到门口，就见虎旦脸红脖子粗地站在锅台上，嘴里还嚼着东西，眼珠子瞪得快要掉出来了，建民他们也禁不住捧腹大笑起来。

"哎，哎！虎旦，你这是咋啦？抽风了吧？"建民边笑边指屋外，"你把人家牛二嫂搞得尿裤子啦！"人们听他一说，笑得更厉害了。

胖嫂也笑得两眼直流泪，上气不接下气地扯着嗓子喊："怎么？光天化日之下你竟敢强奸妇女？哈！哈！……看牛二不剥了你的皮！"

"还是站在锅台上干的！"有人赶紧补充着。

"在锅台上干那缺德事了？"最能起哄的马正经装出一副十分惊讶的样子，伸长脖子歪着一颗干瘦的脑袋，阴阳怪气地说，"哎哟哟，这顿饭我们该咋吃呀？"说着还两手一摊。他的话音一落，人们又抱着肚子笑起来。

胖嫂笑得前俯后仰，过去把马正经捣了两拳，"这个杂毛禽，哪来这么些鬼腔调！"

马正经摸着挨打的地方龇牙咧嘴一副怪相，慢条斯理地说："怎么？你也想让搞得尿裤子？"

"看！胖嫂真叫搞得尿裤子啦！"建民把半瓢水泼到胖嫂的背上，水沿着后背直往下流，经过臀部流到地上，引得人们又是一阵哄堂大笑，好多人笑得前俯后仰。

"这个狗东西，看我今天不把你收拾了！"说着，她也跑到水瓮旁舀了一瓢水要往建民身上泼。建民见势不妙撒腿就跑，胖嫂拿着瓢满院乱追，水洒得到处都是，不但没泼在建民身上，反而溅了自己一身。几个小年轻跟在她后面直起哄，"快看！快看啊，母狗咬人啦！母狗咬人啦！"

胖嫂又扭头追起那几个小子来，边追边不停地骂着脏话，随手把瓢扔出去打在一个小子身上，那小子捡起瓢又朝胖嫂追去。马正经一挥手大声嚷嚷着，朝胖嫂追过去,"咦!这老婆反了哇!来!咱把她裤子脱了,看她还敢不敢再狂了?"

话音刚落,一群男人蜂拥而上,把胖嫂摁倒在地,在她身上乱抓,有人趁机占她的便宜……胖嫂大声尖叫着,四肢乱弹,肥胖的身体来回扭动。她的同伙见状也扑了上来,跟那些男人们扭在一起,男男女女抱住满地打滚,趁机揉搓着对方的身体,并夹杂着一些不雅的动作。胖嫂男人坐在一旁龇嘴直笑,牛二老婆披头散发地跑过来,抬手在他头上扇了一下,"你小子!老婆裤子也叫人脱了,还稳坐钓鱼台看热闹呢。看你祖娘娘回家咋收拾你那脖腔骨!"

"咦!这怂老婆,你给我站住!看爷今天咋收拾你哇!"他像猛虎一般扑过去抱住牛二老婆,在她脸上狂吻着,牛二媳妇浪笑着从他怀中挣脱出来,给他递了个媚眼跑掉了。

人们肆无忌惮地以他们的方式尽情释放着情感,填补着狂野的欲望……其他人都跑过来看热闹,跟着起哄。连几个做饭的也跑出来凑热闹,拿着棍棒、做饭的家什,东戳一下西杵一下,挑逗着自己的心中人。还有人在饭盆、瓢里舀上水往那些厮打的人身上乱泼。整个队房里里外外乱哄哄一片。打闹了一阵谁也没力气再闹下去了,都就地坐下来。有的干脆瘫软在地,大口喘着气,只顾傻笑。

此时,队长突然大声喊:"开饭啦!"人们不顾一切爬起来,争抢着往屋里跑。进了屋,你抢筷子我抢碗,又是一阵骚动嬉闹。嬉闹中大家感到肚子饿极了,填饱肚子要紧,所以很快静下来开始吃饭。

由于人多屋小,炕上地下全是人,有的人干脆端上饭碗去院子里吃。

虎旦一直没离开屋子,趁人们打闹的工夫他已经吃了两碗,现在又吃第三碗。人们的说笑似乎与他毫不相干,他只管低着头蹲在灶台旁吃自己的饭,对那些嘲弄、嬉闹一概无动于衷,甚至连老婆也忘得一干二净,玉兰吃上了没有,吃的怎样,根本没顾得上去想。一会儿工夫连着吃了几大碗,肚子吃饱后他才想起老婆,放下饭碗向屋子里扫视了一遍没看见玉兰,便急忙出了屋,瞪着两只大眼睛东张西望满院子乱看，突然发现她正跟几个女人低头坐在树荫下吃着，才舒心地长出了一口气。

和玉兰做夫妻已经半年多了，除了春节去姐姐家吃过两顿稍许像样的年饭，再没吃过什么好东西。虽然自李玉兰进了门日子有了很大改善，不像过去总挨饿了，但吃的饭很差，从不敢在菜里多放一点油。今天这顿饭对他俩来讲，也是一次极好的改善。看见玉兰吃得那么香，他心里得到很大安慰，高兴地走到玉兰跟前。几个正在吃饭的媳妇抬起头嗔怪地看着他，其中一个愤愤不平地说："咋的？吃饱了才想起老婆了？为了一口吃的，竟连老婆也忘啦？你还是个男人吗？"

虎旦难为情地笑了笑。

另一个撇了撇嘴对玉兰说："这样的男人今天回去就一脚踹了，我再给你找一个！"

"这个怂老婆，热饭还挡不住你的嘴？"虎旦笑着捡起一块石头就要往她脖子里塞，那位见势不妙端碗便跑，逗得玉兰和大伙又是一阵哄笑。

一顿美餐在人们的嬉笑与打闹中结束。一天紧张的劳动使社员们个个腰酸背痛，精疲力竭。虎旦今天也没少干，虽然没干过玉兰，但他在男劳力中也是个强手，吃过晚饭没离炕皮倒头便睡。玉兰勉强洗了碗筷后上炕准备好好睡一觉。可能因为过于劳累的缘故，她怎么也睡不着，虎旦一阵紧似一阵的鼾声，把她的思绪带回老家。爸爸、妈妈、妹妹和哥哥们亲切的面容，一个个浮现在眼前，让她怎么也不能入睡。自离开家后，她一共收到家里两封信，信中说彩礼收到了，它为家里解决了大问题，具体是什么问题也没讲，只是告诉她，家里一切挺好不要惦念，除此再没提别的。但是，近来听老家来的人说，那里又是一个灾荒年，从入夏至今没下过雨，庄稼都旱死啦，几乎颗粒不收，为此她很为家里担忧。虽然三个哥哥都是队里的强劳力，一年工分挣得不少，但分红不多，粮食老不够吃。父母盼望今年有个好年景，喂上两头猪给大哥娶媳妇，看来又要落空啦。

几个哥哥吃苦能干,尤其大哥从小就懂事,早早为父母撑起了半个天。他是大队的团支部书记兼民兵连长,从公社到大队、小队,大家对他的印象都很好,方圆百里谁说起大哥都赞不绝口。他从小好学上进,学习成绩一直不错。由于家里穷,他初中毕业后就辍了学。父母对他也曾抱着很大希望,但心有余而力不足。为此,他们常感到内疚,觉得对不住娃,可是生不逢时又能咋样?只好听天由命啦。想找大哥的人很多,但一听他的家庭情况就退缩了,只有美秀姐对大哥始终如一。她和大哥青梅竹马,从小一起长大,不顾家里人反对与他相好多年,谁来向她提亲也不搭理,只是默默地等着大哥。可是家里穷得娶不起她,害得一对有情人成不了眷属。为了成全他们,玉兰只好到口外逃荒找男人,以换得那些卖身钱为大哥和美秀姐成亲。想到这儿她心里隐隐作痛,为大哥和美秀姐还有自己难过。

第四章　夜幕下的情与爱

乡里派人来说，近日要下雨还有冰雹，要求社员们抓紧收割。为了不影响生产，队里调动了所有的强劳力，并把过去的青年突击队和铁姑娘队又组织起来，准备集中力量搞一次大会战，白天收割，夜间打场、浇地，争取在雨来之前让粮食进仓，这样其他农作物也不受影响。虎旦夫妇自然也投入了这场会战。队长把青年突击队和铁姑娘队按男女搭配分成了几个组，虎旦也被编进了青年突击队。虎旦跟老婆分在两个组，正好是他在场面干，老婆就在地里干，他去地里干，老婆又回到了场面，所以大会战这段时间两人几乎很少照面。

毛泽东时代，铁姑娘队在全乡红极一时很有名气，但随着知识青年返城，再加上有几个骨干分子也嫁了人，铁姑娘队面临瘫痪、解散状态。自从玉兰来了后，尤其在这次夏收中的突出表现，使曾是铁姑娘队队长的妇女队长动了重振铁姑娘队的雄心。于是她把铁姑娘队组织起来，把玉兰也编了进去。队员们见玉兰加进来，顿然增添了不少信心，个个鼓起干劲儿想再显显身手。所以吃过饭后，铁姑娘队的队员们很快就来到场面上。她们围着围巾，扛着干活的工具，胳肢窝都夹了一件外衣，准备夜间天冷穿，还带着水和吃的东西，准备好好干一场。那个年代，人们的思想很纯朴，没有太多的私心杂念，劳动热情很高，心也很齐，劳动就像打仗一样，说干就干，而且还不挑三拣四。生产队分配的重活儿、累活儿，人们都抢着干。每当平整土地、修渠打坝、抗洪、抢险、抢收时，还会根据村民的年龄、特点，以各种劳动形式，把社员组织起来。所有的劳力甚至非劳力都加入不同的战斗队，男女老少齐上阵。妇女们干活儿足抵男人，尤其铁姑娘们，男人们干什么活儿，她们也一样干。战斗队的口号是："战天斗地，敢教日月换新天！"战斗队的宗旨是："哪里有困难就到哪里去，哪里最艰苦就到哪里去！"所以，社员们经常白天种田，晚上修渠打坝、平整土地、改造土地，一天至少干十二三个小时，甚至十七八个小时的活儿。到了农忙季节，干脆就不分昼夜地搞突击，直到任务完成。人们干得精疲力竭，经常在田间地头睡着，即使坐着、蹲着也照样睡。可是只要一干起活儿来，大家又精神抖擞干劲儿十足。抢收已经成了惯例，人头一分开，大家便各就各位，毫不含糊通宵达旦地干起来。

　　玉兰把她和虎旦所需的衣物及烙的饼和绿豆水装好，分成两份放在两个箩筐里。吃了饭一放碗筷，她提了一只箩筐扛着锹匆匆往地里赶，虎旦却蹲在灶台旁慢吞吞地抽着烟，迟迟不想离开家。自从队长把工分了后，他心里一直七上八下，不痛快。

　　今晚玉兰的任务是浇地，可能得干到后半夜，而虎旦却要在场面上干一整夜。一听说要夜战，他打心眼里发怵，说什么也不想干。他反复琢磨着，想找个借口把今晚躲过去，但想了一个傍晚也没想出个好办法来，最后只好极不情愿地站起来，懒洋洋地伸了伸腰走出院子，朝箩筐里瞅了一眼，打着哈欠扛起打场用的工具——一把大扫帚和一个大木杈，把箩筐挂在扫把上慢吞吞地往场面走。

　　每次一到这个要命的季节，他总要借口装病或找种种理由想方设法逃避，能拖一阵是一阵，能躲一回是一回。但是，全村的男女老少在这个节骨眼上，只要不缺胳膊短腿、生灾害病，几乎没有一个闲着的，队里咋能让他堂堂一个大男人闲着呢？即使虎旦使出浑身解数，也逃脱不过生产队长和众人的眼睛，该干的活儿他一点儿也没少干。今年又添了个能干的老婆盯着，他更别想临阵脱逃了。想到这儿，他不免有些灰心丧气，扛着那些东西摇摇晃晃走三步退两步地往前挪。

　　"虎旦！你咋啦？走路东倒西歪，就像霜打的茄子快要散架了！"建民扛着一把铁锹气喘吁吁大步流星地赶过来，"你今晚是不是打场？"

虎旦待理不理地看了他一眼没吭气，挂在扫把上的筥筐在胸前晃来晃去。

"虎旦！死下啦？咋不出气！"建民生气地走过来，冲他屁股踢了一脚。

虎旦举起扫帚没好气地朝建民扫过去，嘴里含混不清地骂着脏话，筥筐里面的东西被甩出四五米，水罐打得粉碎，绿豆水洒了一地，干粮滚进了草丛，破夹袄甩在一丛白刺上。

建民赶紧笑着跑开了，他怕虎旦再扫他，跟虎旦保持了一定距离，"虎旦哥，今儿吃了疯狗肉啦？咋见人就咬。"

虎旦白了他一眼，抓起水罐碎片朝他扔过去，骂骂咧咧弯下腰拣草丛里的干粮。干粮是用玉米面跟白面烙的饼，也摔成了几块，七零八落地散在一堆干牛粪旁，上面沾满了泥沙和杂草。他拣起那些散落的干粮使劲儿拍打了数下扔进筐内，还有两块掉在了牛粪上，犹豫片刻十分惋惜地扔掉了。建民一边幸灾乐祸地看着他的狼狈相咯咯直乐，一边用大木杈把衣服从白刺上挑下来扔给他。虎旦接过衣服抖了几下放进筐，又回头看了看破碎的水罐，愤愤地把能用的东西扛在肩上。

见虎旦依然不吭气，建民便嬉皮笑脸地问："咋就你一个人，老婆呢？该不是跟上人跑了吧？"他贼眉鼠眼歪着脸注视着虎旦。

"你小子咸吃萝卜淡操心，我老婆跟没跟人跑与你有屁相干！先操操你自个儿的心吧。"

"我怕你再打了光棍，还得劳兄弟到处跑着给你找老婆唦。"建民突然把两眼对在一起，这是他的拿手把戏。

虎旦撇了撇嘴扑哧笑了，"看你那怂相！"他被建民滑稽的神态逗乐了。

建民见把虎旦逗乐了便趁机问："哎，虎旦哥，嫂子分在哪个组了？"

虎旦弯腰提了下鞋后跟，"分在哪个组我不清楚，只知道她今晚浇地。你问她干甚？吃奶呀？"他不屑一顾地看了建民一眼。

"嫂子不是成了咱村的大名人了嘛！兄弟是想看她分在哪个组，能不能瞅空沾她点儿光。"建民依然嬉皮笑脸地说。

"呸！"虎旦狠狠地往地下啐了口唾沫，"堂堂男子汉还想沾老婆女子的光，真不害臊！"

建民听说玉兰今晚也浇地，心里一阵高兴，再也没心思跟虎旦闲扯淡了，扛着锹大步流星往地里赶，很快就把虎旦甩开了。虎旦见建民像风一样匆匆而去，转眼就跟自己拉开好长一段距离，不禁愤愤不平。

"建民！你小子抽得哪股子筋，咋突然像鬼揎上了走得那么快？"

建民装作没听见，头也不回地往前赶，很快消失在前面那片玉米地拐角处。虎旦气喘吁吁地朝地下唾了口吐沫，嘴里不干不净地嗳嚅着，像个摇魂鬼慢吞吞地朝场面摇去。

建民自那次跟玉兰聊过天后，不知怎么心里总想着她。尤其这段日子，玉兰在村里的突出表现，更让他刮目相看，并产生了好感。那天，玉兰跟文海比割地，表面上他是在给文海加劲，但心里在为玉兰加劲。当文海败下阵后，他感到莫名自豪，突然觉得玉兰很像自己在学校时暗恋过的一个人。她是建民的体育老师，从部队转业下来的，听说还是军干子弟。不知为什么，分在他们学校待了一年多就调走了。那个女老师是他有生以来见到的最好的女人，个子高挑，脸庞白皙，弯弯的柳叶眉下一双水灵灵的大眼睛。人长得漂亮不说，最让人佩服的是她尽职恪守的工作态度。虽然是女教师，但她带的各项体育课样样都很棒，没有哪个男教师能比得上。大家都很佩服她，无论男生还是女生，都把她当作偶像。后来老师不辞而别，他暗自伤心了好长时间。自从见到玉兰，他就像捕捉到了老师的影子，跟玉兰待得越久，觉得离老师越近。他觉得，老师跟玉兰这样的女人，才是自己心目中的爱人，他想趁这次抢收会战接近玉兰。听说玉兰分在浇地那拨儿了，他喜出望外，想赶紧找文海，让他把自己跟玉兰分在同一个小组。

建民急匆匆地赶到了劳动地点，那里已经集中了好多人。浇地是个辛苦活儿，整夜不能睡觉，还得手疾眼快，所以由青年突击队和铁姑娘队包了。这两个队按男女搭配又分成了几个组，文海跟妇女队长正在往开分人。

建民不顾一切凑过去，"文哥，这两个队的人咋分？"他讨好地看着文海，又看看妇女队长。

"你小子！反正把你落不下，你管它咋分呢！"文海把他的脑袋推了一下，笑着说，"你想咋分？"质疑地瞅着他。

"本人身体单薄，体力不支，希望哥哥开恩给咱搭配两个强壮能干的。"

文海看了看妇女队长，"看见了吧，日精鬼多会儿也不一样，有空就钻。"又在建民的头上轻轻拍了一下。

"哼！鬼小子！甚空你也落不下。"妇女队长愠怒地也在他臀部拍了几巴掌。

建民嬉皮笑脸地缩了缩脖子，不好再说什么，悻悻地站在那儿，看了看左右的人，然后眼睛盯着玉兰。玉兰脚边放着一只箩筐，一手托住锹把，正低头跟村里一个叫明芳的年轻媳妇说着什么。建民的心不由得通通跳了起来，脸上火辣辣的。他迅速转过身装作拍打蚊子，在脸上拍了几下，借此让自己镇定下来，然后弓着身子从衣兜里掏出纸跟烟叶，准备卷烟抽。

"建民！虎旦媳妇、明芳，你们过来！"文海大声呼唤着，"咱们四人一组，你看咋样？"他一副嘲弄的样子看着建民。

建民听了心花怒放，迅速把烟叶撒在纸卷上，一边往紧卷一边直点头，"行！行！行！太好啦！有你们几位大将撑着，我今晚就可以高枕无忧啦！"说着眼光再一次投向玉兰。

听到文海的喊声，玉兰赶快挎着箩筐扛上锹，招呼明芳一块儿走过来。

文海又跟妇女队长和生产队长指手画脚地说了一阵，然后转过身兴奋地环视了他们一下，"走！咱去东头。"

他们便跟上文海往东面走去。

这里的人们沿着蜿蜒绵长的母亲河畔生息、繁衍。每到开春，他们就通过大大小小的干渠将河水引进村，为生存和耕种提供甘霖。祖祖辈辈仰仗着这条母亲河，日落而息，日出而作，延绵不断。滔滔的黄河水是养育他们的乳汁，是他们的生命线，所以每到开闸放水人们都不遗余力，不分白昼地全身心扑到浇地上。这些年，夜间浇地大部分都是青年突击队和铁姑娘队完成，尤其夏收季节，这两支主力军更是冲锋在前。

到了地头，文海把他们的任务交代了一下，几个人就迅速干起来。刚开始，因渠水湍急，进了地到处乱流，这边的决口刚堵上，那边又开了口子，把几个人忙得不可开交，顾了东头顾不了西头，忙了好大一阵才稍微松了口气。文海跟建民摇晃着疲惫的身子，把铁锹往地畔一扔，四肢朝天头枕铁锹躺在地上呼哧呼哧直喘粗气。玉兰和明芳也大汗淋漓地坐在地上，用衣襟擦着脸上、脖子上的汗。

躺了一会儿，文海看着夕阳下天上的红云对建民说："建民，快起来给咱卷根烟抽。"他急促的呼吸稍许缓和了些，胸脯还是一起一伏的。

"我没精神，你自己卷！"建民极不情愿地说，他也看着天上。

"嗨哎！你小子真不够意思！有事就想起你哥哥我了，一没事就把脑袋撅得老高。"文海微微抬起头看着建民，随手抓了一撮湿泥朝他打过去，"这个不仗义的东西！"

"文哥，"建民抬起胳膊护着自己的脸，"你没看我累得上气不接下气吗？哪有精神卷烟。"

"好！算我白说。我知道指望不上你，唉！"文海挣扎着准备爬起来。

"文海，你躺着，我给你卷！"明芳急忙从地上爬起来走过去。

"唉！还是我兄弟媳妇好。"文海侧了侧身笑着说，"明芳，不好意思了啊。"顺便瞟了一眼玉兰。玉兰没任何反应，只是看着明芳，用衣襟在脸前不断扇打着。

"这是哪里的话，卷根烟有什么不好意思的！"她娇嗔地看着文海把手伸出来,"给我烟叶。"

文海不好意思地爬起来,"明芳,我自己来吧。"说着从衣兜里掏出几张早已撕好的小纸条和一个小烟袋。

明芳二话没说,一把将烟袋和纸条夺过去,坐在文海身边动手就卷。

"嗨哎!文哥真是好福气啊!"建民猛然坐起来,"没想到啊,这真是周瑜打黄盖,一个愿打一个愿挨!既然这样,明芳嫂干脆给兄弟也来一根吧。"他冲文海笑了笑。

"休想!哼!年纪轻轻的,还敢使唤你嫂子!"明芳把卷好的烟递给文海。

"就是!你小子,见缝就钻。明芳不要给他卷,让他自己卷!"文海接过烟迅速点着了,狠狠吸了几口故意气建民。

明芳装作不给卷的样子,坐在那儿呵呵直乐。玉兰看着他们也抿嘴直笑。

建民无奈地看了看大家,笑着摇了摇头,倾着身子爬过去从明芳手里拿烟袋。

文海伸出胳膊把明芳的手按住了,"咦!咋的?你小子还想抽我的烟,没门儿!"

"唉!真是命不好呀!不但不给卷烟,而且连点儿烟叶都不给。"

建民无可奈何地摇着头,"明芳嫂!你太偏心了吧!为什么只给文哥卷,不给我卷?还和文哥合起来气我,兄弟哪些地方得罪你啦!"建民佯怒地盯着明芳。文海和明芳嘿嘿直乐,明芳只管抿着嘴笑,就是不说话。

建民瞅了一眼玉兰,"虎旦嫂,你说公平吗?"

"咋不公平?我看挺公平的。"玉兰也嘻嘻直笑。

"哈!哈!哈!"文海高兴地拍手大笑,"就是,就是!连虎旦媳妇都说公平,你还有甚说的?"

"哦,原来你们早就串通好了,穿一条裤子合起来欺负我。唉,真没办法。"建民无奈地摇着头蹲了起来,手伸进衣袋准备掏烟。

"给！"明芳把卷好的烟递过去，"看在兄弟平时对我不错的分儿上，嫂子给你卷一根。"

"看来嫂子还知道这些，我以为你光知道文哥对你的好，把兄弟对你的好给忘啦。"

"哪能呢！嫂子是个有情有义的人，谁给我的好，多会儿也忘不了。"她边说边朝文海瞥了一眼。

文海正怔怔地盯着玉兰，听明芳这么说，不由得脸红了。他慌忙把眼光收回来，难为情地看着建民和明芳。几个人诧异地看着他，很快，他们便心领神会了。明芳立刻沉着脸低下了头，眼睛直勾勾地盯着地面。建民像突然发现了新大陆，轻轻点点头，会心笑着狠狠吸了两口烟，并慢慢吐着烟圈。文海窘迫得不知如何是好，因为做贼心虚，心里那点儿鬼全显露在脸上了。他的脸在夕阳下被衬托得更红了，为使自己尽快镇定下来，尽量装出若无其事的样子。玉兰也为突如其来的局面而尴尬起来，显得有些手足无措。

"文哥，脸红什么？"建民扔掉烟蒂，故意逗他。

"人家那是防冷涂的蜡！"明芳冷笑着瞟了文海一眼，不阴不阳地添了一句。

两人一唱一和，把样板戏《智取威虎山》中的台词都用上了。文海干咳了几声，假装用手捏了捏咽部站起来，"行啦！咱耍归耍哄归哄，书归正传赶快干活儿吧。"他狠狈地径直钻进了玉米林，其他几个人也跟着进了地。

太阳很快下山了，夕阳映照的红云也渐渐散去，大地上笼罩着夜幕降临前的雾色。气温比白天降了许多，但依然非常闷热。小蚊蝇在周围不断飞着，发出嗡嗡的叫声。尤其那些讨厌的大嘴蚊子，好像夜幕给它们带来了好运，更是猖獗至极，缠绕在人们身边，准备瞅时机狠狠吮吸人血。几个人除了要竖起耳朵，睁大眼睛认真地尽好自己的职责外，还得不停地扇打着这些可恶的"吸血鬼"。

文海心里有股说不出的滋味，他撮火自己一点城府也没有，心里藏的点儿事轻而易举就被人们发现了。他担心引起明芳和建民的胡乱猜测，也怕建民那张大歪嘴，只要那张嘴出去一嘈嚷，连影儿也没有的事就变成真事，传下一道滩可咋办！以后自己还咋做人？更谈不上进步啦！他心里很慌乱，觉得无论如何也不能让建民乱说。他担心玉兰对自己产生了误解，瞧不起自己，对自己产生了反感或有了戒备心，今后在一块儿相处就难了。另外，人家会不会误以为他是个色鬼？假如这样，那就更糟啦！他心里烦乱如麻，后悔自己失态，后悔自己沉不住气。

最让他放心不下的是明芳。文海知道明芳很爱他，决不会跟人讲半点儿不利他的话。但最让他内疚的也是明芳。在他眼里，明芳是个贤惠、善良、温柔、美丽的女人，方圆百里无人能比，他也非常爱她。他们之间有着为人不知的最美好、最刻骨铭心的恋情，只是深深埋藏在了彼此心里。别看他刚才比喻明芳是兄弟媳妇，并对她大名小字的，其实拉扯起来明芳还是他的远方姑姑。虽然这层亲戚关系是七拐八拐才拉扯上的，并没血缘关系，但毕竟也算亲戚，两人还差着辈分呢。明芳刚嫁过来时，他曾称呼过她姑，自从他们有了恋情以后，他再也不叫她姑姑了，而且常戏谑地称她兄弟媳妇。他真不希望他们之间有这层讨厌的亲戚关系，可是，命运并没那么安排。两人的恋情一旦被双方家人和亲戚们知道了，定会引起轩然大波，他俩也会身败名裂。文海深知这份感情十分脆弱，好像两人牵手在一座玻璃桥上，说不定啥时就摔得粉身碎骨。所以，他对这段恋情整日战战兢兢，如履薄冰。他不愿意因此葬送了自己也害了明芳，但又无法克制自己从这段恋情中摆脱出来。他懊悔当初自己的所为，不慎陷进了这种情感中。

自从遇见玉兰后，他的脑子里莫名地发生了些微妙的变化，突然觉得跟明芳的恋情再也不能持续下去了，应该马上结束，越快越好。自己虽然爱明芳，但不能再越雷池一步，否则后果不堪设想。在玉兰身上，他看到了另一种类型的女人——好强、能干、开通、有文化。在一起劳动的过程中，文海越来越感到他需要玉兰这样的女人，跟她在一块儿更能激发起自己的斗志，所以他对她产生了爱慕之心。遗憾的是玉兰已名花有主，可惜她一朵鲜花插在了牛粪上。这么好的女人为什么自己遇不上，却吊在虎旦这棵歪脖子树上呢！他痛恨自己命不好，在婚姻爱情上屡屡受挫。虎旦那么个人能找上这么好的老婆，而他却不能！真是好汉无好妻，赖汉头上顶花妻啊！文海不知多少次地为自己不幸的婚姻哀叹着。他拖着铁锹无力地蹲在地塄畔上卷了根烟，抽了一会儿，然后双臂紧抱，仰起头看着暮色下天上隐隐可见的星星，心里好不沮丧与凄凉。

明芳和建民、玉兰走进了另一块地。他们边往地里放水，边查看着水的流向。几个人也都各怀心思，明芳和建民都没想到文海会对玉兰有想法。连玉兰自己也没想到，文海会注意上她，并隐隐感到文海似乎对自己有好感。除了文海，建民对她也有好感，她已经看出来了。对此，她感到有些意外，也很紧张。眼前的这两个男人，虽然不很了解，但玉兰知道，他们都是村里的文化人，是年轻人中的活跃分子和骨干，很受小媳妇大姑娘们的喜爱。尤其文海，更是青年人中的佼佼者，无论男女老少都很喜欢他。自己能被他俩看上也是极大的荣幸，玉兰不禁暗暗自喜。她把他俩跟旺林哥做了比较，觉得无论咋样，她还是忘不了旺林，旺林在她心目中占的位置太重要啦！她觉得自己只属于旺林哥，这世上谁也无法取代得了他。

和玉兰相比，明芳此时的心情恰恰相反，任何时候没有比现在更糟糕的了。她知道自己跟文海的恋情长久不了，就因为那七拐八拐的姑侄关系。其实，这门八竿子打不着的亲戚已经拉扯得很远了，但是文海的父辈跟明芳婆婆走得很近，所以不亲也变亲了。对此，她跟文海的心情一样，恨不得不要这层亲戚关系，但是命运不允许啊！她认为文海是她心灵上最大的依赖，所以她不愿意和他分开。她理解文海的心情，但是又怨恨文海也嫉恨玉兰。她怨恨文海不该再对自己以外的女人有非分之想，嫉恨玉兰到了这儿才半年多时间，就把文海的魂勾住了。想想文海看玉兰的那一瞬间，她的心简直快要蹦出来了。

天边一轮月亮已经升在半天空，镶嵌在天上的星星越来越清晰地显现出来。望着那些闪烁着的星星，明芳心乱如麻。她侧耳听了听潺潺的水声，弯腰四下瞧了瞧，借着昏暗的月光沉重地朝放衣物的地方走去。

她伸手从箩筐里摸出手电，又摸了摸建民和玉兰的东西，他们的手电都没有了，说明玉兰跟建民都来过。她又去摸文海的东西，手电还在那里，说明文海没回来过。明芳挺直身子，借着月光向四处张望，想判断一下文海在哪个方向，看了半天，发现前面庄稼地有手电光，她疾步赶过去。

建民喘着粗气正在堵决口，手电扔在一边，见有人来便上气不接下气地喊："快！快！来得正好。你从那边堵，我从这边堵。"

明芳扔掉手里的东西，赶紧过去干了起来。他们忙了一阵总算堵上了，明芳擦着汗问："建民，文海和玉兰他们呢？"

建民气喘吁吁地朝四处看了看，没好气地说："谁知道呢！可能人家两个人找地方红火去了！"

"瞎鬼嚼！"

"本来嘛！说不定人家现在就在哪个背静处红火呢！"

"玉——兰！玉——兰！"明芳的心像被重重撞了一下，她痉挛似的大声喊起来。

"哎——明芳！我在这儿！"玉兰很快就做出了回应，举着手电筒在空中不停晃动着。

明芳拿起所有的东西，速速朝玉兰走去。她虽然骂建民瞎鬼嚼，其实心里很不踏实。她怕真的像建民说的那样，所以要赶快过去弄个究竟。

"明芳，你可来啦！天这么黑，我有些害怕，正想去找你呢。"玉兰欢快地说。

"哦。就你一个人？"她用手电四处照了照，觉得有些说漏了嘴，赶忙补充了一句，"我也有点儿害怕，所以才到处找你呢嘛。"她稍微迟疑了一下，"玉兰，你看见文海了吗？"

"没有啊，你刚才不是从文海那儿来的？"

"噢。"明芳支吾了一下没有正面回答,过了一会儿她又问,"玉兰,你看见文海了吗?我拿着他的手电筒,想给他却不知道他在哪儿?"

"我也不知道,要不你站在渠坝上喊一喊,看他在哪儿?"

明芳觉得这个主意不错,于是立马上了坝梁挥着手电喊起来:"文——海!文——海!"她喊了好几声没有回应,正要再喊,只听从远处传来文海的声音,"嗨——哎!我在这儿!"

明芳无法控制自己内心的激动,她从坝上跑下来拿起所有的东西就走。

"明芳,用不用我跟你去?"

"不用!"明芳不顾一切地甩下一阵急促的脚步声,消失在夜幕中。

田野里又安静下来,玉兰感到一阵惧怕,周围除了涓涓的水声和蚊子烦人的嗡嗡声及偶尔从远处传来的驴叫声、狗叫声,就是一阵紧似一阵的蛙声了。这些声音为玉兰排解着孤独与惧怕,她弯下身用手电筒照着地里的庄稼,蜷缩着坐在地埂上。左面不远处是一片坟地,她一想起就有些毛骨悚然。玉兰不明白,明芳为什么一点都不害怕。一阵凉风把庄稼吹的扑簌簌直响,她惊恐地看了看周围,壮着胆站起来,想看看建民在哪里,发现几百米处有人提着手电筒走动,这才把提起的心放下来。

明芳打着手电筒快步往文海跟前走,静寂的夜晚,像一股风似的只留下她碰撞地面的脚步声和碰撞庄稼的声音。文海一个人包揽了一大片地,马不停蹄忙碌着。文海就是那样,无论干什么都吃苦在前,比别人干得多,今晚仍不例外。

明芳远远看见月光下匆忙奔波在田间的身影,心里不禁微微颤抖起来。她大步流星走到他跟前,"你这是黑咕隆咚的瞎忙甚呢?连手电也顾不上去拿。"说着,把电筒和一块毛巾递过去。

文海直起腰来,接住手电筒和毛巾憨笑着,迅速擦着脸和脖子上的汗,惊喜地说:"你咋来了?"

"来看你在干甚!"明芳满腹怨恨,没好气地瞅了他一眼。

文海借着月光，亲昵地摸了摸明芳的脸。

"少动手动脚的！"明芳不高兴地把身子往开闪了闪。

"咋啦？不高兴了？"文海一把将她搂进怀里。

明芳娇嗔地扭动着身体，试图从他怀里挣脱出去，却被他搂得更紧了。两个人紧紧地抱在一起，脸贴脸疯狂地吻了起来。文海边吻边抱起明芳往旁边的低洼处走去，明芳完全失去了控制，软绵绵的身体依在他怀里任由他摆布。文海迅速脱掉衣服铺在潮湿的杂草丛中，把明芳放在上面，两手颤抖地在她身上摸起来。明芳轻轻闭上双眼接受着文海的狂吻与抚摸。在朦胧的月光下，在杂草丛生的低洼处，两人尽情地徜徉在爱河，神魂颠倒地享受着爱的洗礼，四周被庄稼严严实实包围着，谁也不知道这里正在发生着销魂与浪漫……

明芳双臂紧紧搂着文海泪流满面，"文海，这恐怕是咱们最后一次了。我知道咱们之间不会长久，但不知为什么，总是接受不了这个事实，更没法儿把你忘了。"她把头杵进他的胳肢窝，低低啜泣着。

文海紧紧搂着她，并用下颚轻轻摩擦着她的头发，"明芳，我何尝不是这样？真希望咱们没有那层可恶的亲戚关系！"他用一只手抚摸着她湿漉漉的脊背，"我多么希望咱俩做一辈子的夫妻，可是老天爷不允许啊！"

蚊蝇的喧嚣较傍晚小了一些，可是四周的蛙声却没有任何减弱的迹象。他们静静地抱在一起，听着此起彼伏的蛙声，良久默默无语。

"文海，咱们就此结束吧。"明芳淡淡地说，显然她已平静了许多。文海又紧紧把她往怀里搂了搂，好像怕飞走似的。

"这样对你我都好。"明芳爬起来整理着衣服，"假如一旦让人们知道了，后果不堪设想，你这辈子的前途也彻底完了。"

"不能！不能分手！我不愿意你离开我。"文海恐慌地说，又一次猛地将明芳揽进怀里，发狂地亲吻着。

明芳也紧紧搂着文海的脖子，在他脸上、额头、唇上拼命乱吻。文海侧起身想再一次把明芳压住，明芳轻轻推了一下，在他耳边呢喃着，"文海，别这样。"

她把身体从他怀里抽出来，然后深情地看着文海，"以后我们再也不要这样啦，到此为止吧。我不为自己着想，也得为你想，决不能害了你。"她又在文海的脸上重重亲了亲，系好纽扣，理了理散乱的头发，打着手电筒消失在夜幕中。

文海呆呆地盯着她消失的地方，脑子里一片空白。他茫然地穿好了衣服，又用手抚摸着明芳躺过的地方，刚才明芳还躺在自己怀里，现在却走得无影无踪。他不相信明芳已经走了，感觉她还躺在那里。四野一片寂静，那一轮明月不知什么时候躲在云层后面不肯出来。文海希望那轮明月快快出来，把大地照得通明透亮，让自己再好好看看月光下的明芳。

"文哥，跑水了！"建民大喊着跑过来。

文海猛然清醒了过来，抬头一看，水漫得到处都是，他赶紧提起锹朝漫水的地方跑去。两人慌忙堵着决口，没想到这么一会儿工夫，决口就开了好几处，要不是建民发现，说不定水会漫成啥样。文海不顾一切跟建民拼命堵了一处又一处，最后总算全堵上了。

"哎哟，我可受不了啦！"建民疲惫地提着锹气喘吁吁地上了坝梁坐下来，"文哥，快来歇一会儿吧！"他脱掉鞋使劲儿磕打着粘在上面的泥土。

文海也有气无力地走过来把锹扔在地上，狐疑地用手电筒在四处照了照，然后坐下来，像建民那样脱掉鞋在锹把上用力磕打着，直到粘在鞋上的泥全被磕掉为止。

在朦胧的月色下，两个男人谁也看不清楚对方脸上的表情，只能听见彼此呼哧呼哧喘气的声音。建民掏出纸跟烟叶卷了一根烟，自顾自地抽了起来。只有在他吸烟的那一瞬间，才能看清他脸上的表情。文海也掏出烟卷了一根抽着，两人只顾抽烟谁也不说话。借助抽烟的亮光，他们彼此才能看清对方脸上的表情。

建民本来想晚上好好接近一下玉兰，没想到半路杀出个程咬金，搅得他心里一团糟。他不想有人跟他分享同一个爱人，不愿自己喜欢的人别人也喜欢。他怨恨文海不该对玉兰产生非分之想。在建民眼中，文海是个很完美的人品行端正，上进能干，又有文化，是村里年轻人中最懂事、最精明、最有出息的人。文海参军后，人们都觉得他将来一定错不了。很多老年人说，文海准能当大官。建民也认为他是难得的人才，所以他跟村里一帮年轻人都很崇拜文海、尊重文海。没想到，文海在部队当了几年兵回来，是娃娃亲害得他没能在部队好好干下去。对此，人们都感到非常惋惜，同时也很同情他。建民与一些年轻人还为他打抱不平了好长时间，至今想起来都为他难过。可是，现在他对玉兰有非分之想，这使建民极不舒服，所以一晚上转不过弯来。他看着眼前这个很受自己尊重而又崇拜的人，心里极不是滋味。他不明白，文海怎么会跟自己爱着同一个人？他一向非常依赖、崇拜的人竟是自己的情敌？想到这儿，心里莫名地恼火，便狠狠抽着烟一句话也不说。

文海的思绪也很烦乱，只顾想他与明芳的事。刚才，明芳在夜幕中消失的一瞬间，他突然感到一阵撕心裂肺、天旋地转，好像天要塌了，"明芳会不会真的离开我？她是不是再也不要我了？"文海痴痴地暗自问自己，他不知道跟明芳是否就此断了。此刻，他宁愿死了也不想失去明芳！他满脑子全是明芳的影子，想到她要离开自己，难过地流下了眼泪。

建民见文海坐在那里不说话，误以为他在想玉兰，心里很恼火，于是，气哼哼地扔掉了烟蒂，阴阳怪气地问："文哥，咋不说话呀？想甚心事了？"

文海听建民这么一问，赶快抹了一把脸，把眼泪擦掉。他知道建民是在讥讽自己，便苦笑着说："唉！哥哥能有甚心事可想呢？"

"没心事？哼！快别哄鬼啦！那不是明摆的嘛，还有甚鬼把戏可耍的！"他瞅着夜色中文海那张黑乎乎的脸，没好气地说。

文海心里暗暗叫苦，这真是跳进黄河也洗不清啦！他摆了摆手无奈地说："建民，我知道你指什么。"他眼睛凝视着缓缓流淌的渠水，"其实，你不提我早把那事忘了。再说，我也不必要再去想它。"

"真的？"建民讥讽的问。

"真的。"文海低声说，"哥哥什么时候哄过人？"

"哈哈！知人知面不知心，你哄不哄人谁知道嘞！"建民撇着嘴，一肚子不高兴。

文海顿了顿，"建民，我承认，哥哥今天是有些失态，让你们见笑啦。"他辩解着，"不过那也说明不了什么，硬要上纲上线的话，只不过是一个年轻男人偶尔的思想不轨罢了。你说呢？"

"哼！就那么简单？"建民一点儿都不相信。

文海感到非常尴尬，轻轻咳嗽了一声，沉默片刻，"我承认，在那一瞬间确实对虎旦媳妇有过一丝好感或是爱恋之意。不过，那是一时的迷惑，很快就过去了。毕竟人家是虎旦老婆，咱想也白想，你说是不是？"

"你真的就是这么想的？"建民狐疑地揣摩着他的话。

文海点了点头，他心里还在想着明芳，不知她现在在哪儿，是不是跟虎旦媳妇在一起。

"我不相信！"

"建民，咱们虽然不沾亲带故，但父辈之间一直交往得很好，咱俩虽不是兄弟却胜似兄弟，从小到大哥哥对你咋样？"

"当然很好，但这又有什么关系？"

"哥哥今晚有些露怯，希望你能见谅，不要把这点事当真。男人嘛，哪有不沾腥的，即使出轨也是正常的，你说是不是？"建民静静听着，文海停顿了一下继续说，"哥哥也只是有贼心没贼胆而已，何况老天爷早把老婆定在我头上了，愿不愿意都是我的，哪有心思再想别的。"无疑触到了伤心处，他难过地抱住头无声地哭起来。

建民的心一下软了，他自责地起来走到文海身边坐下。"文哥，不要难过，都怪我，又勾起了你的伤心事。"他的手放在文海的脊背上轻轻抚摸着。

文海哭了一阵擦掉眼泪，"建民，我这是打掉牙往肚子里咽啊！虽说国家整天宣传婚姻自主、自由恋爱，但是，咱农村不是依然还在搞包办？有几个是婚姻自主的？你说我那老婆，要不是娃娃亲，我能要她吗？"他难过地说不下去了，停了一会儿又继续说，"建民，咱们是农村的新一代，都有文化，谁不想像城里人那样自由恋爱，找个自己心爱的人过日子？"

"文哥，你说得对。"建民对文海的话产生了共鸣，慢慢点着头，无比感喟，"唉！真是苦了咱农村人啦。"

两人都不再说话，只是沉默着。过了一会儿文海又说："建民，我总是不甘心就这么跟自己不爱的人绑在一起过一辈子，所以经常爱想入非非。一遇上好女人，难免就要动情，但事后一想，真是白日做梦！只是想想罢啦。"

"文哥，你的话说得我心里酸溜溜的，说实在的，当我发现你在关注玉兰时，心里很恼火，现在兄弟彻底明白了，人非草木，孰能无情？我遇上好女人也照样动情，不动情的人是有病。"

"真的？"

"真的！"

"你发现我关注玉兰，为什么要恼火？"文海不解地看着建民。

建民笑了笑，有些不好意思地说："文哥，说实话，我也很喜欢玉兰。"

"啊？"文海扭过头把建民仔细端详了一会儿，"噢，原来是这样！"

建民默然地笑着点了点头。

"既然这样，今天的事就到此为止吧，以后谁也别再提了，就让它烂在肚子里吧。"文海如释重负。

"不！让它深深埋藏在咱们心里吧！"建民举起手电筒在缓缓而流的渠水上来回照着，"文哥你看，有大鱼。"他想尽快摆脱眼前的尴尬局面。

文海也赶紧拿起手电筒朝水面照去，看了半天没见什么大鱼，只见水面上不断有小鱼跃起。

"建民,今天晚上的事跟谁也别说了,否则会让人笑话。"他再次叮咛。

"文哥,放心吧,这种事咋能给人说呢?这是咱俩的秘密呀。"

文海始终不放心建民那张大歪嘴,听他这么说,提着的心才放了下来。

这个晚上,几人各怀心事看护着这片浇灌着的土地。文海和明芳极其痛苦,建民与玉兰又十分郁闷。他们的心情像西斜的月牙,无一明快敞亮的。当月亮快要落下时,他们总算把这片地浇完了。几个人都心力交瘁、筋疲力尽,谁也不说话,默默来到地头等文海发话。明芳低着头站在离文海好几米远的地方,把脸侧过去故意避开他。在朦胧夜色中,无法看清她的脸。文海心里一阵难受,他知道,这个晚上明芳是伴着泪水度过的。

"都浇过了吧?没有落下的吧。"文海声音有些沙哑,有气无力地问。

"好像没有了。"玉兰答了一句。

"可能都浇过啦。"建民举着电筒四处看了看回答。

文海也举起手电筒往各处看了看,"好了,收工吧。"他的声音低沉得叫人感到压抑。

还没等文海下令,明芳就扛起锹拎上箩筐走了。等文海发了话,她已经走出一百多米远。大家见她一走,也都赶紧拿起自己的东西,默默往村里走去。

很快,月亮从夜空中消失了,只有漫天的星星还在淡淡的云层中一闪一闪地眨着眼睛。大地黑乎乎一片,它预示着这是黎明前的黑暗。几个人踩着坑坑洼洼潮湿的泥土和沾满露水珠的草丛,发出扑踏扑踏的脚步声。他们谁也不说话,蛙声和蚊子的嗡嗡声伴随着他们朝各自住的方向走去。

"建民,你跟虎旦媳妇一块儿走,绕道送送她。我跟明芳朝那边走,顺道把她送一下。"文海大声对前面的建民说,并快步去撵明芳。

"明芳!等等我!咱俩相跟上!"

明芳好像没听见,没有任何反应,自顾自地往前走。

建民和玉兰相跟着从另一个方向走了。

"明芳！你慢点儿走。"文海疾步追赶着明芳，他气喘吁吁赶上明芳后，一把将她拽住，"明芳，你咋啦？生我气了？"

明芳甩了一下胳膊，想从他手里挣脱出来，文海却死死拽住不放。

"明芳，你咋啦？不要这样，我受不了。"文海痛苦地嗫嚅着，黑暗中看不清明芳的脸，他伸手轻轻向明芳脸上摸去。她满脸泪水湿漉漉的，文海的心彻底碎了。他扔掉自己跟明芳身上的东西，一把将明芳搂在怀里低声呜咽起来。

两人紧紧抱在一起低声哭泣着……

"文海，咱们就此为止吧，再也不要继续下去了，否则会害了你。"

"我不怕！"文海执拗地说。

"即使你不怕，我也不能因此害了你。"明芳从他怀里挣脱出来，弯腰拾起扔在地上的东西，"我反复想过了，咱们的事一旦被人发现，后果难以想象。你我成天叫人骂得抬不起头不说，还会坏了家里人跟后辈儿孙的名声。另外，你这辈子也彻底完啦。"

明芳的声音极其低沉，她像挑着千斤重担，迈着沉重的步子，摇晃着身体，慢慢往前走去。

"明芳！不管你咋想，但我决不能没有你！咱俩的关系这辈子是断不了的，这是咱们的命！也是咱俩的缘分！"文海绝望地喊着蹲在地上，这声音在静谧的夜空盘旋，慢慢散落在黎明前空旷的田野上。

"咱们的关系不能断，我不能没有你！只要咱们加倍小心，谁也不会知道！决不会知道的。"他自言自语地抹着眼泪，感到自己又一次坠入了无底的深渊。

第五章　日子的苦与辣

　　太阳载着幸福与希望，又从东方冉冉升起。它预示着人们新一天的生活开始啦。它把幸福和希望撒向大地，就这样，人们日复一日、年复一年在拼命追赶着幸福，追赶着希望，为每一天、为每一个新的希望奔波着。对庄户人来说，年年有好收成，天天有饱饭吃，就是莫大的幸福，也是最大的希望。所以，在这收获的季节，全村人不管男女老少一起上阵，很快就将夏粮入库了。

　　分粮那天，人们像过节一样，兴高采烈地拿着口袋涌到队部，虎旦夫妇也拿上口袋老早就去了小队房。他们盼新粮盼了很久了，顿顿野菜粥，吃得不是大便干燥几天拉不下，就是拉稀连上茅房都来不及。新小麦下来，他们急切希望尽快改善一下生活。

　　分回粮的当天，虎旦就迫不及待地张罗磨面，他想立马吃上白面烙饼。往常只要小麦一分回家，他来不及磨面，就先把麦粒煮一碗或炒一碗吃。如今不同了，怕老婆小看，没敢那么做。但在碾坊趁磨面的工夫，偷着把生麦粒吃了好几回，吃得肚子直发胀。等磨好面回到家老婆把用新面做的烙饼端上来时，他因为肚胀反而吃不下去了，只好干瞪眼看人家吃。

　　分到夏粮日子好过多了，再加上玉兰精打细算，虎旦粮瓮里的粮食终于能接济到秋天了，这是多少年来破天荒的第一次。

　　夏收一过，庄户人又得集中力量投入秋田的耕作中。今天是个好年景，无论早期的庄稼还是新种的蔬菜,都长得很遂人意。这对虎旦跟玉兰来说无疑是件幸事,玉兰愁苦的心稍稍舒展了些,在迷茫中看到了一线希望。

另外,这段时间玉兰干得不错,基本能抵得上一个强劳力。虎旦为此找了队长好几回,要求给她涨工分。人民公社时期社员实行工分制,根据劳动强度、体力程度、男女、老幼等情况,把工分定成几个等级,最高等级是强劳力。村里年轻、体力好、力气大、能干活的人为强劳力,虎旦认为玉兰比自己还能干,理所当然应该是强劳力,可是队里从来没给女人定过这么高的等级,这是惯例。现在突然由她打破,人们心里总有些别扭。队委会几个人为此曾碰头商量过,多数人反对给她涨工分,后来李大姐为此又去找了队长,这才给她定了比强劳力低半档、比一般劳力高半档的工分级别。虎旦和玉兰为这事很高兴,不管咋说玉兰的劳动得到了肯定,说明人们已经开始接纳她了。

还有,在大半年的劳动中她结交了两个要好的朋友,一个是知青点的李大姐,另一个是明芳。李大姐是知识青年,下放锻炼到这儿已经十多年了。父亲是"右派",母亲是教育系统的普通干部,他们兄妹三人分别去了农村和生产建设兵团。和她一起来的知青都陆续回去了,只有她留了下来。因为出身不好,她感到前途渺茫,所以抱着彻底与家庭决裂的决心,扎根农村,和本村根红苗正的回乡知青结了婚,现在已是两个孩子的妈妈,这个外来媳妇成了地道的本地人。她很同情玉兰的境遇,在劳动中发现玉兰是个既能干又通情达理的人,所以很快就喜欢上了她,跟她成了朋友。

明芳也是从外乡来的,从小没了父亲,是寡妇母亲把她和哥哥、弟弟三个人拉扯大。刚满十八岁时由叔叔做主,她嫁给了表哥,是姑姑做婆。虽然亲姑是自己的婆婆,但是从没觉得自己与其他媳妇有什么不同,在这儿并没体验到亲情的温暖。丈夫是老大,下面的弟弟妹妹们从不把她当表亲看待,只当她是嫂子。嫂子就意味着不是最贴近的人,就连亲姑姑的婆婆对她也存有戒心,不像对其他侄子那么亲近。多少年留在婆媳之间那种不和谐的旧传统,仍然根深蒂固地渗透在她们心里。丈夫和自己虽然是表亲，婚前很少来往，彼此一直很生疏，婚后也根本谈不上什么感情。他从不关心明芳，也不在乎她，对她与对自己家人的态度迥然不同。家人说的话和做的事无论错对，在他看来都是对的。一旦明芳跟他们发生了矛盾，他就不问青红皂白地抱怨、责怪明芳，庇护家人。即使明芳再有理，他也从不向着她，总是一边倒，向着母亲和自己的弟弟妹妹。明芳在这个家生活得一点儿也不幸福，结婚两年多了也没有孩子，出来进去总一个人，感到十分孤独与寂寞。自从玉兰来了后，两人很能说得来，她才感觉自己有了伴儿，所以她们有事没事总爱在一起说说话。

她们几个不知是因性情相投，还是因都是外来人的缘故，不知不觉中越走越近，一遇到不愉快的事就相互倾诉。李大姐年龄比她俩大一些，从大城市来，有文化，见多识广，遇事懂得多，看得远，所以就成了她俩的老师，她俩有什么不顺心的事或难事，都要去找她诉说。自从结交了这两个朋友，玉兰在精神上得到了很大安慰，再也不像过去那么孤独、空虚了，并且增添了不少在这里生活的信心。

由于有了这么多顺心事，李玉兰的心情逐渐开朗起来，对虎旦的态度也比过去有了不少转变。她天天说服自己，尽量适应现在的环境与生活，死心塌地地跟虎旦过日子，把他当成自己的男人，彻底忘掉旺林哥。每天早晨起来，她都要偷偷面朝初升的太阳默默祈祷，希望自己忘掉过去的一切，从现在开始有个全新的开端，进行新的生活。

玉兰的想法虎旦根本不知道，他只觉得自己的日子有了奔头，有了希望，所以成天除了劳动，就知道吃饭、睡觉，别的什么也不想。

夏粮入仓后，文海带着青年突击队防洪去了，虎旦也跟着走了，家里只留下玉兰，她感到清静了许多，心里有说不出的舒畅。白天干了一天活儿，晚上累得腰酸背痛，连炕也上不了，玉兰草草吃过晚饭，顾不得洗脸就挣扎着爬上了炕，准备好好睡一觉。突然有人敲窗棂，把她吓了一大跳。

"谁?"玉兰跳下地,光着脚丫子跑到门后拿起立在那里的一把铁锹,惊慌地问。

"玉兰,是我!"

"你是谁!半夜三更地想干什么?"

"玉兰,开门,我是明芳。"声音极其低并带着颤音。

"你是谁?"李玉兰听是女人,紧张的心理松弛了下来,但还没弄清是谁。

"我是明芳。"外面的声音哽咽着。

玉兰迅速把门打开,明芳弯着身子蓬头垢面跌跌撞撞地冲进来,扑到炕沿边上呜咽着。

"明芳,你咋啦?"玉兰慌忙点着灯。

在昏暗的油灯下,只见明芳胳膊上全是被抓掐过的伤痕,血迹斑斑,青一块紫一块的,的确良衬衫也被撕破好几处。玉兰赶紧扳起明芳的肩头,只见她满脸是血,鼻孔里的血还在往外流。

"明芳,这是咋啦?"玉兰惊愕地问。

明芳只是痛苦地悲泣,不说话。

玉兰将明芳扶在炕沿上,"明芳,是不是两口子打架了?"她边说边拿盆去水瓮舀了两瓢水端在明芳身边,拿起毛巾在水里蘸了一下,怜惜地轻轻擦着明芳脸上的血迹和泪水,"明芳,别哭了。"玉兰柔声安慰着。

明芳剧烈地啜泣着,身体在微微颤抖。她接过玉兰手中的毛巾擦拭着身上、脸上的血迹。

玉兰也帮她擦拭着,"明芳,这究竟是为什么?咋这么狠心,打成这个样子!"

明芳把毛巾放在水盆里,哽咽着说:"玉兰,你不知道,他欺负我是常事,就像喝凉水一样。只要遇上不顺心的事,他就在我身上撒气,轻则回来摔盆砸碗,重则拳打脚踢。根本不把我当人,简直就是个牲口!"

她唏嘘着停顿了片刻,"我挨打受气是经常的!"明芳的泪水像掉线的串珠,扑簌簌地往外流。

"你婆婆知道吗?"

"知道。"

"那她咋不管?"

"我不清楚。"明芳伤心地啜泣着,"今天本来全是他不对,但婆婆还硬说是我不对。"

"他为什么要打你?"玉兰不解地问。

"他想去乡政府工作,托人情、跑关系,费了好大周折没办成,非常恼火,我一进家门就冲我发起火来,手指鼻子骂我是妨主鬼、丧门星,他没去了乡里是我妨的,让我赶快滚,再也不要回来了。本来干了一天活儿累得要命,我不愿跟他争吵,想忍一忍过去算了,可是他得寸进尺,越骂越凶,骂着骂着还嫌不解气,上来就打。"明芳不断用衣角擦着泪,"这不,打得我浑身上下没一点好肉。"她无法再说下去了。

玉兰看着明芳身上一道道被打的印痕,鼻子里酸溜溜的。她默默地拿来晚上烙好的饼和温热的绿豆粥,还有一些剩菜,这是准备明天早晨和劳动时吃的,并端了一碗水放在明芳面前轻声说:"不要难过了,快吃点东西吧,身体要紧。"

她把筷子塞进明芳手中,"唉!咱们都没找上好男人。遇上这种畜生能咋办?只好忍着。谁叫咱们转成女人呢?女人生来就受罪,除了受罪还得受气,受男人的气,受婆婆公公、大姑子、小叔子们的气。"

"你说得太对了,我挨了他的打不说,婆婆和几个小姑子还怪怨我,好像我真就是一个妨主货,不但不制止,反而还站在一旁看笑话。玉兰,这个家我实在不想待了。"

"不想回去就在这儿住几天,消消气再说。反正白虎旦不在家,我一个人也有些害怕,你正好陪陪我。"玉兰安慰着明芳,心里却为她担心、难过。她害怕

97

明芳婆家人来找麻烦，所以又到院子里找来一根长棍，把门死死顶住，然后对明芳说："好啦，你放心大胆地睡吧，什么也不要想，好好睡一觉。"说着，把明芳吃用过的碗筷等餐具收拾好，爬上炕为明芳铺好了被窝。

明芳像一只受伤的猫，和衣倒在玉兰给自己铺好的被窝里，什么也没说轻轻地闭上了双眼。

玉兰见她闭上眼，就俯身吹灭油灯挨着她睡下了。起初，她很为明芳担忧，但实在太劳累，不一会儿就睡着了。

明芳却怎么也睡不着，肉体和心灵上的双重痛苦折磨得她难以自拔。她反复想着今天的事，越想越气愤，越想越伤心，觉得自己的命真苦，活着还不如死了好，希望老天爷赶快把她带走，带到一个永远没有痛苦的世界。她知道这不可能，除非自己去死。一想到死，她便想起了文海。以前她受了丈夫和婆婆的气，文海都会把她搂进怀里，疼惜而又爱怜地抚慰着，使她一颗受伤的心很快得到修复。可是现在文海不在跟前，自己受了伤害再没有人来抚慰，只能痛在心里。虽然她说要跟文海断了那段刻骨铭心的恋情，但心里很难断掉。她没有一天不在想文海，没有一天不在回忆他们之间的每一个幸福的欢聚。文海不在的这段日子，她简直度日如年，想他想得无法忍受，有好几次都想去防洪的地方看他，但犹豫再三还是放弃了。现在她处在极其痛苦的时刻，更加思念文海了。想到这些，她不由得泪流满面，深切感到文海在她心里太重要了，自己不能没有他！此刻她急切地希望能见到文海，盼望文海快点回来。

玉兰一觉醒来天已经亮了，她一骨碌坐起来，趴在明芳脸前看了看，吓了一大跳，明芳的半拉脸发青，肿得很厉害，两只眼像两颗桃子，眼皮和太阳穴附近还有瘀血。看着这张脸，玉兰不敢相信这就是明芳。"明芳。"她轻轻推了一下。明芳微微睁开眼睛，迷茫地看着她，"昨晚睡得咋样？你没事吧？"

"没事。"明芳轻声说着，准备爬起来，可是一阵昏厥，使她无法起来。

玉兰赶紧摁住她，"明芳，别起来！快别起来！再躺一会儿吧。我去做饭，等把饭做好了你再起来。"

明芳闭上眼无力地点了点头。

半个时辰后,玉兰把饭做好了。明芳挣扎着坐起来打算下地,玉兰硬是不让下。她觉得明芳需要好好休息,不能硬撑,否则身体会垮的。她把饭端到明芳跟前,让她靠着铺盖吃,这样会好一些。明芳端着饭碗,眼泪不断往外涌。

"明芳,别哭了。"玉兰轻声说,"不要难过,这样下去会伤了身子。留得青山在,不怕没柴烧。坚强些,挺起腰板活,一切会好的!"她虽说是在劝明芳,其实是在劝自己。她不断地把明芳的处境与自己的境遇联系起来,看明芳那么痛苦,心里十分难过。

吃过饭,玉兰把家里的事安排了一下就出工了,留下明芳一个人在家休息。临走时,她一再叮嘱明芳把门插好,好好卧炕休息,千万别走,等她回来。明芳点头答应了,她从心底感激玉兰如此真挚地相助。等玉兰一走,明芳按照她的吩咐插好了门,又用一根长棍把门顶上,然后便蒙头睡去。

明芳因受身体和心理上的双重折磨,使得精神处于极度疲惫状态。她脸色苍白憔悴,精疲力竭地睡在那里一动不动,很像一个命将终结的人,大脑里晕晕乎乎一片混乱,不断做着噩梦。整整一个上午,她几乎都处在梦魇中。

明芳在虎旦家晕晕沉沉地躺了一上午,中午收工后,李大姐跟着玉兰来看她。见到李大姐,明芳如同见到了亲人,猛然抱住李大姐痛哭起来。李大姐轻轻抚摸着她的脊背,安慰着她。

"李大姐!我的命真苦啊!早早就没了父亲,孤儿寡母过日子,从小就受人欺负。本以为找了人家,还是姑姑做婆,这样会好一些,但是恰恰相反,连外人也不如。自从进了门,没过过一天舒心日子,不是小的欺负,就是老的整拾,从没舒心过。"明芳哽咽着,浮肿发青的脸上泪水横溢,完全变了模样。

玉兰看着揪心,她赶快打了一盆水端到明芳跟前,"明芳,别哭了,老这么哭不好,先洗洗吧。"

明芳依然失声痛哭着。"明芳，洗洗脸。玉兰说得对，不能总这么哭，保重身体要紧。"李大姐把伏在自己肩头的明芳轻轻扶起，让她坐下，并接住玉兰端过来的水盆。

"李大姐，我真不想活啦！"明芳依然绝望地痛哭着。

"明芳，快别说傻话了。"李大姐把水盆放在明芳身边，捋着她披散在前额的头发，"你的命就那么不值钱？遇上这么点事就想死？"她的眼睛也红了，说话声音微微颤抖，"你要坚强起来，自己的命运要永远自己掌握，不要受别人摆布。"

"唉！像我这样，命运咋能自己掌握呢？还不是由人家摆布。"

"是啊，虽然话这么说，但是遇上这种人还不得硬挨着？"玉兰怜惜地看着明芳，后又把眼光转向李大姐，一副无可奈何的样子。

"哪能呢？首先你们不能这么想，不能把自己的命运交给别人。"李大姐皱着眉，态度很坚决，"像明芳这样，可以去大队告他，让组织出面处理。他怎么也是国家职工，哪有这么打人的。"

"我告了人家，人家以后能饶我吗？"明芳酸楚地摇着头。

"有单位和组织约束，他就不敢了，否则他会经常欺负你。现在你让着他，他不是照样还打你。"李大姐十分认真严肃地看着明芳，"你觉得我说的对吗？"她又回头看看玉兰。

"大姐说得对，人往往欺软怕硬，你厉害了，他就怕你，你若软弱他就欺负你。"

"对呀，他看你软弱，才会一而再，再而三地欺负你。假如他第一次打你，你就不让，以后他就不敢轻易动手了。你之所以经常受他莫名其妙的气，还是一再忍让的结果。"

"大姐说得对，"明芳被李大姐的话触动了，眼泪又流了出来，"我怕人们笑话不愿意说，他打我是常事，比喝凉水还容易。"

李大姐皱眉点了点头,"我看这样,你先在玉兰这儿住几天,好好养一养身体。看你婆婆找不找你,假如她来找你,态度又好,就跟着她回去算了。如果她不来找你,或找你时态度不好,咱就去告她儿子。"

明芳慢慢从水盆里拿起毛巾拧着,呆呆地看着眼前,一个劲儿地叹息。

玉兰有些吃不准这么做是否合适,疑惑地看着李大姐,"大姐,这样合适吗?她婆婆家打上门来闹腾怎么办?"

"有什么不合适的!假如她敢闹,我陪你去乡上告他!对这种人就得这么做才行。"转而,她又笑了笑,"你们放心吧,我谅她不敢。明芳婆婆比鬼还精,为了儿子的前途,不会明着大闹的。咱就抓住这一点,让她来请明芳回去,灭灭她的气焰。"

玉兰十分担心明芳的处境,忧虑地看着李大姐问:"明着不闹,但回去后再找明芳麻烦怎么办?"

"只要他们再敢找一点明芳麻烦,我们就去乡上告他,给他小子点厉害看。"李大姐得意地笑着,明芳和玉兰相互疑惑地看了看,心中还是一点数也没有。

"这件事由我来办吧,明芳好好养伤。"她停顿了片刻又接着说,"明芳,以后你一定要厉害些,千万不能逆来顺受,否则在那个家不会有半点地位。"明芳感激地点着头。

下午,李大姐就开始实施她的计划。她断定明芳婆婆一定为明芳的出走火冒三丈,所以傍晚收了工没回家直奔明芳家。李大姐非常纳闷,为什么今天明芳婆婆一整天没露面,而两个小姑子也只在上午干了一阵就走了,下午再没出来。明芳昨晚就离开了家,至今全家没一个人出来打听她的下落,好像家里没发生过什么事似的,难道她们不怕明芳一时想不开寻了短见?她怀着疑虑走进了院子。

明芳婆婆跟她的儿女们正在忙碌着喂猪、喂鸡、喂牲口、收拾农具、做饭。除了两个小的,其他人都不闲着。明芳婆婆正指手画脚地在院子里说着什么,见她进来了便住了口,冲着她笑成了一条缝,"哟,小李,你可好长时间没来了。"说着,伸出手招呼李大姐进屋。

"三婶子一天没出工,生病了?"李大姐一边往屋里走,一边开门见山地问。

"唉!哪里是生病了,是让那些鬼气的。"她说着,脸朝明芳的西屋瞥了一下。

李大姐完全知道她的意思,"咋啦?他们惹你生气了?"

"唉!提不起啊!"明芳婆婆拉李大姐坐在炕沿上,"气得我昨晚一夜没合眼,肚子胀得像一面锅,你看。"说着她拉起李大姐的手要摸自己的肚子。

"行啦,不摸我也知道。"李大姐把手抽了回来,笑着说,"你这么厉害还能让他们气着?"

"咳!我厉害,我厉害个屁!"她用力把头点了一下。

"这么说,我三婶整天是在受他们的气啦?"李大姐把手搁在她的肩上乜斜着。

"可不是嘛!"

"看来,是两口子合起来欺负你啰?"李大姐不卑不亢地注视着她。

"唉,反正那王八蛋们没一天让你安生。"明芳婆婆有些不自在,站起来往炉灶里添了些柴,揭起锅盖用一把大铁勺在里面搅和着。

"不对吧。谁不知道三婶子的老大是个孝子,而且有文化,又明事理,明芳又是个善良、贤惠、精明能干的好媳妇,咋能叫你不安生呢?"

"你说对了,我那小子确实是个好小子,往远了不敢说,方圆百里我敢说是数一数二的。"她把手在衣襟上擦了擦,心虚地偷偷看了李大姐一眼,"可是俗话说,好男头上无好妻。我那小子命不好,没遭逢上好老婆!"她又偷偷窥视着李大姐,心想:哼!你说明芳好,我偏说她不好!

李大姐很了解她的心思,自己的儿子再坏,她也要把他说成是最好的;明芳再好，她也要把她说成最坏。"照你这么说，儿子是不会惹你生气的啰，说了半天还是媳妇在气你。"

"那当然！"她已明白了李大姐来家的用意，想先入为主，给李大姐来个下马威，让李大姐没法替明芳说话，"我这是打掉门牙往肚子里咽，有苦说不出啊。按说，家丑不可外扬，我又是亲姑姑做婆。唉！只怪我那死老汉走得早，丢下我们孤儿寡母，收拾了这么个东西。"

李大姐暗暗耻笑她言不由衷，因为村里人谁都知道，她老汉善良软弱，一辈子任她摆布，哪能做了她的主！另外，她儿子娶明芳，也是看人家孤儿寡母好糊弄，乘人之危，"三婶，你这不是瞎说嘛，全村人谁不说明芳是十里八乡的好媳妇。你真是身在福中不知福啊。"

"呸！快别说我有福气啦，我有什么福气啊！不说还好，一说气得我肚子直痛！"她恼羞成怒，最不想听这样的话了，"娶的媳妇没一点儿福气，只是个妨主货！"脾气一上来，把藏在心里的话一下都倒出来了。

"三婶，你们就是因为这，把明芳打成那样的吧？"李大姐盯着她一针见血地问。

她心里暗暗一震，脱口问："你咋知道的？"她感到自己说漏了嘴，立马又转口说，"我们可没打她，谁敢打她呀！"

"那么，明芳是谁打的？"

"不知道！"

"不知道？你以为一句话就能把事情扛过去？"李大姐也生气了。

"你说吧，她想干什么？"明芳婆婆摆出耍泼的架势，想把李大姐硬撑回去。

"准备去乡政府告你儿！"李大姐淡淡地说。

"什么？她想去告我儿？"

"嗯。"李大姐慢慢点着头，两眼死死盯住她。

103

明芳婆婆的蛮横劲儿一扫而光，她摸不准小李的话是真是假，疑惑地看着明芳半天不说话。她很能演戏，装蒜。虽然在村里厉害得出了名，但有时她也不敢乱来，不是那种胡搅蛮缠，乱耍泼的女人。她要泼也要看对象，在有权有势，说话有分量的人面前还讲究些分寸。在她看来，李大姐这些知青终归要回城当干部，甚至做大官，别看现在站在自己面前"三婶、三婶"地叫，说不定哪天就远走高飞啦，到时候想见也难。老话说，山不转水还转呢，哪天人家成了大气候，不一定还有用呢，所以她不敢惹，在李大姐面前还想装装蒜，为自己争点面子。于是饭也顾不得做了，她凑到李大姐跟前，"小李，这话是她说的？"

"对呀。如果不是我拦着，她今天早跑到乡里去了。"

"哼！她还敢告？"

"为什么不敢？把人打成那样了，还有什么不敢的？狗急了还跳墙呢，何况人哩。"

"打成甚样了？我咋不知道。"她依然死不认账硬撑着，"没打她呀。"她装作纳闷的样子嗫嚅着，看李大姐怎么说。

"打没打明摆着，谁想赖也赖不掉。"李大姐十分生气，厌恶地摆了摆手。

"小李，你别听明芳瞎说，她其实可厉害呢。我儿整天在外工作多辛苦，回到家老婆应该好好体贴伺候才是，可她，男人每次回来总不给好脸看，胡搅蛮缠瞎闹腾。昨天我儿回来她又是如此，所以，可能打了她两下。"她换成一副可怜相，观察着李大姐脸上的变化，"再说，他把我儿也打得不轻啊，浑身上下全是伤，没一点好的地方。"

"是吗？我还真没看出来明芳这么厉害，能把男人打成这样。他在哪儿？我去看一看。"说着，她便站起来要往明芳那屋走。

"哎！小李，小李，别去看了，他已经回去上班了。"明芳婆婆着急拦住李大姐。

"打成那样了，还能去上班？"李大姐佯装纳闷地看着她。

明芳婆婆狡黠地点点头，"唉！男人嘛，再咋也得硬挺着，不像人家动不动就装得像个受气鬼，扛上那张脸满村子转，生怕别人不知道。"

"真是这样？"李大姐厌恶地睥睨了一眼，"清官难断家务事，你们这是公说公有理，婆说婆有理。既然这样，我也不好再说什么了，只好叫明芳随她便，想什么时候去乡上就去吧。"说完，她站起来就要走。

"小李，你别走，忙甚哩！"明芳婆婆一把拽住李大姐，"吃了饭再走嘛。"

"不啦，家里还有一大摊子事等我做呢，我得赶紧回去。"

明芳婆婆拉住李大姐的手迟疑了一下道："听你这么说明芳是在你家？"

"不在我家。"

"那……"明芳婆婆迟疑地看着李大姐，不想把要说的话说出来。

"她现在在虎旦家。"

"在虎旦家？这个死不了的虎旦媳妇！"一听说在虎旦家，她的气就冒了上来，心想：一个外来女人还敢管我家的闲事！

李大姐已经猜出了她的心思，"你也甭骂啦，昨晚要不是我跟玉兰，明芳恐怕早寻短见了，你应该感谢我们才是。"

明芳婆婆突然惊恐地瞪大眼睛看着李大姐。

李大姐就把自己编好的故事讲给她听："昨晚我去玉兰那儿坐了一会儿，回来时她非要送我不可。我们边走边聊，突然听见女人的哭声，吓了一大跳。我俩站下来仔细听着，想看一下究竟是咋回事。玉兰看见有个人往大坝上走，拉起我就往那人跟前奔，到了跟前才看清是明芳。多亏玉兰手疾眼快力气大，一下就把她抱住了，要不明芳就跳下去了。"李大姐偷偷看着明芳婆婆脸上的变化，她的脸红一阵白一阵，听说明芳要跳河，掩饰不住的恐慌显现在脸上，非常难看，"后来，我俩连说带劝才把她领回玉兰家。现在虎旦不在，玉兰就把她暂时留下了。三婶子，事情我已经跟你说清楚了。你是个明白人，自己看着办吧。"

李大姐站起来要走。明芳婆婆原有的嚣张气焰消失得无影无踪，耷拉着脑袋，"小李，明芳被打得重吗？"她看李大姐不说话，又问，"明芳现在咋样？"

　　"躺在炕上爬不起来，整整一天啦，水米没打牙。"李大姐十分严肃地摆了摆手，头也不回地往外走。

　　"哎，小李！"明芳婆婆可怜兮兮地拦住她，"你说我该咋办？你给三婶拿个主意，我听你的。"

　　李大姐停下脚步对她说："三婶，假如你真听我的，就赶快把明芳接回来，让她好好在家休息几天养养伤，再也不要给她气受了。家和万事兴，劝他们两口子好好过日子，不要闹腾了。再说，有什么话不能好好说，把人打成那样！让人知道了，还不笑话你！"说完，李大姐头也没回地走了。

　　明芳婆婆心里没了主意，她很清楚明芳被打得很重，从昨晚到现在她提起的心一直没放下来。起初，明芳从家里跑出去，她并没在意。因为类似的事经常发生，明芳总是一忍再忍，从不反抗也不向外说，这样，他们母子就越来越不把明芳当回事了。可是昨晚明芳一夜没回来，她有些害怕了，怕明芳想不开做下没的。早晨吃过饭，等儿子一走，她就在村子里到处偷偷探听明芳的下落，整整一上午也没打听到。下午，她们母女几人又在附近转了遍——只是忽略了虎旦家，没去那儿看一看——没打听到明芳的消息，她心里开始着急起来，一个下午满脑子只萦绕着一个问题，那就是一旦明芳出了意外，咋跟明芳家人交代。她在脑子里编了好多瞎话，以备应付将来可能发生的事。

　　晚上，当她看到李大姐时，心里咯噔了一下，提起的心瞬间落了下来。她断定明芳没出意外，而且李大姐肯定是为明芳而来的。不出所料，李大姐很快就向她摊牌了。明芳虽然没死，但要上乡里告男人，这是她万万没想到的。现在正是节骨眼上，即使这次去不了，以后还有机会，因为乡里有的领导已经私下答应了他。但是，一旦明芳去告，儿子去乡政府工作的希望就彻底破灭啦。一想到儿子的前途，她的心又提了起来。碍于面子，她不想在明芳面前服输，所以心里七上八下、左右为难起来。

明芳婆婆思前想后了半天，最后终于认了输，亲自去虎旦家把明芳接回了家。看见明芳被打成那样，她怕让人们知道对他们母子不利，所以她叫明芳在家好好养几天，哪儿也别去，等伤全好了再出门。

几天后文海回来了。自从防洪回来他一直没见明芳，只听人说明芳两口子打架了，明芳叫男人打得爬不起来，为此，老支书还出了面。他心里很难过，也很担心明芳。昨天下午劳动时，他特意跟玉兰问了详细情况。听玉兰说罢，他夜里辗转反侧想了许多，最后，终于决定跟老婆离婚娶明芳。他打心眼里不满意自己的婚姻，跟老婆结婚半年多了，还没跟她同过房，看见老婆就像看见了狼。大部分时间他都把她送回娘家，千方百计找借口不让她回来。即便她回来了，也是一个在前炕睡，一个在后炕睡，中间隔一张饭桌，谁也不理睬谁。起初，老婆还等着他来钻自己的被窝呢，但一等两个月没见任何动静，也生气了，跟他大动干戈，像黑五见了黑六，不论白天黑夜，见了他就摔盆摔凳，睡觉头朝下，脚对着他的脑袋，故意气他。老婆的一切所为文海全没在意，因为他心里根本没有她。老婆每次回来闹腾几天，闹腾不出什么名堂，还是气呼呼地回娘家。

文海心里只想着明芳，他不想再让明芳受罪了，决定大胆地站出来保护她。他最清楚明芳在婆家过的是什么日子，所以听说明芳被打得爬不起来，完全能想象得到明芳遭受了多大的痛苦。他想先把自己的想法跟明芳说一下，但又怕明芳不同意。可是主意已定，不管明芳是否同意，他也要试一试。

上午，他见明芳仍没出工，借口去乡上办事绕道去了明芳家。家里只有明芳一个人，虽然她脸上的肿消了，但脸上到处是青一块紫一块的伤痕。见文海突然闯进来，她惊呆了，半天不知所措。

文海一见她那张脸也吓了一跳，从明芳脸上的伤痕不难想象得到她遭了多么大的罪。文海难过地冲过去抱住了她，"明芳，你咋叫他打成这样？"

"文海！"这一刻是她这些天时时期盼的，现在她终于见到了救星。

明芳不顾一切地扑在文海的肩头痛哭起来，憋了多日的冤屈尽情释放着。等明芳把自己心中的苦楚释放得差不多了，文海扶着她坐在炕沿上。

"他为什么打你？这个畜生！"文海用手擦着明芳脸上的泪水，他的手在微微颤抖。明芳紧紧握住他的手，头无力地靠在他的肩膀上，边啜泣边把挨打的经过对他说了一遍。

文海将她紧紧地搂住，"明芳，咱们结婚吧。"他的声音很低，但很坚决。

明芳顿时感觉脑子一片空白，耳朵像出了问题，嗡嗡直响。

"我马上跟老婆离婚，咱俩结婚。我再也不能叫你受那个王八蛋的气啦。"文海急促地说。

明芳被这突如其来的想法搞蒙了，她的思绪还没理清，需要认真理一理。

"我说的话你听见了吗？我忍受不了那个混蛋隔三岔五地欺负你，折磨你。每次听见你挨了他的打，心里就像刀割一样难受。真是打在你身上，痛在我心上啊！"

明芳的心陡然抽搐了一下，她被文海的真诚感动了，眼里的泪水扑簌簌地直往下掉，"文海，有你这句话我就知足啦，真的。"她仰起脸深沉地看了看文海，然后又闭上眼睛，泪水顺着眼角一直流到了下颏。

文海摸着她的身体，柔声地问："你同意吗？"

"照你说的做，对咱俩是最好的结局，尤其对我。"明芳轻声叹了一下，"但是我没有那个命，老天爷没给我安排那么好的日子。"她的声音有气无力，绝望至极。

"你为什么要相信命运呢？命运是由人来决定的。"文海竭力反对，他害怕明芳再往下说，"咱们的命运掌握在自己手中，而不是在老天爷手里。明芳，你千万别犯糊涂啊。"

"我不糊涂。"明芳摇着头，提高了嗓门说，"我一点儿也不糊涂！"她感到自己已经理出一些头绪了，头脑也清醒了许多。

"好，你不糊涂。明芳，既然这样，我说的话你同意吗？"文海疑惑地看着她。

"文海，我清楚，你这么说是为了安慰我。"明芳又长叹了一声，声音依然很微弱，"安慰人的方法有多种，但是千万不要这么说。"

"我说的是真心话，并不是安慰你。"

明芳茫然地看着文海，不知说什么好。

"难道你不想跟我结婚？不想咱们这辈子永远在一块儿？"

"我咋能不想啊！"明芳的眼泪仍在眼中转动着，"我白天想，黑夜盼，一有空就想呀、盼啊的，盼望这辈子能跟你在一起。但是，你看这可能吗？也只是盼一盼，想一想罢了。"她靠住文海的肩膀又抽泣起来。

"明芳，只要咱俩愿意，事情就能办得到。现在就看你的啦，只要你同意，我马上离婚。"文海抚摸着她的肩膀，声音非常低沉。

明芳哭得更伤心了。她知道这是一个重大抉择，决定自己的命运。但她更明白，如果真走这条路是万万行不通的。

文海的心里也很矛盾，他明白假如真这么干，将要招来好多麻烦和难以预料的障碍与困难。但为了明芳，他决定豁出去了。

"明芳，你不要哭，有天大的事只要咱们一条心，谁也咋不了。刚开始可能会引来不少非议甚至辱骂，但时间久了就没人说了。假如咱们把日子过好了，说不定还有人羡慕呢。只要咱俩幸福，不要怕别人怎么说。再说，日子是咱们过，又不是别人过，鞋大鞋小自己知道，管他外人说甚哩！"

"不只是说说而已，最重要的是咱们落了骂名不说，还给家人丢尽了脸。以后，家里家外都不是人了，还咋做人啊？"

"咱们先别考虑那么多，走一步说一步。"文海顿了顿，"五四运动时期，好多青年还敢于冲破束缚，同旧的封建思想、传统观念、习惯势力做斗争，争取个性解放、婚姻自主呢，难道我们连他们也不如，还要受那些不合理的传统观念、习惯势力的约束？这岂不是太傻了嘛！明芳，勇敢些！大胆地给自己做一回主。咱们要做新时代的年轻人，不要做封建残余的牺牲品。不管今后咋样，我都豁出去啦！"文海越说越激动，他不单是跟明芳说这些，更重要的是在跟自己说这些。

明芳被他的一席话说得目瞪口呆，从他的怀中挣脱出来，坐直身子，迷茫地盯着他。虽然她没有文海念得书多，但也有些文化，在学校也学过。五四运动留在她记忆中的只是个笼统的概念，只知道其在国家发展进程中曾起过很重要的作用，但究竟包含了什么样的内容，早已记不清了。从文海这儿她才知道，那时候的年轻人还为不公平的社会和不公平的命运抗争过。而自己晚了人家好几十年，还活得如此懦弱、可怜。想到这儿，她不免有些悲怆。

沉思了一会儿，她便对文海说："你说的那些人在当时毕竟是年轻人中的少数，而且他们肯定都是城里人和有文化的人。可咱们是农村人，咋敢跟人家比呢？何况咱俩还有那层倒霉的亲戚关系……咱们真要结了婚，没好日子过不说，你的前途也彻底完啦！这样我不但不幸福，反而更痛苦。"她轻轻摇着头，无可奈何，"难道你真愿意在农村待一辈子？"她疑虑地看了文海一眼。

"天下农村人一大层，人家能待我为什么不能待？该待也得待啊！何况社会在不断发展，今后什么样谁也说不清，只能骑驴看唱本，走着瞧啦。可是我相信，日子会越来越好，说不定有一天，我们也成了城里人。"

"嗨！我可不敢做这样的梦！文海，咱们还是实际点吧，你的想法行不通。"明芳不敢正视文海。

"明芳，说了大半天你咋又绕回来了？"文海焦虑地在她脸上巡视着，"我对牛弹琴啦？"

"我会把你对我的好深深刻在心里，记一辈子的。"她深情地看了看文海，"回去好好过日子，不要胡思乱想了。"然后拿起文海的手，放在唇边亲吻着，泪水留在了他的手背上。

　　文海感到从未有的凄凉从心而入，穿过了脊背，穿过了全身。他的眼泪顺眼角扑簌簌地流着，他用颤抖的双手捧起她的脸颊凝视了很久……

　　明芳再次打消了文海的念头，使他很失望，为此，文海闷闷不乐了好长时间。

　　她也等脸上的大部分伤痕消失后才出了几天工，这段时间地里的农活儿不太忙，于是便抽空回娘家去了。

　　明芳一走，文海心里空空的，孤独难熬。玉兰和李大姐也像失去了什么，很不好受。尤其玉兰，总爱把自己的命运与明芳的命运联系在一起。只要一想到这些，她就感到难过。

　　转眼，收获的季节到了。看着到处呈现的果实，人们心里洋溢着喜悦。无论产量高低，总算有了收获，一年的辛苦没白费，这是庄稼人最高兴的。玉兰心里的忧愁也随着这收获的季节冲淡了，她每天跟着人们早出晚归忙碌着，急切希望秋后家里的生活有个大改观。

　　秋收时分，为了赶进度，中午社员不回家，尤其去离村子远的地头干活更是如此。人们早晨出工时就带上水和腌制的咸菜、干粮等，中午在地里凑合着吃一顿。大部分时间是人们收啥吃啥，收玉米了，带着锅到地里搭个临时锅灶，煮玉米或烧玉米吃。收山药了就烧山药吃，收萝卜烧萝卜，即使瓜果蔬菜不烧着吃，也要生吃个够。这里的山药是指土豆，这是当地的方言。在秋天农忙时，为省时间，人们常把山药煮熟当饭吃。

　　近来，大部分庄稼都收割得差不多了，剩下的就是蔬菜、萝卜、山药了。队里安排明天刨山药，晚上虎旦把家里仅剩的一点咸菜全装在一只小罐里，准备明天刨山药时吃。玉兰见他如此自私贪吃非常生气，轻蔑地睥睨了他一眼，什么话也没说，上炕拉了个枕头面朝炕里睡下了。虎旦见玉兰没铺炕就和衣睡下也很恼火，所以赌气拉了个枕头躺下了。不一会儿工夫，他就鼾声如雷睡了过去。

一觉醒来，天已蒙蒙亮，玉兰早把饭做好了。虎旦像三岁的小孩一样，迷迷瞪瞪揉了揉眼下了地，端起灶台上的饭蹲在地上就吃，吃完了打着饱嗝，伸了伸懒腰慢吞吞地走出屋子。他想呼吸一下新鲜空气，顺便偷会儿懒。可是，玉兰已经把箩筐和铁锹扛在肩上，准备出工了。

她鄙夷地看着他，"你走不走，我要锁门！"

虎旦猥琐地缩了缩脑袋，赶紧进屋抱起自己那罐子菜走出来。玉兰迅速把门锁上，扭身走了。虎旦悻悻地把菜罐子放在院里一只箩筐内，然后拿起立在窗台前的一把铁锹，挑起箩筐追了出去。

刨山药的活儿虽然很累，但很有意思。最能引起人们兴趣的是在地头烧山药。大家进了山药地还没干活儿呢，就有人开始在周围踅摸烧山药的空地，思谋着咋烧山药了。

队长大声吆喝着："快过来！现在按人头分开干。"

多数人听见队长吆喝赶紧走了过来，有的人注意力仍然放在选择烧山药的空地上。

"你们几个！听见了吗？还没干呢就思谋上吃了，饿死鬼转世啦？"他擤了下鼻涕，用手掌心擦了擦鼻子愤愤地说，"嗨！真是一群吃死鬼！"

见队长生气了，人们都赶紧聚过来。

"大家听着，锹一定要下得深，挖得准，尽量不要把山药铲烂。捡的人定要捡仔细了，尽量不要落下。庄户人辛苦了一年，就看这几天啦，好好刨干净！"队长严厉地大声说。人们相互嬉笑着，开始干起来。

干了一阵，队长指派了几个人去烧山药，其他人继续干。

那几个人在刨过山药的地上找了块空地，把山药蔓搂在一块儿拢成堆放在空地上，又用火燃着，等蔓苗烧成灰烬后，再把刚刨出的山药埋在里面，半小时后山药就能吃了。这样烧出的山药表皮焦黄酥脆，香喷喷的，吃一口烧山药就一口咸菜，爽口极啦。还没等烧熟，有人就凑过去跃跃欲试要吃。队长骂骂咧咧喊着不准靠近火堆。为了气他，有人故意趁他不注意跑过去刨几颗半熟的山药。队长看见了，伸长脖子大声喝喊着，并捡起几块儿土坷垃打过去。其他人也跟着起哄，捡起坷垃往过打，顿时，山药地里又是一阵哄乱。

由于人多，一烧就好几堆。等烧好了，烧山药的人一声令下，大家立即拿上水罐子、菜罐子呼啦一下跑过来，把火堆围得水泄不通，你争我抢从灰堆往出刨山药。有的人手脚快，一下从火堆里刨出一大堆，别的人就赶紧去抢，你夺我抢，转眼就把他的山药抢光了。反过来，他再去抢别人的。大家一会儿抢山药，一会儿抢咸菜，在地头你夺我抢，打打闹闹。不管老少，只要是平辈人都能放肆地开玩笑。有些调皮鬼甚至还专去挑逗长辈，跟他们也开这种玩笑。人们你夺我抢不单单是为了吃，而是为起哄、搞恶作剧逗乐。

大家无拘无束地嬉闹，叫玉兰好不羡慕。她在一旁尽情地欣赏着，同时又勾起了思乡之情。老家的人也这样，她经常跟他们开类似的玩笑，像现在这样闹着玩。玉兰本是个性情开朗，善于和人相处的人，可是自从到了这儿，从没跟人开过玩笑，也没多少人理睬她，使她感到生活十分压抑，情感得不到释放，憋闷得要死。有时她真想跑到无人烟的地方，敞开嗓门高高喊几声，释放一下。她更希望像当地人那样，无拘无束地说笑、嬉闹。可是人们还没接纳她，让她融进那个圈子里，跟她仍有生疏感，让她时时感到自己是外来人。虽然因自己能干，在全大队乃至全公社出了名，但是，在人们眼中，她依然是外来人。

这几天，李大姐孩子生病没来出工，明芳身体不便也在家里休息，只剩她一个光杆司令，所以显得更孤单了。她只是默默地坐在一边，看着别人逗乐。人们抢山药，她不好意思抢，只等别人抢来了捎带给她几个。在这节骨眼上，虎旦只顾往自己肚里填，哪还顾得上老婆。

建民一直注视着玉兰，见她闷闷不乐混在人堆里不说话，心里很难过。大家抢山药他也跟着起哄，他把每次抢来的山药和咸菜都分给玉兰，直到估摸着玉兰吃饱了为止。

李玉兰对此心知肚明，在她孤独无伴的时候，建民这么帮助她，使她很感激，真不知怎么办才好。玉兰觉得对建民的热情应该有所表示，所以劳动中分给建民的活儿，她只要能帮得上就尽力帮一把，李玉兰认为，这是她力所能及的。但是建民不这么想，他以为玉兰对自己有意思，心里很高兴。正当他要进一步靠近玉兰时，她却表现得漫不经心，没有任何回应，甚至还躲躲闪闪的。起初，他以为是玉兰迟钝，后来发现她是有意躲自己。对此，他心里既难受又失望，感到自己对李玉兰的非分之想是很不现实的。

秋收很快结束了。因为今年是个好年景，所以秋后除去上交的公粮和籽实外，每个社员都多分了些粮。队里看玉兰表现不错，也分给她二百八十斤粮，除此还给他们多分了二百多斤山药，算是对他们夫妇的照顾与奖励。两人开始计划今后的生活。分了红，玉兰养了一头小猪。夏天，玉兰拔了不少野菜和草，养了一窝小鸡，野菜除了人吃就是喂鸡，现在小鸡已经长成了大鸡，秋后都开始下蛋了。拔的草晾干储存起来，打算冬天喂那两个牲口，无论是野外的还是地里的野草和野菜，凡是能拔的她都把它们拔下来，除了现用外，剩余的都晒干，整整齐齐地堆放在院子里。

秋收后，农闲的日子开始了。村里人没事干，大姑娘、小媳妇、大婶、大娘们开始纳鞋底缝补衣裳，做针线活儿，在这段日子要把全家老少所有的衣服、鞋子都做好，尽量为农忙时节减轻负担。女人们爱三五成群地攒在一起做针线，今天在你家，明天在她家，边做边拉闲话。男人们没事了也跟老婆们凑在一起唠唠家常。大多数人买不起收音机半导体等电器，更没有电视，文化生活匮乏，日子过得很单调，信息只能通过村里的大喇叭和小道消息获得。小道消息真实性差，可是有人还爱到处乱传。一些多嘴好事的人，叫他说正事他说不了，一说就走样，可是东家长西家短的闲事，却传得分毫不差，甚至添油加醋，不是真事也说成了真事，说得有模有样，嚼舌根，生是非，相互挑拨。庄户人没文化，根本不懂什么时事政治、方针政策，好些人说风便是雨，常为说闲话惹出不少事端，搅得鸡犬不宁。玉兰最烦这些事，整天待在家里很少出门，虎旦却在家待不住，经常出去。

那天早饭过后，建民和虎旦去胖嫂家串门。胖嫂夫妇三十多岁，是村里有名的红火人，也是一对夫唱妇随的标兵，堪称模范夫妻。胖嫂心宽体胖，一身肥膘，高高的额头，浓浓的眉毛，眉毛下镶嵌着一对迷人的小花眼，两个肥厚的耳朵不大不小正好安在椭圆形的脸上，白皙的脸蛋儿微微透红，总泛着光，笑起来右脸上有个小酒窝，圆圆的下巴下堆积的脂肪，使她的脖子显得很粗，浑身上下到处是一块儿一块儿的脂肪。如果再瘦点儿，她一定是个大美人，但是一身肥膘使她的风韵减了大半。在遭受饥饿的年代，这种肥胖的人很少，她却喝上凉水也长膘。就因为胖，无论男女老少都管她叫胖嫂，好像胖嫂是她的代名词，比她辈分大的人也都这么叫，久而久之大家就把她的名字忘记了。胖嫂说话声音洪亮，爱说爱笑，笑声很有感染力，无论到哪儿，只要听到她的笑声，你会不由自主地被逗乐了。她平时说话办事好像大大咧咧有点儿发愣，相处久了才会发现，其实她粗中有细，很有心眼。

与胖嫂相比，她的丈夫是个瘦高个儿，虽年长她三岁，可满脸皱纹，背有点儿驼，头发已有些花白，看上去差不多比她大十来岁。他黑里透黄的脸给人一种总吃不饱的感觉，所以村里人常说他家的粮都让老婆吃了。他做事总是三思而后行，办事爱随大溜儿从不冒险。他还有些文化，家里常放些科学、文化娱乐方面的书籍，喜欢经常看看。家里的农具、工具坏了，他不但能修理，还能改进。村里人的手表坏了、锁打不开、眼镜腿掉了都找他修，甚至半导体收音机坏了，他也能帮着修理一下。心情好或干活儿的时候，他常会像公鸡打鸣似的扯着嗓子唱几句，自编自唱，随时能把周围的景物编进去。一有空在家里自拉自唱，到农闲时分，他就会招一帮爱唱爱拉的人到家里来热闹。

建民和虎旦没事也经常去凑热闹，建民还给他们唱些在学校学过的歌，对整日和土打交道的农民来说，听到这些歌也感觉新鲜。年轻人们希望接受新东西，对老掉牙的二人台、蛮汉调反而不太感兴趣。建民有了展示的机会,他使出浑身解数,在家把学校最拿手的歌练好,到这儿唱给大家听。在这种土洋结合的场合,也另有一番韵味。

虎旦走后,玉兰一个人在家感觉无聊,也拿了点针线活儿去找李大姐。到了门口屋里静悄悄的,没有一点儿声音,玉兰推门走进去,把李大姐吓了一跳。她仓皇地将手中的东西掖到袖筒里,看见进来的是李玉兰才松了一口气。

"哎呀,是你啊!突然冲进来吓我一大跳。"李大姐边拍胸脯边笑着说。

玉兰见状也不好意思地说:"大姐,把你吓坏了吧,我太冒失了。"

"可不是吗!以后小心点儿。"李大姐边说边把玉兰拉到自己身边坐下。

玉兰抬头仔细看了看李大姐,发现她两眼发红好像哭过,便惊疑地问:"大姐,你怎么啦?有什么事吗?"

李大姐冲她点了点头,并长长地叹了口气,满脸悲哀地望着窗外,好大一会儿才从袖筒把刚才掖进去的东西抽出来递给她,原来是一封信。玉兰犹豫地看着李大姐,"没事,你看吧。"李大姐低沉地对玉兰说。玉兰低头看了起来。

我可爱的女儿:

你好!近来一切都好吗?做梦也想不到今天能看到爸爸给你写的信吧!这些年天天做梦见到你,可是醒来后什么也没有,为此我不知流过多少眼泪。原以为有生之年很难见到你们,万万没想到苍天有眼,给了我莫大的福分,让我今生又与你妈妈和你们团聚了……

整整背了二十多年的"黑锅",今天总算熬到了头,很快组织上就要摘掉爸爸"右派"分子的帽子,他们已经找我谈话了。昨天还恢复了我的工作,我仍然回原单位上班,你妈妈的问题也彻底解决了。另外,还把我和你妈这些年的工资也一次补发给我们,除此,还答应解决你们兄妹几个的工作问题,详细情况见面后再细谈吧。

孩子，爸爸告诉你这些，就是要你高兴，要你做好思想准备，迎接即将到来的那一天——全家人团聚，早日回到我们身边。工作的事很快就要有着落了，等候佳音吧！一有消息我们很快告诉你，这个阶段你尽快做好回家的准备吧。

孩子，我的宝贝。爸爸、妈妈想念你，希望你马上回到我们身边。

此祝：身体健康，幸福快乐！

爸爸
1979年11月18日

玉兰看完信，两眼早已湿润了，她小心地把信叠好轻轻递到李大姐手里。此时她的心情和李大姐一样也非常难过，不知该对李大姐说些什么，只是默默地坐下来看着李大姐掉眼泪，好像有块巨大的铁石压在自己的胸口上，憋得喘不过气来，真想放开声大哭一场，她情不自禁地抱住李大姐呜咽起来。两人悲伤地哭泣着，整个院子里只有她俩，过了好一会儿两人的情绪才逐渐平静下来。

李大姐为玉兰擦了擦眼泪，并且叹了口气说："玉兰，真不好意思，为了我惹得你这么伤心。"说着眼泪又不由自主地流了出来。

玉兰一边理了理头发一边苦笑着摇了摇头说："大姐，没事，别多心。我千里之外来到这儿，人生地不熟，如果没有你的帮助和鼓励，说不定早就待不下去了。"她稍停顿了一下，凝望着李大姐，"大姐，你准备怎么办？成良哥和他家里人都知道吗？"

李大姐摇了摇头说："不知道，今天一早我才拿到这封信。"

"是谁送来的？"玉兰又问。

"是老支书打发人送来的。昨天他去公社办事，邮递员把信给了他，今天大早就派人给我送来了。"

"哦,那你准备怎么办?"玉兰又关切地问。

"唉!我也不知道。你成良哥上县里办事去了,等他回来我们再商量吧。自从爸爸进了监狱,妈妈去了劳改农场,已经好几年没见着他们了。现在,我最大的愿望是立刻回家见爸爸妈妈。"说着她的眼圈又红了。

玉兰听了这番话,默默地看着她半天没吱声。和李大姐相处这么久,虽然听人们讲过她的事,但并不知道她已经好久没见到父母了。一个十几岁的孩子背着"黑五类"子女的包袱,从大城市来到这儿接受贫下中农的再教育,和那些土生土长的村里人同吃、同住、同劳动,这要付出多少艰辛啊!她那小小的心灵承受了多么大的打击和压力呀!自己二十多岁了,离开家的这一年时间里,没有亲人相伴就觉得心里难以承受,可想而知他们这些从大城市来的孩子所经受的艰难困苦有多大!尤其像李大姐一个如花似玉的城里姑娘,嫁给土里土气的庄稼汉,过着日出而作,日落而息,面朝黄土背朝天的日子。要不是因为受其父亲的牵连,她怎么可能过这样的生活呢?

李大姐上身穿一件褪色的藏蓝色小翻领西式大褂,里面一件咖啡色立领毛衣,下身一件青灰色涤卡裤子,梳着一头短发。一年四季风吹日晒,年纪轻轻的脸上没有一点儿光泽,灰乎乎的,两只手皴得像土豆皮,左手大拇指上还裂了个大口子,缠着一块纱布,地道的村妇模样。除了操一口普通话外,她和当地农村妇女没什么两样。玉兰无比感慨,心想:真是凤凰落架不如鸡啊!不由为李大姐惋惜,再一次为她难过,不知对她说些什么。

两人的心情很不好,非常郁闷,玉兰说了些安慰李大姐的话就告辞离开。从李大姐家出来,她再也没心思干活儿,径直往家里走。

第六章 悲恋

拐过村头，远远望见自己家门口站着两个人，玉兰便迈开大步匆匆往回赶，到了门口才认出这两个人，原来是玉才媳妇和鞠香。

看见她俩，玉兰高兴得叫了起来："呀！原来是你俩啊！姑、鞠香，是什么风把你们吹来的？今天咋想起来看我？"说着她跑过去紧紧地和她们拥抱在一起。

来的人见到她也很高兴，玉才媳妇拉着她的手说："玉兰，你上哪儿啦？我们等了你好半天。"

"是吗？我去串门了。"她调皮地刮了一下鞠香的鼻子，并朝玉才媳妇挤了挤眼，逗得她俩咯咯笑起来。

"走！进屋去，进了屋，咱们好好唠一唠。"她兴高采烈地打开门，把两个人让进屋。

两人跟着玉兰进了屋，把小屋来回看了一遍，对她赞不绝口。

"玉兰姐，没想到你把一个破烂的家收拾得这么干净。"鞠香瞪着两眼惊异地望着她说。

"是啊，没想到我们玉兰这么能干，真是过日子的好手。"玉才媳妇笑眯眯地说，"听说你在这儿是出了名的能干，我和你姑父很高兴，回去后一定告诉你爹妈。"

"对！玉兰姐，你在全乡都出了名，连我们那儿也知道。"鞠香接着说。

玉兰笑着摇了摇头说："快别替我吹了，那只是一时冒傻气，看来以后我得沉住点儿气，要不然会让人笑话的。"

鞠香说："出名有什么不好，咋能是冒傻气？我想出名还出不了呢！要真能出了名，我就远远儿离开这儿。"说着一抹淡淡的忧伤掠过她的脸。

玉兰把她俩让到炕上，给每人倒了一碗水，然后自己也盘着腿坐在炕沿边。鞠香脸上的表情她已经看见了，从表情知道鞠香的情绪不太好。玉兰小心地看了看玉才媳妇和鞠香，然后笑着说："姑、鞠香，你们怎么样？都挺好吧？"

玉才媳妇淡淡地笑了笑说："挺好。"回过头看了看鞠香，鞠香一句话都不说怔怔地坐在那儿。见鞠香不说话，玉才媳妇便没话找话地问："玉兰，你怎么样，过得挺好吧？"

玉兰说："不是很好，但也凑合。"

玉才媳妇说："听说还给你分了粮，我和你姑父都很高兴，不管咋说比刚到时强多了，是吧？"

"是啊。"玉兰若有所思地点了点头。

"虎旦对你也不错？"

"还行！"玉兰脸上没有任何表情，回答得很干脆。

玉才媳妇接着说："这样我们就放心啦，可以对你爹妈有个好的交代，总算对得起他们了。"说着又看了看鞠香，然后眼皮耷拉下来看着地面发起呆来。

玉兰瞪着眼睛纳闷地看着她俩急切地问："鞠香怎么样啊？赶快告诉我！"

玉才媳妇和鞠香相互对视了一下，然后就把情况从头至尾地说给玉兰听。

鞠香年初经人介绍在百十里外找了一个人，这人比她大五岁，父亲是大队会计，日子过得还不错。家里有四个孩子，丈夫排行老小。只是丈夫小时候患有小儿麻痹症，后来成了瘸子办事不太利索。因为身体缺陷，高中毕业后一直没找到工作，回到村里当了民办教师。他从小上学，什么体力活儿也干不了，从没干过重体力活儿，家里的体力活儿都由姐姐、哥哥和父母做。姐姐哥哥都已成了家，和父母在同村。自从鞠香过门，姐姐哥哥就不再帮着干活儿了，把家里的体力活儿都甩给她。婆婆公公也称自己年龄大啦，所以家里的活儿都撒了手，全叫鞠香一个人干。鞠香小小年纪就洗锅、做饭、喂鸡、喂牲畜，还干自留地里的所有活计。婆家怕她心野了留不住，还不让她和大伙儿一起去地里劳动。一年下来她手里没有一分钱，平时家里的钱都由婆婆掌管，买包卫生纸都得向婆婆张口。每次她要钱，婆婆总是推三阻四，磨磨蹭蹭不想给，即使给也绝不多给一分。在这个家，她只有干活的份儿，没有自己给自己做主的份儿，感觉是一个用人，更确切些说，好像是人家的奴隶。

近一年，鞠香经常累得直不起腰，有时发一下牢骚，丈夫还不允许，真是有口难言，度日如年。每当夜深人静她便抱着枕头哭上一场，多少次都不想待了，想回家，可是手里没有一分钱，人生地不熟的，不知该咋走。除此，婆婆还给她立了好多规矩：不准到别人家串门，不准和村里任何人有来往，家里的大小事都不能插手，不准多问，要守好本分。村里大多数人她都不熟悉，整天连个说话的人也没有。虽然有男人，可他白天大部分时间在民校，晚上多数在婆婆公公那个屋，只有睡觉才过来，板着脸很少跟她说话。在他眼里，鞠香是外人，从不拿正眼看她，对她的死活也不过问，更谈不上关心体贴。鞠香对这样的日子实在忍无可忍，恨不得立刻离开那个家，回到父母身边。可是一想到家里的贫穷状况，她就泄了气，打消了回去的念头，硬着头皮往下过。

鞠香家大人多，祖孙三代共十一口人，由于家里连年闹荒灾，原本贫穷的日子更是雪上加霜。去年夏天日子最难过，青黄不接时，家里十一口人五天只能吃三斤玉米面。妈妈和爷爷奶奶为了给劳动人多留一口，常一两天不吃饭，即使吃点儿也吃得很少，经常饿得睡在炕上起不来。日子实在难以支撑，父母到处跟人家借粮。等秋后粮食进仓把借的粮还完后，家里的粮食也所剩无几了。加上去年又是个灾荒年，分的粮食少得可怜，仅靠国家救济远远不够，为了减轻家里的负担，鞠香和双胞胎姐姐都逃荒离开家。

她原想找个人家能过几天舒心日子，可是这大半年过得并不好，虽然能吃饱，但心里非常郁闷。她一直盼望能见见玉才媳妇和玉兰，跟她们说说心里话，可是婆家看得紧，哪儿也不让去，她只能天天以泪洗面度日。

没想到公社开三干会讨论包产到户问题，鞠香所在的大队是示范点，会后，老支书和玉才特意绕道来这儿取经，顺便看看鞠香。鞠香如见天日，高兴极啦，把她在那儿的情况告诉了他俩。老支书听了鞠香所受的苦很同情，就向婆婆公公为她说情，去玉才家串几天，婆婆公公碍于面子只好答应了，鞠香这才跟上他俩离开那个家。

玉兰听了鞠香的遭遇，心里又一阵伤心。今天不知怎么啦，净遇些不愉快的事，想一想李大姐，再看看鞠香，玉兰非常伤感。她长长叹了一口气，对玉才媳妇和鞠香说："只顾说话却忘给你们做饭了，你俩先坐着，我去做饭。"说完起身往外走。

她俩拽住玉兰说："现在不饿，别急着做饭，先拉会儿话再说。"

玉兰说："不饿也得吃，大老远跑来看我，还能叫饿着？咱们吃完再慢慢拉。"说着就开始做饭。

她俩也一起帮忙，三个人很快把饭做好了。吃完饭见太阳还在半山腰，玉才媳妇和鞠香准备回去，玉才媳妇邀她一同去家里串几天，"咱们好好拉拉话，鞠香出来一趟不容易。"玉才媳妇热情地说。

"可是虎旦出去还没回来，家里的事需要安顿一下，"玉兰一副无奈样，"干脆你俩今天都别回去了，在这儿住上一夜，明天我跟你们一块儿走。"

玉才媳妇听了直摇头，"家里还有一大堆事，我走了没人照料，今晚必须得回去。看了你这儿的情况，姑姑放心了。给我们好吃好喝，住与不住都一样，你的心意姑领啦。"

玉兰又以祈求的眼神看着鞠香，要她留下，但鞠香也直摆手说自己有事不能留，玉兰只好失望地与她们分了手。临走时她俩告诉玉兰，最近想回老家走一趟，想让玉兰也一起回去看看，玉兰马上就答应了。于是，几个人约好在玉才家集合一块儿回去。

送走玉才媳妇和鞠香后，玉兰心里泛起了涟漪。离家一年了，虽然和父母书信不断，但一直很想家，玉才媳妇和鞠香的到来，更勾起了她的思乡之情。她俩的想法正是玉兰日日期盼的。她们一走，回家的念头变得更加强烈、急切了，恨不得现在就回家。她一个人坐在炕沿边，焦急地等着虎旦，盼他快点回来，把回家的打算告诉他。初冬的太阳眼看就要落山了，她起身去喂猪、鸡和那两个牲口，喂完时太阳已经下了山，可仍不见虎旦的踪影，一个人便斜着身子坐在炕头上，一只胳膊放在窗台上，手托着下颚，望着黑魆魆的院子想心思，想亲人、父母、旺林哥，还有村头的那棵老杏树……

不知什么时候，家门突然被推开了，虎旦从外走进来把玉兰吓了一跳，他见玉兰黑灯瞎火地坐在屋里非常纳闷，便问："干吗坐在那儿不点灯？"

玉兰见进来的是虎旦松了一口气，只淡淡地说："一个人没事干，不想点灯。"

虎旦点着灯见玉兰情绪不大好，也没说什么，拿着灯径自走到锅台前，取出锅里的饭菜，蹲在灶旁闷声不响地吃起来，吃完饭也没说什么，又蹲在那儿抽起了旱烟。浓浓的烟雾从灶旁徐徐散发开来弥漫了整个屋子，把玉兰呛得一个劲儿地咳嗽。等他抽完烟，玉兰便把想回家的想法告诉了他，虎旦听了玉兰的话半天没吱声，玉兰见他不说话心里很生气，气呼呼地说："我和你说话没听见吗？你是咋想的？"

虎旦看了看玉兰慢吞吞地说："暂时别回去了，老支书刚从公社回来，听说要分地。"

玉兰一听这特大消息便惊异地问："你听谁说的？"

虎旦就把今天在胖嫂家队长告诉大家的消息从头至尾说了一遍。听了这个消息玉兰心里很茫然,不知是好还是坏,她又问虎旦:"队长说土地咋分?"

"不知道,他说最近老支书要组织开会讨论这事。"虎旦不紧不慢地说,脱掉鞋上了炕。

玉兰看着虎旦半天没说话,屋里一片寂静,在昏暗的灯光下两个人影映在对面墙上,活像两只大猩猩。从门缝进来的风把灯芯上的火苗吹得一个劲儿地左右摇摆,人影随着火苗的摆动也在不断地变幻着形状,移动着位置。玉兰看着灯芯上跳动的火苗发呆,虎旦拉过一个枕头躺在那里,一声不响地看着玉兰想心事。

自从玉兰进了门,这个家再也没冷清过,不管咋说总有人天天和自己做伴,再没感到孤独,即使吃得差些,但饿肚子的时间少了。尤其今冬以来,家里除了鸡外还养了猪,院子里还拴着两头大牲口,虽说是两家共有,但拴在自家院感觉就是不一样,好像它们是自己的,好威风。眼前又要分地了,听队长说除了分地还要分羊。队里共有几百只羊,按人口每人能分几只,这对他讲也是一笔不小的收入。过去,自己一无所有,只靠生产队。如果把羊和地全分了,意味着自己从此以后再也没靠了。土地分到自己手里,种好种坏就看自己了,假如遇到问题也没人帮你,唉!土地到手自己能料理好吗?如果料理不好,日子过得连现在也不如该怎么办?他越想越犯愁,不由得长长叹了一口气。屋外一阵寒风把门窗上的纸震得哗哗直响,屋里的热气这阵子也下去了,家里很冷。玉兰下地往火炉里添了些柴火,不一会儿家里又有了热气。她又往炉子里添了些煤,然后上炕铺下被褥,没说什么躺下了。虎旦见玉兰睡下,自己也和衣钻进了被窝,两人各想着心事一夜无话。

天刚拂晓,公鸡的打鸣声把玉兰从睡梦中惊醒,她再也睡不着了,满脑子全是回家的事,但想起昨晚虎旦说要分地,又犹豫起来,心里十分矛盾,想回家的念头开始动摇了。她觉得虎旦说得对,在这个节骨眼上回了家,队里分地肯定不会考虑自己,留下来说不定还能分到地。有了地自己就成了这儿的人,这辈子就跟虎旦死死捆在一起啦!想到这儿,她心里好难受,忧伤阵阵。

每当夜深人静听着虎旦的鼻鼾声，她就会想起旺林哥。她从小和旺林一起长大，青梅竹马。他豁达、仁义，办事踏实、利落，聪明又有文化，在村里的年轻人中首屈一指。可就因为穷，两人只好分开，现在天各一方。虽然跟虎旦在一起已经一年之久，但是她无时不在想着旺林，盼望有一天他来找自己。旺林和大哥一样，都是百里挑一的好后生，就因为家穷，二十几岁还娶不起媳妇。自己为让美秀姐和大哥早点结婚，被迫舍弃了旺林，来到这不熟悉的地方，和自己不爱的人在一起生活。她跟鞠香比幸运多了，但与虎旦没什么感情，也没受过欺辱，只是两人性格不合，没什么交流，生活过得很乏味。虎旦的姐姐前些日子来这儿住了几天，要她尽快给虎旦生个娃，说他们都老大不小的了，不能再拖下去，和大队要了一个生育指标，要她明年一定生，还搬来支书老伴当说客说服她。经姐姐这么闹腾，虎旦的心思也重了起来，也要她明年非生不可。听说她想回家，虎旦肯定不愿意，定会找好多理由来阻挠。想到这些，玉兰心里七上八下像猫抓似的，她虽身处此地，却身在曹营心在汉，还没做好和虎旦过一辈子的打算。想到玉才媳妇和鞠香要回家，心里再也按捺不住啦，立刻从炕上爬起来开始打理自己的衣物，决定无论如何也要和她俩搭伴回家。

她整理好衣物，开始下地做饭、喂猪、鸡和牲口。当她把这些事都干完后，虎旦才从被窝里爬出来。玉兰匆匆吃完饭，又把家里屋外打扫了一遍。虎旦见玉兰这样，心里很纳闷，没说什么，吃过饭准备出去，玉兰急忙拦住他，把自己准备回家的事告诉了他。虎旦一听便傻了眼，瞪着眼半天说不出话来，蹲在灶火旁一个劲儿地抽烟，抽了好大一会儿，他从灶火旁站了起来，看着玉兰说："你就这样回去？还……回……来……吗？"

看着虎旦的样子，玉兰突然产生了从未有的怜悯，顺口说："我只想回去看看，很快就回来。"

"什么时候走？"

"可能明后天走，现在还没决定。"

两人沉默了片刻，虎旦低声说："你啥时去……玉……才家？"

"我想现在就过去。"

虎旦再没说话，他搞不懂玉兰为什么突然要回家，更没想到态度还这么坚决。看了看玉兰放在炕沿边的提包，他心里一下没了底，脑子一片空白，不知该咋办是好，脸煞白，嘴唇上下动了动，嗫嚅着怔怔地看着玉兰。

玉兰把家里的事情安顿了一下，就提上包出了门，头也没回匆匆往玉才家赶。虎旦呆呆地站在大门外，望着渐渐远去的背影，全身都麻木了，孤独、无助、惧怕顿时占据了他的整个心房，魂好像被玉兰牵走了，心里空落落的，身体失去了支撑，浑身没劲，四肢发软。他痛苦得在外面站了好久，直到冻得牙根打战，才拖着沉重的脚步回了家，一进家便扑到炕上号啕大哭起来。一个人哭了很久，便瘫软在炕上再也不想起来了。

他不吃不喝在家躺了两天，热乎乎的家成了冰窖，外面的畜禽饿得吱哇乱叫，拴在圈里的两个大牲口，多亏玉兰临走给放了些草料，才没闹翻天，要不然早脱缰而逃了。

两天没见虎旦的面，大家都很纳闷。早饭过后，建民觉得无聊就去找虎旦，想看看他在干什么。一进院，他就见猪仔嗷嗷直叫，几只鸡无精打采地蜷缩在墙根下直打哆嗦，圈里那两个牲口见人来也扯着嗓子叫了起来，院子里冷清清的，没有一点生气。建民感到奇怪，赶紧往屋里走。当他推门进屋看见虎旦的模样，顿时愣住了。只见他脸上没一点血色，蓬头垢面地躺在炕上，两天没见好像换了个人，脸发青嘴唇发紫，两眼深陷，腮帮上长满了胡子，有人进来也没什么反应，只是微微撩起眼皮看了看，跟死人差不多。建民立即跳上炕把他扶起来。他连坐的力气也没有，耷拉着脑袋，用两只胳膊颤巍巍地支撑着整个身子，轻轻喘着气。屋里没有一点热乎气，家里冷清清的。

看着虎旦的可怜相，建民觉得有些不对劲儿，便问："虎旦，你咋啦？老婆呢？"

虎旦有气无力地说："走了，回去啦。"像害了大病呻吟着。

"什么？回去啦？"建民瞠目结舌不解地问，"啥时走的？"

"走了两天了。"

"啊？就……就这样走啦？"

虎旦连眼睛也不睁，无声地点点头。

建民心里凉飕飕的，咋一转眼就走了呢？他感觉自己刚下套要逮的鸟突然无声无息地飞走了，心里无比遗憾，并有些不知所措。

看着虎旦那副可怜相，他从心里产生了一阵怜悯，爬到虎旦脸前轻声对虎旦说："老婆走就走了，走个老婆算个啥？咋能把自己折磨成这样！唉……你真是个傻蛋！"说着他跳下地，到院子里抱了些柴火添进炉膛烧起来。他虽然说得很轻松，好像李玉兰离开并没什么大不了的，其实心里很不轻松。他蹲在炉子旁，一边烧火，一边想着玉兰离家的事。烧上火后，屋里渐渐有了热乎气儿，建民又从锅里舀了半盆热水端到虎旦面前，让他洗了洗脸，然后忙里忙外地张罗着给虎旦做饭。

其实建民并不会做饭，只是在开水锅里放了点米熬成粥，算是为虎旦做饭了。对于两三天水米没打牙的虎旦来说，简直是雪里送炭，他用发抖的双手接过建民递来的饭碗，泪水泉涌般夺眶而出，再也抑制不住激动的情绪，失声悲咽起来。看到虎旦痛苦的样子，建民的心也在微微颤抖，他突然明白：虎旦怕孤独、怕被抛弃的脆弱心理，原来是这么强烈！不禁为虎旦感到难过。

虎旦喝完粥，顿感浑身有了劲儿。另外，有建民陪着，他心里也感觉踏实了许多。他从炕上挪到炕沿，穿好衣服下了地。在炕上躺了两天，他一下地觉得浑身发软，脑袋晕乎乎地站也站不稳，差点儿摔倒。建民见状赶紧把他扶到炕沿边，然后说："虎旦，你想干什么！身体不舒服先别急着下地，有啥事，我帮你办。"

虎旦苦笑着摇了摇头说："要办的事太多了，你哪行？再说我也不能老麻烦你。"

他从没对建民这么客气过,突然说出这话让建民有些意想不到,"你说得太见外啦,和我有啥客气的!见死不救不是我赵建民的性格!先躺下,如果不行我带你去找医生看看。"建民热情地说。虎旦听建民这么说,一股热流涌上全身暖乎乎的,激动得泪水在眼睛里直打转。

屋外的大小畜禽饿得哇哇乱叫,建民跑出去分头喂它们,忙了大半天才让猪、鸡和圈里的两头牲口消停下来。做完这些事后,建民累得腰酸背痛,浑身发软,躺在炕上直喘气。建民是个好吃懒做的主,平时不爱干活,像今天这样一下干这么多的活儿,还是有生以来头一回。

虎旦被建民的行为感动了,不好意思再睡在炕上,强打精神起来给建民做饭。等他把饭做好了,建民早已睡着。他非常感激地看着熟睡的建民,心里暗暗地想:跟自己生活在一个炕头上的人,不管自己的死活,说走就走。而建民却在我遇到困难时出现在面前,诚心实意地帮助我,和我在一起不离不弃。他从没嫌弃过我,更没抛弃过我。此刻他才觉得建民是自己真正可依赖的人。

虎旦看建民睡得很香,不忍心叫醒,便把饭放进锅里,自己也没吃,坐在炉灶旁等他醒来。眼看饭菜快凉了,建民已经睡了好长时间还没醒,虎旦只好叫醒他。两人吃完饭,建民见虎旦的精神好多了,又给他说了好多宽心话,还不断给他打气:不要因为一个女人灰心丧气,要坚强,不要做软蛋给男人丢脸。失去一个女人没什么了不起,以后我再帮你找一个等等一些沾边和不沾边的话。他的话使虎旦很受感动,忽然间他成了虎旦的恩人,让虎旦感激不尽。建民见虎旦对自己这么感激和依赖,从未有过的自我满足感使他精神亢奋,情绪一下冲动起来,拍着胸脯对虎旦说:"从今天起,你的事就是我的事,你的困难就是我的困难。遇到什么困难不要怕,有我呢。有甚事就跟兄弟说,我赵建民全力以赴,甘为朋友两肋插刀!"说完,一副大义凛然的样儿看着虎旦。然后他又补充了一句:"今后我每天来陪你。"

虎旦感动得一句话也说不出来，只是一个劲儿地点头。

临走，建民又去圈里把那匹马和那头牛牵了出来，拍着马背对虎旦说："以后这两个牲口由我家喂养吧，现在我把它们牵回去，你甚时使唤就来拉。"

那两个牲口本来应该是两家人共同喂养，但自虎旦牵回来后，建民家一直没管过，喂养这两个牲口成了虎旦夫妇的事。现在建民突然说要拉回去，虎旦以为自己的耳朵出了问题，简直不敢相信是真的。

建民在虎旦面前的一番慷慨陈词把他搞得晕头转向，一下子找不着东西南北，瞠目结舌地站在那儿，半天没反应。直到建民牵着牲口沿门前的小路朝自家走去，虎旦才回过神来。他没来得及穿好衣服，趿拉着鞋急忙追出去，"哎……建民……建民……"没追几步便扑通摔倒在地，两个膝盖和肘都擦破了，痛得他半天爬不起来，等他从地上爬起来，建民已经走远了。虎旦灰心丧气地回到家，只好打起精神准备再过从前的苦日子。

再说玉兰，那天告别虎旦就马不停蹄地直奔玉才家，因为怕被鞠香的婆家发现，所以第二天她们三个人就匆匆回了老家。

鞠香和玉兰一年多没见亲人，一说要回家，归心似箭的心情可想而知。一路上几个人风雪无阻，拼命往家赶。由于交通不便，她们除了乘坐长途汽车外还得走好几十里的山路，经过几天奔波和跋涉总算到了家。

到家的那天是下午四点多钟。她们一踏上家乡的土地，就再也走不动了，坐在路旁休息了好大一阵，然后才分手各自往家奔去。

鞠香跟玉兰踏上通向自家的小路后，悲喜交加，酸甜苦辣一起涌上心头。尤其鞠香，就像困在笼子里放飞归巢的小鸟，心里有一种说不出的快慰和悲怆，酸楚的泪水顺着两颊不断往下流。寒风卷起的沙尘时而在她身边打着转，继而顺着前面的小路旋转而逝。她的泪水模糊了周围的一切，她顾不得再看什么或再想什么，脑子里乱哄哄的，一片空白，只顾低头看着眼前的路哭着往家走，快到家了才停下来。看着坐落在沟里的农家土屋，她擦干了心酸的泪水，调整了一下自己的情绪。进了家门，全家老幼见她突然回来同样悲喜交加，抱头痛哭了一场。

　　再说玉兰，跟她们一分手，这一年多来深藏在内心的痛苦和乡愁也都彻底释放了出来，嗅着那泥土的清香，望着坐落在山坡上和山沟里那些农家土屋和时而挡住她视线的在寒风中颤动的枯树，觉得这里的每一片土地、每棵枯黄的草木、每座山丘都那么熟悉和温馨。想到马上就能见到亲人，她走起路来像一阵风，不由自主地往前赶，恨不得马上见到父母和所有亲人们。当她离村子不远时，看见那棵枝叶全无的老杏树，顿时心潮澎湃，情不自禁地朝老杏树奔去。到了杏树旁，她扑上去紧紧抱住它，放声大哭起来："老杏树，我回来啦……旺林哥，我回来啦！我回来见你啦！"她把脸贴在树干上，不断用双手抚摸着树干，泪水在脸上如雨般流淌，嗓子里发出微微震颤的哀鸣。"旺林哥，我不想走，不想离开你，我想跟你在一起，一辈子也不要再分开……不要再分开啦！就因为我们太穷……太穷啊！我才走了这一步，我是实在没办法了呀！旺林哥，你不知道这一年来我心里有多苦！"玉兰越哭越伤心，一边哭一边语无伦次地自语着。她感到老杏树就像妈妈，依偎着它就像依偎在妈妈的怀抱，温暖而又可靠。她向它倾诉着自己的悲哀，就像孩儿在母亲怀里倾诉着自己的悲伤一样。她的衣服和身体在晚风中不停颤抖，好像也在为她的不幸而悲泣。她哭了很久，才慢慢地停下来靠在树干上，闭着眼站了好一会儿，然后拖着疲惫的身子跟跟跄跄朝家走去。

　　玉兰到家后，已经是掌灯时分。冬天农民没事干，早早就上炕睡觉了。玉兰到了院子里，听见妈妈和妹妹、哥哥们正在拉话，微弱的灯光映照在窗户纸上，她急忙推门进了屋。家里人看见她突然闯进来都惊呆了，谁也没想到她会回来。妈妈和妹妹上前抱住她顿时哭作一团，爸爸站在一旁一个劲儿地抹眼泪，几个哥哥都难过得说不出话来。尤其大哥不断地抚摸着玉兰和妈妈的肩头，不知说什么好。一时全家人沉浸在悲伤之中，都忘了玉兰还没吃饭。经二哥提醒，大家才想起玉兰还饿着肚子。于是，妈妈和妹妹赶忙去给她做饭。爸爸、哥哥们详细地询问着她这一年来的情况。听说她出去还没咋受气，日子过得还行，大家的心才稍微得到些宽慰。吃过饭，全家人又拉话到深夜才熄灯睡觉。玉兰睡在妈妈和妹妹中间，搂着妹妹的胳膊，闻着妈妈身体的馨香，好像又回到了儿时，她安然而踏实地进入了梦乡……

玉兰回来的消息很快就传开了，好多人都到家里来看她。由于玉兰能干人缘又好，所以人们都很喜欢她，想知道她这一年来在外面的实际情况。玉兰回来的消息自然也传到了旺林的耳朵里，他真想马上见到玉兰，看看她过得怎样，变了没有，可一想到她已经是别人的人了，心就凉了半截，再也没有去看她的勇气。他整天窝在家里瞎盘算，一连几天吃不下饭，睡不着觉，心烦意乱，坐不安稳，满脑子都离不开玉兰。他知道，自己还在深深爱着玉兰。虽然玉兰抛弃了自己，但不知为什么，他还是不能忘掉玉兰。

玉兰也天天盼着旺林来，可是好几天过去了总不见他的影子，心里很着急。虽然她嘴上不说什么，但从她的少言寡语中母亲什么都明白了。女儿既然另有所属跟虎旦成了家，现在过得比在家里强，与旺林就不能有任何瓜葛了，所以全家人都不再提旺林半个字。家里人谁也不提旺林，玉兰又不好问，憋在心里好几天。那天吃过早饭，她约妹妹一起去村里几个好姐妹家串门，想从姐妹们那儿听到有关旺林的一些事情。在与姐妹们的交谈中，她才得知旺林这一年的情况。

自玉兰走后，旺林家觉得已经没有了希望，所以到处托人给他找媳妇，找了几个都嫌他穷没找成。再加上年景依然不好，旺林家还得吃救济，所以娶媳妇的事又泡汤了。入冬以来大队部人少，他就住到大队部帮着做饭、看家，很少回村来。听到这些玉兰难受极了，决定马上去大队部看他。

第二天早饭后，玉兰精心打扮了一下，穿上结婚时虎旦姐姐送的那件衣服和农闲以来自己做的鞋，戴上李大姐送的一条草绿色长围巾，没跟家里人打招呼就独自去了大队部。到了大队部，院子里冷清清的没有一点声息，玉兰轻轻地走到队部门口，只见门紧锁着，里面的桌子上放着笔、墨、书本、算盘等，上面覆盖着一层薄薄的尘土，一看就知道已经有些日子没人进去了。队部的西侧是个饲养院，饲养院里有十多匹骡、马、毛驴等正在吃草料，看样子是有人刚给添上的。玉兰到饲养院转了一圈，没见一个人影，然后又折出来朝队部的东厢房走去。东厢房有一间是伙房，其余两间是客房，推开伙房的门只见屋里热气腾腾，灶台上还有半锅热水，依然杳无人影。她又从伙房出来，朝客房走去，推开隔壁的客房，只见炕上放着些简单的铺盖，地下靠窗台的地方放着一张破旧的桌子，桌子上摆满了书，屋子收拾得很干净，地刚扫过，洒在地上的水印还清晰可见，看样子人刚出去。于是她坐在桌子旁慢慢地翻着桌子上的书，等他回来。

半个小时过去了，旺林哥还没回来，玉兰的心不由得通通跳了起来，担心旺林一时半会儿回不来。正在犯愁，她突然听到饲养院那边有人吆喝牲口。一听这熟悉的声音，她全身的热血一下沸腾了起来，身体微微颤抖，脸上热辣辣的，心脏也在剧烈地跳动。她真想赶快跑过去抱住他，但一想到是自己抛下旺林哥而去的，这一年多没见，谁知道旺林对自己是什么想法，于是克制住慢慢地坐下，静静等着旺林。可是她心跳得非常厉害，好像快要蹦出来了，她将两只手放在胸口上，屏住呼吸听着外面的动静。过了一会儿听见有人走来，玉兰赶紧趴在桌子上假装睡着了。均匀的脚步声由远而近，到了门口戛然而止，片刻后房门被慢慢推开，玉兰屏住气息静静地等候着，并不断猜想着可能发生的一切……

玉兰的到来是旺林没想到的，看着玉兰趴在桌上熟睡的样子，旺林有一种难以控制的冲动，恨不得一下就把她紧紧地搂在怀里。但是，他想玉兰已经是人家的媳妇，冲动很快被本能压了下去，说不出的酸楚涌上心头，他的心里阵阵难受。他走过去轻轻推了推玉兰，玉兰佯装睡眼惺忪地把头抬起来。

"玉兰，你回来啦？"旺林轻声问。

"嗯。"玉兰深情地看着旺林。旺林被看得不知所措，不敢正视她，只慌慌张张地往炉子里加了些柴，然后倒了一杯水放在玉兰面前。

"旺林哥，我回来好几天了，你不知道？"玉兰嗔怪地紧盯着他。

旺林吞吞吐吐地没说什么，只是笑着看了看玉兰。

"为什么不来看我？难道你不想我啦？"玉兰一脸抱怨地说，"旺林哥，你咋不说话？"她依然死盯着对方。

旺林犹豫了一下，然后说："我听说了……本来想去看看你，但是还没来得及……"旺林费了好大劲儿说道，说得结结巴巴语无伦次。

两人默默地看着对方，谁也不说话。过了好大一会儿，旺林问玉兰："这一年来你过得好吗？听……听说你还过得不错。"他显然有些结巴了。

玉兰再也控制不住自己的情感，一下子扑过去抱住旺林放声哭了起来："旺林哥，我过得不好，我好想你！我不想再回去啦！"

玉兰的哭声牵动着旺林的心，他情不自禁一把将玉兰揽在怀里，酸楚的泪水泉涌般往外流。一对深深相爱的人紧紧地抱在一起，为他们的命运而哭泣起来，他们哭泣着……

过了很久，玉兰抬起满是泪花的脸对旺林说："旺林哥，一年来，虽然我不在你身边，但心一刻也没离开你，天天在想你，天天盼你来找我啊！"

旺林把头轻轻地贴在玉兰的头发上，两手抚摸着她的后背，什么也不说，静静地听着她的诉说。

"旺林哥，我要做你的人，我曾经发誓一定要做你的人！"说着玉兰抱住旺林疯狂地吻了起来，边吻边用手去抚摸旺林。这突如其来的激情使旺林极力克制的情绪完全崩溃了，他全身颤抖着，不顾一切地将玉兰抱起来放到炕上，然后迅速脱掉玉兰跟自己的衣服，俯身压在玉兰的身上……

旺林长这么大，在男女方面一向老实正派，虽和玉兰相爱多年，从没像现在这样疯狂过，今天是第一次。他做梦也想不到自己和玉兰在此时此刻会干这种事。他俩依偎着躺在炕上，他用手轻轻地摸着玉兰的身子，细细地体味着从未有过的幸福，心里有种说不出的滋味……

"旺林哥，你知道吗，这一年来我多么想你，每当夜深人静或闲着没事干时，就会想起咱们在一起的时候。说实在的，我不想回去啦，决定留下来跟你在一起，旺林哥，你同意吗？不会嫌弃我吧？"玉兰柔软的身体紧紧贴在旺林身上，用嘴不断地亲吻着他。

"不，不会！你假如不走就太好了。"旺林两眼微闭，用手抚摸着玉兰，脑子里很乱，随口附和着。

"旺林哥，你真的不嫌弃我？不在乎我这一年来的生活？"玉兰疑惑地看着他，急切地问。

"你也是没有办法才找男人的，我怎么会嫌弃你呢！"旺林低沉而缓慢地说。其实他心里很乱，虽然自己很爱玉兰，但她已经有男人了。玉兰外出逃荒是为给家里减轻负担，成全大哥的婚事，尽管大哥的婚事没办成，可给家里减轻了不少负担。虽然她不爱那个男人，但庄户人过日子就是为填饱肚子，哪还能谈爱不爱呢？另外，听说队里还给玉兰分了粮，把她当自己的社员看待，将来的日子一定会好的。如果她留在这儿，自己不但没能力让她过上好日子，还会给家里增添很大负担。对玉兰的话，旺林一点信心也没有，他知道玉兰的家人不会让她这么做的。看了看躺在自己怀里的玉兰，他心里好惆怅，不由自主地将她往紧搂了搂，多么希望她再也不要走。

时间一分一秒地过去啦，两个人紧紧地依偎在一起不想分开。可是这里是大队部，经常有人来，一旦被人看见定会引起轩然大波的。为了不让人知道，玉兰只好恋恋不舍地走了，并且相约过几天再来看旺林。

玉兰和旺林分手后，两人的心情都非常好，急切地盼望着再次相会，玉兰开始憧憬自己和旺林未来的美好日子……

那天玉才媳妇来家里约玉兰和鞠香一起回去，并且还给她们带来了好消息，说马上要进行土地承包，凡过门的媳妇都有可能分到地，玉才捎话要她们赶快回去。玉兰的家人听到此消息，立刻为她准备盘缠。看见全家人为自己回去做准备，玉兰心里别提有多难受了。玉才媳妇走的那个晚上，她一夜没合眼，一想到和虎旦在一起就感到特别委屈，虎旦那儿再好也不是自己要的。通过这段时间的接触，使她更深切地体会到自己不能没有旺林，旺林在她心中是任何人也代替不了的。她暗下决心不回去，打算和旺林在一起。主意打定后，她告诉了父亲。没想到父亲听了她的打算如晴天霹雳，脸色苍白，嘴唇发青，浑身微微颤抖，差点晕了过去，瞪大眼死死盯着她，半天说不上话来，过了好长时间，从嘴里迸发出几个字："玉兰，你得回去！我和你妈求你啦！"说着老泪纵横，双拳紧握不断地冲她作揖。

玉兰被父亲的举动吓了一跳。在她心目中，父亲是自己的依靠，从他那里常会得到许多安慰与帮助，从小有事都愿意先跟他说。可是她咋也想不到这次父亲的反应竟如此强烈，要自己回去的态度也这么坚决。突然间她的心窝里像揣了块大冰块儿，从里到外森凉森凉的。看父亲的样子，她再也没勇气跟家里人提及此事，尤其对母亲简直连想也不敢想。

几天来，她不思饮食，夜不能寐，时时被痛苦萦绕着无法自拔，这一切妈妈看在眼里。早饭后大家都出去，妈妈问她是否有什么不愉快的事或者有事瞒着家里，玉兰摇了摇头说没什么事，自己一切都好，并要妈妈别为她担心。从玉兰那里问不出什么，妈妈便让妹妹去问一问究竟出了什么事。妹妹按照妈妈的意思，午后假装去串门，便拉着姐姐出了门，想在没人的地方问问姐姐。

姐妹俩来到空旷的原野，只见光秃秃的土地上依稀枯黄的小草在微风下无力地摆动着，成片成片的耕地上到处是土坷垃和碎石，风一吹，地面上的尘土就顺着风向飞去，荒芜贫瘠的土地存有的一点养分，就这样一点点地流失啦！玉兰看着干裂的土地心里好酸楚，心想，照这样下去老天爷再不关照的话，人们的日子该咋过呀！她深深为今后家里的生活惆怅万分……

妹妹听说姐姐要走了，心里很难过。当妈妈把自己的疑虑告诉她后，她更为姐姐担心起来。姐妹俩一出家门，她就迫不及待地问姐姐为什么最近心情不好，经妹妹一问，玉兰便把自己的想法一股脑儿告诉了她。妹妹听了姐姐的话，惊得半天说不出话来。她深沉地望着姐姐，沉默犹豫了半天，最后决定把这一年来家里的情况告诉姐姐。

自从玉兰走后，家里的日子一直不好过，给大哥娶亲的事不但没办成，母亲由于长年过度操劳也染上了肺病，为给母亲治病家里又欠了不少外债。听说姐姐在外地还分到了粮，父母想让妹妹也过去，但是又怕给她添麻烦，暂时没提此事。这几天听玉才来信说玉兰还有可能分到地，父母决定让妹妹也跟玉兰一起走，到那边找个人家。谁曾想玉兰反而不想回去，这真是给家里当头一棒啊！

玉兰万万没想到，自己走后家里又欠下不少债，妈妈重病缠身，还没完全恢复，妹妹也面临着外出逃荒的命运。她全身的血液好像突然凝固了，脑子里空空一片，浑身软得一点劲儿也没有，她不知道自己是怎么跟着妹妹回到家的。

那一夜玉兰又失眠了，整整一晚没合眼……第二天一大早起来，她没心思吃饭，草草梳洗了一下便去找旺林。

自从玉兰跟父亲把自己的打算说了以后，父亲去找旺林，求他不要再和玉兰有任何瓜葛，否则就是害了玉兰和他们全家。听了玉兰爹的话，旺林非常痛苦，他知道一切希望都彻底破灭了，他和玉兰今生今世不可能做夫妻。从此玉兰将永远离他而去，天各一方。他为他们之间如此短暂的幸福而哀伤，为他们即将失去的爱而痛苦。玉兰的父亲走后，旺林抱头失声痛哭，整整哭了两个多钟头。这两天他的心情特别糟，远不亚于玉兰的第一次离去，甚至比那次更糟。他几天来无精打采的，吃不下饭，晚上彻夜难眠，睡在炕上望着窗外的繁星向老天爷倾诉着自己内心的悲痛，默默地祈祷着这无望的婚姻。他问老天，为什么他旺林穷得娶不起自己心爱的人，为什么上苍不能成全他和玉兰这对有情人……

玉兰大早跑来，旺林已经感到事情不妙，房门一打开，玉兰就扑进他怀里情不自禁地放声大哭起来："旺林哥……旺林哥！"玉兰痛不欲生，哭得那么伤心，旺林的心也剧烈地颤抖着，两人紧紧地抱在一起哭作一团。这一次，他们是在为上苍的不公而哭泣，为永远无法得到的幸福而哭泣……

玉兰哽咽着说："旺林哥，看来咱们这辈子没有做夫妻的命，为了我们家，我只好再回去。因为咱穷，没有婚姻自主的命，只好听天由命吧。我对不起你，愿老天保佑你将来找个好对象。"

"玉兰！"旺林再一次搂紧了玉兰，怕她突然间飞走。

"旺林哥，从此你就当我死了，彻底把我忘掉吧。你的年龄也不小了，赶快找个对象成家哇。"

旺林哭泣着说："玉兰，你不要这么说。"

"旺林哥，明天我就要走啦！我们做不了夫妻。以后咱们恐怕见面的机会也很少，但是不管走到哪儿，我永远是你的人。"

旺林呆呆地看着玉兰，心如刀割一般难受。两个人的眼泪像流淌的泉水交融在一起。这不是一对幸福恋人的欢愉，而更像两个将赴刑场的人的生离死别。两个人紧紧地相拥在一起，久久不愿分开。他们知道，此次离别虽不是永别，但在情感上胜似永别，从此他们将会成为两个毫无相干的人。

过了很久，玉兰穿好衣服准备走。两人紧紧地拥抱在一起做最后的告别，她趴在旺林的肩头轻轻说："旺林哥，我要为你生个娃。明年如果你听到我生了娃，那娃就是你的，不论是男是女，再苦再累我也要把他抚养成人。"旺林两手紧紧地攥住她的手深情地点了点头说："玉兰，我真不知怎样感谢你，谢谢你给了我最珍贵的一切，谢谢你让我体验了人世间最美好的东西，我永远不会忘记。我非常希望我们真的能有一个娃。"

太阳已经照进西屋，时间不早了。两人恋恋不舍地分了手，然后玉兰去找玉才媳妇。这儿距玉才媳妇的娘家四五里路，她迈着沉重的步子，跌跌撞撞地向那里走去……

到了玉才媳妇娘家后，她发现鞠香也在那儿。她原以为鞠香不回去了，谁曾想鞠香不但回去，而且还带了自己的一个堂妹和一个姑表妹。和她们一起走的这两个女子都是玉才媳妇的亲戚，这两个女子和玉兰还沾点儿亲。玉兰被她们的行为弄糊涂啦，不理解她们为什么还要走自己的路，当听了她们各自的情况后，又深深地为她们痛心和难过起来。

鞠香本来不打算回去了,可是回到家才知道,奶奶因为经常不吃东西缺乏营养去世了。今年年景不好,家里的生活更没保障,如果自己留下来,就无法解决吃粮问题。父母觉得她在婆家有饭吃,受点儿委屈算不了什么,穷人的孩子吃饱肚子就行,哪能顾得上其他呢!现在她已是嫁出去的姑娘,泼出去的水,无论如何也不能回来了。不仅如此,大伯和姑姑还求玉才媳妇把自己的女儿也带走,为她们找个吃饭的地方。看到这种情况,鞠香只好硬着头皮再回去。

几天来玉兰一直为自己的事而痛苦,现在她开始为这些与她命运相同的姐妹们难过,看着这些和自己一起离开家的人,心里感慨万分。

吃过早饭,全家人把玉兰送到路口,她依依不舍地告别了亲人,和大哥直奔她们汇合的地方。经过老杏树时,她默默地走过去抱了很久,酸楚的眼泪夺眶而出。这里是她和旺林经常约会的地方,这棵老杏树是他们爱情的见证。那时他俩常在这儿约定一起上学,一起拾柴,一起下地干活,也常在这儿嬉戏玩耍憧憬美好未来。可是现在一切已过去,美好的往事将一去不复返!想到这儿,她心里刀割似的难受,和老杏树也难舍难分。大哥走过去拉着她离开了老杏树,兄妹俩迈着沉重的步子朝前走去……

当玉兰再回头看时,只见在晨风中旺林哥站在老杏树下不断向她挥手,她也立刻摘下头巾使劲儿朝旺林挥舞起来,并且在心里默默地喊:别了,旺林哥!多保重!别了,我的幸福,我的爱情!晶莹的泪水大豆般从她脸上滚了下来。

第七章　磨砺

外来的媳妇回来啦！玉兰回来啦！当玉兰她们一进村，这个消息就不胫而走，传遍了全大队。虎旦做梦也想不到玉兰会回来，自从她离开的那天，虎旦一直以为她不会回来了。他晕头转向，弄不清是做梦还是真的，呆呆站在那儿半天没反应，不自然地傻笑着。看着虎旦呆头呆脑的样儿，玉兰不由得想起了旺林，心里好一阵难受。

玉兰担心鞠香婆家给鞠香出难题，就把她的堂妹和表妹暂时带回自己家。虎旦见玉兰还带回两个陌生女子，更不知如何是好，再加跟玉兰分别了一个多月，有一种莫名的生疏感，所以很少说话。玉兰问啥他答啥，想说的话一下子都想不起来了。看着虎旦木讷的样子，玉兰也没心思说什么，便一头钻进家开始收拾屋子，把整个屋子从里到外收拾了一遍，然后做饭、喂猪、喂鸡忙乎不停，等把这些活儿都忙完了，才感到腰酸背痛浑身一点劲儿也没有，饭后几个人早早就上炕睡觉了。

太阳已经升得老高，姑娘们还没起床，几天来的旅途颠簸再加进了家门也没闲着，一觉醒来玉兰还觉得浑身疼痛没休息好，赖在炕上不想起。突然听见院子里有人和虎旦说话，几个人才勉强爬起来。

原来说话的人是建民。玉兰走后，建民确实履行了自己的承诺，天天来找虎旦，几乎和虎旦形影不离。为此，虎旦感激不尽，现在他俩成了铁哥们儿。另外，建民自玉兰走后心里也空落落的，好像失去了什么，他担心玉兰不回来的心情远远不亚于虎旦。听说玉兰回来了，他一大早便迫不及待地赶来。再加上他听说玉兰还领回两个女子，出于好奇也想看一看。

几个人还没穿好衣服，建民就莽撞地闯了进来，把姑娘们搞得很狼狈，建民也有点儿不好意思。玉兰为了打破尴尬局面，边下炕边跟建民打趣地说："哟，建民兄弟你是跑来给我们倒尿盆的吧！"说着还做了个表情。

建民不好意思地挠着头皮笑了笑，"我听见嫂子回来了，来给大哥大嫂问个好。"

玉兰乜斜了他一眼说："呀！几天不见咋变样啦？学得懂事会说话，而且嘴也甜了。"说完抿着嘴直笑。

"嫂子回了趟家不也变了吗？变得敢和人开玩笑了，而且说话不饶人，以前咱俩可从不开玩笑呀。"建民强装镇定不示弱地回击着，但依然有些局促不安。玉兰看着他那狼狈相哈哈笑了起来，建民也难为情地直傻笑。他俩的样子感染了其他人，大家也都跟着笑起来，尴尬的局面一下子缓和了。建民的情绪放松了下来，姑娘们也把炕收拾好，相继下了地，试图帮玉兰干点活儿。建民借机也找点活儿干，边干边和那两个女子攀谈起来。

在交谈中得知，两个女子一个叫鞠引娣，一个叫槐英。建民拿出善于和人调侃的本事，很快就和她们混熟了，并且把她们的脾性也摸了个差不多，顺便把自己这段时间帮虎旦的事也吹了一番。临走他还悄悄趴在玉兰耳边说，那两个女子的事包在他身上，他一定给办妥。

建民一出门就把去虎旦家的事添油加醋传得沸沸扬扬，说玉兰带来的那两个女子急着要找对象，玉兰把踅摸对象的事已经托付给他了。自己原本不愿意管这些事，但架不住玉兰的一再央求，只好答应了下来……多数人自然不信他的话，知道他又在瞎编，但也有个别人信了他的话。

村里有个外号叫陈赖小的，真名叫陈亮明，一副黄鼠狼样的脸，背有点儿驼，中等个儿，高高的颧骨配着一个向上噘起的嘴巴，两颗大门牙中间有一道超乎常规的极宽的缝隙，说话走风漏气总咬不清字。他会把老婆说成"舀婆"，把女人说成"驴人"，为此也闹出不少笑话。在田间地头，茶余饭后人们经常学他说话，把他编成笑料取乐。只要见过他的人，这两颗牙都会给人留下极其深刻的印象，甚至会叫你终生难忘。另外他还很邋遢，一年四季不洗澡，手腕和脖子上常有洗不掉的污垢，长长的指甲黑乎乎的，里面全是脏物，头皮上没几根头发，满头疖子，当地人叫害疖，也叫害秃。这是常见的一种皮肤病，看上去既恶心又吓人，所以人们给他取了个绰号——赖小。赖小因为害秃，三十多岁的人一直找不上对象，看见别人娶老婆眼馋得很，见周围的光棍都找了外来廉价的姑娘，自然也动了心。听建民一吹乎，他信以为真，所以求建民帮忙给自己找一个。建民见赖小也想娶媳妇心里觉得好笑，暗想真是癞蛤蟆想吃天鹅肉！但他表面装作真心帮忙的样子答应了下来。赖小见他答应帮忙心里很高兴，所以天天围着建民转，设法恭维巴结他。对此建民心里美滋滋的，他喜欢别人对自己这样。另外看赖小那样，他心里也暗暗发笑。但是咋跟玉兰讲呢？总感觉说不出口，经过几天反复琢磨后，他让虎旦跟玉兰讲。

玉兰听说此事当然反对，那两个女孩也不同意，所以这桩事情没办成。碰了个大钉子，这让建民很没面子。村里人就此取笑建民和赖小，还给他俩编了不少故事。

再说鞠香，自从离开婆家好长时间没回去，婆家觉得有问题，就来找支书和玉才要人。玉才知道糊弄不过去，只好把鞠香回家的实情告诉了他们。婆家人听了不依不饶，住在玉才家不走，说要不回媳妇誓不罢休。后来支书再三劝说，玉才也答应一定要把鞠香找回来，假如找不回来也要负责从老家再给找一个，这件事才平息下来。当鞠香回来后，玉才像抓住了救命稻草，赶紧备上马车把她送回了婆家。

等玉才走后，鞠香遭到全家人的一顿辱骂和毒打，一连几天水米没进肚，她被折磨得像害了一场大病，趴在炕上起不来。全家老小没人过问不说，婆婆还骂她装死。鞠香心灵又一次受到残酷的折磨与创伤，孤独、冷漠、无助使她彻底绝望，所以产生了自杀的念头。

傍晚鞠香迷迷糊糊醒来，听到隔壁嗡嗡的说话声，丈夫还在婆婆那屋拉呱。整整躺了一天，全家仍没人搭理她，鞠香挣扎着爬起来下了地，摸索着朝凉房走去。凉房门还没上锁，她轻轻把门打开走进去。几天没吃东西，她已经精疲力竭，颤巍巍地蹲在地下从米瓮旮旯摸出一包灭鼠药。一年多来，家里的活儿都她一个人干，所以对这里的一切很熟悉，鼠药是她亲自放到那儿的。拿到这包药，她恨不得一口吞下去，赶快了结性命。她颤巍巍地打开药包，正要把它吞下去，猛然间心像被揪起来似的难受，脑子嗡嗡作响，拿药的手颤抖得非常厉害，药撒了一地。她瘫软地坐在地上，身子靠在米瓮上脑子很乱。"我就这样死了吗？"她迷迷糊糊地思索着，"这样死了值得吗？和爹妈还有所有亲人连最后一面也没见就死了，他们将来去哪儿找我啊？"她有气无力地问自己。一想到自己是因贫穷而流落他乡受人欺负任人凌辱，心中的愤懑就难以自拔，混乱的思维突然清醒了许多，"不，我不能死，即使死也要死个明白，绝不能就这么不明不白地去死！"她挣扎着爬起来跟跟跄跄走出凉房，深一脚浅一脚地朝队长家走去……

鞠香黑天半夜地跑到队长家，把队长吓了一跳。几天工夫，她被折磨得变了一个人，脸色苍白两眼深陷，头发乱蓬蓬的，身体虚弱得站也站不稳。队长看她那样，赶紧让家人把她扶上炕。上了炕她就顺势躺下，再也起不来了。

队长惊讶地问："鞠香，这是怎么啦？"

她声音极其微弱："我已经好几天没吃东西了，给我喝点儿水。"

队长妻子赶忙端来一碗水递给她，鞠香颤抖地接过水就往嘴里倒。由于手抖得厉害水洒了一身，她也顾不得许多，伸出空碗示意还要。队长听说她已经几天没吃饭了，就对妻子说："光喝水咋行，快给弄点儿饭吃。"说着先把冷米汤让妻子热了一下，盛了一碗给鞠香递过去。鞠香连着喝了两碗米汤还要喝，队长担心她的胃受不了，就不让她再喝了。过了一会儿，妻子把热好的饭端上来，鞠香闻到饭香不顾一切狼吞虎咽地吃了起来，眨眼工夫两碗饭就下了肚。她还要再吃，夫妇俩害怕她一下吃太多把胃撑坏，让她歇会儿吃。可是强烈的饥饿感哪里能控制得住，她不顾一切地还要吃，无奈之下，队长只好又给她盛了些。

吃过饭后，她体能恢复了许多，浑身有了劲儿，鞠香感觉自己又从地狱回到了人间。她哭着把这几天的遭遇告诉队长，队长听完鞠香的诉说深深为这个可怜的孩子难过。他也有一个和鞠香年龄差不多的女儿，正在读高中。看鞠香满脸稚气的样子，他便想起了自己的女儿，和她相比女儿幸福多啦。队长看着憔悴的鞠香心里默默想：这孩子远离爹娘遭受这么大的欺辱，假如爹娘知道一定会心疼死的。哎！穷人的孩子命薄！他的父爱本能涌上心来，队长面对眼前的孩子，不禁一阵阵怜惜。

鞠香遭受的这些，早在人们的预料之中。她的婆婆是远近闻名的老乌蛇，表面看来憨厚老实话不多，见人非笑不说话，可是害起人来心狠手辣，谁也招惹不得，谁要招惹了她，她会咬住不放跟你没完。她还是个势利眼，欺软怕硬，怕厉害人和有权势的人。鞠香的公公也是远近闻名的小算盘，为人处事很精明，是大队多年的老会计，算账从没出过差错。近来老头出门走亲戚不在，老乌蛇露出了本性，跟儿女们一起对鞠香下狠手施展暴力。

因为鞠香的公公不在家，队长对眼前的事感到很为难，不知该咋办。鞠香的公公是大队干部，老乌蛇平时根本不把他们这些小队干部放在眼里。如果他去解决这事，等于摸老虎屁股，不但解决不了，反而会招来一身臊，对鞠香更不利。他深知那老乌蛇的泼赖。队长思量了半天突然想到百里外的老支书，他知道鞠香与赵支书有些关系，前一阵是赵支书他们说情，鞠香的婆家才肯放她离开家的。假如赵支书能出面，或许老乌蛇不敢再把这孩子怎么样。于是他决定当即去搬救兵，找赵支书，让他出面帮着解决一下这事。

主意想好了把鞠香安排妥当，他备上马车借着月光往支书家赶，一路上马不停蹄，天亮了才赶到。

到了那里把详情一说，支书非常气愤，立即放下手头的事跟他走。早饭过后两人赶上马车就走，到家已是太阳西斜。只见队长家门口站了好多人，吵吵嚷嚷的不知干什么。支书大步走了过去，见鞠香的丈夫和姐姐正在揪扯鞠香。鞠香脸色煞白，虚弱得连站都站不住，好像一团面任人推来搡去，眼看就要晕过去了，队长妻子和村里一些人尽力护着她。支书见人已经成了这样他们还不放过，十分恼怒，不禁大声呵斥道："放开她！人都成这样了，你们还想咋办？打算把她整死才罢休！"支书一声怒斥所有人都停下手来，惊异地回头看着他。他走到鞠香跟前，把她搀进了屋。这几天鞠香已被整糊涂了，脑子里一片空白，感觉自己快要死了。支书的出现使她蓦然看到了光明，她不禁抱住支书痛哭起来。鞠香的丈夫和姐姐见支书为鞠香说话，也不敢再做什么，只悻悻地站在一边看着他们。支书从屋里出来叫人们都散去，然后扫了一眼那姐弟俩，二话没说又走进屋。

原来，那天夜里鞠香的丈夫很晚才回自己屋，进屋发现鞠香不见急忙告诉了他妈。母子俩找了半夜，只见灭鼠药撒了一地却不见人影儿，老乌蛇吓坏了，担心鞠香出了事把问题闹大，吓得一夜没合眼。第二天她得知鞠香寻死未成反而去告了她的状，心里很恼火，恨不得把她抓回来狠狠收拾一顿，以解心头之恨。她让儿子、女儿去把鞠香拽回来，以免夜长梦多丢人现眼。听说老支书专为这件事而来，吓得她尿了一裤子，她做梦也没想到老支书会来。她虽然狠毒，但像老支书这样闻名省、县的大人物是绝对不敢惹的。再加上她让鞠香折腾得两天没睡觉，惊吓外加休息不好，身体抗不住了，感觉凭自己是难以控制眼前的局面，所以派人赶快去叫老头子回来。

当老头回来后，大小队干部和老支书都在大队部等他，老汉顾不上休息急急忙忙赶到大队部。听说他走了以后家里出了这么大的事，老汉也很生气，当着众人面把老婆娃娃骂了个遍，然后做了深刻检查，并保证今后再不会发生类似情况。最后老汉向大家保证，一个月不让鞠香干活，让她好好保养身体，争取来年给他添个胖孙子。看在老汉的分儿上，就这么大事化小，小事化了，没向公社反映，这场风波总算平息了。

鞠香经过这次不公遭遇之后变了好多，比以前成熟、老练、厉害了。而且婆家人对她的态度也有了很大改变，公公向大家的保证也兑了现，鞠香果然好好休息了一个月。

再说引娣和槐英经人介绍也都有了主，她们的情况如何暂且不说。

玉兰回来半个月后，大队召集全体干部、社员讨论包产到户的事，经过几天讨论，最后由大队拿出总方案。其实方案早就有了，自从去年国家提出包产到户以后，支书就一直在琢磨此事。再则公社也为此开过好几次会，入冬后公社又召开了三干会着重讨论这个问题。包产到户势在必行，虽然有些人担心想再观望一下，可是多数人已经摩拳擦掌蠢蠢欲动，准备大干一场。眼看就要过年了，支书决定在年前把方案定下来，年后立即实施。有些地方入冬后就把土地分了，支书想让大家的认识统一后再实施，所以年前按人头分给了各家牲畜。根据当地的土政策，凡娶来的媳妇都按当地社员一样对待，嫁出去的女子所有分配一律取消。这样，玉兰得到和当地人一样的待遇，两口子一下分到十只羊。

今年春节是虎旦感觉最舒心的一个春节，自己不但养了鸡和猪，一下子又有了十只羊，这是他做梦也没想到的。把羊带回家的那天他心里很高兴，打算春节宰猪杀羊吃个痛快，解解馋。过年虽没像虎旦想象得那样任着性子海吃海喝，但在玉兰的精心安排下，两人过年的吃喝比以往强多了，这使虎旦看到了希望。

另外，玉兰也怀上了旺林的孩子。每当夜深人静时，她会透过窗户上的一小块玻璃看着天上的星星，向它们诉说自己对旺林的思念，并为自己肚子里的婴儿祈祷，祈求上苍保佑她的孩子一生幸福、快乐，远离贫困，像好多城里的孩子那样过上无忧无虑的生活。得知玉兰有了身孕，虎旦自然也偷着乐了两天，他哪里会想到这孩子是别人的。

春节一过，马上进行土地划分，这是老支书早就跟队干部们筹划好的。吃过早饭,他通知每家来一个主事人,研究划分土地的事。这是关系农民切身利益的大事,凡能走动的几乎全来了,偌大的一个队房,炕上地下挤得满满的,锅台、窗台、门槛上都坐满了人。平时召开社员大会,通知九点开会,往往中午十二点人还来不齐,可是今天,不到十点钟人就齐刷刷地到了。女人们不用商量,平时有事没事中指上都戴个顶针。一到开会,几乎人人手里拿着针线,找个地方往下一坐便干起来。有的纳鞋帮,有的捻麻绳,有的拿着锥子一针一针地纳着鞋底。她们边做活儿边交头接耳拉家常,扯闲话,不时还跟男人们打情骂俏。还有的相互趴在耳朵边说着悄悄话,时而发出啧啧的惊异声、感叹声或笑声。尤其婆媳、姑嫂、妯娌、兄嫂、邻里之间闹意见了,她们就借人们聚在一起的机会发泄,彼此不说话,你瞪我一眼,我啐你一口,要么撇着嘴,睥睨着对方,鼻子里发出不服气的怪声,就像两只即将开战的蜈蚣,更像两只荒野中的野狗摆出一副决战的架势,时时准备拼个你死我活。

　　男人们也不闲着,个个腰里揣个烟袋,有人手里还拿个毛卜吊,一往下坐便拿起手里的活儿干起来。毛卜吊是当地的土话,在不到半尺长的小木棍中间钻一个洞,然后将一根带钩的粗铁丝从洞中穿过,把它固定到木棍上做成一个简单的捻线工具,人们就用这个工具把羊毛或驼毛捻成毛线,织袜子、手套甚至衣服。女人们忙于家务,大部分顾不上干这种活儿,所以就由老人和男人们来干。

　　男人们还时时不忘嘴上那一口,一边干一边互相传递着旱烟袋,长长的烟杆上,一头安着用金属做成的烟锅儿,另一头是用玉或翡翠等做成的烟嘴儿。在吸烟之前先拿起来,烟嘴儿向下使劲儿甩一甩,甩掉烟杆里的烟油,然后装上烟叶点燃后,吸烟的人伸长脖子眯着眼,用嘴吧嗒吧嗒使劲儿抽,浓浓的烟雾立即从嘴和鼻孔里喷出来,烟锅儿里的烟叶很快变成灰烬。一个人抽了几锅子后,就甩甩烟袋,用手或衣袖擦擦烟嘴,装好满满一锅烟传给其他人,那个人接着再抽。这是男人们不言而喻的一条规则,谁也不愿破坏。有人想捉弄人搞恶作剧时,抽完烟不甩烟油直接把烟装好,递给下一个人,当那个人使劲儿一抽,吸到的不是过瘾的烟叶味儿，而是满嘴苦涩的烟油，呛得龇牙咧嘴，又是咳嗽又是吐，在场的人便哄然大笑。敲怪话，说笑话，起哄，看热闹，本来就不能安静的会场，更是唠唠嘈嘈乱成一片。

屋子里弥漫着浓浓的旱烟味儿和汗渍味儿，甚至还有脚汗味儿，呛得人们眼睛流泪嗓子直发痒，不时还伴有剧烈的咳嗽声。女人们呛得难受，举起手上的鞋底冲男人们头上打过去，挨打的人也不示弱，伸出长长的烟袋就朝她头上、身上乱打。真是打鱼捎鳖，捎带着把别人也打了。会场顿时一阵骚乱，打闹声、嬉笑声，热闹非凡。

老支书和几个大队干部盘腿坐在炕中央，看着这场混乱乐得咯咯直笑。见人来得差不多了，他才咳嗽了两声清理了下嗓子，把手中的旱烟袋递给身旁的人，开始说今天开会的内容。老支书一说话，人们立刻静了下来。今天不比往常，这是关系每个人的切身利益，大家都竖起耳朵仔细听着支书的每一句话。

支书看了看大家，把已经讨论好的方案宣读了一遍，最后他提高沙哑的嗓门说："我们分地的原则也跟过去分牲口的原则一样，按人头分，好坏搭配。分给大家的土地、林木和牲畜，只有看管权和使用权，而绝没有处置权，只准许大家使用而绝不允许变卖。分地仍然采用抓阄的办法，地的好赖就看你们的运气了。下面每家只允许留一个人抓阄，其他人散会后赶快离开这儿，不要影响大家。对这个方案，众人还有没有意见？假如没意见，下面我们就开始抓阄。"

支书说完话停了停，见没人说话，他又征求了一下队干部们的意见，便让各个小队的队长们把早已制作好的纸团拿出来，放在笸箩里让大家挨个儿抓。就这样，一张小小的纸团决定了今后土地的命运。

分地对庄稼人来说，意味着从今往后日子就要靠自己了。玉兰和虎旦分了十多亩地，其中还有点儿水浇地，玉兰暗暗庆幸她和虎旦命好，分了几亩好地。虽然地分到了手，但对他们这个空空如洗的穷家来讲，今后的路还很长，日子能否过好还得靠他俩的精心经营。玉兰开始认真筹划起来，为今后的生活构思了一幅美好的蓝图，准备一步一步地走下去。

自从去年冬天回来后，玉兰一直没顾得上去找李大姐和明芳，听说她走后不久李大姐就回去了，明芳因丈夫出了点儿事也回了娘家，所以队里开了几次会都没见着她俩。玉兰很惦念她们的情况，那天吃过早饭收拾了一下就去了李大姐家。

家里只有李大姐的婆婆在院子里忙乎着，见了玉兰，两人便攀谈起来。她告诉玉兰，李大姐走后只来过一封信，说她的工作还需要等一等，其他什么也没讲，只是要成良和孩子过去，说父母想见见他们。成良走后也一直没来信，为此，她婆婆心里很着急，每天盼着他们的好消息。另外，她把明芳的事也告诉了玉兰。

原来明芳丈夫被抽到公社供销社去上班，上了一年多给单位弄下好多糊涂账，自己也说不清，单位告他犯有贪污罪，他被公安局抓走了。为此，明芳一气之下回了娘，家至今没回来。

听了这些她很难过，心想：我的命咋这么苦啊！两个能说知心话的人都走了，今后心里再苦也没地方说了。她心里空落落的，漫无目的地朝家走去。

春播开始了，庄稼人都忙了起来。以前，农村一直搞的是人民公社大集体，现在突然变成单干，人们反而不习惯了。好多人不知道该咋办，种地没经验，心里没底，只凭自己的感觉走。玉兰他们也看别人，人家种啥他种啥。虎旦面对这些土地更是一筹莫展，从来不拿主意，一切都听玉兰的。

怀有身孕的玉兰身子一天天沉重起来，春天又是个青黄不接的季节，两人的口粮眼看就要吃光了。春播结束后，要往地里花钱的时候才刚刚开始，买化肥、浇地，还有乱七八糟的农用费用。玉兰又为眼前的事犯起愁来，有时愁得整夜睡不着觉。可是虎旦像无事人似的，能吃能睡从不想这些。玉兰一遇到难事就会想旺林，眼前的一切旺林也帮不了她，只有自己想办法。

玉兰又开始勒紧裤带过苦日子了，她仍然在劳动之余抽出手拔些野菜回家当饭吃。有身孕的人老吃野菜身体受不了，再加上劳动强度大，有时候她实在坚持不住，会拣些较轻的活儿干。大部分怀孕的人都害口，老婆怀了孕丈夫都会设法让她吃点儿自己喜欢吃的东西，可是玉兰却没有这个福分。一来家里的条件达不到，二来虎旦从小失去父母缺乏亲情的关爱，养成了自私孤僻的性格，不懂得去关心玉兰。

玉兰急切盼望今年能有好收成，彻底摆脱饥饿，所以勒紧裤带过日子，一点一点地往下省，把省下的钱都投到了地里。整个春天家里几只鸡下的蛋她没舍得吃，有时妊娠反应特别厉害，实在咽不下野菜拌饭时，她才煮两颗鸡蛋解解馋。因日子艰苦又加妊娠反应，玉兰折腾得面黄肌瘦不成人样。一干完活儿回到家，只要往炕上一躺，她就不想起来，她多想好好睡几天，美美地吃些自己想吃的东西。但一想到眼前的日子，她只好咬咬牙使劲儿往过扛。

早饭过后她正要去地里，突然下起了雨，而且越下越大。这场雨从昨天开始就陆陆续续下上了，看样子今天还会继续下个不停。玉兰犹豫了一阵便决定不去干活，打算在家好好睡一觉。

窗外淅淅沥沥的雨声伴她很快进入了梦乡。睡意正浓，门外剧烈的敲门声把她从梦中惊醒，玉兰一骨碌爬起来下地打开门，只见明芳身上裹着块雨布迅速蹿进屋来。玉兰没想这时会有人来，更没想到明芳来。她惊奇地大声说："咦！明芳是你呀！什么时候回来的？"说着赶紧帮明芳把雨布从身上拿下来。

明芳从衣兜里掏出几颗鸡蛋放在锅台上，笑了笑说："我前两天回来，听说你怀孕了身体很不好，趁雨天不出工来看看你。"她指了指鸡蛋接着说，"这是我从家里偷偷拿的几个鸡蛋，给你补补身子解解馋吧。"

玉兰看着锅台上的十个鸡蛋和明芳纯朴亲切的面容，泪水夺眶而出。她情不自禁一把抓住明芳的手，把明芳拉到炕沿边坐下，然后轻轻抚摸着明芳的手说："明芳，你活得也很艰难，却没忘记我，并且冒上这么大的雨带上鸡蛋来看我，真不知该咋感谢你了！明芳，说实在的，你比我亲人还亲啊！"说着哭了起来。

明芳轻轻抚摸着玉兰的肩头说:"玉兰,不要这样,别难过。我虽然过得艰难,但毕竟在本乡田地。可你却不同,远离家乡和亲人,日子过得更艰难,遇到的困难比我大得多。"听了这话,玉兰哭得更伤心了。

明芳的话不但勾起了她的伤心事,最主要的是她被感动了。玉兰知道这十个鸡蛋对明芳意味着什么,在那个家里明芳没有任何地位,即使她本人想吃一个鸡蛋也很难。可是为了自己,明芳这个看似温和、稳重、老实的人竟能做出这种家人不知的事,她怎么能不为之感动呢?在远离父母和亲人的地方,遇上这样的朋友真是大福气啊!玉兰无比感叹。

她擦了擦眼泪说:"明芳,我真不知该怎么感谢你。你回来我真高兴!从老家回来听说你和李大姐走了,我难受了好长时间,以为你再也不回来了,没想到今天又见到了你,这可能是老天爷关照的缘故吧!"她凝视着明芳又疑惑地问,"你的情况咋样?暂时不走了吧?"

明芳犹豫地点了点头,停了片刻,然后十分沉重地跟她说起了自己的事,丈夫因为账目不清被判刑三年,最近宣判。婆婆怕她离婚,赶紧去娘家把她接了回来。眼前的局面让她进退两难,今后的日子到底咋过自己也不知道,心里茫然得很,只好听天由命,过一天算一天啦。听明芳把情况说完,玉兰心里沉甸甸的,她忧愁地看着明芳,半天说不出话来。

两人相视着直叹气,沉默了好大一会儿,明芳告诉玉兰,最近成良哥可能要回来,李大姐的情况谁也不清楚,只有等他回来才能知道。

明芳跟玉兰聊了很久,直到雨停了才离去。

明芳走后,玉兰像宝贝似的把那几个鸡蛋放在一个碗里,将脸轻轻贴在上面,然后又用手捧着舍不得放下。她感到明芳送的不是鸡蛋而是价值连城的宝贝。

几天连阴雨过后地里的庄稼直往上蹿,绿油油的,很喜人。看着长势不错的庄稼,人们庆幸老天爷帮忙,夏粮丰收在望。同时看着这喜人的庄稼,庄户人喜忧参半，喜的是今年夏粮好收成，忧的是打下的粮食全部交公还是归自己，谁心里也没底。正在大家为打下的粮食归谁而犯愁时，邓小平在同中央有关人员谈话时肯定了安徽的农村改革，并且鼓励农村的改革政策再放宽一些。这个消息大大地鼓舞了大家，他们喜气洋洋地把夏粮收进了仓，除了上缴的公粮，剩余部分都归了自己。这对于一直与饥饿抗争的农民来说，真是莫大的喜事。

虎旦没想到包产到户竟让自己有了这么多粮食，仅夏粮就差不多够两人一年吃了，他暗暗思忖：照这样下去，今后再也不会受饿啦！心里忽然舒畅了许多。玉兰的心情也与虎旦一样，自然也特别舒畅。看着这些粮食，她不由自主地联想到老家，又为父母和所有亲人担忧起来。那里一连几年闹灾荒，今年年景仍然不好。由于土地贫瘠，祖祖辈辈靠天吃饭，即使搞了土地承包也难以摆脱贫困。虽然都是农村，跟这儿比相差很大！她默默地为老家祈祷，盼望着家里能很快好起来。

自从小麦进仓后，玉兰的脸色也渐渐好起来，不用吃野菜了，而且还可以变着花样吃。虎旦胃口大开，每顿饭可以敞开肚子吃，他的胃从来没像现在这么舒展过。粮食一多，家里的畜禽也跟着沾光，母鸡下的蛋多了起来，这对他俩也是意外的收获。

夏收季节听说成良回家来帮着搞收割，玉兰很想抽空去看看他，顺便问一问李大姐的情况，但是始终没抽出空来。她和明芳还能偶尔见一面，匆匆忙忙说几句话就各忙各地去了。每次玉兰见到明芳，她的情绪都很低落，满脸忧郁，说话有气无力，走路无精打采。看着明芳这样玉兰心里很不好受，望着她离去的背影，总要为她默默祈祷，盼望明芳能尽快好起来。

今年风调雨顺，不仅夏季获得了好收成，秋粮收成也很喜人。社员们待秋收结束后仔细算了一笔账，年产人均近千斤，交完公粮人均至少还有三五百斤的余粮。虎旦夫妇年产人均超过了千斤，虎旦心里高兴极了，从未有过的快乐油然而生，从此，自己再也不用挨饿了。这对虎旦、对所有农民来讲是件大事。入冬后，人们总结了今年种植中存在的问题，开始筹划明年的事，并准备大干一场。胖嫂家不再是大家谈唱说笑的地方，而是变成讨论发家致富和交流种地经验的场所，整日车水马龙，来串门的人不断。虎旦和建民没事干时，也是那里的常客。他每次回家都爱把在外面听到的事跟玉兰说，玉兰通过虎旦也能了解不少信息，学到不少种地经验。

年前玉兰生下一个大胖小子，虎旦高兴极啦！想不到这两年自己的命运发生了这么大的变化——娶老婆、生儿子、粮食满仓，他好像在做梦。过去每年这时，自己总要去姐姐家过年，今年他却把姐姐请到家里来了。姐姐一过完年就回去了，临走玉兰还给她带了不少年货，这是虎旦有史以来头一回回报姐姐。

他对自己给姐姐的一点回报感到既欣慰又高兴，送走姐姐后，躺在炕上闭起眼，跷着二郎腿，慢慢思量着这件事，不由得有些飘飘然。

整个春节他体验着做父亲的美好滋味，也真正感受到了家庭的幸福美满。如今自己也跟其他人一样，有家、有老婆孩子了。这个春节过得真开心啊！幸福和骄傲常常挂在脸上，少有的自信和自豪也时时从他身上散发出来。诸多好事叫虎旦无所适从，有些找不着北的感觉，说话办事咋咋呼呼，瞅空就吹牛，显得非常滑稽可笑。村里一些人不免要借机取笑他，拿他开心，把他当笑料。

玉兰有了孩子负担更重，可虎旦却恰恰相反。由于玉兰能干，家里的事基本不用虎旦操心，整日无忧无虑，生活得悠闲自在。他一没事儿就去找建民，和建民成了形影不离的哥们儿。建民说啥他听啥，原本就懒惰的他现在更不用动脑筋了，过去曾有的一点点锐气被好日子冲得无影无踪。看虎旦这样玉兰心里非常窝火，经常与他怄气，但虎旦不在意。因为有了孩子，他过去提着的心彻底放进了肚子，认为玉兰这辈子就是自己的了，想跑也跑不成了，正如孙悟空再跑也出不了如来佛的手掌心一样。他对玉兰的抱怨或怄气毫不在乎，一意孤行，我行我素，从不为玉兰着想。在玉兰眼里，他是个彻头彻尾没人情味的冷血动物原本就不爱他的玉兰现在对他更没了感情。随着孩子一天天长大，玉兰的心思全部放在了孩子身上。她觉得孩子是自己的一切，看见孩子就像看见了旺林，跟孩子在一起就像跟旺林在一起那样，越是想家、想旺林，就越离不开孩子。她决心要把孩子抚养成人，让他有个美好、快乐的人生，打算咬紧牙关好好干，尽快改变自己的生活现状，使日子尽早富裕起来，为孩子创造一个良好的生活环境。

玉兰是个要强的人，为了多打粮，她总结了自己和别人的种地经验，调整了种地格局，打算今年大干一场，再夺个丰收年。年后她和虎旦早早就下了地，开始为春耕做准备——整地、送粪、施肥。人们见他俩已经开始行动，也纷纷行动起来。孩子没人照料，玉兰只好背着襁褓中的婴儿下地干活。可怜的孩子生下才几个月，就在母亲的背上尝到了人生的艰辛，目睹了妈妈风雨兼程的生活。他在妈妈背上风吹日晒，跟着母亲吃了不少苦头，醒时就绑在玉兰背上，睡着了就被放在田间地头，天气不好就一个人在家。为防止孩子一个人在家磕碰着，玉兰在炕角钉了一根木楔，不能带孩子下地干活时，就用绳子把他拴在木楔上，跟前放点儿简单的玩具和吃的东西，然后出去干活。孩子一人在家没人陪伴，胆怯、孤独，饿了、困了便嗷嗷大哭，经常和屎撒尿，满脸眼泪鼻涕，甚至还抓屎吃。每遇到这种情况，玉兰就难过得掉眼泪，并在孩子面前发誓，再也不让他受这种罪了。可是农活忙起来，她哪能做得到呢？

那天玉兰又把孩子拴在家下地干活了。李大姐回来整理好东西准备搬家，临走去看玉兰，到了院子里见门窗紧闭，门反锁着，屋里传出婴孩的哭声，赶紧过去敲门。孩子听见敲门声稍许停顿了一下，然后哭得更厉害了。李大姐急忙在院子里找了块石头，迅速砸开门进了屋。只见孩子哭得像个泪人，裤子全湿透了，身上、手上、脸上到处都是屎和尿。"可怜的孩子！"李大姐不由得掉下了眼泪。她迅速过去抱起孩子，扒掉他的衣服，倒了些热水把孩子全身洗了一遍，然后给他弄了点儿吃的。孩子吃过后，在李大姐怀中安然地睡着了。看着孩子甜甜的笑脸，李大姐真不舍把他放下，便抱着孩子等玉兰，等了半天没等上，只好抱着孩子出去了。

玉兰匆匆忙忙从地里赶回来，发现孩子不见了吓了一大跳，急得不知如何是好，李大姐抱着孩子回来了。看见李大姐和孩子，玉兰半天说不出话来，一把从李大姐手中接过孩子，紧紧地抱在怀里哽咽起来。李大姐抚摸着她的背说："玉兰，千万别再干蠢事了，把孩子一个人放在家多可怜，以后你无论如何也不要亏待自己和孩子了。"

玉兰满眼泪水，用手擦着点了点头，望着李大姐低沉地说："李大姐，谢谢你。你啥时回来的？来我这儿也好一阵了吧？"

"回来两天啦，今天抽空过来看看你，半天等不上你，我就去明芳那儿。我估摸着你回来了，就急忙过来送孩子。"李大姐边说边坐在炕沿边。

玉兰看见李大姐感到格外亲切，好长时间没见一直很想念。在她心目中，李大姐就是自己的亲人。"大姐，你走了这么久，我真想你。你的事咋样了？孩子们也都好吧？"她边给孩子喂奶，边亲切地望着李大姐。

李大姐点了点头说："孩子们很好。我的事已经办妥了。经过爸爸妈妈的努力，组织上给我和成良都安排了工作。我们准备过几天就去市里上班，以后咱们见面的机会少了，所以今天抽点时间来向你道别。"说着她的眼睛从孩子身上移到了玉兰身上，并且十分凝重地注视着她。

玉兰听了这话脑袋发蒙，心也颤抖起来。她真不想让李大姐走！虽然早就知道自己跟李大姐不是一个道上的人，早晚要各奔东西，但听说她要离开了，心里仍然很难过。玉兰怔怔地看着李大姐，心里七上八下乱极了，"大姐，你一走咱们见面的机会就少了。真不想让你走，但这咋可能呢？你在这儿的这几年，是凤凰落了架。你跟我们不一样，早晚要飞的。"说着眼泪不断往外流。

李大姐也很难过，她凝视着玉兰说："玉兰，别这样，我会经常回来看你们的，你有机会去市里一定要找我。另外，以后遇到困难或有什么难事写信告诉我，只要我能帮上，一定全力以赴。"

玉兰满脸忧愁地点了点头。

为了打破分离时难过的场面，李大姐竭力聊一些愉快的话。李大姐待了很久，临走告诉玉兰，什么样的困难都是暂时的，只要坚持努力克服，没有解决不了的。她一再叮咛玉兰要好好爱惜自己的身体，保护好自己和孩子，尽量让孩子少受罪。

听着李大姐的叮咛，玉兰眼里饱含泪水，感激得直点头。

"大姐，你要走了，也没什么好送的，这是我给你们全家纳的几双鞋垫，做个留念吧。"她从柜子里拿出几双鞋垫递给李大姐。

李大姐接住这几双鞋垫，小心地拿在手里看着它们，每双鞋垫上都绣着鸳鸯、荷花、山水、蝴蝶等图案，非常漂亮，看得出这几双鞋垫是玉兰精心绣制的。李大姐抬头感激地看着玉兰说："玉兰，谢谢你。没想到你那么忙还给我们做鞋垫，而且针线活儿做得这么精细，看得出为做它们花了你不少时间，真是过意不去呀！这不是鞋垫，简直就是工艺品。这个礼物太珍贵了，我要好好珍藏它。"说着她拿起刚才放在炕沿的一个军用包，从里面掏出一套小孩儿衣服和一双鞋递过去，"这是我给宝宝买的衣服和鞋，可能稍微大了点儿。孩子不在跟前不知道他有多高，只是凭感觉买的。"于是抱过孩子给他穿。

孩子穿上这身衣服很宽大，显得有点滑稽，两个人不禁哈哈笑了起来，孩子也莫名其妙地朝大人一个劲儿傻笑。李大姐在他额头亲吻了几下说："多可爱的孩子，今后实在忙不过来的话就请人看一下，千万不要再把他一个人丢在家里啦。"

玉兰怜惜地看着孩子说："大姐，你说得对，以后我一定尽力不让他受这种罪。唉！遇上我们这样的父母，娃儿也跟着倒了霉啦！"

"没事，一切都会好的。我相信你将来一定过得不错。"李大姐小心翼翼地把鞋垫放进自己的军用包，扭身握住玉兰的手说，"玉兰，再见吧。有什么事一定来找我。"说完她深沉地看着玉兰，难过地摆了摆手转身往外走。

玉兰赶紧抱起孩子出去，看着李大姐离去的背影，好像失去亲人一样难过。

她站在门口呆呆地望着越走越远的李大姐，久久不愿离去。

通过一年的辛勤劳动，虎旦家获得了大丰收，上缴公粮后余下的粮食真不少，除了人吃外还有喂养畜禽的。玉兰又抓了两个小猪仔，养了十多只鸡，去年冬天分的羊也下了几只小羊羔。另外，襁褓中的婴儿也咿呀学语，开始跌跌撞撞地走路了。一穷二白的虎旦不但添了不少家业，而且人丁兴旺，一连串的好事叫他心花怒放乐得合不上嘴。

第八章　过年

今年，对于多少年在计划经济下依靠集体生活的农民来说，同样也起了翻天覆地的变化。他们自人民公社以来，一直受计划经济的制约，种地靠集体，大部分人都缺乏实际经验。大家在总结去年经验的基础上，又进行了合理调整和布局，使粮食产量较去年又有了很大提高。今年的春节对这里的农民来讲，是个不同以往的春节，是个最值得庆贺的日子。人们早早地开始杀猪宰羊、加工米面、蒸馒头、备年货，准备过年的一切了。

"村看村，户看户。"见别人忙于准备年货，虎旦夫妇也不例外。他们不但提前准备好了年货，而且把家也收拾得干干净净，家里家外贴上了对联和窗花，虎旦那破烂冷落的小院，呈现出了热气腾腾的新景象。玉兰靠卖鸡蛋攒的钱给自己和虎旦做了身新衣裳，打算欢欢喜喜过个年。

年三十还未到，虎旦就迫不及待地穿上新衣裳，想好好在村里炫耀一下，可不知衣裳穿在身上什么样，自己想好好看看，但是家里只有巴掌大的一块镜子，只能照脸照不到全身，急得他团团转。抬头看见门上那两块玻璃，他急忙跑出去冲着玻璃照，可是玻璃反光看不清，突然想起建民家的那面大镜子，于是赶紧跑到建民家。

他急匆匆到了建民家推门就进，一家人正坐在炕上吃饭，看见虎旦穿着一身新衣裳冒冒失失地冲进来，全家人忍俊不禁。建民正在喝汤，看他那样想强忍着把嘴里的汤咽下去，可是没憋住一下子全喷了出来，溅得满身都是。大家再也憋不住哈哈大笑起来，建民的妹妹笑得直流眼泪，抱着肚子跑到院子里。

建民的父亲歪着脖子冲他说："咦！虎旦，你小子这是咋啦，穿得里外新，准备上轿啊？"

虎旦自知太冒失了，便不好意思地挠了挠头说："看三叔说的，我咋能去上轿，你不是老糊涂啦！"

建民不满意地撇了撇嘴说："咦，咦，咦！还不承认，我看你就像！"

建民妈也过去揪了揪他的衣服，并且撩开里头的衣衫看了看说："我看你三叔说得对，就是准备要上轿，要不咋能里外都新呢！啊哟，看把人家美的。啧……啧……啧！虎旦真是鸟枪换炮啦。"这下虎旦更不好意思了，本来打算来照镜子的，现在不敢明着去照，只是边说边凑到镜子前，斜眼儿偷偷往里瞧，又叫大家抓住了把柄。

"虎旦，看啥呢？"建民闷声闷气地说，"那里有金还是有银啊？你咋进了门就偷着往那儿瞧？"

"看把虎旦美的，连东南西北也找不到啰！"

"虎旦穿一身新是大姑娘上轿头一回，所以咋能不美呢！"

"虎旦，你这是过年的衣裳还是妆新衣裳？"

一家人七嘴八舌说得他不好意思再往镜子里看，站在那里十分尴尬，两手放在胸前，十指交叉上下搓扭着，头来回摇了摇，很不自然地傻笑起来。

建民见虎旦那狼狈样，指指挂在墙上的镜子说："好了，我知道你那点心事，穷汉有两个子儿就烧得抖不下了，没穿过新衣裳，穿了件新衣裳不知咋样才好，好好照照你那副德行，看能不能把媳妇换了再找一个。"

虎旦不知所措地扫视着每个人的脸，不好意思再往镜子里看，只是唐突地站在那儿。他见人家吃饭，突然意识到自己也该吃早饭了。大早起来玉兰又要弄孩子又要喂猪、喂鸡，还要做饭，忙得不可开交，自己只顾这身衣服了，别的什么也没想，玉兰把饭做好了吗？他心里想，自己也该回去了，于是离开建民家赶紧往回走。

从建民家出来，他心里很不是滋味，原本满心欢喜一下变得非常郁闷。他的虚荣心受到了极大挫伤，深切感到虽然自己穿上了新衣裳，但还是原来的虎旦，并没因此改变什么。尽管自己觉得这身衣服很珍贵、很重要，可是在建民一家人眼里，谁也没把它当回事，看来其他人也不会因自己有新衣裳穿而尊重自己或高看自己。他灰溜溜地回了家，见玉兰板着脸不理自己只顾做饭，心里十分恼火，把衣服扒下来狠狠摔到炕上。玉兰本来满肚子火没处发，见他这样更没好气，就冲他大喊起来："大清早穿上那身皮，上哪儿死去了？我忙得不可开交你看不见？还有脸撒赖！"虎旦明知理亏，狠狠地瞪了玉兰一眼没吱声。玉兰见虎旦没吱声，也只好忍住怒气不再说什么了。

吃过饭，玉兰哄孩子睡了觉，开始缝制新被褥，她想在年三十那天盖上新被卧。

空空如洗的虎旦，家里没有一床像样的被窝，从他记事起就没铺过褥子，一直睡在炕席上。父母死后留下两床旧被子，平时他舍不得盖放在木箱里，只等姐姐来或冬天实在冻得不行才拿出来盖一盖。自玉兰进了门，那两床旧被子才真正派上了用场。玉兰把它们拆洗了一下，并把一床改造成褥子两人横铺上，可孩子出世后，就再也没有虎旦的份儿啦。去年冬天，玉兰省下钱请人擀了两条毡，晚上睡觉才不用溜炕席。现在玉兰又扯了布买了棉花，准备缝制新被褥。虎旦看见炕上白花花的棉花和新扯的布，早晨的不快一扫而光，说不出的骄傲和自豪又油然而生。哼，还小看我，今年过年我白虎旦不仅要穿新衣裳，而且还要盖新被卧。村里有几家能做得到，还敢小看我！一定要让所有的人都知道，白虎旦变样啦！他暗暗地想，越想越得意，越想越激奋，不由得扯着嗓子唱起来：

正月里来正月正，

正月十五挂红灯……

见虎旦唱，玉兰也高兴地跟着唱起来：

红灯那个挂在大门外，
单等五哥他来上工。
二月里来刮春风，
三妹妹爱扎个红头绳，
前头后头我瞅不够，
问一声五哥哥袭人不袭人。
三月里来是清明，
五哥放羊转周城，
羊群那个在前五哥我在后，
只瞭见羊群瞭不见五哥人。

夫妻二人的合唱飘荡在农家院落的上空，惊醒了沉睡的大地，唤醒了睡梦中的孩子，唤来了院里院外的畜禽，还有空中的鸟儿。孩子脸上绽放着憨憨的微笑，畜禽和鸟儿们也都放开喉咙唱出奇妙的和音。

虎旦盼望建民快点儿来，想好好给他炫耀一下，让他看看自己家的变化。可这两天建民始终没有来，虎旦很失望。为了叫玉兰赶快把被子缝好，虎旦这两天哪儿也没去，在家看孩子、喂牲口、猪、鸡等。年三十那天，玉兰终于把被褥缝好了。晚上三个人一块儿盖着新被褥睡了一觉，虎旦摸着新被褥不知有多高兴，从来没这么舒服过。

大年初一清早起来，虎旦把新被褥面朝外叠起来放在炕上，恨不得全村人都来看。

建民吃过早饭没事干来找虎旦。虎旦心里很高兴，心想：终于把他盼来了。他想叫建民知道，自己不但穿上了新衣，还有了新被褥，从今后再也不用溜炕席睡觉，而是要铺新褥子睡觉了，要好好感受一下有吃、有穿、有铺、有盖的幸福生活。

建民进门后第一眼就看见摆在炕上的新被褥和虎旦一家三口穿的新衣裳，暗暗吃了一惊。他没想到今年虎旦家的变化这么大，玉兰这么能干，不由得暗暗嫉妒起来，看了看虎旦和玉兰笑着说："哈，虎旦真是鸟枪换炮了，怨不得早早就穿上新衣裳满世界显能哩！"

虎旦看着他轻蔑地笑了笑说："你想显还显不成呢！"

"咳，说你胖就喘上了，不要太得意啦，这也不是你的功劳！"建民不服气地说。

"那你说是谁的功劳？"虎旦不服输地问。

"你说呢？"建民边问边斜眼看玉兰。

玉兰见他俩打嘴仗不想插话，只低头干自己手中的活儿。建民见她不说话就冲她说："哎，玉兰，你可真不简单！几年工夫就把虎旦的穷窝变了样。他小子可真有福气，咋能遇上你这么个老婆！"

玉兰说："这算啥，只不过穷窝子有了一点点变化，你就看出来了？村里变化大的人家多得是。"

建民听了玉兰的话心里暗暗佩服，没想到这个外来媳妇还挺能沉住气，比虎旦有水平，于是便说："玉兰，没想到你很谦虚，不像虎旦，老王卖瓜自卖自夸。"他朝虎旦睥睨了一眼。

玉兰笑了笑说："我说的是实话。自从包产到户后，你看村里哪家没变化？家家都有了余粮，谁家的日子过得不好！"

建民点了点头，"确实是这样，几乎家家有余粮，人们再也不饿肚子了。可是谁像你家又是缝新被褥又做新衣裳，两口子早早就准备好等着过年。"

玉兰笑道："今年高兴，想赶快长那一岁哩。"

建民撇了撇嘴说："听有叫牲口长肉的，还没听说有人争着长岁数抢着活的。"

"你小子不想赶快往大长？长大好娶老婆，你看有老婆多好！"虎旦故意拿话气他，前两天在建民家挨了嘲弄至今耿耿于怀，借机报复一下。

"看把你小子得意的，别高兴得太早了，小心有一天玉兰把你一脚踹了，到时再叫你小子美。"建民见虎旦如此得意心里很不舒服，气呼呼地说。

玉兰见他俩抬杠就说："大正月的，你俩不嫌无聊？能不能说点儿别的。"两人都不说话了，建民坐了一会儿觉得没趣，就离开去了胖嫂家。

大年初一胖嫂家依然人很多，牛二媳妇、马正经也在，这些人都是村里的名人。见了建民，大家相互拜年问好，问候过了，人们就向建民打探村里的新闻。建民是个无事人，整天满村乱串，村里大小事一般都知道，天天能搜刮点儿新闻。再加上他爱捕风捉影，听到点儿事添油加醋地瞎编，然后经马正经、牛二嫂这些人的嘴，就能把好事说坏，坏事说好，在村里左一股风又一阵雨地来回刮，拿捕风捉影的事当笑料、说笑话，寻开心逗乐。

大年初一，人们想再搜刮点儿笑料逗逗乐。马正经不阴不阳地问建民："歪嘴子，今天大年初一村里有啥新闻，给大伙说说。"

"新闻当然有，而且是特大新闻，你们想听？"建民慢条斯理地蹲在炕沿上。

"当然想听了。"大伙儿异口同声地说。

建民干咳了一声，撇着嘴摆出一副大爷的架势，"主家，想听新闻，拿酒来！"他故意把"拿"字拉得很长。

胖嫂夫妇和大伙儿一看他的架势都撇嘴笑起来："咦，咦！又拿起臭架子了，看把你牛的。"说着胖嫂拿起笤帚在他腿上抽了一下。

"你们是不是不想听？这可是爆炸性新闻，听了保证把你们笑死。"建民边说边用手护着脑袋，以防胖嫂和牛二嫂再袭击。

大伙看建民的狼狈样都笑了。马正经对胖嫂夫妇说："行啦，要想马儿跑，哪能不给马儿吃草呢？你们老婆汉子快用烧酒伺候。"

胖嫂笑道："看来这小子今天还真得用烧酒伺候了。好！马上上酒，撬开他的嘴。"说着胖嫂扭动着满是横肉的身子端起酒盅递给建民。建民呷了一口酒仍不开口又去夹菜，边吃边故意吧嗒着嘴摇晃着脑袋振振有词："吱儿一口烧酒，叭儿一口肉，放下筷子我啃骨头。"说着又夹了一块肉将脑袋向后倾，筷子举得高高的把肉放进嘴里，故意吊大家的胃口。见他不开口，牛二媳妇舀了一瓢水就要往他脖子里灌，说叫他清醒清醒，其他人也一哄而起。建民见势不妙一下蹿到下炕，双手抱拳笑着求饶。见玩笑开得差不多了，他把虎旦家今年的变化添油加醋地说给大家听，人们听了这个消息确实吃惊不小。

这真是一条重大新闻！进入腊月人们都忙着准备过年，谁也没顾得过问别人的事，虎旦家现在的情况谁都不知道，建民这条新闻真是来得太及时了。听了这条消息人们很惊讶，有人不相信地问："建民，你这话是真的？不是歪嘴瞎编吧？"建民从炕上站起来举起一只手大声说："老天在上，我说的话若有半点假，天打五雷轰！"见他大年初一这么赌咒发誓，大家相信这一定是真的了。于是有人不服气地敲怪话，嘲笑虎旦，说他穷汉乍富，碾心压肚沉不住点儿气。一阵怪话过后，人们无不赞叹玉兰能干，并羡慕虎旦好福气，打了三十多年的光棍，到头来还找了个好老婆。

马正经咂了咂嘴慢条斯理地说："原以为逃荒来的都不咋样，看来这外来媳妇还真有好的，所以不能把问题看得太死。歪嘴子，你也老大不小了，赶快叫虎旦媳妇给找一个吧。"于是其他人也附和着说："是啊，庄户人过日子找个虎旦媳妇这样的也不错。"

建民以往一直看不起外来女子，现在听大伙儿这么说也有些动心。他想，假如真能找上玉兰这样的也行。大伙儿劝他找外来女，他没吱声，只在心里暗暗盘算着。

　　人们你一言我一语地说完了建民的事，突然有人提出上虎旦家看看。一听说上虎旦家，大伙儿一哄而起前呼后拥就往虎旦家走。

　　再说虎旦，建民来家本来想好好显显能，气一气他，出一出前几天去他家受的那份窝囊气，谁想话不投机竟把建民气走了。建民一走，他跟老婆孩子待在家无所事事，玉兰只管逗孩子玩儿不理他，虎旦觉得好无聊，后悔不该把建民气走。建民不走他还有个说话调侃的伴儿，还能一起到村里转转。两人相跟上走哪儿都红火还惹眼，能好好在众人面前炫耀一下。另外，建民爱到处乱串，还爱去人多的地方，不用自己专门张扬，全村人都能知道自己穿了新衣裳。跟上他，人们也不会猜忌自己是故意穿上新衣显能，一举几得多好！可现在一个人穿上这身衣服出去，肯定会招来不少闲言碎语和人们的嘲讽。他不愿受人们的奚落和嘲讽，但还想急迫地在众人面前炫耀，心里十分矛盾，恨不能让所有人都知道，他白虎旦终于走在人前啦。

　　他百无聊赖地坐在炕头，身子靠着窗台双脚着炕，两腿支起双手放在膝盖上，托着下颚反复思忖：怎样才能让人们不嘲笑我还羡慕我呢？他思来想去想不出办法。他把村里的人一一过了一遍，估摸谁会羡慕自己，起码"五保户"老汉肯定会，还有娶傻老婆的王强、不会过日子的成则夫妇、陈赖小等，这些人不但羡慕他还会特别崇拜他的。想到这儿，他不禁有些飘飘然，斜眼看了看玉兰娘儿俩，偷偷笑了笑。可是转而一想，觉得自己的想法太可怜，这些人的羡慕、崇拜很正常，算不了什么。他们只是些毛毛圪虫，哪能跟自己比！自己远远在他们之上。就连牛二夫妇、建民、马正经、胖嫂这帮人也照样羡慕他！他得意地想。但转而又对自己的想法产生了动摇，没了自信。他知道，在这些人眼中自己永远低他们一等，永远是个可怜虫。唉！我甚时候也不是他们那个层次的人啊！他越想越气愤，这么多年，一直被他们看不起，受尽歧视，总叫他们踩在脚下。哼！终有一天我一定要把他们踩在脚下，叫他们崇拜我、巴结我。他双拳紧紧攥住，狠狠地咬了咬牙。

虎旦正在想入非非，突然院里进来好多人，只听胖嫂用破锣似的嗓子大声吆喝："虎旦开门来，快把财神迎进来！"他连鞋都没顾得上穿急忙跳下地，赶紧把门打开。见门外来了好多人，虎旦瞪大双眼莫名其妙地看着这些人。

马正经一见虎旦就摇摆着脑袋，扯着嗓子唱起来：

三畦畦白菜，

两畦畦葱，

虎旦这院子里红彤彤。

大年初一来上门，

专门给兄弟送财神。

他边唱边大摇大摆地进了屋。他的眉毛向上跳跃着，对虎旦说："听说你抖起来了，我们心里痒痒，特来看一看。"说罢微微弓着腰眼睛骨碌碌向四处扫了一遍，然后吧嗒着嘴，"哎呀呀，就是不一样了啊！"

牛二媳妇和胖嫂也声音怪怪齐声附和："对呀，这真是风洞洞里插旗旗——抖起来啦！"边说边惊奇地在屋里四处乱看。

她俩话音刚落，建民扬起脖子摇晃着脑袋，一手叉腰一手指着屋子，又接上了话茬儿："你看人家大红盖被炕头上垛，金银财宝垒一摞！真是那油布上罗面吃软糕，日子过得一年比一年好呀。"

"真是红油炕上铺新毡，虎旦旦心上真宽展啊。"牛二媳妇和胖嫂也齐声道，大家哄堂大笑。

大家你一言我一语阴阳怪气地敲怪话，虎旦只管傻笑，玉兰忙着倒茶、倒水。

牛二媳妇看着在炕上刚刚学步的孩子，不禁啧啧称赞："看人家虎旦，儿也这么大了，长得多俊，像个男人。"

建民拍了拍双手对孩子说："来，到大爷这儿来，让大爷抱抱，我看你像不像男人！"说着做出要摸小鸡鸡的动作，孩子冲他笑了笑，摇晃着朝他走去。

马正经说："嗨，这小子还认生哩，哪像大男人，倒像你老子那颗软蛋！"大伙儿又哄然大笑。

玉兰倒完了茶水又去凉房拿来年货，让虎旦招呼大家喝杯酒。虎旦有生以来第一次在家摆酒招待人，笨手笨脚不知该咋办，不断用手捋捋头发，满脸憋得通红，十分窘迫、慌乱。玉兰知道，这些人见虎旦的日子好起来眼红，想找点儿茬茬叫虎旦出洋相。如果不震震他们，到外面不知要胡说八道些什么。

于是她把这些人都让上炕，拿起酒瓶说："今天是大年初一，我和虎旦感谢各位的光临。你们来说明是看得起我俩，所以我们非常感谢。来！敬大家一杯！"说着给每人倒了一盅酒，双手举起要大家喝下去。他们听玉兰这么一说，有点儿不好意思，相互看了看只好喝了下去。

玉兰接着又说："再敬各位一杯，我俩向大家拜年了。"说着又给每人斟了两盅酒，要大家喝下去。这几位看玉兰又叫喝，让虎旦也来一盅，说虎旦不喝他们也不喝，玉兰顺水推舟就叫虎旦陪大家喝了一盅。

喝完后玉兰又给各位斟上酒接着说："我是外来人逃荒到这儿，多亏各位和全村的父老乡亲高抬贵手，让我在这儿扎下了根，也多亏各位的热心帮助，才使虎旦有了今天。这第四盅酒是我和虎旦感谢大家的。"她的话叫大伙儿不得不喝，人们只好端起酒盅一饮而尽。

马正经正准备说话，玉兰不容分说又斟上第五盅酒接着说："我是一个来自穷乡僻壤的外来妹，虎旦又是一个多年独居的老光棍，我俩都是苦命人，也是没本事人，希望大家多帮助多照应。来，我俩再敬一杯！"

玉兰的一番话说得人们瞠目结舌，谁也想不到站在面前的这个外来女子这么厉害，表面上是劝他们喝酒，其实是弦外有音，分明在给大家敲警钟：以后别再歧视我们！原打算捉弄、取笑一下她和虎旦，起个哄开开心，大家乐一乐，现在谁也不好再闹了，只好举起酒杯喝下第五盅。一连几盅酒下肚，有人已经吃不消了，怕玉兰再出新招，所以推说还要到别处转转，很快从虎旦家逃出来。

出了虎旦家门，几个人相互埋怨起来。牛二嫂一只胳膊搂着胖嫂的脖子，另一只手高高举起在空中绕着圈，身子水蛇腰似的扭动着，语无伦次地说："你们这些软蛋，三两下就叫……虎旦老……老婆败下了阵，真是些怂宝！"显然是喝多了。

胖嫂两手紧抱着牛二媳妇的胳膊，一身肥膘随着她上下悬殊的躯干抖动着，喘着粗气急促地说："就是！看你们这些男人，连一个老婆也干不过，丢死人啦，快死去吧！"

建民摇摇晃晃地推了胖嫂一下不服气地说："不是我们怂，是你们这些母老虎太厉害。"

"你说什么？"胖嫂甩开牛二媳妇的胳膊，扭动着胖胖的身体准备去拽建民的耳朵，建民见势不妙拔腿就跑。两个老婆一起去追赶建民，马正经他们便在后面怪叫起哄，有人还捡起土块向他们掷去，光秃秃的地面上掀起滚滚扬尘，从远处看好像野马在撒欢……

玉兰的表现使虎旦大吃一惊，万万没想到她三两下就让他们乖乖地走了，谁也没有嘲笑奚落他的意思，反而对玉兰增添了几分敬意，虎旦心里觉得真痛快。

第九章　磕磕绊绊

改革的浪潮席卷了祖国的大江南北,一下打破了大锅饭,农村实行家庭联产责任制后,想不到虎旦的日子也发生了变化,从此告别了忍饥挨饿的生活,和所有农民一样准备奔向发家致富的康庄大道。

玉兰的儿子已经从一个咿呀学语的婴儿变成能走会说的孩子。他们养的母猪下了一窝猪崽儿,羊的数量也翻了番,一穷二白的虎旦在村里逐渐受人瞩目。虎旦的心情格外好,每天摇头晃脑山曲儿不离口。

那天早饭后,虎旦出去借毛驴车打算往地里送粪,玉兰在家准备用的东西,可孩子哭闹着要妈妈,玉兰只好放下手头的活儿哄孩子睡觉。她抱着在院子里滚得满身灰土的孩子,心里好难受,心想:别人家的孩子大人下地干活儿有人照看,唯有自己的孩子没人看,一生下来就跟着自己受罪。天好时背着下地干活儿,不管风吹日晒捆在背上一整天,大人孩子都遭殃。天不好就把孩子拴在家里,和屎抓尿整日见不到人,饿了渴了没人管。现在孩子大了不愿意让背着,闹着要下地,大人干活顾不过来,只好任孩子一个人在地里耍,耍得困了饿了就趴在地头睡一觉。总带着孩子下地干活儿也不行,可他现在懂事了,把他一个人留在家里,孩子就惊恐地哭起来,抱着他俩不让离开。现在甚至形成条件反射,见他俩拿农具孩子就放声大哭。每次出工对他们母子而言像是一次生离死别,一次折磨。她撇下孩子离去时,孩子声嘶力竭的哭声一阵阵揪着她的心,她也总是边走边哭。春节李大姐的孩子回来了，玉兰听说后去看了一趟。一年多不见，那孩子已经完全变成城里人。看着人家白皙的小脸，玉兰十分羡慕，不禁暗叹自己的孩子命苦，没遇到好爹妈，生来就跟着大人受罪。玉兰多么希望自己的孩子也能像她那样。明天孩子又要被锁在家里，看着他天真可爱的小脸，玉兰真不忍心再把他一个人放在家里。

孩子长得很像旺林，他身上好多地方有旺林的影子。玉兰希望孩子将来像旺林一样，是百十里外都受人夸赞的男子汉，过城里人一样的生活。她认为孩子的命运一定比他爹强千百倍。想到这儿，玉兰不由自主地拿出了上个月旺林给她的来信。

生下孩子后，她曾给旺林去过一封信，怕信落到别人手里，只说自己生了一个像他一样上炕不脱鞋的人，并发誓要把他培养成一个像旺林一样的男子汉，让他将来出人头地过上好日子。

上个月旺林来了一封信：

玉兰：

  你好！娃儿也好吧？收到你的来信，我不知有多高兴，恨不得马上插翅飞到你身边。我知道你一个人在外过得很艰难，不用说也能想象得到。想帮你，可是心有余而力不足。我多么想让你过上好日子，很遗憾没做到，为此，心里非常难过。你现在咋样？过得好吗？衷心祝愿你们娘儿俩永远幸福、快乐，日子越过越好。他一定长高了吧？我多想看看他，好几次梦见你们回来了，心里别提多高兴啦！可醒来才知道是个梦，是个永远也无法实现的梦！玉兰，听说你大哥和美秀要结婚了，我很羡慕他们终于走到了一起。咱们这里自包产到户以来，生活虽有改善，但是贫瘠的土地永远也改变不了人们的命运，所以我打算出去闯一闯，看能否改变一下自己的命运。

这封信不知看了多少遍,可她总是看不够。每当闲暇之际,家里只有她和孩子时,她就拿出来看看。她把信轻轻贴到胸口闭上眼睛,长长地叹一口气,晶莹的泪水慢慢从眼角流出来。旺林哥,为了让我们的孩子将来能过好日子,现在他只能跟着我受苦啦!玉兰在心里默默地说。

  苦豆蔓蔓甜根根草,
  大锅饭不如责任制好。
  腰杆子硬来脸蛋子红,
  再不要愁没钱见不了人。

外面的歌声使玉兰从痛苦的思绪中清醒过来,她知道是虎旦借车回来了,于是急忙把信放起来。

  手卡上票子存银行,
  穷光蛋偏把富户当。
  小河大涨大河满,
  只因把政策放了个宽。

一阵阵欢快的山曲儿声传到屋里,玉兰明白虎旦一定是借到了车,于是赶快从屋里出来。只见虎旦一脸春风,兴高采烈地赶着驴车进了院,见玉兰出来,止住唱从车上跳下来,把手里的一封信递给玉兰。玉兰接过信一看,原来是大哥写来的。

  玉兰问:"这信是谁拿来的?"

  "是支书从乡里带回来的。听说来了好多天了,一直没有顺路人,所以捎不回来。"虎旦说。

玉兰听虎旦这么说赶紧把信打开。信上说大哥和美秀姐的婚事已经定了下来，准备秋后办，家里希望她和虎旦领着孩子回去。两年多不见了，全家人都很想她，另外大家也很想见见虎旦和孩子。大哥在最后写道：

> 多亏你做出牺牲，才成全了我和美秀的这桩婚姻，使我们终于成了一家人。为了我，你放弃了和旺林的婚事，远离家乡和亲人，到人生地不熟的地方去寻求生存。每当想到这些，我心里就非常难过。大哥很对不起你。我和美秀谢谢你，美秀说她将感激你一辈子。

看了大哥的信，玉兰好难受，虽然他们终于要走到一起了，但这桩婚姻来得太不容易、太艰难啦。大哥已近三十的人，终于盼到这一天。美秀姐无论人品、长相还是其他方面都是百里挑一，由于一心想着大哥，所以谁来说对象都不找，为此招来不少非议。人们传说她是"两性人"，在全乡甚至县里都有了名，只有亲朋好友和村里人才知道她不嫁的原因。为了这桩婚姻，自己和美秀姐都付出了极大代价。

虎旦原以为玉兰会把信的内容念给自己听，可是玉兰看完信，闷闷不乐地拿着回屋去了，他很纳闷，于是放下手头的活儿跟着进了屋。只见玉兰在偷偷地抹眼泪，并且哭得很伤心。他以为出了什么事，急忙问："咋啦？家里出事了？"玉兰没说什么，只把信塞给了他。

虎旦没有什么文化，仅念到小学四年级就辍了学，再加上从来不看书也不写字，所以原来学的那点儿东西也丢光了。接过玉兰手里的信，他看了半天也不太明白信里说些什么，只知道大哥要结婚了。看完信他仍然不清楚玉兰为什么要哭，为这事琢磨了一上午。

虎旦装好一车粪准备送到地里去，原来打算两个人一起去，玉兰心情不好不

去了,虎旦只好自己赶着车走了。他始终不明白玉兰究竟为什么不愉快,赶上车边走边寻思,不由得唱起来:

没老婆,想老婆,
有了老婆怕老婆。
老婆本是块心头肉,
没有那不行。
老婆又像那母老虎,
有了就吃人。

虎旦边走边唱,词没词来调没调的,想起什么唱什么。不知不觉到了地头,他停下车把粪卸了,然后蹲在地头卷了一根纸烟抽起来。看着光秃秃的大地不禁犯了愁,心想:让这块儿土地长出好庄稼不知得费多大劲儿,啥时候才能摆脱这面朝黄土背朝天的苦日子,过上几天饭来张口衣来伸手的好日子呀!唉,看来这辈子是没指望了。他抽完烟懒懒地站起来开始往地里撒粪,边撒边觉得窝火,怪怨玉兰不跟自己一起出来干。几年来玉兰可是头一次偷懒,这娘儿们今天到底是怎么了?他心中不快地想。

听到大哥结婚按说应该高兴,可是玉兰一点也高兴不起来,她为大哥大嫂在这桩婚姻中所付出的一切难过,更为自己在这桩婚姻中付出的一切难过。大哥的婚姻是毁了她和旺林的幸福才换来的。不管咋说大哥终于盼到了头,可是自己没希望了,这辈子就毁在个"穷"字上。

玉兰拿出旺林的信一遍又一遍看了起来,泪水也不停地往下流。孩子看见妈妈流眼泪,悄悄地坐在她怀里一动不动地看着她。看着孩子幼稚惊奇的眼神,玉兰擦掉了眼泪,在他的小脸小手上亲吻起来。孩子学着妈妈的样儿也不断地亲吻着母亲,母子俩相互亲吻,使玉兰把所有的烦恼抛到脑后。哎!谁让我是女人呢！现在农村人因为穷娶不起媳妇，用女儿给儿子换亲的人家有的是。槐英不就是因为换亲偷跑出来的吗？虽然新中国成立以来国家提倡自由恋爱、婚姻自主，可是农村妇女有几个是婚姻自主的，多数不都是包办婚姻和买卖婚姻？玉兰忧伤地想，越想越伤心，越想越悲愤。

玉兰因大哥的婚事勾起了自己的伤心事，没心情再干什么，就搂着儿子睡在炕上。她想好好睡一觉，把所的烦恼都忘掉，让痛苦远离自己。她一边轻轻地拍着孩子，一边闭上眼睛什么也不想，不断地数着数，慢慢地娘儿俩都睡着了。

一觉醒来太阳已经偏西，玉兰下地舀了一瓢水，咕嘟咕嘟地灌下肚，喝完水脑子清醒了许多，看时间不早了，惦记虎旦的活儿不知干得咋样，急忙从屋里出来。院子里静悄悄的没有一点声息，显然虎旦不在。她四处看了看没什么变化，猪圈、羊圈及粪堆上的粪一点儿也没少。玉兰十分纳闷，按理这粪应该拉了好几趟了，可从迹象看虎旦似乎一直没回来过。他上哪儿去了？为什么还不回来？她进屋把睡梦中的孩子背上赶紧往地里走。

到了地里远远看见驴拴在地边上，拉来的那车粪七零八落地撒了半地，虎旦正躺在车上睡觉。玉兰快步赶过去，只见虎旦满脸尘土浑身旱烟味，身上搭一件皮袄，蜷曲着身子传出阵阵鼾声。看到他那样，玉兰气得一把将皮袄扔在地上大声咆哮起来："白虎旦！我说你上哪儿了！原来是死在这儿睡大觉来了！你还算个男人吗？送了一车粪就死在这儿睡上了？"

虎旦在睡梦中被玉兰的大喊大叫吓了一跳，赶忙从车上爬起来揉了揉眼睛说："咋啦！你疯了？大喊大叫地干什么？"

玉兰气愤地说："好不容易跟人家借来车，还不抓紧把那点儿活儿干完，才在这儿睡大觉。大男人家的半天才干了这么点儿活儿，还有脸问我？"

虎旦一听从车上跳了下来，理直气壮地说："我不管咋说还往地里送了一车粪，可你呢，连这一车都没送！"他满脸尘土，鼻孔和眼角的尘土在太阳光下跳荡，他一说话这些尘土纷纷从脸上往下掉。

玉兰听了这话简直气坏了,心想:这也算男人?一个比自己大十几岁的男人见自己心情不好不但不体谅,反而说出这样的话,自己的命咋这么苦啊!她气愤地咆哮着:"你不害臊吗?一个大男人还跟女人攀比!家里的活儿都我干,出来还和你干的一样多,要你这个男人干什么?你还是男人吗?"

虎旦听玉兰说自己不是个男人非常气愤,多少年来人们一直耻笑他不是真正的大男人,给他取了一个外号叫活死人,为此他很自卑。自从玉兰进了门,这个绰号才没人叫了,自己的腰杆子也逐渐直起来,似乎捕捉到一点儿大男人的味道。他没想到一个外来娘儿们竟这么说自己,别人看不起他,一个外来女人也敢看不起他?一定要让她尝尝他的厉害。于是他两手叉腰,眼瞪得像铜铃,伸着脖子大吼:"我咋不是男人啦?你在家里干那点活儿是做女人的本分。你是女人,地里的活儿就不应该干?你不干谁养活你,再给老子龇牙看不收拾你!"说着举起拳头在空中挥舞着。

玉兰万万没想到这个大自己十几岁没人要的老光棍竟这么辱骂自己,还说要收拾自己,气急败坏地放下背上的孩子,一下扑上去大喊:"来,你打!把老娘打一打看!看是个什么东西,竟给我称老子!"她用头去撞他的肚子。

虎旦见玉兰扑上来也不示弱,用手使劲儿去拽玉兰的衣领和头发,玉兰伸出手试图抓他的脸,两人扭在一起滚打起来。孩子看见大人这样吓得哇哇大哭,玉兰听到孩子的哭声放开虎旦,跑过去抱住孩子也放声大哭起来。她伤心自己远离亲人没人体贴关心,还受人欺负。

虎旦也像一头受伤的狮子,气呼呼地蹲在地上抽着烟。他看了看满头乱发的玉兰,心想这是第一次吵架竟动了手。没想到这个女人这么厉害,在自己面前毫无惧色,要不是因为孩子,今天可能会跟自己拼个你死我活。在他看来,把老婆拿在手里,叫她乖乖听自己的话,才是男子汉。虽然他们并没真打,只是相互拽扯了一顿,但毕竟大动干戈,让玉兰尝到了自己的厉害,在女人面前抖了抖威风,他不禁暗自高兴起来,觉得自己终于像个大男人了。

玉兰抱着孩子哭了一场，然后一气之下背上孩子回去了。虎旦见娘儿俩走了，自己也赶着车回了家。到家后他才意识到今天干的活儿确实太少，春忙季节跟人家借一次车不容易，原打算今天要把这些粪全送进地里，没想到事与愿违。多半天才送出一车粪，还和老婆打了一架。看玉兰也没有和他送粪的意思，只好自己干了起来。

玉兰跟虎旦在地头打完架伤心极啦，回到家又痛快地哭了一场。她真想立即带着孩子去找旺林，可旺林现在连自己都顾及不了，找他有啥用！再说旺林现在在哪儿也不知道，上哪儿去找呢？自从有了孩子，白虎旦再也不担心她会离开这个家，所以她干得再苦再累，他从不过问，反而干活儿常跟她攀比。和这种既没人情味儿又缺男人味儿的人生活下去有啥意思！她越想越伤心，越想越气愤，决定离开这儿再也不回来了。于是她背着孩子出了门，朝玉才家走去，想把满肚子的委屈跟玉才夫妇说说。

玉兰离开家急匆匆地往玉才家走，一来是由于气愤，想把心里的不快尽快说给玉才他们听，二来是眼看天气越来越晚，路上只有她娘儿俩，害怕天黑前赶不到玉才家，一路上又急又气，汗水和泪水浸泡在脸上浑身湿透了，头发也变成一绺一绺贴在头皮上。她一边哽咽一边气喘吁吁地往前赶，背上的孩子静静地睡着了，除了她的喘气声和偶尔擤鼻涕的声响外，四周静悄悄的没有任何声音。

天黑后玉兰终于进了村，看见星星点点的灯火，才松了一口气，放慢脚步到玉才家。

玉兰带孩子摸黑赶来，玉才夫妇吃了一惊。玉才坐在炕头上一口一口地抽着旱烟，听玉兰哭诉着。听了事情的原委后非常生气，他大骂虎旦瞎了狗眼，遇上这么好的老婆还不好好相待，真是不知天高地厚，不识好歹。骂完虎旦后，玉才赶紧给她娘儿俩弄了些吃的，等他们吃喝过后对玉兰说："闺女，你们暂先就住在这儿，我看他离开你能扑棱几天？不过，日子还得过，只是教训教训他，让那小子知道你不是好欺负的。"说完让媳妇劝劝玉兰，自己出去了。

玉才走后，玉才媳妇看着玉兰怀里的孩子，便对她说："玉兰，咱生来就命苦，是受人欺负的料，哪有逞强的余地，遇到事只能逆来顺受，所以自己往开想。虽然虎旦又浑又懒，不是个能拿得起放得下敢说敢当的男人，但在村里没亲戚，没人帮着瞎掺和，搅你家庭不和，这就好多了。另外他也不是个厉害人，你受他的气定会少些，家里的事永远你说了算。再说我们农村人，男人不打老婆的有几个！"

玉兰低着头不说话，玉才媳妇接过孩子，边轻轻地摇着边说："你看我们这些人，哪个过得舒心啊！我从前的苦日子你也知道，好不容易跑出来碰到玉才这么个好人，过了几天舒心日子就让老天看见了，现在又不叫过了。"

玉兰听她这么说惊奇地睁大眼睛问："姑，你咋这么说？出了什么事？"

"那个恶鬼撵来了！"玉才媳妇摆了摆手气愤地说。

玉兰急切地问："他怎么……撵来了？"

玉才媳妇点了点头说："是啊，那个满肚子坏水的东西干正经事没有，干歪门邪道见不得人的事倒有一套。知道我现在过好了，就想尽办法来害我，死也要把我拖回去跟他死在一起。这个狗杂种不死真是害！"玉才媳妇绝望地看着玉兰。

玉兰听到这儿心一下提到嗓子眼，急忙又问："他现在在哪儿？玉才是啥态度？"

玉才媳妇放下熟睡的孩子，长叹了一声说："这事已惊动了乡里，书记、乡长都来解决过。玉才不想叫我走，我也不打算走。经过干部们再三做工作，他才答应先回去。这段时间他一直住在玉才父母那里，玉才准备过几天给他些盘缠打发他回家。"

玉兰听完这话深深叹了口气。玉才媳妇是她远房姑姑，从小由父母包办嫁到离家百十公里以外的地方。她男人整天好逸恶劳，不务正业，不是嫖就是赌，日子过得经常揭不开锅，吃了上顿没下顿，稍不顺心就打老婆、砸东西。姑姑实在忍受不了牛马一样的生活，经老乡拉扯跑了出来，家里留下两个孩子。她始终不放心孩子，每次回去都想专程去看他们，可一想到满肚子坏水的丈夫，她就没勇气去看了。

不知道那位是怎么打听到她的，突然大老远跑来要她回去。她坚决不回，那位就赖着不走。经乡政府调解，才把一场风波平息，他答应这两天回去。看在两个孩子的分儿上，玉才打算给他带些钱，这几天正为筹借这笔钱而犯愁。玉兰得知详情不免又同情和可怜起姑姑来，她到玉才这儿六七年了，来后还给玉才生了一个孩子。玉才的前妻死后也留下两个，两家前后共五个孩子。玉才是死了老婆找的姑姑，自姑姑进了玉才的门就没受过气，只是因为孩子多，时常为这几个孩子操心。她大部分时间都在家忙乎，地里的活儿几乎全由玉才一人包了。姑姑跟了玉才才活成人，在老家人面前抬起了头。无论家人还是亲戚朋友、邻里乡亲都说她遇上了好人，也就为这，老家的好多人都托姑姑把自己的闺女带出来，让玉才给找个好人家。

玉兰一想起姑姑以前的丈夫，心里就发堵。那位和玉才相比，真是天上地下之差。虽然和他没打过交道，只见过几次，但从他的举止言谈就可以看出，那是一个猥琐的人。姑姑跟他在一起永远没有安全感，更谈不上幸福。这种人自己得不到幸福还害别人，真不要脸！多少年了仍不放过姑姑，玉兰气愤地想。看到姑姑的处境，她又联想到自己，不觉长长叹了口气。她无比感慨：天下命苦的女人真多呀！

晚上，玉才叫玉兰和老婆孩子们住在一块儿，自己到别处去住，为的是她俩好好唠唠嗑。玉才走后孩子们都睡了，她俩几乎一夜没睡说了一晚上话。从玉才媳妇那儿，玉兰知道了鞠香和槐英她们的近况。

原来鞠香自那次事情后，婆家对她的态度确实好多了，婆婆也尝到了她的厉害，担心再闹下去儿子连这么个媳妇也没了，所以不敢再明目张胆地欺负她。这样鞠香有了些自由，所以抽空到玉才家走了两趟。鞠香也生了个女儿，比玉兰的孩子小一些。婆家人怕留不住鞠香，所以孩子由婆婆照看，除了喂奶外，平时都不让鞠香和孩子在一块儿，晚上睡觉也不让她和孩子在一块儿，好像鞠香只是个奶妈。地里的活儿几乎全是鞠香的，只有在收割期或实在忙不过来时，丈夫和公公才来帮忙。公公看她忙不过来，就让婆婆承担了所有家务，这样为鞠香减轻了不少负担。虽然体力上的重负较以前轻了好多，但她心里仍然不痛快。她和丈夫的感情依然不好，彼此之间还是冷冰冰的。另外，婆家人也一直没把她当家人，对她总是很见外，连自己生的孩子都不让她来抚养。有时她实在气得不行就跟他们大闹一场，这样他们就会稍微收敛一阵，过后依然如往。总这样闹也不是办法，鞠香干脆学村里的媳妇耍泼，家务活儿一概不管，不让她跟孩子亲热就拒绝喂奶。这种办法很有效，婆婆确实让了一大步。鞠香摸出了婆家人的脾气是欺软怕硬，所以她也来了劲儿，只要心情不好就变着法跟他们过不去。黑乌蛇见她不好惹，担心她待不住，只好忍着。为了儿子，她企图哄鞠香再生一个男娃，鞠香早已看透了她的鬼心思，所以打定主意暂时只生一个。

鞠香现在变得胆大、泼辣、性情豪爽，大说大笑，很有主意，个性也挺强的。姑姑说，这是在那种生活环境里被迫磨炼出来的。

说完了鞠香，她们又说到槐英。槐英和引娣在玉兰家住了半个月，经老乡介绍都找了人家。槐英为给哥哥换亲，和一个傻子定了亲。嫂子一过门，男方就要求槐英嫁过去，槐英死活不同意，母亲看女儿可怜就私下让女儿离开了家。她走后嫂子家的人打闹了好几回，一定要她回去成亲，否则不准嫂子再回婆家，为此槐英的父亲大老远跑来把槐英拽了回去。槐英临走时已经有了身孕，现在情况如何还不清楚。

听姑姑说了鞠香和槐英的事，玉兰心里更沉重了。看姑姑和槐英她们的处境连自己也不如，真是无比感慨，心里一阵悲哀：姑姑说得对，我们这些人生来就命苦，就是受人欺负任人宰割的料啊！

本来玉兰一气之下离开家，打算再不回去了，可是听了槐英她们的处境开始动摇起来。姑姑分析得很对，虽然虎旦不是个真正的男子汉，又懒又浑，可毕竟没什么本事，厉害不起来，家里是自己说了算，受气的时候毕竟少，除此也不会有其他麻烦事。只要自己忍一忍，娘儿俩就可以顺顺当当地生活下去，不会有人整天来找麻烦。想到这儿，玉兰对玉才媳妇说："真是家家都有一本难念的经呵，我本来不想回去了，可听姑这么一说，满肚子的火气消了不少。看来我比你们还稍强一些，只要对虎旦要求别太高，日子还能过下去。"

玉才媳妇接着说："是啊，玉兰，只要自己能想开就好，当你心里不痛快的时候，就想一想那些不如你的人，咬咬牙就过去了。"

玉兰默默地点了点头。

再说虎旦从地里回来发现玉兰和孩子都不见了非常纳闷，怪怨玉兰把家撂下就出去，屋子里冷清清的，家里的活儿什么也没干。他觉得自己一个人干活非常累，于是爬上炕倒头便睡，等玉兰回来做饭。可是他一觉醒来发现屋里黑咕隆咚静悄悄的，只有院子里的鸡猪等饿得吱哇乱叫，看样子玉兰还没回来，心里突然慌乱起来。他急忙跑到院子里，整个院子除了几个饿急了的牲畜在乱叫外，再没任何声息。他赶紧出了院子往远处瞭去，只见村里到处闪耀着星星点点的灯火，家家烟筒上冒着缕缕青烟，四野黑乎乎静悄悄的，顿时一阵失落和孤独感猛烈向他袭来。"玉兰，玉兰！"他扯着嗓子拼命地喊，一天来的气愤、自得、怨恨等诸多复杂的心理一下都化为乌有，成了焦虑和惧怕。久违了的失落和孤独使他慌乱得不知所措，他不顾一切抛下家向明芳家奔去。他知道玉兰和明芳最好，很可能玉兰带上孩子去了那里。

虎旦气喘吁吁地跑到明芳家一问，才知道玉兰根本就没来过。听说玉兰没到这儿，虎旦心里更着急了。明芳听说玉兰带着孩子不见了也很担忧，于是赶紧跟虎旦一起去找老支书，看他老人家能不能帮着找找玉兰母子。

两人风风火火地冲进支书家，把全家人吓了一跳。虎旦把来意一说，支书沉着脸问："虎旦，你老实告诉我，玉兰为什么突然就带上娃娃走了？"虎旦低下头吞吞吐吐半天说不出话来。

大婶也问："虎旦，你们是不是吵架了，要不然玉兰怎么会走呢？"虎旦闷声不响地点了点头。大婶接着又问："为甚？"虎旦把事情从头至尾地说了一遍。

老两口一听就火了，支书扑上去扇了虎旦一巴掌，指着他的鼻子便骂："你个不识好歹的东西，真是好了伤疤忘了痛！你既然有本事把他们娘儿俩气走，就应该有骨气再当光棍，找我干什么？你不想要老婆就让人家走！你龟孙子继续当光棍吧！"说着他摆了摆手，做出不想管这事的样子。

虎旦和明芳一看便慌了，虎旦无奈地看了看明芳，不敢再开口。

明芳赶紧对老支书说："叔，你老人家先别生气，虎旦今天确实做得不对，对他是打是骂咱以后再说，现在要紧的是得知道玉兰娘儿俩上哪儿去了。深更半夜的还没回来，他们会不会出事？"

大婶也说："是呀！不要想不开做个没的，还是快想办法找人要紧。至于虎旦，咱以后再跟他算账。"说着扭头狠狠瞪了虎旦一眼。

支书气哼哼地穿好衣服出了门，虎旦和明芳也赶紧跟了出去。

老支书找了一些年轻人，叫大家在村里四处找找。凡玉兰可能去的地方他们都找过了，却不见半点踪影，大伙儿只好各自回家休息。虎旦一个人回到家六神无主，像失去了主心骨一样难以承受。他已习惯了屋里屋外散发的女人、孩子的气息，再也忍受不了冷清和孤独。突然他觉得自己从空中掉进了万丈深渊，全身酥软四肢发麻，脑子一片空白。屋里除他的呼吸声再没任何声息，安静得让他害怕，家里从没像现在这么冷清过。玉兰一走恐怕再也不回来了，从此自己就没了老婆也没了儿子！几十年的光棍好不容易盼到了老婆孩子，现在又没了，这可咋办？以后咋活啊？他惆怅得要死，一屁股坐在小板凳上，两手插在头发里，使劲儿抓着头皮，身体扭曲着像一条受伤的野狗，低沉地哀鸣着。

她娘儿俩什么时候离开家的，虎旦一点都不知道。他皱着眉头细细回忆着白天的一切，估计玉兰是天黑前走的。看来他们母子现在已不在村里了，可是会去哪儿呢？会不会出事？他越想越复杂，越想越害怕，整整一夜没合眼，后悔不该把玉兰气走，第一次为母子俩担心起来。

老支书和明芳也一夜没睡好。明芳是为玉兰母子担心难过，从玉兰身上又联想到自己今后的命运，所以辗转反侧难以入眠。老支书担心玉兰过于好强想不开，出点儿差错不好向玉才夫妇交代。天刚蒙蒙亮，他就催老伴儿快点起来做饭，饭后打算去玉才家一趟。

虎旦好不容易盼到天发亮，就一骨碌爬起来给自己做了碗粥，稀里糊涂吃完后匆匆往玉才家赶，他想看看玉才夫妇是否知道玉兰的下落。

玉才原打算让玉兰娘儿俩在这儿住几天，等把眼前的事处理完，再找虎旦算账，没想到他沉不住气今天就跑来了。虎旦见玉兰在这儿，一直提着的心突然放了下来。自从玉兰走后，虎旦满脑子都是玉兰娘儿俩，大早起来头没梳脸没洗，走得急把衣服的扣子也扣反了，自己还没注意到。只见他满脸通红，两只鳄鱼眼向外突出，昨天送粪留在鼻头、额头和脸上的厚厚尘土，被汗水冲击后留下一道道痕印，再加上满脸皱褶，整个脸就像一块儿干巴的牛粪片。他上衣襟一长一短斜着，浑身上下全是土，好像刚从棺材里爬出来似的。他跟玉才夫妇打过招呼后，不好意思地看了看玉兰，一句话也没说蹲在地下。玉兰看他人不人鬼不鬼的样，感到非常恶心，打心眼里讨厌他。

大家谁也不说话，静静地看着他，虎旦蹲在那里压抑得喘不过气来。等了半天玉才突然开口了："你来干什么？"

虎旦喃喃地说："接……接他们回去。"

"嗨！你还想接她回去？你问问她愿不愿意跟你回去了！"说着给玉兰使了个眼色。玉兰板着脸始终没看虎旦一眼。

玉才气愤地站起来，指着虎旦的鼻子大骂："你个狗肉上不了杆秤的货！过了两天好日子就不知道天高地厚了？你小子有本事翅膀硬了，还找他们干什么?"虎旦被骂得低着头大气不吭。玉才见他不吭气,接着说:"你自个儿回去吧,他们不准备回去了。"说完摔门出去了。

刚一出门便碰上了老支书,玉才惊奇地大声叫起来:"哎呀!姑舅,你咋跑来了?"

支书两眼通红,摆了摆手说:"快别提了,就是虎旦那个混账东西,害得我昨晚一夜没睡,今天一大早又来找你!"

"是为玉兰?"玉才问。

"是啊!玉兰在这儿?"支书急切地问,两眼紧盯着玉才。对方点了点头,愤愤地说:"那龟孙子也来了。"边说边把支书让进了门。

说着两人推门进了屋,支书见了虎旦又手指他鼻子骂了起来。虎旦被大家骂得不敢吭声,不断用手搔着头皮,眼珠子骨碌碌乱转,不知往哪儿看好,最后死死盯住地面,像被困在笼子里的狗熊似的戳在那儿一动不动。支书和玉才互相使了下眼色,看火候差不多了,便劝玉兰回家。玉兰打心底里不想回去,可是又没地方去,见大家都苦口婆心地劝自己,只好答应跟虎旦回去。

一场风波过后,日子又恢复了平静,虎旦打老婆的事在全村也成了一大新闻。

那天虎旦出去办事,遇上迎面来的陈赖小。他那张黄鼠狼脸上镶嵌的一对老鼠眼,在神经的牵动下变成小三角,露在外面的两颗泛黄的大门牙闪闪发光,脸蛋皱得像两块粘贴到颧骨上的山药蛋,满头疖子的脑袋上稀疏的头发在风中微微摆动,一见虎旦就龇牙咧嘴,似笑非笑一副怪诞的样子。他一手搔了搔刺痒的头皮,一手伸出大拇指,在胸前晃动着说:"嘿!虎旦!你小子好样的,有种!老婆那玩意儿三天不打上房揭瓦,就该打!"说着一双鼠眼贼溜溜地看着虎旦。

虎旦看了看他抿了抿嘴径直往前走,陈赖小看虎旦不说话,蜷缩着微微有些驼背的身子,摇头晃脑地跟在他身后继续说:"我原来一直以为你不是个大男人,嗨,没想到你小子还敢打老婆,看来以后不能再小看你了。"

虎旦听有人夸自己是大男人心里美滋滋的，但一听陈赖小最后那句话心里很恼火，没想到以前竟连赖小都小看他，冲赖小举起一个拳头，做出要砸下去的样子大声说："你小子再敢小看老子，小心点儿！小心你的狗头！以后谁再敢小看老子，看老子弄不死他！"说着他还将拳头在空中晃动了几下。

赖小看他举起的拳头，急忙抬起胳膊斜着身子想躲避，一脚踩在石头上绊了一下，一条腿突然跪在地上，膝盖擦破好大一块儿。虎旦一看高兴得拍手跳起来，手舞足蹈，唾沫星子在嘴边乱溅，突然一阵强烈的咳嗽使他半天喘不上气来，山羊脖子憋得老粗，他捂住肚子深弯着腰，整个脖子跟脸连起来好像一个带把儿的红葫芦。

赖小见虎旦那样幸灾乐祸地跳起来大吼："妙！妙！那才妙！又吃馍馍又吃糕！"按照本地的风俗，人死了以后就会吃糕和馒头，所以寓意深长。

虎旦见赖小幸灾乐祸的样儿十分恼火，跑过去用两手卡住他的脖子，把赖小卡得喘不上气来。他拼命挣扎着并断断续续地说："虎旦哥，饶命……虎旦哥！"

虎旦仍然卡着他的脖子说："叫爷爷老子放你，不然老子卡死你！"

"爷爷……爷……爷！我……叫你爷……爷！行……了吧？"赖小几乎被卡得说不出话来。

虎旦松了手，并冲他的臀部狠狠踹了一脚，赖小趔趄地向前跑了好几米才站住脚。他回过头用手抹了抹脖子和嘴，朝虎旦啐了口唾沫说："白虎旦，你个杂种，就会欺负老子，有本事回去把你老婆捶一顿，你敢吗？连老婆都拗不过，还是什么男人？我看你就是个活死人、软蛋、怂包！"他差点儿被唾沫咽住了，气得一跳一跳的，指着虎旦大骂。他把虎旦说成"斧蛋"，把老婆又说成了"妖婆"，活死人说成"活喜人"。虎旦气呼呼地咬牙冲过去，赖小像兔子一样一溜儿烟跑掉了。

赖小的话深深刺透了虎旦，原以为像陈明亮这类人会佩服、羡慕自己，没想到他还这么瞧不起自己,看来他在人们心中"活死人"的印象还没抹掉!虎旦心里好恼火也很沮丧,本来打算要办的事也没心思办了,干脆扭头回了家。

玉兰见他出去不大一会儿就回来了,心里很纳闷,便问:"你咋出去又返回来了?"

虎旦气哼哼地没说一句话,爬上炕拉过一个枕头,两手搁在后脑勺,仰面躺在炕上,两眼直愣愣地看着房顶想心思。

玉兰更纳闷了,"你到底咋了?事情办得不顺利?"他把身子侧翻过去,仍然没说话。孩子见他躺在炕上,也学他的样子,准备拉过枕头往下躺,没料却碰倒了摞在墙根的被子,把虎旦上半身全部压在里面。孩子见状乐得哈哈直笑顺势爬了上去,把虎旦压得透不过气来,他的身子像蛇一样来回扭动,两条腿乱弹,两手在被窝里拼命挣扎,喉咙发出咕噜咕噜的怪叫,活像一个垂死挣扎的大猩猩。孩子觉得好玩极了,一屁股坐在上面,嘴里念念有词,两手不断敲打着他的脑袋,做出赶驴的样子。玉兰在一边乐得直笑,孩子见此更来劲儿了,干脆上下晃悠,做出骑驴的样子,磴得虎旦难以忍受,他拼命挣扎着抽出手,用力把孩子推开,满脸通红从被窝里钻出来。他的头发像干草一样横七竖八地盖在头顶上,嘴歪到一边,鹰一样的眼睛恶狠狠地瞪着孩子,好像刚从地狱出来的魔鬼,一只手高高举起,连滚带爬地向孩子扑过去。孩子被他的举动吓得不知所措,哇哇大哭起来,玉兰见状也急忙连滚带爬地扑上去护孩子。可惜她晚了一步,孩子像落入虎口的羔羊,重重挨了两拳打趴在地了。玉兰紧紧抱着吓坏的孩子,虎旦举着双拳,瞪大眼睛咆哮着,嘴里唾沫乱飞,好像要把那孩子吃下去。孩子第一次体验了这个世界的可怕,第一次感到自己的弱小与无能。虽然母亲紧紧地搂着他,竭力用一只手护着,不让他再受到伤害,并且把嘴贴在他的脸上,边亲吻边不断温和地说着安慰的话,试图叫孩子明白,只要妈妈在,任何人也休想伤害到他,可是这些无济于事,孩子依然瞪大眼睛看着虎旦,头发竖起来,惊恐地放声大哭。

虎旦的脑袋猛烈地上下晃动，像吊在半空快要爆炸的红气球，伸着雁一样的脖子，不停地跺着脚咆哮着："你再哭，再哭爷撕了你！"一口唾液堵在嗓子上呛得他两手抱胸，蹲在地下剧烈地咳嗽起来。

　　孩子哭更凶了并发出尖叫声，玉兰狠狠地瞪了虎旦一眼，气愤地说："你要死呀！外面不顺心，回来跟娃娃发啥脾气？"说着抱上孩子出了院子。孩子剧烈地哽咽着，玉兰不断拍着他的背，把嘴放在他的耳边，低声细语地安慰着受到惊吓的孩子。

　　一阵剧烈的咳嗽过后，虎旦站起来出了屋，狠狠地瞅了孩子一眼，气呼呼地出去了。孩子俯在妈妈肩上哽咽着慢慢睡着了，在睡梦中还不时发出哭声。玉兰把手放在孩子腹部一边轻轻拍打着，一边轻声呼唤着孩子的乳名，担心孩子醒了看不见妈妈，再次受到惊吓，直到孩子的哽咽和尖哭声渐渐消失，才慢慢离开他下了地，蹑手蹑脚出了院子。

　　春耕又要开始了，地里的活儿等着大人们。玉兰除了忙家里的事外，地里的事一样也不能少干，孩子又要跟着受罪了。一想到这些，她的心就像被无形的魔爪拽着似的难受。她抓了些玉米，嘴里咕咕叫着撒在院子里，正在猪圈和垃圾堆上觅食的鸡群，连跑带飞叽叽嘎嘎争先恐后地赶过来，争抢着眼前的食物。刚孵出的一窝小鸡仔也跟在妈妈身后跑过来，鸡妈妈张开两臂，全身的羽毛都竖起来，像一只大火鸡，用尖尖的喙啄起地下的玉米，从喉咙里发出咯咯咯的振颤声，然后又把玉米扔在地下。它重复着这个动作，自己却连一颗也没舍得吃。小鸡仔学着母亲的样子，来回抢啄着玉米。几只老母鸡歪着头，喉咙里也发出咕咕的声音，看着这些可爱的鸡仔。只有那些好斗的公鸡为讨母鸡们的欢心，把小鸡仔争啄的玉米抢过来，送到自己心爱的鸡面前。鸡妈妈展开翅膀，鸡冠立竖，脖子紧缩在颈后，全身羽毛抻起，向一个凶猛的斗士，拼命向抢夺者扑去，誓与它们拼个你死我活。鸡群里引起一片混乱，那些欺弱怕强的家伙，在鸡妈妈的追逼下逃之夭夭。

玉兰看到这些，眼睛里满含热泪，深深被鸡妈妈感动了。她叹息自己连这只母鸡都不如，无力保护自己的孩子。这时，屋里传来了孩子的哭声，她迅速往家跑，边跑边说："宝宝，宝宝别害怕，妈妈在这儿，妈妈来了。"玉兰进屋一把将孩子搂在怀里，孩子揉了揉小眼睛，张开小嘴，仰起头放声大哭着。一觉醒来，他还没从惊恐中摆脱。玉兰在他的小脸和小嘴上猛烈亲吻着，孩子在妈妈的亲吻中慢慢安静了下来。他一步也不愿离开妈妈，紧紧抓着妈妈的衣领，两只亮晶晶的小眼睛警惕地端详着妈妈。玉兰找来一根带子，把孩子绑在背上开始喂猪、做饭。

晚饭做好了还不见虎旦的影子，娘儿俩吃完饭，玉兰哄孩子睡了觉。傍晚时分，简陋破落的院内静悄悄的，牲畜、鸡禽都吃饱喝足安静下来，屋里只有她娘儿俩，感觉空落落的。玉兰打开灯，在昏暗的灯光下，拿起炕头的鞋底纳起来，一边纳鞋一边唱起了三曲儿：

三月杏花开满沟，
辛酸的泪水止不住地流。
消冰水呀转村村流，
谁为妹妹解忧愁。
白天我想你迷了窍，
抱沙蒿跌进个山药窖。
黑夜我想你睡不着觉，
半夜上房把你瞭。
…………

虎旦猛不防地闯进来，把她吓了一跳，锥子扎在左拇指上，鲜血立刻汩汩往外流，玉兰烧了块棉花捂到锥扎的地方，乜斜了虎旦一眼，张了张嘴什么也没说，低下头继续干活儿。一阵浓厚的旱烟味和强烈的酒精味从虎旦那狗熊样的躯体上散发出来，使原本空气清新的小屋弥漫着难闻的恶臭，叫人喘不过气来。玉兰的胃部突然有东西在翻滚，她屏住气息闭上眼睛，低着头用手轻轻捂住鼻子，尽量让自己少闻这股怪味。虎旦两腿打弯，身体晃悠，头向下倾，踉跄地冲到水瓮跟前，醉眼惺忪地瞅着玉兰，一只肘托靠在瓮沿上，一只胳膊用力举起，手腕耷拉，软绵绵地晃悠着，怪模怪样地朝玉兰笑了笑，"丛相！"然后舀了一瓢水，趴在瓮沿上咕噜咕噜地往嘴里灌，灌得满脸满脖子全是水，水又顺着下颏流进瓮里，发出噼里啪啦的响声。

　　玉兰光脚跳下地，不顾一切扑上去朝虎旦用力一推，他一个趔趄跌到锅台旁，顿时头上磕起个大包。虎旦嘴唇发紫，嘴角向下撇着，瞪起死鱼般的眼，用恍惚混浊的眼神看着玉兰，好像永远也看不透似的，"你……你干甚？为……为什么要……要推我！"两手无目的地左右乱抓，支撑着胳膊企图爬起来，但胳膊和腿像断了似的不听使唤，刚支撑起来又瘫软了。他将一只手掌支在地上，另一只放在肚子上，肘托着地，两只脚撑住地面，把臀部高高抬起，脖子使劲儿向后仰，像一个三只脚的蟑螂想挣扎着站起来，可一使劲儿，就像断了腿的螃蟹四肢散了架。他反复重复刚才的动作，脑袋像一个倒挂的猪尿脬摆来摆去，怎么也站不起来，躺在地上呼哧呼哧地直喘，胸脯一起一伏，看上去像一个被困的野猪，满身灰土，脸上、身上脏兮兮的。

　　玉兰忍无可忍举起手中的鞋底，狠劲向他的胳膊抽去，"我让你在地下滚，就像一头死驴，在哪喝了黄汤回来撒野！"

　　虎旦抡起拳头朝玉兰脸上就是一拳，顿时玉兰眼前直冒金星，半拉脸像被撕掉一样。

　　她气得浑身发抖，坐在地上放声大哭起来："啊，老天爷呀！我怎么这么命苦啊！"

　　睡梦中的孩子被这痛哭声惊醒，惊哭着爬起来，恐慌地望着地下的母亲。玉兰急忙爬上炕抱起孩子,继续伤心地哭,边哭边数落:"我大老远来不嫌你穷,不嫌你没本事,没明没夜拼死累活地跟你过日子,希望能走在人前头。可你却死猫扶不上树,没本事还不省事。一个大男人放下正事不做,死在哪儿喝猫尿去了,回家还撒野!"

虎旦两腿伸开,斜歪着身子两手抵住炕沿,下巴颏儿搁在炕沿上,扯起嗓子大喊:"不要哭!老子还没死,有啥可嚎的!"

孩子吓得大声尖哭,玉兰轻轻摇着孩子哭着说:"我就给你哭丧了,怎么样!"

虎旦托住炕沿站起来,一屁股坐在锅台上,揭开锅盖取出饭菜。他的眼睛像两个灰色的珠子,呆滞地看着嘤嘤啼哭的母子,双唇蠕动来回咀嚼着送到嘴里的东西,发出吧唧吧唧的声音,饭菜从嘴边不断往下掉,他用手拣起掉在怀里的饭菜又填进嘴里。吃完饭他连鞋也没脱就爬上炕,拉了一个枕头,靠窗台头朝下睡了,不一会儿的工夫就鼾声如雷。玉兰止住哭声抱着孩子也和衣躺下,孩子在母亲怀里很快睡着了,可是玉兰怎么也睡不着,借着窗棂上射进的月光又开始思念过去,思念亲人……

在玉兰的记忆中,爷爷奶奶是她最亲近的人,小时她几乎是在奶奶的背上长大的。爷爷奶奶一生非常辛苦,拉扯大八九个儿女,跟土地打了一辈子交道。从她记事起,爷爷奶奶就没过过一天舒心日子。奶奶在她五六岁时去世,对奶奶的记忆已经有些模糊了,只是她离开人世的那些瞬间片断,给玉兰幼小的心灵留下了不可磨灭的印象。

一块门板上放着奶奶瘦骨嶙峋的躯体,脸上的皮全贴在骨头上,嘴紧紧地闭着,眼角和嘴周围的皱纹一动不动,整张脸就像画着波纹的椭圆形盘子。秋风吹拂着她的手和脸,身上穿的衣服、鞋子都怪怪的,从没见人们穿过。清风中她的头发在轻轻地摆动,她紧闭双眼睡着了,一刹那玉兰突然感到奶奶永远也醒不来了。她看见奶奶驾着一股青云,在微风中徐徐离开地面头也不回走了。尽管周围有好多穿着白衣服、戴着白帽子的人来来往往地忙来忙去，可她毫没在意，竟连自己也没看一眼，像一个大风筝越飘越远。玉兰伸出小手尾随着奶奶往前跑，想把她抓住，可是奶奶跨过小院，跃过农田，穿过前面的那片小树林，很快就看不见了。她放声大哭，只觉得眼前一片漆黑，脑子里一片空白什么也不记得了。后来她在妈妈怀里见人们抬着一个硕大的长方形木柜走了。妈妈告诉她，奶奶就睡在那里，到新的地方去安家了，从此再没见到奶奶。

她因想念奶奶经常哭闹，一要哭闹，爷爷就背上她上门前高高的土坡，向远处望去，并且用低沉而沙哑地喊着："老婆子，你在哪儿？玉兰想你啦。"他反复地重复着这句话，有时候一连重复五六遍，每喊一遍总要稍微停顿一下，声音颤抖得越来越厉害，到后来只见他眼角的泪水在太阳光下闪烁，双唇紧闭，眼里饱含着无望，站在那儿好长时间一动不动望着远方。玉兰也会静静地屏住气，偷偷看着爷爷，观察着周围的一切，希望突然在眼前什么地方能看见奶奶。静静地站了很久后，爷爷蠕动着双唇说："老婆子，你在哪儿？你现在过得好吗？但愿老天爷保佑你，在那边过上几天舒心日子吧。"他的声音显得更加低沉沙哑，脸上的每一个神经都像乱了套，表情很难看。从他的表情中，玉兰深深感受到了爷爷内心的痛苦。最后他喃喃地说："唉，你倒走了省心了，可也不回来看看我。"他怪怨着。有时候他会自言自语地问："你回来吗？"接着又摇摇头无比感喟地说："唉！我看你是不会回来的，谁还想再回来看那些烦心事呢？"说着他便无精打采地迈着沉重的步子，摇晃着身子往家走。玉兰在背上也感觉得到爷爷的步子迈得非常吃力，心情很沉重。看爷爷那么难过，玉兰似乎也感受到了什么，再也不闹着要奶奶了，想奶奶时只是偷偷地哭。小孩想人都是傻想，因为想奶奶她不知哭过多少回，至今还记忆犹新，每想到这些依然很难过。

爷爷魁梧的身躯患有风湿病，常年总弯着腰直不起身来，一边干活一边不时捶着背，实在痛得厉害就脸朝下，下颌顶着炕，额头放在两手背上，上半个身子长长伸展开趴在炕沿上，让她和哥哥们站在背上使劲儿踩，好像只有这样才能缓解他身上的疼痛。后来这些都不管用了，他整天吃止痛片，止痛片的剂量也在不断加大，临终前那些药也无用了，他整天蜷曲着身子躺在炕上不停呻吟，满头白发掉得能看见头皮。玉兰经常趴在爷爷跟前，看着他没有一点血色皮包骨头的脸，摸着失去弹性僵硬干枯的手，数着他稀疏的头发，心里无比痛苦。听人说，黎明时分的祈祷很灵，所以，每当黎明时分她就默默地祈求上苍，把爷爷的痛苦让自己分担一些，使爷爷的病尽快好转，及早让他摆脱痛苦。可是上苍好像没听到她的祈祷，并没让爷爷的病尽快好转，相反，不久就把他送上了不归之路。爷爷死了，她不知有多难受，好像失去了主心骨。爷爷是条硬汉子，虽然穷，但很有骨气，很受人尊重。在她眼里他是个顶天立地的人，是她的靠山，是她心灵的依托。爷爷常说："女娃娃不识字找不上好对象，永远受人欺负，走不在人前头。"所以在生活十分艰苦的情况下，还让全家人勒紧裤带，咬紧牙关供她和妹妹上学，使她和哥哥们一样背着书包念完了初中，成了村里的女秀才，成了女孩子们羡慕的人。她常为爷爷捶腿、按摩、拔火罐，希望他长命百岁，可是都无济于事，他老人家依然拂袖而去，跟奶奶一样永远不回头了……她知道，爷爷是希望她有了文化不受人欺负，能主宰自己的命运。爷爷为了她不顾年迈的身体，还勒紧裤带省学费，假如不是这样，老人家或许还能多活几年，玉兰长叹了一声轻轻地拍着孩子。孩子因一天来受到惊吓，睡梦中惊哭了好几回，玉兰把他紧紧搂在怀里。

月光不断向西移去，玉兰侧身搂着孩子一点儿睡意也没有。虎旦的鼾声一阵紧似一阵，不时还说着含糊不清的梦话，牙咬得嘎嘣嘎嘣直响。透过窗棂，月光把屋子照得一片苍白，在这苍白的月色中，玉兰感到自己的心情也像苍穹的月光一样苍茫无比。她的心在不断地颤抖，为自己的遭遇而颤抖，为上苍对自己的不公而颤抖。孩子猛烈地抖动了一下，玉兰本能地把将他揽在怀里。看来一天里发生的事对孩子刺激很大，把他吓坏了，玉兰用嘴轻轻地吻着他的额头，极力用自己的爱抚慰着他，酸楚的眼泪不断从眼角流出，通过鼻梁、两颊、嘴角流到脖子里和枕头上。她觉得自己像漂泊在大海里的一叶小舟，孤立无助，随波逐流任海浪冲击，时时都有被吞噬的可能，她渴望尽快找到一个避风的港湾，在那里停泊稍憩。可是一切都非常渺茫，港湾在哪里她不知道，她轻轻地闭上了眼睛。

屋外传来了公鸡的打鸣声，头遍鸡叫预示着天快亮了，玉兰还没睡着。她感觉很累，好像得了一场大病浑身发软，头疼得厉害，脑子里一片空白，感到自己在不断地下沉……下沉……在茫茫云海中自己怀里抱着儿子，坐在一个像小木船一样的篮子里，向远方飘去。周围除了上下翻腾的云雾，什么都不存在，感到无比孤独害怕。忽然她发现在很远的地方有一个人，她急忙向那个人飞去，到跟前一看竟然是旺林，她喜出望外立刻喊了起来。旺林正要过来拥抱她娘儿俩时，一个巨大的云层压了过来，旺林在云海里瞬间消失，玉兰焦急地大声喊着旺林的名字，在广袤无垠的苍穹传来了旺林的声音："一定要保护好自己，保护好孩子！"这声音又像是李大姐。玉兰到处寻找并放声大喊："旺林！旺林！李大姐！李大姐！"无论她怎么喊，没有任何回应。她害怕极啦，紧紧地抱着儿子，大声哭喊起来："旺林！旺林！李大姐！李大姐！"悲切的哭喊打破了小屋黎明的沉寂，虎旦和孩子都被惊醒，虎旦推醒了梦魇中的玉兰，玉兰才知道自己刚才做了一个噩梦。

梦中醒来她再也睡不着了，突然萌发了找人看孩子的念头，她实在不忍心让孩子再受罪，吃过早饭什么也没说，背着孩子往支书家走。

初春的太阳照在北方还没返青的大地上，把冰凉的地面照得暖呼呼的，枯草和树木的根茎及枝条都伸展开冬眠的翅膀，充分接受着阳光的沐浴。树干的枝条上都已生出了含苞待放的花蕾，枯草的根部已经生出了嫩芽，大自然告诉人们春天到了。玉兰的心里顿时敞亮起来，春天的到来，使她又看到了希望。春天给万物带来活力，带来生机，带来新的希望。在春天，这里的人们会把希望放飞在广袤的原野，放飞在世代生息的沃土上，尽情憧憬着丰收的硕果，憧憬着自己的未来。玉兰沿着祖祖辈辈走出来的乡间小路，大步流星地往前赶，她在憧憬着美好的未来,她要寻求新的希望。

玉兰背着孩子来到支书家,支书已经出去了,家里只有大婶和七十多岁的老奶奶。玉兰背着孩子进来,两位老人家吃了一惊,大婶接过孩子在脸上亲吻了一下奇怪地问:"玉兰,是哪股风把你娘儿俩吹来的?今天咋想起上大婶家来?"一边说着一边不断摸着孩子的小手。老奶奶干枯的身躯背有点驼,伸出干瘪的手把玉兰拉到炕沿边坐下。玉兰用手抚摸着奶奶的手低着头说:"大婶,我今天是来求您老人家的。"说着她的眼泪扑簌簌地掉了下来,哽咽着一句话也说不出来。老奶奶头微微地摇摆着,伸出手替她擦着眼泪说:"闺女,不要哭,有什么话跟你婶慢慢说。"

大婶也接着说:"就是,奶奶说得对,有什么为难事跟婶说,是不是虎旦又瞎作怪欺负你了?"

玉兰擦了擦眼泪,把心里的委屈和难处一股脑儿都告诉了大婶,然后她又满眼泪水地说:"婶子,我是实在没别的办法了,不忍心把娃娃一个人丢在家里出去干活,老带着他下地干活也不是个办法,所以昨晚整整想了一夜,只好跑来找你老人家,求你老帮忙。我知道你家大人多很不容易,但是再也找不到合适的人,你老就当他是小猫小狗帮我看看吧。"婆媳俩听了玉兰的话,可怜她没人照应,立刻答应了她的请求。

玉兰没想到大婶答应得这么痛快,激动得热泪盈眶,一时不知说什么好,一下扑到大婶怀里哭了起来。她的两肩和背部剧烈地颤抖着,两只手紧紧地抓住大婶的胳膊说:"婶子,你就是我的妈。只要我们有事来找你和大叔,你二老从没拒绝过。我的亲生父母都没这样做,你们却做到了。你和大叔对我比亲爹妈还好,我真不知以后该怎么报答啊!"

大婶用手抚摸着玉兰的头发说:"玉兰,你不要这么难过,今后不管遇到什么事,你尽管来找大婶,我们这儿就是你的家。只要大叔大婶能做到的,一定会尽力帮你。娃娃放在这儿你尽管放心,最近我们家里还要来两位老的,再加上我和奶奶，有这么多人在家，一定不会让娃娃受罪。"玉兰一听这话，好奇地抬起头问："婶，家里要来人了？"

大婶点了点头说："嗯，是你大叔的三叔、三婶，两个人一辈子没生育，抱了一个儿子，二十来岁时死了。现在年岁大了没人照应，我和你叔准备把他们接来，在这儿养老送终。"

玉兰听了不免为大婶老两口那吃苦耐劳、牺牲奉献的优良品质所感动。大婶自己就有六个孩子，有四个成了家，现在还有一个年迈的母亲和两个未成家的孩子要靠他们夫妇养活，生活本来就很苦，再添两个老人，今后他们的日子就更难了！玉兰看着大婶满脸皱纹的脸，心想：真是不比不知道，一比吓一跳，一家不知一家的难啊！

玉兰总算给孩子找到了一个可以托付的地方，每天一大早吃过饭把孩子送过去，从地里干完活儿再把孩子接回来。除了干自己的活儿外，大婶家地里的活儿他们也帮着干，两家人就这样来回变工，互利互补，关系非常密切。由于跟大叔一家走得近了，虎旦几乎整天在大叔的眼皮底下，所以大叔对他的一切都了解。凡有不对的地方，大叔大婶就会及时敲打或训斥他，虎旦在两位老人和玉兰的带动下，也整天闷着脑袋在地里忙乎很少闲下来。玉兰因孩子有人照看，虎旦也老实多了，家里的事正像玉才媳妇说的那样，都她说了算，所以心情舒畅了好多。跟大叔一家人交往，使她感受到了一个家庭的温暖，学到了好多处人做事、治家、种庄稼的经验。因为支书认识人多，见世面广，经常在外开会，了解的信息也不少，而且又及时，所以玉兰暗暗庆幸老天爷把自己安排在大叔身边，让自己有了一个非常好的学习机会。另外，玉兰也很有心，平时非常注意观察村里治家好的人家，并不断暗暗总结学习他们发家致富的经验。再加上自己有些文化，把队里实行责任制以来的高产户和治家能手记下来，对他们每年的种植、养殖及经济来源做仔细分析，然后自己也偷偷学着人家干，所以她家的收入也是芝麻开花节节高，在村里也算是冒尖户了。

玉兰是个很有责任心和知恩图报的人，支书一家为她解除了后顾之忧，她非常感激，农忙时，假如地里活儿多忙不过来，她就会先帮支书家干完，再回头干自己的。这样一来很招支书一家人的喜欢，两位老人常把她当闺女一样看待。当她实在忙不过来时，就把孩子留在支书家，他们把他当亲孙子一样照看。经过大家的共同努力，两家人地里的庄稼也长得非常喜人。

第十章　改革

　　伴随着好年景，农村的改革也不断深入，从一九五八年开始的人民公社大集体，从此结束了。过去的人民公社彻底改为乡政府，过去的生产大队改为村，生产小队改为社，支书也由原来的大队支书变成村支书。国家对农村实行改革，使农村的政策发生了极大变化，无论思想上还是经济机构的调整上，与过去相比有了很大不同，人们的思想也在慢慢发生着变化。农民种的粮食、蔬菜，养的牛、羊、鸡、猪等农副产品都可以拿到外面去卖。过去的经济计划年代，农民不允许倒卖粮食、蔬菜，就连养的牛、羊、鸡、猪、鸭、鱼、蛋等一律不准拿出去卖，一旦发现全部没收，还要在全大、小队或公社开会进行点名批评，这叫"割资本主义尾巴"。现在这一切已成为过去，再也不会有人来割"资本主义尾巴"，并且还鼓励农民发家致富，搞活经济，把农副产品拿到集市去卖。另外，各地政府还提倡科学种田，因地制宜，合理种植，大力推广优良品种，从根本解决人们的吃饭问题。乡政府给各村都下了科技任务和指标，要求农民采用优良品种，搞"三套田"种植。可是大多数祖祖辈辈靠天吃饭的农民不敢拿自己的土地去冒险，你推我靠，谁也不愿意做第一个尝试的人。支书非常着急，组织村里各社长、会计、妇女主任等开会研究确定此事。这对农民也是件大事，听说要开会，不少人都跑来了。原来的大队部变成村委会，屋里屋外围了好多人。支书动员大家拿出部分土地配合乡里来的技术人员，种优良品种，搞合理密植。多数人只是大眼瞪小眼相互看着，谁也不敢表态。只有少数人认为，既然上面让这么干，肯定有一定道理，不妨先拿点新品种试种一下，至于搞合理密植种"三套田"，谁也不敢冒这个险。支书看新政策不好往下推行，自己表态拿出一部分田搞示范，另外要求村、社干部带头，强行把任务分了下去。一部分干部看支书带头，碍于面子就只好接受了，可还有少数干部不愿意，为此大家争吵起来，吵得面红耳赤互不相让。

此时，胖嫂家也聚了好多人，这些人自然都是建民、马正经一类在村里搞新闻，耍小聪明、打小算盘的人和一些吃不准政策又爱在背后嘀咕的人，这些人都在静静窥探着村委会的一举一动。赖小号称"烧死人都要添一条腿"，所以村里大事小事都爱去凑热闹。听说干部们在村委会开会，他早早就跑去了，蹲在地下两只鼠眼滴溜溜地转，竖起两个猫一样的耳朵，仔细听着支书和人们的谈话。他发现建民那伙儿人一个也没到，猜想一定都在胖嫂家，所以干部们争吵起来后，他就去了胖嫂家。

只见胖嫂家坐着满满一屋人，也在议论此事。胖嫂的丈夫光着脚，背靠枕头，一条腿弯曲着平放在炕上，另一条腿竖起来，脚平放在炕上，一只胳膊放在竖立的那条腿的膝盖上，手腕耷拉着，另一只手拿着水烟袋，面前放一盏小油灯，坐在下炕中央，不紧不慢地抽着水烟。每抽两口他就用嘴一吹，烟锅里的灰烬像一颗发霉的黄豆，从烟锅奔出来，他用放在膝盖上的手接住后扔到炕上，然后再用手去捻一点儿烟丝放进烟锅，伸长脖子，俯身到小油灯上点燃水烟再接着抽。他反复做着这些动作，一边抽一边不断插几句话。建民蹲在旁边，兴致勃勃地看着他，跃跃欲试急等接过烟袋抽两口。靠窗台坐着牛二嫂和胖嫂的另一个好姐妹，胖嫂坐在靠近牛二嫂的锅台上。有的人在炕沿边坐的，还有在地下蹲的、站的。马正经盘腿坐在胖嫂丈夫身边，两手放在膝盖上，正在发表自己的看法："我看这事迟早也得按上面的意思办，小胳膊咋能扭过大腿呢？你们说是不是？"

"如果我们不听他们的，我看那些当官的也没辙。"站在地下的牛二说。

"就是！"几个女人也附和着，"现在跟过去不一样了，土地分给咱们，想咋种就咋种，谁能管的着？莫非还能强行？"

"不对！"马正经摆了摆大手，双眉高挑，偏着脑袋做出不赞成的样子继续说，"虽然把地分给你了，但是国家还有撤回的可能，你不听话就不让你种，看你咋办？"

"他敢不让种！不让种咱们就再回到大集体，公家总不能把咱们饿死吧！"

"谁要饿死你了，公家给你指了一条光明大道，你不走怨谁？饿死活该！"

"谁知道这是不是光明大道，说不定是火坑呢！人家当官的让你那么种，种得好他领功，种不好咱今年的辛苦就白费了，到头来只等着喝西北风吧。"

大家你一言我一语谁也说不清楚，只是瞎议论。赖小蹲在地下听了半天不免心里暗暗发笑，心想：真是鬼吵孝帽子！

蹲在炕上的建民把水烟袋递给马正经，抹了抹嘴说："现在的事情是撑死胆大的，吓死胆小的。我看这事就得能撑便撑，能扛就扛。反正我不听他的，想咋种就咋种。"说着扬了扬头，表现出一副满不在乎的样。

赖小听他那么说，忍不住扑哧笑了。建民见他笑自己，用手指着赖小问："你小子笑什么，蹲在那儿就像个大马猴，得了暗禄了？有甚可笑的，说出来让我们也听听。"

"对！赖小有话快说，有屁快放，有甚好事说给我们听听，是不是又看上人家的大闺女、小媳妇啦？"牛二嫂抬起屁股，伸长脖子，身子向赖小的方向倾斜，似笑非笑地瞅着他说。

"没有。"赖小难为情地摆了摆身子。

胖嫂急啦，手在大腿上一拍，扭动着肥胖的脖子，"嘿！没有，那你为什么笑？肯定有原因，老实交代，要不以后没人给你说媳妇。"其他人也跟着逗他。

赖小看了看大家，挠了挠发痒的脸说："我是笑建民说的话。"

牛二好奇地歪着头，眼看着建民问："建民的话有什么好笑的？"

赖小把刚才在村委会看到的情况说了一遍，大家一听都不作声了。过了一会儿，胖嫂家的那位说："支书自己带头干，说明这是硬政策，恐怕不好往过扛。听说以后的地就要这么种，实在不行只能听公家的了。"

人们听他一说，你一言我一语，东拉一句，西扯一句地瞎猜测，乱分析开了，猜测分析了半天，也没说出个道道，于是都认为，路是黑的，公家这么做究竟对与错谁也不清楚。但这些人的想法有一点是一致的，那就是无论干啥，他们都不先去冒这个险，等别人搞成了再说。

支书不管干部们愿不愿意，强行把任务分了下去，另外还想在村里抓几个带头人，先进行示范种植，然后再向大家推广。玉兰首先报了名，拿出自家的五亩地做试验。对她的这种做法，虎旦无论如何也不同意，他认为庄稼人就应老老实实种自己的地，别人不愿意干的事自己凭什么去逞能。玉兰却跟他的想法不一样，一来是为了支持支书的工作，二来也想尝试一下科学种田的好处。如果成功了，对支书和自己的家庭都好，假如没成功，可以从中总结一下，以后搞起来也有经验。另外，既然国家提倡这么做，一定有它的道理，所以她铁了心坚决要这么干。

玉兰率先搞示范，就像在滚烫的热油锅上浇了一瓢凉水，一下炸开了锅，沸沸扬扬，轰动了全村。谁也没想到虎旦媳妇竟敢冒这个险，为此，说什么的也有。有人认为她头脑有问题，冒傻气；有人说她想讨好老支书，瞎逞能；也有人说她是为感谢老支书一家，硬着头皮这么干的；更多的是耻笑她不知天高地厚，搞不清自己吃几碗干饭，瞎折腾。总之，男女老少三五成群聚在一起议论纷纷，把这事当作一大新闻在全村传来传去。敲怪话、嘲笑、讽刺、挖苦、看笑话等等，人们的心态各异，表现方式各不相同。有的人甚至恼羞成怒，好像玉兰这么干挖了他家祖坟，什么难听话也说。也有不少好心人看不下去，暗为玉兰愤愤不平。

除了几个干部和玉兰外,也有几家村民想试一试,可见大家那么讽刺挖苦玉兰,也不想搞了。老支书非常生气,立即组织召开村民大会,下令各家至少来一个代表参加。听说开会,有人打心里不想去,但看在老支书的面子没有不去的。

等了两个小时,总算人都到齐了。村委会挤得满满的,支书一脸阴沉,手里拿着旱烟袋盘腿坐在炕上,几个村干部围坐在身边,不说话只等他开口。支书是个很有威望的人,虽然五十多岁了,仍然保持着军人风范,浓浓的双眉,高鼻梁,长得很标致,身材魁梧,说话办事雷厉风行,只要认准的事就坚持做下去,敢作敢为,说话算数,刚中有柔,为人处事方面,方圆百里也无人比得上,刚毅正直,所以村里人对他心服口服,再厉害的人在他面前也都老实听话。

他抽完最后一锅烟,把烟锅在鞋底磕了磕,递给身边的人,又抹了抹嘴,轻轻咳嗽了两声,清理了一下嗓子,然后手放在膝盖上,挺直了腰板大声说:"人差不多都到齐了,现在开个会。不用我说,你们也知道今天开会的内容。"人们会心地互相看看,有的人缩着脖子笑了。

他接着说:"国家提倡科学种田,是为了提高产量,让咱们农民真正摆脱饥荒,过上好日子。采用优良品种搞合理密植,这是经过好多农业专家和科学技术人员研究出来的,公家既然让这么搞,肯定错不了,否则咋还拿出那么多钱来鼓励农民这么干呢?你以为公家傻呀!没你那点儿小聪明来得快?不如你打的那点儿如意算盘?有人自己不搞还反对别人搞,敲怪话、骂人、讽刺、挖苦、自作聪明,打击人家的积极性。咋了,按你们的意思就是谁也不要听公家的,还按你们那老套套来?小胳膊拗不过大腿,我看你们谁有本事能把这事扛过去!"说着他严厉地看着人们。

场上悄然无声,所有人都不说话,有的人在下面缩一下脖子,伸一伸舌头,做着鬼脸。支书继续说:"咋啦?哑巴啦?有的人脑子不往正处想,正事不办,歪门邪道很有一套,看不开事还瞎吼叫。谁搞谁受益,到时候人家搞成受了益,没搞的人别后悔。以后再听见谁瞎说八道，我就把他的地没收了！"说着他扭头跟村主任悄声说了几句，然后又放大声音说，"我们几个村干部研究了一下决定，优良品种今年家家必须种，三套田谁家想种可以报名，咱们请乡上派人来指导。对种得好的户子，年底我们给奖励。"说着他的一只手在空中挥动了一下，好像正在给即将上战场的士兵下达命令的将军，刚毅威严，态度十分坚决。说完看着村主任，"具体咋种，如何操作，由村主任给大家说一下。"支书的话音刚落，就有人把旱烟袋递给他，他接过旱烟袋又慢慢抽起来。

村主任是个四十开外的中年人，中等个儿，是老支书一手提拔起来的，办事稳重踏实，堪称支书的左膀右臂。只是他身体不太好，在干活儿时把胃搞垮了，经常抱着肚子喊胃痛。虽然如此，但他很能干，办事利落，村里的大小事情从没耽误过。他把种优良品种的方法和注意事项详细说了一遍，然后又把村里的要求及其他杂事强调了一番。

任务就这样强行分配下去了。有的人觉得支书的话有道理，又见支书带头干，估计风险不会太大，再加上他在会上的一番话，使这些人心里有了底，所以他们也决心试种一下套种田。还有一些人听说秋后有奖励，跟上村干部们干说不定能沾大光，因此也报了名。这样基本实现了原来的设想，支书心里的一块石头总算落了地。

把优良品种发下去后，有的人抱着试一试的态度，腾出一小块地种了进去；有的人只在田头地畔撒了些种子来应付差事，一切耕种仍然照旧。

人们对玉兰的议论传到了明芳的耳朵里后，她很为玉兰担心。明芳知道大部分人不是怕玉兰种不好套田嘲笑攻击她，而是怕她种好了，在村里崭露头角。谁也不能接受一个外来女子竟敢到这儿逞能。他们认为，在这儿根本没有外来女人出头露面的余地。尤其一些老年人，听说虎旦媳妇自告奋勇搞试验，好像做了大逆不道的事，咂着嘴笑话玉兰，说虎旦媳妇不守本分，狗胆包天，一定是个母夜叉。

俗话说：唾沫多了能淹死人。明芳怕玉兰被这些人的唾沫星子给淹没了，心想：套田种好了，遭点儿攻击没什么，可一旦失败，今后玉兰在村子里就不好做人了。本来玉兰在这儿就势单力薄，弄不好今后就要受人欺负。她急得坐立不安，吃过饭假装说去地里看看，绕道来到玉兰家，想好好劝劝她，让她千万不要盲干。可是哪知道，玉兰是个很有主见的人，这事早就想好了，成功与否非干不可，而且还有了充分的思想准备。明芳很难说服她，最后反倒被她说服了。明芳听着玉兰的想法不断赞同地点着头，最后双目矍铄叹息着说："玉兰，真没想到你看得那么远，想得也很周到，有远见，到底念的书多就是不一样。不像我没你念的书多，看不远事，没出息，老受人摆布，自己给自己做不了主，活得真没意思，我好羡慕你！"说着不免流露出无比的忧伤。

玉兰看明芳一脸愁眉苦脸的样儿，反倒安慰起她来："明芳，你也不要愁，以后会有好日子的，老天爷也不能总跟你过不去。不过有好多事还要靠自己，该厉害就厉害，不能老忍着，要不摸着你头皮软，谁也敢欺负，所以你不能让。你看鞠香现在就没人敢欺负。"说着竖了竖眉。

明芳点了点头，"你说得对，我也经常这么对自己说。可是，女人如果走到我这一步，你说该咋办？我很想离婚，但一离婚就变成房无一间地无一垄，成了无家可归的人，连临时住的地方也没有。就因为这样，我才硬着头皮忍到现在。玉兰，我真无法想象自己今后的日子。唉，感觉活得比登天还难。"说着低下头一手捂住嘴抽泣起来。

玉兰的眼圈也红红的，无比同情地点了点头，"唉……"长叹了一声，半天说不出话来，默默地看着明芳。此时，玉兰不知该怎样去安慰她，因为自己的感觉也和她差不多，好像活得比登天还难。目前正是泥菩萨过河，自身难保！不知道这么做是对还是错，前景未卜，只能硬着头皮干下去。

自从大会开完后，攻击玉兰的气焰稍有收敛，但人们的怪话和冷嘲热讽从没间断过。这些话玉兰都听见了，但为了争口气，她决心咬紧牙关坚持下去。有好多人来虎旦家串门，借机想看看玉兰究竟怎么了，到底想干啥。玉兰装作若无其事，积极与乡里派来的工作人员配合，严格按人家的要求做，对别人的说三道四只当没听见。虎旦对种套田心里根本没底，起初也竭力反对玉兰那么干，但慑于老支书的威力，再加又拗不过老婆，只好憋着一肚子气随了玉兰。

随着季节变化，种上的庄稼向跟时间赛跑一样，一个劲儿地往上蹿，尤其套田里的庄稼非常争气，长得十分喜人，时间久了，人们的风凉话也慢慢地淡了下来，大家都暗暗静观着虎旦家的套田。玉兰在心里也跟大伙儿憋了一肚子气，决心在试种的人家中当冒尖户，做出来给村里人看看，所以起早贪黑拼命干，除了干自己的外还少不了帮支书，连孩子也顾不上照看。

那天又逢下雨，地里的活是干不成了，玉兰去支书家接孩子。

孩子在支书家已经待了好几天，她想跟孩子亲热亲热，并为他收拾一下衣物。另外，支书的老母亲这段时间身体一直不好，半个月前得了一场痢疾，差点儿要了命，现在不知恢复得怎样，玉兰想再去看看。于是，她便披了一块油布冒雨来到支书家。只见支书一家全聚在东屋拉话，老支书和三叔各拿一根旱烟袋，三叔的脸朝外，支书却背朝外，两人面对面坐在炕中央，中间点着一盏小油灯，不紧不慢一边抽烟一边拉话。三婶盘腿坐在炕头靠窗台的地方，老奶奶和玉兰的孩子睡在她身旁，孩子身上盖了件衣服，睡得正香。奶奶侧身头枕在三婶腿上，两只干瘪的手就像鹰爪子无力地放在炕上，手上的青筋突出，皮肤皱巴巴的，没有一点弹性和水分。她的眼睛轻轻闭着，嘴唇和下颏微微颤抖，上下嘴唇上满是一道道细细的皱纹，两腮也塌了下去，看上去很疲惫苍老。三婶低着头，两只手不停地拨弄着奶奶的头发，仔细寻找着虱子和虮子，两个大拇指甲上沾满了血渍。大婶拿着针线活儿坐在紧挨婆母们的锅台上，借着从窗户射进来的光，抓紧干自己手中的活儿。最近她的眼睛有些昏花，看东西总出错，做针线常挨针扎，不大一会儿工夫，指头被扎了好几回，每扎一回，她总要用舌头舔一下扎过的地方。有一针扎得太狠，鲜血不断往外流，痛得她直龇牙。大婶急忙找来块棉花，在油灯上烧了烧放在被扎过的地方,摁住用手揉了揉,止住血后又继续干活儿。这是一种最原始最土,也是止血快而简单的办法。由于医疗条件差,庄稼人干活碰破手时,常用这种方法止血,谁也不用药。大婶是个从小吃惯苦的人,对一些小毛病从不放在心上,所以这点小事就更不当回事了。

浓浓的旱烟味儿在屋里蔓延着,呛得大人孩子不断咳嗽,支书指使老婆把门打开晾一晾满屋的烟味。大婶打开门,只见雨水噼里啪啦直往屋里灌,只好把门拉开条小缝,让烟气慢慢流出去。

虽然三叔和三婶六十多岁,但看上去像七十岁的老人。三婶满头白发剪得短短的,两鬓的头发都捋在耳后用两个黑色的卡子卡着,两眼深陷,脸上坑坑洼洼,并且还有不少老年斑,蜡黄的脸看上去有些浮肿,眼睛里流露出忧郁和无望,好像生活对她已经没有任何意义了。儿子的死对她打击很大,为此,她曾大病过一场,差点儿要了命,好几年不能下地干活。虽然现在痛苦有所缓解,但她常唉声叹气,精神仍不好,她挂在嘴上的一句话是:"活着有甚意思,还不如早死了好。"三叔两只大而有神的眼跟老支书长得很相似,一看就知道年轻时是个一表人才的美男子。从举止言谈中可以捕捉得到,他曾经也是一个很要强的人,只是现在心有余而力不足,寄人篱下,靠侄子养活。但他并不想坐下白吃白喝,除下地干一些力所能及的活儿外,还帮着侄子修补农具、放牲口,有空手里总拿个毛卜吊为孩子们捻毛线,准备冬天给大家织袜子和手套。

听见有人进来,老奶奶微微睁开惺忪的眼睛,扬起脸往地下看了看,见是玉兰便无力招了招手,招呼她坐下。玉兰问候过大家,俯身趴到炕沿边抓住奶奶的手摸着问:"奶奶,您老最近身体咋样?精神好吗?"

奶奶用两只手握住玉兰的手,有气无力地说:"嗯,好多了。唉,人老了就像快要烧尽的灯捻,虽然有时看起来很精神,但说不行马上就不行了。我这是活一天算一天罢,说不定哪一阵子蹬腿就走了。"

玉兰摇着奶奶的胳膊说:"奶奶您可千万别瞎想,您老只是这段时间身体不强健罢了，吃上药好好养一养，过了这阵儿会好的。"

大婶和支书也很赞同玉兰的说法，大婶边做针线活儿边不住地点着头，"就是，玉兰说得对，过了这阵子，你老的身体一定会好起来，不要整天瞎盘算。"其他人也都反对她的说法。

三婶不断摇着头表示不赞同，"吃五谷哪有不生病的！生点病不算什么，快别瞎想，让娃娃们操心。"

三叔在鞋底上磕了磕烟锅，然后俯过身对奶奶说："嫂子，把心放在肚子里，什么也别想，安安心心地养病。一切事情有他们两口子，你有甚不放心的？"

奶奶眼里噙着泪，下巴不停地颤动着，手抖得也很厉害，点了点头说："我知道你们为我好，可是这命不由人啊，老天爷要你前晌死，你就等不到后晌。再说，我不死就是他们的害。"她用颤抖的手指了指大叔、大婶，"就这样不死不活地拖累他们，真怕他们扛不住。"

支书也放下手中的烟袋，眼圈发红，慢慢抬起头来，双目颦蹙看着母亲，"妈，再也不要胡思乱想了，我一定要让你老活到九十岁。现在你老想走，我们也不答应，所以好好养病往九十岁上奔吧。"说着他看了看大婶，大婶满脸忧郁地看着婆婆，附和着丈夫说："就是。"然后夫妇两个不约而同地说："您老想走了？没门儿。"大伙儿听了都笑了。

三叔接着说："嫂子，你看娃娃们对你多孝顺，只要你有半点不舒服，小子、媳妇就担心得要命。看在娃娃们的这份孝心上，你也要争取活到九十岁，要是我，非活一百岁不可。"

奶奶颤巍巍地爬起来，笑着冲三叔说："好，我就活一百岁，跟你比个高低。"转而她又满脸忧郁，"唉！其实老天爷很关照我，给了我这么好的儿女，他们的孝心方圆百里人人皆知。都怪自己这穷命不争气，老害病，还不能着急上火，只要一着急，病魔准会来火上浇油，让你不得安身，害得他们也跟我受罪。

看他们夫妻俩的担子那么重,自己又插不上手,只能干着急。我希望老天爷帮帮我的娃娃们,让他们的光景赶快好起来,不愁吃不愁穿,痛痛快快过几天好日子,咱们也跟着享享福。"这是所有做老人的心愿,也是他们唯一的一点祈盼。三叔三婶都颇有感触地点着头。

玉兰把孩子领回家,拿出平时攒的鸡蛋和腌猪肉变着样给孩子吃。另外,玉兰把他的头发全剃掉,小光头活像一个大瓦的电灯泡,在太阳底下闪闪发光。她还把孩子穿过的衣服放到盆里用热水煮了煮,将上面的虱子彻底清除了一下。给孩子从头到尾缝补洗涮了一遍,虽然有点儿累,但她心情非常舒畅。虎旦见孩子回来也很高兴,一会儿把他背在背上,一会儿又让孩子骑在脖子上,好不亲热。父子俩打闹嬉戏了一阵,孩子就屋里屋外地追打起猪、鸡来。虎旦则双手操在背后,挥动着拳头,跟在孩子后面走来走去,唆使孩子把猪鸡追得满院乱窜。家里有只大公鸡很好斗,像刚从斗鸡场败下来的一员大将,有气没处撒,摆出一副不可一世的样子,随时都处在战斗状态,搞得院里院外的小猫小狗和猪、鸡等不得安宁,没有不怕它的,不遂意时连虎旦和玉兰也敢啄。家里来人时,它更是穷追不舍,啄得人家躲闪不及。谁到他家来,首先得提防这只大公鸡,所以人们戏谑虎旦养的不是一只鸡,而是一个看家狗。可是自从孩子回来后,这只公鸡再也厉害不起来了,突然变得老实起来,一看见孩子就吓得逃之夭夭,把虎旦乐得开怀大笑。玉兰见孩子这样心里有些担忧,怕照此下去学野了,不愿虎旦这么怂恿他。她板着脸不时抱怨几句,甚至大声呵斥着制止他们。孩子这段时间个头长了不少,说话利落,身体也比过去结实,胆子也大了。虽然玉兰的喊声暂时能唬住他,但过一会儿孩子依然如旧。玉兰见虎旦没有一点大人样儿非常生气,满脸通红睁大眼睛狠狠瞪着他,虎旦便悻悻地蹲在那儿像个孩子似的不再说什么。孩子玩腻了便钻进虎旦怀里缠着他讲故事,虎旦就随口给他讲起了故事:"从前有个庙,庙里有个老道,老道干甚的了,讲故事的了,讲的甚故事?从前有个庙,庙里有个老道……"虎旦反反复复地讲着这个从祖辈流传下来的故事,一下被孩子识破了，嚷着要他另讲一个。虎旦笑着说："这小子还挺不好伺候的。"挠了挠头想了想，对怀里的孩子说："那爸爸再给你讲个狐狸精精的故事吧。"孩子拍了下小手，点了点光亮的小脑袋。于是，虎旦就把民间流传已久的《狐狸精精》讲给他听：

"从前有三个女孩，大的叫门墩墩，二的叫门挂挂，三的叫锅刷刷。有一天妈妈要去姥姥家，临走再三安顿：'妈妈今天要去你姥姥家，晚上回来。你们好好在家等我，谁来了也不要给开门。'姐妹三个点头答应。

"妈妈出了门高高兴兴往姥姥家走，不料却碰上了狐狸精。狐狸精抓住妈妈，龇牙咧嘴地要吃她。妈妈抱住脑袋哀求着：'狐狸精精请你放过我，我上有八十岁的老母等我去送终。'

"狐狸精说：'你母亲不用你送终，你不送也会有人送。'

"妈妈又说：'我还有三个没成人的孩子要养活，等把她们养大了你再吃我。'

"狐狸精说：'你有孩子我不信，除非说出她们的名和姓。'

"妈妈说：'大的叫门墩墩，二的叫门挂挂，三的叫锅刷刷。你不相信天作证！'

"狐狸精听完妈妈的话，高兴地拍手说：'不用老天爷来作证，现在我就要你的命。'说着扑上去把妈妈吃掉了。

"狐狸精穿上妈妈的衣服，戴上妈妈的头巾，挎上妈妈的篮子，装扮成妈妈的样子，尿了一道尿照了照自己，走三步退两步，一扭一扭地来到她家门口，敲着门喊：'门墩墩，门墩墩快给妈妈开门来。'

"门墩墩说：'不，你不是我妈，我妈左眼一个瘊，右眼一个瘤。'

"于是狐狸精到外面给自己的左眼上捏了一个瘊子，右眼上捏了一个瘤子，又回来敲门：'门挂挂，门挂挂给妈妈开门来。'

"门挂挂说：'不，你不是我妈，我妈的头上左面一把钗，右面别朵大红

花。'

"于是狐狸精到房后折了根树枝,摘了朵大红花插到头上,又回来敲门:'锅刷刷,锅刷刷,你给妈妈开门来。'

"锅刷刷年龄小不懂事,真以为妈妈回来了,便开了门。

"到了晚上要睡觉了,狐狸精便对孩子们说:'胖的胖的挨娘睡,瘦的瘦的挨墙睡。'它想晚上把胖的先吃掉。门墩墩识破了它的诡计便对狐狸精说:'不,我们平时是大的大的挨娘睡,小的小的挨墙睡。'"

这个故事老奶奶已经给他讲过了,所以,虎旦讲到这儿孩子跟着大声喊:"大的大的挨娘睡,小的小的挨墙睡。"

虎旦听孩子这么一说,惊奇地问:"你怎么知道的?"

"是老娘娘告诉我的。"孩子说。

"那后来狐狸精咋样啦?"

"死啦。"

"咋死的?"

"门墩墩弄死的。"

"哈!哈!哈!"虎旦捧腹大笑,"看来你小子倒不傻,还能记住老娘娘讲的故事。"说着在孩子的光脑袋上弹了一下。玉兰看着可爱的儿子竟能把大人讲给他的故事说出来,抱住他在小脸蛋使劲儿亲了一下。虎旦着急要去给牲口割草,起身拿了把镰刀背上箩筐出去了。孩子缠着妈妈还要听故事,玉兰有好多活儿要干,所以答应晚上再给他讲。

玉兰忙了一天,晚饭后想早点儿睡觉,可是孩子闹着不让她睡。玉兰把他搂在怀里,拉过一个枕头躺在炕头上,一边拍着孩子,一边绘声绘色地给他讲起了教科书中的故事:

"从前狗哥哥和公鸡弟弟住在一起。有一天狗哥哥要出门打猎,临走时对公鸡弟弟说:'今天我要去打猎,你把门关好,千万别出去,在家等哥哥回来。'

公鸡弟弟答应了，一个人在家里玩耍。

"过了一会儿狐狸来到它窗前唱着说：'公鸡公鸡真漂亮，大红冠子绿尾巴，你到窗口瞧一瞧，撒了一地黑芝麻，你到窗口瞧一瞧，撒了一地黑芝麻。'公鸡弟弟听说外面有黑芝麻，馋得心里直痒痒，嘴里也直流口水，想出去看一看。可是一想到狗哥哥临走时对自己说的话，就极力克制住自己，决心不去看它。狐狸见公鸡不出来，又走到窗下继续唱：'公鸡公鸡真漂亮，大红冠子绿尾巴，你到窗口瞧一瞧，金灿灿的谷子一大把，你到窗口瞧一瞧，金灿灿的谷子一大把。'公鸡弟弟一听窗外又撒下了它最爱吃的谷子，简直要馋死人了，于是再也忍不住了，决定把门拉开一条小缝，偷偷看一眼。

"当它拉开门把头伸出去，狐狸一下抓住它扛起就跑，公鸡弟弟知道自己上了狐狸的当，便扯着嗓子大喊起来：'狗哥哥！快救我！狐狸抓住我，翻过小山坡就到它的窝！'

"狗哥哥打猎并没走多远，忽然听到公鸡弟弟的哭喊声，拔腿就往回跑，远远看见狐狸正扛着公鸡弟弟匆匆往自家跑。狗哥哥一边跑一边大声喊：'狐狸，你这个大坏蛋，赶快把我弟弟放下，否则我对你不客气啦！'眼看狗哥哥就要追上来，狐狸只好放下公鸡弟弟撒腿跑了。

"狐狸没抓住公鸡弟弟非常生气，所以每天从早到晚就在公鸡弟弟的房前屋后转来转去，心里暗暗发誓：一定要抓住公鸡弟弟。

"过了几天狗哥哥又要去打猎，临走时对公鸡弟弟千叮咛万嘱咐，要它一定要小心，再也别上狐狸的当。公鸡弟弟也向哥哥发誓不会再上狐狸的当，叫狗哥哥放心。狗哥哥又扛着枪到更远的地方去打猎。

"狗哥哥走后，狐狸又来到公鸡弟弟的窗前唱着说：'公鸡公鸡真漂亮，大红冠子绿尾巴，你到窗口瞧一瞧，窗下有个大西瓜，你到窗口瞧一瞧，窗下有个大西瓜。'公鸡弟弟听到狐狸的歌唱，心想：这次我决不会再上你的当了。狐狸见公鸡弟弟无动于衷，便又唱了起来：'公鸡公鸡真漂亮，大红冠子绿尾巴，你到窗口瞧一瞧,门外有堆玉米花,你到窗口瞧一瞧,门外有堆玉米花。'唱完,狐狸悄悄躲在窗台下,等公鸡弟弟出来。公鸡弟弟知道这又是狐狸在骗它,所以他不出去。

"狐狸蹲在窗下左等右等不见公鸡弟弟出来,后来就睡着了。

"狗哥哥打猎回来后,发现狐狸正蹲在窗台下打盹儿,于是一个箭步冲过去把狡猾的狐狸抓住了。从此狐狸再也不敢来捣乱,兄弟俩过上了平安快乐的生活。"

玉兰不想把公鸡弟弟的悲惨结局讲给儿子听,所以把书中后面的故事情节改了一下。孩子被妈妈的故事吸引了,刚开始还不断打断妈妈的话问这问那,到后来,只是静静听着,偶尔发出轻轻的咳嗽声和细细的呼吸声。当妈妈把故事讲完后,他才提出好多令人发笑的问题。玉兰不断抚摸着儿子的小手,亲着孩子的小光头,为他解答着一个个奇怪而天真的问题,孩子听着听着慢慢睡着了。

月光下玉兰仔细地端详着儿子的脸,用手轻轻抚摸着孩子的小脑袋,不断在他的手上、脸上亲吻着。在这静谧的夜晚,屋子里只有他们母子,虎旦吃完饭出去了。玉兰躺在炕上,望着窗外的月亮,又思念起远在故乡的亲人和旺林。自从上次收到家里和旺林的来信后,好长时间没有他们的消息,直到前不久才相继收到家里和旺林的来信。家里的境况比往年有了好转,大哥和美秀姐的婚事正在筹备中,最近也有人给二哥提亲了,可是,家里暂时还没有为他办婚事的能力。为此,玉兰心里很沉闷。旺林在外打工有些收入,另外开阔了眼界,信中说比在家里强,除此再没说什么。他在信里大部分都提到了孩子,看得出旺林很想孩子。另外,他还给孩子取了一个非常好听的名字——润圆。玉兰不知道他给孩子取这个名字的含义是什么,但她能深刻体会得到旺林的苦心。

孩子出生以来还一直没有正式名字,只是亲昵地称他"宝蛋"。因为跟虎旦的名字有谐音,所以这个名字一直没叫开,只有玉兰和虎旦这么叫。老年人都有讲究,孩子的名字不能与长辈的名字有谐音。孩子到了支书家后,老奶奶认为叫宝蛋对孩子不好，全家都不叫他宝蛋了。奶奶觉得叫猫呀狗呀也不好听，说干脆叫娃娃吧，于是全家人都管他叫"娃娃"。

孩子出生后，虎旦曾想托人给起名字，玉兰推说等回了老家让父亲来取，其实她是想让旺林取。她写信把自己的想法告诉了旺林，旺林经过反复推敲终于给孩子取了这个名。玉兰并没把这事跟虎旦讲，打算过阵子再说。她觉得润圆这个名字非常亲切，它带来了旺林的信息，每当想到这个名字就像见了旺林，心里感到甜甜的。一没事干她就练着写这两个字，甚至在田间地头歇息时，也短不了用木棍或树枝在地上写一写。

看着月光下活像旺林的儿子，她心里波澜起伏。她把自己的脸轻轻地贴在儿子的脸上，心里默默念着"润圆"这两个字。她不知道旺林为什么给孩子取这个名，但深信旺林和自己一样，希望孩子的一生过得滋润圆满。

玉兰的故事引起了孩子的极大兴趣，只要一有时间他就要听故事。雨过天晴，地里一大堆活儿还等着他们去干，夫妇俩暂时没时间给孩子讲故事，玉兰答应待不忙时再给他讲。

田里的庄稼丰收在望。功夫不负有心人，虎旦家试种田里的小麦长势喜人，玉兰的愿望实现了，真的成了试种户中的冒尖户。村里人的怪话戛然而止，相反开始赞叹和羡慕起虎旦家来，虎旦因此洋洋自得飘飘然。早饭过后，玉兰收拾衣物准备送孩子去支书家，虎旦拾掇下地干活的农具，他一边拾掇一边扯着嗓子唱起来：

  录音匣匣音调高，
  亮嗓嗓抖两句责任制好。
  你头前富来我后头追，
  争先恐后谁让谁？
  上了平梁甩开手，

富人咋走我咋走。

　　上了平梁朝前瞭，

　　脚底下就是阳关道。

　　他故意唱得怪里怪气，有的字尾还打个弯儿，为把调子往高挑，脖子憋得老粗，头微微上扬青筋暴突，活像个打鸣的老公鸡，样子非常滑稽。

　　"咦！啧，啧，这小子得了什么喜事，咋大清早就抖起了山曲儿？"建民扛着铁锹，上身穿一件白衬衫，下着一条劳动布裤，头上还戴了一顶草帽，撇着嘴走进来。虎旦止住唱，拍了拍身上的土问："今天的太阳是不是从西出来了，你小子咋想起来这儿？"

　　建民不自然地咧了咧嘴，想笑又笑不出来的样子，乜斜着虎旦说："你这是金銮殿，不能来啦？"

　　虎旦从鼻子里哼了一声说："我这儿庙小，就怕放不下你这大神神。"

　　建民不高兴地说："你小子说的什么话，这是不欢迎我来吧！"

　　玉兰看虎旦唱曲儿的样子心里暗暗发笑，见建民进来便抿嘴笑着迎上去，"好长时间不见了真稀罕，这段时间上哪儿赚钱了？"

　　建民淡淡地笑了笑说："也没去哪儿。"

　　"咦！还不说实话。人们都说你到外面去挣大钱了，这有什么好瞒的！"玉兰嗔怪地说。虎旦却轻蔑地撇了撇嘴，什么话也没说。

　　建民听玉兰这么一说，便不好意思了，"你可不要这么说，那是人们笑话我了。我能上哪儿挣大钱，只是跟着人家瞎起哄去看了看。"

　　"那看得如何？"

　　"等明年再说吧。"

　　其实，建民是听人说到梁外挖甘草很赚钱，于是偷偷找了几个人去捞一把，不料挖了没多少被当地政府罚款没收，还关了好几天禁闭。他不但没挣到钱，还丢了夫人又折兵，坏名声传下一道滩，成了村里的一大新闻。吃了一大亏，他在家闭门思过好几天。听家人说，虎旦今年的试种田又获得了好收成，心里不服气想去看一看，所以特意来找虎旦。他看虎旦夫妇的态度，心里很不好受，但由于不服气，心想：不管怎样，既然来了就一定要去看一看。他装作满不在乎的样子仰着脑袋睥睨着虎旦，"听说你家今年的试种田不错，虎旦领我去看一看，让咱也学习学习。"

"哎，我们那点试种田算个屁，有啥好看的！"自从玉兰自告奋勇做了示范户后，虎旦为建民在背后没少使坏而耿耿于怀。建民听了虎旦的话心里很恼火，心想：哼！这小子又牛气起来了，真不知天高地厚！等老子将来成了大器，定会让你小子服服帖帖拜在脚下！他没理睬虎旦，转脸跟玉兰说："玉兰，你看这孙子，跟人说话就像吃了枪子，没点人味儿！"虎旦翻着白眼，拿上干活的家什气哼哼地走了。

"听说你的试种田种得不错，我想去看看，跟你取取经，没想到竟遇上这么个丧门神，把人呛得连气也喘不上来。"建民狠狠地在地上砸了砸铁锹。

玉兰把孩子放在背上，拎起东西笑着对建民说："你俩都是半斤八两，谁也别怪谁。你先跟他往地里走，我把娃儿送去就到，欢迎你去看看，多给提点宝贵意见。"

建民没想到玉兰这么开通精明，不但不记仇还如此宽宏大量，真是女中少有。他疑惑地看了看玉兰，扛起锹跟她一块儿出了门。建民目送玉兰母子远去后，便径直往地里走。他一边走一边东张西望地看着周围的庄稼，没想到试种田的庄稼果然长得比普通田的好。他越看越眼花，越看心里越不安起来，大步流星地走进一块实验田，俯身捧起一穗麦子，只见黄澄澄的麦穗颗粒饱满，分量又重，玉米长得郁郁葱葱非常茂盛，明显比普通田的好。建民一下傻了眼，像泄气的皮球一屁股坐在地上，两眼呆呆地看着眼前的庄稼。听人们说虎旦家的试验田种得最好，他不敢想象那是个什么样子。看来这次自己又没弄过虎旦，怪不得这小子那么狂,火药味十足,根本不把自己放在眼里,他满脸沮丧地想。因为怕人们笑话,那天傍晚他才回了家,所以没看清地里的庄稼,何况也没心思看。今天出来一比较,他一切都明白了,怨不得全家人都在怪怨他,父亲几天来看见自己就来气,始终没给好脸色看。他真不敢再去看虎旦家的地了,怕看了后刺激太大自己受不了。他无精打采地站起来,提上铁锹漫无目的地在地里乱窜。

> 亮一亮那个嗓子定一定音,
> 再把咱那二道圪梁梁唱几声。
> 头道道圪梁梁哎哟哟,
> 哎嗨哟哟二一道道洼。
> 三一道道那圪梁梁,
> 哎嗨哟哟哎嗨哟哟双骑上马。
> 二道道圪梁梁哎哟哟,
> 哎嗨哟哟三一道道沟。
> 这塔塔那个没人,
> 哎嗨哟哟哎嗨哟哟咱亲一亲口。

远处传来的歌声引起了他的注意,建民抬头望去,只见虎旦的身影在庄稼地或隐或现。他把铁锹在地上重重地砸了几下,狠狠地朝虎旦的方向啐了口唾沫,大声说:"呸!看把你小子美的,都不知道自己姓甚,吃几碗干饭啦!"见虎旦高兴他心里很不是滋味,本不打算去虎旦地里了,可此时不知为什么,又突然产生了去那里的念头,所以扛起铁锹大踏步朝虎旦奔去。

到了地头,他把铁锹使劲儿往地下一插,大步流星走到虎旦跟前,两手背在身后,歪着脑袋,眉一挑嘴一撇乜斜着虎旦,阴阳怪气地说:"嘿!你小子高兴得要尿裤子了吧!真没想到你这是屎壳郎登大殿也活出个人样来了。"虎旦瞅了他一眼没吱声，弯着腰只顾干自己的活儿。建民见虎旦不搭理自己，更是火上浇油，心想：这小子还看不起我！于是双手叉腰气愤地大声嚷："你小子有甚了不起！别人跟你说话耳朵聋了没听见，还是眼睛瞎了来人看不见！"

虎旦瞪起两只鳄鱼般的大眼睛，两道浓眉倒竖，四方脸憋得通红，扭着脖子张开大嘴冲建民高喊起来："你才瞎了眼！你才耳聋了！你是哪儿来的一条野狗跑到这儿乱叫唤！"

建民毫不示弱，"爷跟你说话，为什么不出气？哑巴啦？"

"你才哑巴了，我不想跟你说！你能把爷咋？"

"为什么？你平白无故就不跟你爷说话啦？"建民脖子伸得老长，摇晃着脑袋，胸脯一起一伏急促地喘着气，使劲儿扯着嗓子喊。

虎旦自然也不示弱，一手叉腰，一手指指点点，上身冲虎旦一倾一倾，脖子上青筋暴突，唾沫星子四溅，歪着嘴大声骂着。两人越骂越凶，越骂越难听。建民跑到地头拔起锹向虎旦走去，虎旦见状也满地寻着找打人的家伙。

玉兰骑着自行车飞快赶到地头，扔下车子不顾一切冲了过去，夺下建民手中的铁锹，拦住气势汹汹的虎旦，用手指着虎旦和建民说："你们两个还是人吗？有什么了不起的事，在野地大吼大叫，骂的话要多难听有多难听！不怕人家笑话？亏得你俩还是好朋友呢！"两人停下来谁也不说话，只一个劲儿地喘着气。

玉兰看着他俩也半天没吱声。等两人的气消了一些后，她便说："虎旦，建民想看看咱们的试验田，你应该双手欢迎而不应呛人家，让人家受不了。"然后她又扭头对建民说："建民，你也不要计较，虎旦那人你又不是不知道，但凡有点儿事就沉不住气脑袋扬得老高，不知自己几斤几两了，再加上没文化说不了话，一说话就往南山上撞，呛得人连气都上不来。你有文化明事理，不要跟他这种粗人计较，再说你们还是朋友，有甚可计较的。"

玉兰几句话说得建民有些不好意思，刚才紧绷着的脸松弛下来，气氛顿时缓和了，建民掏出烟蹲在地上慢慢抽起来。

玉兰接着说："你以前帮过虎旦不少忙，他还经常跟我说呢，从心里很感激你，所以你不要跟他一般见识，多念他的好吧。"玉兰边说边朝虎旦指了指，然后诚恳地看着建民。

建民不好意思地笑了笑说："唉，没什么。兄弟之间吵架是常事，我就是撮火虎旦那丧门神样。不过你说得对，他就是那么个德行，跟这种人没必要计较，要么能把你气死。"说完他抽出一根烟走到虎旦跟前，"看在玉兰面上，也看在咱俩是好朋友的分儿上，我不跟你计较了，不过你这点儿驴脾气以后得改一改！"虎旦接住烟没说什么，慢慢抽起来。

建民跟玉兰说起了他在外面的所见所闻，玉兰听得很认真，她边听边琢磨自己的事。建民说现在好多农民把农副产品和粮食拿到城里去卖，还有不少农民进城打工，城里有好多事可以做，待明年开春他想出去闯一闯。他还非常神秘地凑到玉兰耳边悄悄告诉她，自己去找过李大姐。他说成良哥和李大姐现在都在重要部门工作，说不定哪天还能用得上。

和玉兰说完，建民扛着铁锹走了。虽说今天受了不少气，但他看了虎旦家的试种田，目的也达到了。另外，跟玉兰的接触使他受到很大启发。想不到这个女人如此厉害，文化虽然没自己的高，但做事很老练，很有心。建民心里感慨地想：真是山沟里飞出了金凤凰，可不能小看她啊！

建民因为干了丢脸事，回来后全家人都指责埋怨他，动不动就拿虎旦家来打比方教训他，使他很没面子，所以他想给虎旦夫妇一个下马威。谁知虎旦现在财大气粗，竟不吃他这一套了，而且玉兰也变得成熟老练，说话办事很有办法，自己不但没镇住人家，反而搞得很狼狈。要不是玉兰从中解围，还不知会闹成什么样子。建民今天心里受到重创，他懊悔春天输了眼，把这么好的机会错过，让玉兰钻了空占了风头，又得利又出名。为了阻止玉兰，他曾在背地使过不少坏，但没有阻止得了，现在眼看人家丰收在望，只好干瞪眼。他心里仍不服，满腹火气还没彻底释放，于是又往别的地里走，想找个人把憋在肚里的话倒一倒。

牛二夫妇远远看见建民朝他们这边走来，牛二赶紧拿起自己的上衣站在田埂上使劲儿冲建民挥动，暗示他到这儿来。建民拖着铁锹低头往前走，只顾想心事没心思看地里，所以并没注意牛二挥舞衣衫。牛二眼看着建民快到他家地头了，却没过来又绕道走了，心里很着急，赶紧跑过去拦住建民，"哎！歪嘴子，上哪儿死去啦！"

他的突然出现吓了建民一跳，建民哆嗦了一下抬起头，"哎呀！你泼尸了！吓我一跳！"牛二看建民吓成这样，高兴得哈哈大笑。建民嗔怪地瞅了他一眼，定了定神摇着头无可奈何地笑了。

"大歪嘴你见利忘义，有了钱就不记得老朋友啦？回来不说看看我们，反倒不知看哪个老相好去了。"说着牛二狡黠地冲虎旦的方向瞅了瞅，并且拿出一块儿报纸，撕下一小块装了点旱烟，卷好递给建民，然后又给自己卷了一根，两人蹲在地上吸起来。建民吸了几口把烟掐灭，从衣兜里掏出一盒香烟，抽出一根递给牛二，自己也拿了一根吸起来。

牛二见此惊讶地说："呵，看来这小子是真的挣了钱，不抽旱烟抽香烟啦。"

建民乜斜着他，烟雾从鼻孔慢慢喷出，显出一副清高和傲慢的样子。牛二看建民那副模样，心里突然没了底，感觉在建民面前一下变得很渺小卑微，满脑子鬼主意忽然跑得无影无踪。

牛二媳妇挺着肚子，膝盖上顶着两个包，右腿上有一块补丁，一手托在腰部，另一只手吊在胳膊上前后甩，保持着身体的平衡，两腿撇开，深一脚浅一脚地走了过来。"好你个大歪嘴，挣了钱牛起来了，老远我们就和你招呼上了，可人家硬是装得没看见，低着头一个劲儿往前走，连看都不看我们一眼。"说着她用袖口擦了擦额头上的汗。

建民望着她黑里透红的脸说："咦！这老婆是咋啦？几天不见就破相了。"说着他看了看牛二，"谁闹的？除了二哥再没别人吧？"

二嫂弯下腰抓起一把湿土朝建民扔过去，"你个死不了的，我叫你再胡说！"

建民用胳膊护着脸，立即笑着站起来，也抓了一把土朝二嫂扔过去。

牛二和老婆一起扑上去，"咦，你想反啦？来！咱俩把这狗日的抬起来扔进粪坑算啦。"牛二说着一把拽住建民，夫妇俩在建民的胸前、脖子上、胳肢窝乱挠，并且试图抓他的胳膊和腿。建民四肢乱弹满地打滚，笑得连气都喘不上来。

夫妇俩边挠边问："再敢不敢啦？"

建民上气不接下气地说："不敢啦，不敢啦！哥哥嫂嫂饶了我吧。"

夫妇俩也笑得上气不接下气，牛二抱着建民的头，二嫂抬着他的两条腿，两人一起使劲儿把建民扔了出去。

建民从地上爬起来，拍了拍身上的土说："哎呀，今天时气不好，不小心在狗窝捅了一棍，遭来一阵狗咬。"说着扭头就跑，夫妻俩看着他捧腹大笑。

一阵嬉闹后，建民就对他俩吹起来，说他这次出去虽然没挣到钱，却开了眼，认识了几个重要人物，并且答应今后要帮他，还说玉兰请他去看试验田，问他今后试验田有没有必要再种。

牛二夫妇用疑惑的眼光看着建民，"你这话是真的？听说人家的试验田种得不错，村里人都想学她明年也种套田哩，她咋还犹豫呢？"

"虎旦那老婆是个绝顶聪明的人，我看咱村谁也斗不过。表面看她在搞示范，其实心里在打自己的小九九。套种好不好她也不知道，只是看中了秋后的奖励。另外，她巴结支书一家，为了叫看娃娃。"真不愧是"大歪嘴"，眨眼就把黑白颠倒了。牛二夫妇被他说得有点丈二和尚摸不着头脑，不知他的话该不该信。

牛二两口子在村里是出了名的"奸人"，有利的事抢着干，没利的事躲得远远的。现在，夫妻俩正在打自己的小算盘。玉兰刚搞试种田时，他们极力反对，在背后说了不少坏话。事实证明玉兰搞对了，他俩决定明年也种套田，所以近来常去找玉兰套近乎，想给自己留条后路，为今后打基础。另外，两口子还爱煽风点火瞎起哄，指使人传闲话，爱看别人的笑话。今天，他们远远看见虎旦和建民吵得很凶，便幸灾乐祸静静地躲在一边看笑话。用牛二的话说："山水越大越好看，让狗日的们打起来才好呢！"所以，两口子巴不得他们赶快打起来。没料到，玉兰突然出现平息了一场风暴。夫妻俩想知道玉兰有什么灵丹妙药没让他俩打起来，所以就给建民发信号，急得想搞清原因。

建民肚子里藏不住事，有指甲大点事都要说出来，说出来才觉得痛快。他把憋在肚里的话添油加醋地倒给牛二夫妇听，说完了心里豁然开朗，提着铁锹哼着小曲，满不在乎地朝自家田里走去。

建民走后，两口子为他说的话犯起了嘀咕，不知道这话是真还是假，难道玉兰吃不准套田该不该种？两人猜测了半天谁也说不清，最后决定晚饭后去找马正经问一问。

晚饭过后，牛二两口子顾不上收拾，放下饭碗急急忙忙去了马正经家。马正经正在吃饭，见他们夫妇两个风风火火赶来没理睬，只管低着头吃饭。牛二夫妇见他不理不睬的样儿也不好说什么，只是东一句西一句地跟家里其他人搭讪。吃饱喝足了的马正经推开饭碗，拿来烟袋点起小油灯，半躺着靠住窗台，不紧不慢地抽起烟来。牛二实在憋不住了，凑到离他最近的锅台边低声下气地说："大哥，我们有点事想问问你。"牛二嫂也殷勤地附和："就是，大哥。"马正经眼皮耷拉下连看都不看他俩一眼，只是闷声"嗯"了一声。于是牛二便把建民的话说了一遍。

话刚说完，马正经突然抬起眼皮瞪着牛二，"你们两口子长上眼睛是看东西的，还是出气的，四只眼都被狼吞了！虎旦地里的庄稼咋样你们看不见，还用大歪嘴在那儿瞎鬼嚼！"说着他一骨碌坐了起来，用烟锅指着牛二，唾沫星子飞溅，"再说，你们的脑子喂狗啦？也不想一想这话对不对。糊脑孙！还用问我？"

马正经眼看着种套田的人家个个硕果累累，心里就像猫抓似的难受，恨不得让老天爷把人家的套田跟自己的田调换一下，可惜自己没有回天之力，只能眼睁睁地看人家抱着金元宝回家。他怪自己没眼力没看开局势，跟上建民这帮人瞎起哄，吃了这么大亏。今天，牛二两口子一来，就让他心里堵得慌，再听他们说那没脑子的话，立刻火冒三丈，心想：就这帮人没眼力坏了我的事，他们不要瞎搅和，自己老老实实地听村支书的话，哪能吃这么大亏！他气得眼珠子通红，愤愤不平地看着牛二夫妇。

两口子见他那样真有些丈二和尚摸不着头脑，牛二媳妇张了张嘴正要说什么，牛二摆了摆手制止了，拉着老婆二话没说赶快就走。出了院子，牛二扭头冲院子里狠狠啐了口唾沫，"呸！没见过这么个龟孙子！好狗还不咬上门的客了。他倒好，鼻子不是鼻子脸不是脸的，二话没说开口就骂，骂得你狗血喷头，真是狗肉上不了秤，不识抬举！"

夫妇俩又气愤又恼怒地回了家，一晚上谁也没说话，并且发誓从今往后有天大的事，也绝不再去问马正经。

第十一章　日子再苦也得过

经过一段紧张忙碌后,很快迎来了夏收。大集体时,为了尽快让粮食入仓,总得搞几天脱粒大会战。场面上机器隆隆热闹非凡,晚上灯火辉煌。所有的强劳力轮流上阵,夜战天明。自包产到户后,各家各户自己搞,再也没有过去那种热闹和喧嚣了。为了省钱,好多人家不用脱粒机,而是采取土办法,套上牲口用碌碡碾,这是最原始的一种脱粒方法,还有些条件好的人家用小四轮压。一家一户的场面上,晚上只有星星点点的灯光及吆喝牲口的声音和小四轮沉闷的轰鸣声。玉兰和虎旦自然是用碌碡碾,所以连着几晚上赶着牲口打麦,很累。另外,他俩还打算尽快将自己的小麦打完去帮支书。因此,从开镰那天起玉兰几乎没睡过一个整觉,天天拼着命干,累得要死。虽然虎旦也累,但孩子的事和家务事都不用他管,比起玉兰轻松多了。

脱粒那几天,晚上实在困得不行了,玉兰和虎旦就躺在麦垛上打个盹儿,然后爬起来继续干。天快亮了玉兰回去喂猪,做饭,吃过饭两人稍微睡一会儿接着干。庄户人愁的事是没好收成,有了好收成,最害怕的是粮食入仓前受损,只有粮食入了仓,这一年的辛苦才算没白费,所以再懒的人这几天也绝不敢怠慢。经过几天奋战,脱粒的活基本完成,玉兰和虎旦心里顿觉轻松了许多,两人顾不得什么就趴在麦垛上睡。明芳刚好从这里经过,她是来看看玉兰,没想到夫妇俩在麦垛上睡得正香。

午后的太阳火辣辣的，照射着大地，使地面上和麦秸上的水分不断地蒸发，虎旦黑红的脸上敷着厚厚的泥土，嘴、鼻梁和额头上全是汗，汗水把他脸上的泥土冲成一道道沟壑，使他变成一个大花脸。他的衣衫上到处是一片一片的汗渍，身上散发着浓浓的汗腥味儿，在微风中扑鼻而来呛得人作呕。他歪着头，嘴巴张得大大的，鼾声从喉咙里咕嘟咕嘟地直往外冒。小蜜蜂嗡嗡嗡地叫着，绕着他的整张脸飞来飞去，可能是气味太难闻，始终不敢落下，苍蝇蚊子却肆无忌惮地老往他脸上爬，使那张本来不干净的脸上又添了好几个红包。由于苍蝇蚊子的干扰，睡梦中他本能地翻了翻身，背上全湿透了。玉兰将一块纱巾盖在脸上，一只胳膊放在额头上，让人看不清她的脸是什么模样。明芳站在她跟前默默地看了很久，不忍心叫醒他们，最后，恋恋不舍地走了。

和明芳相比玉兰是幸运的，在明芳看来玉兰的命真好。她羡慕玉兰身边有丈夫，还有一个聪明可爱的孩子，日子过得也一天比一天好。虽然虎旦不是好丈夫，但也没太多坏毛病，家里的事全是玉兰一人做主，不像自己，身边既没丈夫又没孩子，自己也做不了主，过得家不像家，日子不像日子。别人都忙着发家致富，可自己却过得一天不如一天，心里总是空落落的没有着落。为此，她常愁得彻夜难眠，几乎整日以泪洗面，即使有再大的难处也不敢跟人讲，只有找玉兰说说。遗憾的是好不容易来见玉兰，她却睡着了，两人没说上话。明芳佩服玉兰办事有主见，柔中有刚，泼辣大胆，恨自己软弱无能，试种田就是个很好的例子。自己的事摊在玉兰身上会咋样呢？明芳一边走一边想。

最近，婆家人怕她待不住改嫁，于是要她抱养一个孩子，想拴住她。明芳打心眼儿里不愿意，但是婆婆已经偷偷跟人家说好了，再有半个多月就要把娃抱回来。为此她跟婆婆闹了好几天，最后，婆婆终于说了软话，只求她先去看看，是否抱养看完后再说。于是她答应了婆婆，前几天跟她一块儿到邻村去看了看。

原来离这十多里路的邻村，有一个从外省来的逃避计划生育的女人，她由姐姐陪着已经躲了好多地方，一星期前来到这儿，租了一个凉房住了下来。破旧的土房阴冷潮湿，窗户纸都破了，用一些塑料布挡着，屋里黑乎乎的，土炕上铺着一张破炕席，炕的一角放着一点简单的行李，另一头堆放着主家一些杂七杂八的废旧物，地下除了一个水缸和一个脸盆外，还有些农具，锅台上放着几个碗和两双筷子。炕上坐着两个女人和一个刚会走的孩子，孩子身子小脑袋大，稀疏的头发中间有一圈没头发，一看就知道是严重缺营养。孕妇挺着大肚子背靠在窗台边，脸上的妊娠斑一块一块的，两脚和小腿浮肿得很厉害，两手放在小肚上，就像放在一面倒扣的锅上。她不时打着嗝，好像胃很不舒服，喘气声很粗，小肚子随着她的呼吸一起一伏，显得非常突出。炕上的孩子刚满周岁，是孕妇去年生的。因是女孩，她和丈夫不甘心，所以生下那孩子不久又怀了孕，希望能尽快生个男孩。为逃避当地的计划生育政策，她们带着孩子跑了出来。已近临产，她不知肚里的孩子是女是男。婆婆已经跟人家约好，肚里的孩子若是女的给明芳，如果是男的，就把现在这女孩给明芳。因为他们家里还有两个女孩，已经超标了。因为超标生育，家里值钱的东西让乡里罚了个精光，现在穷得啥也没有。丈夫在外打工，老婆带着小女儿到处躲避。自见了那个瘦小可怜的孩子后，明芳真动了恻隐之心，心想：既然婆婆愿意，干脆就把那孩子收养了吧，这样婆婆可以帮着带，而且还可以解除自己的孤寂。心里虽这么想，但她嘴上没敢答应，打算找人商量一下再做决定。今天好不容易路过，想借此跟玉兰把这事说说，没想到玉兰正在睡觉没说成，她只好失望地走了。

  明芳失望地离开玉兰回到家，进了自己的屋，拉过一个枕头想躺下休息一会儿，顺便把脑子里乱七八糟的事理一理，刚躺下就听婆婆在院子里大声嚷："明芳，明芳！"明芳听见喊声爬起来正要下地，婆婆已经冲了进来。她身后跟着一个年近四十岁的男人，婆婆指了指这个男人神秘而急切地说："这就是我们要抱养的那娃的老子。"那男子点了点头，两眼直愣愣地看着明芳。婆婆又说："乡计生办的人已经发现了他们，现在就撵他们走，他俩想把孩子给咱留下。"

  这突如其来的消息把明芳搞得措手不及，她不知如何是好，站在那儿半天说不出话来。那男子见明芳不说话，突然跪在地上，两眼含泪，嘴唇颤抖着说："大妹子，你行行好吧，我现在真的是走投无路了。一看就知道你是个好人，求你把我的娃当成一条给你照顾的狗养活吧。"他声音沙哑哽咽着，头发乱哄哄地竖起来，两手放在膝盖上肩膀不停地颤动。

明芳见一个大男人跪在自己面前这么苦苦哀求，心里乱急，她摆了摆手说："你不要这样，抱养娃娃是大事，让我们好好商量商量。"那人一听干脆不停地磕起头来，把头在地上碰得嘭嘭响，吓得明芳赶紧拽住他对婆婆大声喊："妈！妈！你看这是咋了？快把他扶起来！"婆婆一看那男子满头满脸的血，也吓晕了，"噢"了一声，使劲儿搂住他的腰，和明芳一起把他拽了起来。

婆婆指使明芳赶快拿来湿毛巾，一边给那男子擦脸一边对他说："后生，不要这样，想开点儿，没有过不去的火焰山。"说着她的眼圈也红了，看了看那后生，"今年多大啦？"

"三十四了。"他的眼泪一直不停地流着。

婆婆惊奇地摇了摇头，"才三十四岁？我以为你有四十四了。"她咂了咂嘴又接着说，"年纪不大思想还挺顽固，为了生儿子，连老婆的命也不要啦？唉，娃娃也跟上你们这些父母遭大罪啦！假如你老婆肚子里怀的还是女孩怎么办？"

"只好干认倒霉！"男子又痛苦地蹲在地下抽泣起来。

婆婆看了看他又看了看明芳，"救人一命胜造七级浮屠，明芳，你就行好帮帮他们吧，把孩子留下跟你做个伴。"说完她扬了扬手又不容分说地说，"我看，这事就这么定了吧。"然后她扭头对那男子说："你赶紧回去抱孩子，天黑后抱来。"男子慌忙抹掉眼泪站起来，对明芳和婆婆深深鞠了一躬，摇摇晃晃地出去了。

天黑以后，男子领着老婆孩子来了。孕妇由于多次被追撵，加上孩子要送给远离他乡的陌生人，马上就要分娩了。她赶了十多里路，到这儿羊水已经破裂，明芳一家非常紧张，万般无奈的婆婆只好当起了接生婆。下地干活的人也都陆续回来要吃饭，猪鸡等大小牲畜也饿得吱哇乱叫，院里屋外人们忙作一团。

到了夜晚，村落寂静，谁家有点动静都能听见。婆婆怕招来麻烦，指使孩子们弄来些炮，做出驱邪捉鬼的样子，准备待孩子一生下就放炮，以免村里人听见婴儿的啼哭。多亏老天爷保佑，孩子很快就生下来了，又是一个女婴！夫妇俩看是女孩，毫不犹豫地把她放进尿盆，产妇坐在上面，谁也拉不起来。在丈夫的帮助下，婴儿很快溺水身亡。就这样，一个女婴还没来得及看看这个世界，就匆匆离去了。全家人被这对素不相识的夫妻整整折腾了一夜，婆婆为自己的愚蠢做法后悔得要死，嘴里不停嘟哝着，不断抱怨和咒骂着自己。

三天后，那对夫妇带着孩子和姐姐走了，明芳家总算又恢复了平静。这一次对婆婆刺激很大，气自己损了夫人又折兵，刚逮的鸟又飞了，好几天无精打采板着脸不说话，原本一副哭丧脸，这下更难看啦。

明芳抱养孩子的事不声不响过去了。生活仍在继续，明芳的生活状况没任何改变。玉兰却忙得不可开交，除了庄稼什么也不想。

麦子终于入了仓，吃过饭玉兰打发虎旦上地里看看，自己急急忙忙去帮支书。大家正干得热火朝天，虎旦满头大汗，两只鳄鱼眼瞪得老大，气喘吁吁地跑来告诉玉兰，有人把牲口放进他家的试种田，庄稼被糟蹋了不少。支书一听非常气愤，放下手头的活儿，跟虎旦一起赶到地里。看完现场，支书领虎旦去找村主任商量如何抓这件事，正在这时，虎旦的社长也领着村里有名的瞭烟筒来找村主任。

原来，虎旦从家里出来不久，就有人告诉他试种田里进了牲口。他急急忙忙往地里赶，到那儿一看，果然如此！从现场看，是有人故意把牲口拴进自己地里的，气得他大骂起来。骂了半天也无济于事，他便牵着毛驴回村，想弄明白是谁干的。听说拴在地里的毛驴是赵家的，他不问青红皂白把驴圈在自家院子跑来找玉兰。

瞭烟筒不明白虎旦为什么要把自己的毛驴圈起来，昨天他把驴拴在自己的地畔了，怎么虎旦硬说是拴在他家地里？为此，父子几个大眼瞪小眼蹲在家寻思了半天，最后跑去找社长告状。社长一听，也很为他们愤愤不平，便领着他来见村主任。

瞭烟筒名赵根树，是村里有名的大懒汉，是包产到户前从梁外迁到这儿的，六十刚出头，有四个儿子、两个女儿，老婆在几年前的一场黑暴风中死了，两个女儿已经出嫁，四个儿子三四十岁，还没老婆，现在家里老小五条光棍。他一贯好吃懒做，老婆在世时，家里家外的活全她干。家大人多，没人干活儿，穷得叮当响。全家人的衣服补丁撂补丁，有时甚至露着肉，大人孩子的鞋经常前露指头，后露脚跟儿。姑娘年龄大了，因衣服破烂怕人笑话，常羞得不敢出门。为吃彩礼，两个女儿刚满十八就出聘了。拿到女儿们的彩礼后，他大吃大喝，很快就挥霍一空。老婆在世时活得很可怜，艰难的日子使她显得非常苍老，夫妇俩走在一起，人们都说她是瞭烟筒的妈。人们从没见她穿过一件新衣服，她的衣服都是别人的旧衣服改做的。夏天，因她过于瘦小扣不住衣服扣子，只好用几根布条拴着，两个衣襟之间的一道缝使白皙的皮肤清晰可见，有时候连乳房都能看见。人们常爱拿她开玩笑："哎，你那大儿怎么不出来干活儿？整天在家养得白白胖胖的，打算做甚用？"她难为情地笑笑，狠狠地回骂一句："哎，打你个断种狗！"说着随手捡起一个土块扔过去。

这样的一个女人却死得很惨，她的死曾震动了全公社。那是在几年前的一个夏天，午觉过后，天空突然出现像雾一样的东西，黑压压的，由西而来，地面一片昏暗，人们预感到马上就要有一场狂风暴雨降临，在外干活儿的人纷纷往家赶。可怜的母亲看见天气骤变，要丈夫赶快去接外面放羊的儿子，赵根树不去，她只好自己出去了。可她没接到儿子，从此没有回来。

一场罕见的黑色暴风过后，公社、大队全力以赴到处找她，找了好几天始终没找到。过了几个月，有个放牧人在一个被遗弃的破房洞里避风，发现墙角边的土堆旁有一块衣襟在风的吹动下不停地摆动着，出于好奇，过去拽了拽，不料却是一具女尸。可怜的母亲穿着那件不能遮风避雨瘦小的烂衣衫,抵挡不了暴风骤雨的袭击,想蹲在破房洞的拐角处避一避,却被沙土活埋了。

　　赵根树自从死了老婆,日子更不好过了。公社考虑到他家的实际困难,把他列为移民,让他从靠天吃饭的梁外地区迁到这儿来。俗话说:江山难改,本性易移。父子几个虽然换了新环境,但好吃懒做的毛病仍没改,日子仍然过得很艰难,是有名的贫困户。上面的干部下来扶贫,见他们生活贫困,组织单位的人捐款捐物,给他们送了不少衣物,还有两条毡、两袋大米及五百元钱。父子几个拿到钱马上买来酒、肉大吃大喝,没几天就把那点钱挥霍得一干二净。烟筒塌了谁也不去整修,把捐来的新毡卷成卷儿套上去当烟筒。为此,乡里取消了他们贫困户的待遇,扶贫对象里再也没有他们了。

　　每当做饭时分,他们不做饭,而是站在房上看谁家的烟筒冒烟,等人家的烟筒不冒烟了,估计饭已做好,便起身去蹭饭。因此,人们给他们起了个外号——瞭烟筒。

　　夏收季节,家家都起五更睡半夜,没明没黑地抢着干,他们父子几个歇的时间比干的时间还长。那天,太阳还没落山,父子几人就歇了工,将毛驴从碌碡上卸下来拉出去吃草,自己却回家睡觉去了,一觉睡到大天亮,哪会想到竟有人把毛驴拴到虎旦地里。经双方把情况说明,大家才知道是有人故意借刀杀人,于是老支书决心一定要查出这个人,杀杀村里的歪风。

　　其实这事是陈赖小干的。他因玉兰不同意鞠引娣和槐英找他而耿耿于怀,把自己打光棍的事全怪罪在玉兰头上,在村里逢人便讲,经常说玉兰的坏话,甚至给玉兰使坏。尤其玉兰的试种田大获丰收,更让他妒火烧心,时时想叫玉兰的试种田种不成。他看玉兰的小麦长势喜人,恨不得把它们全部拔光,但一直没机会,又怕被发现,在地头徘徊了好几次没敢干。等小麦快要成熟了,他又动了恻隐之心,觉得这么干太缺德,于是便放弃了。昨天,他路过这儿,见玉米长势也很好,于是便产生了邪念,看看周围没人,便把离这儿不远的一头毛驴牵过来拴到地里。

　　他以为自己干这事谁也不知道,其实有人看见了。经老支书和村主任的再三追查,终于有人说出了真相。老支书把陈赖小狠狠臭骂了一顿,并且罚他赔偿虎旦家一亩地的产量,至于是多少,按秋后玉兰家的产量计。陈赖小一听傻眼了,他做梦也没想到害人没成反害了自己,两只小鼠眼通红,黄鼠狼样的脸拉得老长,泛黄的大门牙露在外面,牙缝太宽说话含不住口水,唾沫星子不断往外溅,躬着腰用央求的眼光看着支书,"叔,我以后再也不敢了,这次你老就饶了我吧。"

　　支书乜斜着他厉声说:"你让我咋饶你?说一句不敢就算了?人家的损失怎么办?你这是自作自受,活该!"他又偷偷看了看村主任,主任跟支书一样满脸铁青,嘴绷得紧紧的,连看也不看他一眼。明白从他们那儿是无法获得原谅,他又转动了下小眼珠,斜视着虎旦。只见他一脸怒气,鼻子歪到一边,攥着拳头咬紧牙,恶狠狠地瞪着自己,好像要把他活吞下去。陈亮明再也不敢作声,耷拉着脑袋蹲在地下。

　　老支书说话算数,秋后,罚陈亮明的事真的要兑现,陈亮明和父母都傻了眼,辛苦了一年挣点粮食不容易,没想到就这样白白地丢了。父母气得要死,拿起笤帚满院子追打他,父亲扬言,不打死他誓不罢休。村里人都跑来看热闹,赖小被追打得没地方躲藏,抱着脑袋活像个老鼠似的蹿来蹿去,嗷嗷乱叫。

　　玉兰听说后,放下手头的营生,赶紧跑来拉住赖小的父母,"婶子,叔!你们这是干什么?即使真罚了你们的粮,我也不会要,只是想通过这事教训教训亮明,让他以后再不要干这种缺德事了!"

　　亮明一家听了这话大吃一惊,他父亲惊疑地问:"虎旦媳妇,你说什么?你真的能想开?损失了这么多东西就这么算了?"

　　玉兰点点头说:"叔,事情刚发生时,我确实很气愤,这段时间慢慢想开了,咱们乡里乡亲的住在一块儿不容易,拆了你家墙补我家有甚意思?另外,我想亮明他今后恐怕再也不会干这种事了，就当是一次教训吧。"

亮明的父亲蹲在地下呜呜地哭了起来，"玉兰，你真是个好娃娃，年纪轻轻这么通情达理，我跟你婶子谢谢你啦……亮明！你个龟孙子！赶快跪下给你嫂子磕头，好好谢谢人家！"亮明的母亲也上去拽住亮明，要他赶快下跪。玉兰急忙拦住她说："婶子、叔，快别这样，只要亮明兄弟以后再不要记恨我们就行了。"

亮明万万没想到玉兰这么豁达。这件事不仅教育感化了亮明，也教育了村里好多人。从此，亮明再也不说她的坏话了，而且对她崇拜得五体投地。

经过试验，玉兰的试种田获得成功，秋后，亩产大大提高，自己受益不说，也给村民们也带了个好头。支书年初的承诺也兑了现，凡搞试验的人家根据收益不同，都得到了相应的奖励。另外，乡里召开干部会，各村支书、主任、各社长、妇女主任等都参加了会议。会上总结了今年的工作，表彰了科学种地带头人，玉兰在全乡又受到了表彰，她的行为引起了轰动。从此，人们对玉兰刮目相看，遇到什么事都要问她，甚至婆婆媳妇闹别扭、两口子打架、孩子不听话等乱七八糟的事也都跑来找她，玉兰一下成了大红人。农闲了女人们拿上针线活儿到玉兰家串门，她家一下人来人往变得热闹起来。虎旦沉不住气，走起路脑袋扬得老高，两手总背在后，嘴里不时哼几句小曲。过去农闲时他老跟建民去胖嫂家凑热闹，可是今年却不同了，家里人不断，胖嫂他们还经常往来跑，使他有一种极大的满足感。

家里来信，说哥哥和美秀姐冬天要结婚了，让玉兰一家早点回去。信是大哥写的，她从字里行间看得出大哥很高兴。听到大哥结婚的消息玉兰也非常欣喜，恨不得马上回去。大哥终于盼到了这一天，玉兰拿着信闭上眼睛，幻想着美秀姐做新娘时的喜悦心情……她的心猛然抽搐了一下，唉，那种喜悦自己这辈子是体验不到了！她痛苦地想，忽然感到很悲伤。

第十二章　跟老婆回家

秋粮一入仓，农民又进入了农闲季节，男女老少没事干，开始攒三聚五说闲话，耍赌。本来赌博风在人民公社大集体时期已经杜绝，可近两年又盛行起来。好多人吃过早饭三五成群凑在一块儿编棍棍、打扑克，甚至玩麻将，连七八十岁的老太太也玩。玉兰急着打点家里的一切，做回家的准备，虎旦却到处串着耍，大部分时间都花在耍上了。虎旦是一个极没责任心的人，由于父母死得早，自己独来独往惯了，所以根本不知道怎么去体贴人，不管玉兰的感受，只是一味地我行我素。玉兰常觉得跟虎旦在一起生活很累，活得不轻松。她心里唯一感到欣慰的是一天天长大的润圆，每当看到他，玉兰心里所有的不愉快都抛到了九霄云外。

因为着急回家，玉兰整天埋着头拆洗被褥缝补衣服，赶做大人孩子回家要穿的衣服。第一次领上虎旦和孩子回家，她想尽量体面些，让父母和所有亲人放心，也想让老家的人看看她现在过得不错。由于回家心切，时间不知不觉地过去了。入冬，把家里的一切收拾停当后，全家便上了路。经过几天颠簸，他们终于到了家。

玉兰带着虎旦和孩子回家，全家人自然很高兴，再加上大哥马上就要结婚，更是喜上加喜。大哥和美秀结婚那天，全村男女老少都来了，只有旺林哥没回来。玉兰看着大哥和美秀满脸幸福的样子，心里有种说不出的滋味，衷心地为大哥和美秀祝福的同时，也在默默为自己的婚姻流泪。在参加婚礼的人中，她见到了槐英的父母和鞠香的家人。鞠香妈看见玉兰，两手紧紧握住她的手不放，眼里含着泪水半天说不出话来。鞠香好长时间没回来了，也没给家里写信，近况如何谁也不知道，原以为玉兰可能知道些，没想到她们住得较远彼此了解很少，这让鞠香的妈妈有些失望。玉兰自从在玉才家听说了槐英的情况后，再没有槐英和鞠香的一点消息，只知道槐英回了老家。回来后，她才从家人那里知道了槐英的详细情况。

槐英为了哥哥跟人换亲，嫂子一过门就要求槐英赶快跟自己的傻哥哥结婚，槐英死活不同意，偷偷跑出去嫁了人。嫂子娘家坚决不让，槐英的父母只好把槐英拽了回来。槐英回来后，寻死觅活，发誓宁可死也绝不跟傻子结婚。这件事反映到乡里，乡上来人制止，才把一场风波暂时平息下来。但是，嫂子家仍然不干，隔三岔五地来要人，使槐英娘家不得安生。槐英的丈夫自她走后一直不放心，所以就领着当地干部赶来了。经两地政府的干涉，问题才得以解决。最后，槐英跟着丈夫回去了。几经折腾，槐英心力交瘁，回去不久就流了产，是个男婴。槐英的丈夫因穷娶不起老婆，三十几岁才娶妻生子，没想到好不容易有了儿子还没活，伤心透了。他把孩子放在家里好几天，舍不得扔掉，经众人再三劝说才扔掉了。虽然丈夫年龄大一些，但对她体贴入微关爱有加，现在又有了孩子，日子过得还不错，父母也放心了。玉兰听了槐英的事，为她深深舒了一口气。

最让玉兰感到震惊的是这次回来竟意外碰上了引娣。给哥哥嫂子办完婚事，玉兰帮母亲打理家里的杂事，引娣突然来找她，使她大吃一惊。几年不见，引娣像变了一个人，个子比以前高了许多，窈窕的身材，白皙的皮肤，一头烫发刚洗过，蓬松散开，远看好像一个大笸箩，浓眉上又重重地画过，使两条眉显得更浓了，嘴唇和脸蛋上涂了厚厚一层胭脂，眼皮上还有眼影，像个唱戏的。她上身穿一件花布袄，下身穿一条西式裤，裤缝笔挺，脖子里围了一块花纱巾，显然是在模仿城里人的打扮。玉兰看着她忍俊不禁，心想：城里有点儿档次的人也不这么打扮。引娣见玉兰诧异地看着自己，有点儿不好意思地笑了笑："姐，不认得我了？"玉兰故意上下打量了她一下，惊讶地说："呀！这是引娣吧！我以为是仙女下凡了呢。"

引娣假装生气地说："看姐说的，几年不见就不认得我了！"说着伸出手去拉玉兰。玉兰感到她的手光滑而柔软，完全不是一个干活人的手，心里非常纳闷。自从自己回来，谁也没提起过引娣，这几年她一直不知道引娣的情况，原打算过几天抽空去她家看看，问问她的情况，可没想到却在这儿见了面。

玉兰不解地看着引娣问："你什么时候回来的？这几年过得咋样？快跟我说说。"

引娣扭捏着没说什么，只是不断用眼瞟着玉兰，好像在她身上寻找什么。玉兰低下头仔细看了看自己的衣服，并没有什么不妥的地方，纳闷地问："你咋这么看我？看得我怪不好意思的。"

引娣笑了笑说："姐姐长得好丰满呀，男人们一定喜欢。"说着，她用下颏示意了一下玉兰的胸脯。瞬间，玉兰感到一阵恶心，她不明白引娣的意思，但总觉得她的样子很怪。正在这时，母亲从门外进来，看见引娣露出一种异样的神情。引娣跟她说话，母亲带搭不理的，很快就扭头出去了，临出门还给玉兰使了个眼色，暗示她少跟引娣说话，玉兰对此是丈二和尚摸不着头脑。引娣本来还有话要对玉兰说的，但看玉兰妈的样子，没敢继续往下讲，坐了一会儿，东拉西扯地说了些废话就走了。

她一走，妈妈就急匆匆地进来对玉兰说："以后少跟她来往，人们都在背后议论她，怀疑她不知在干什么坏事，大家都怕被缠上。"

玉兰惊奇地问："她到底咋啦？人们为什么怕她？"

于是母亲便给她讲起引娣的事。引娣自跟玉兰她们离开老家后，经人介绍也找了对象，结婚不久就听说跟对象进城去做买卖。半年前突然回来了，声称她在城里的买卖很红火，要招几个人去帮忙，并且还带来一个男人，三十多岁，中等个儿，五大三粗，满脸横肉，说话满口脏字，两道粗眉像两根烧焦的木棒横贴在眼窝上，两只老鹰一样的眼睛总是恶狠狠地看着人们，厚厚的嘴唇紧闭，平时很少说话，活像个杀手。村里人都有些怕他，所以一看见他就远远躲开，谁也不敢靠近。人们凭直观感觉，引娣领来的人不是她丈夫。可是，引娣与他的关系非同寻常，引娣也不告诉大家他们之间是什么关系。在村里住了十多天后，也没见招什么人，两人就走了。最近，引娣又回来了。她的葫芦里卖的什么药谁也不清楚，觉得很蹊跷。她的言谈举止也变得让人难以琢磨，所以村里人都躲着她，并且对她很反感。

玉兰听母亲这么一说，也感到很纳闷。引娣的丈夫到底什么样，她也没见过，只听说家里弟兄多，男人在煤矿干活，怎么现在又成了做买卖的，而且生意还挺好，要在村里招人。可是，为什么又不招了？一系列的疑问使玉兰疑惑不解。上次她去玉才家，从姑姑的言谈中听出，他们并不知道引娣的详细情况，说明引娣也不常跟姑姑联系。引娣咋变成这样，她感到很奇怪。

玉兰对引娣的事并没太在意，只有在人们提到引娣时，她才暗为引娣担忧。最使她魂牵梦萦的是旺林，这次带孩子回来，很想让旺林看一看。临来之前，她给旺林写过一封信，告诉他自己要回来，希望他能回来与他们母子见一面，可旺林没回信。为此，她心里一直不痛快。吃过早饭，给孩子穿扮整齐，把自己也精心打扮了一下，然后叫妹妹跟他们母子一起去旺林家看看。

旺林家距玉兰家三四里路，姐妹俩背着小润圆缓缓向旺林家走去。沿途蜿蜒崎岖的小路引起玉兰好多回忆，看着眼前的山石草木，她感到无比亲切。这条路她太熟悉了，不知走过多少回，常和旺林偷偷约会，在庄稼地捉迷藏……夏天，路两旁的小草和灌木丛中开放着艳丽的花朵，可爱的小蜜蜂和各种迷人的蝴蝶在丛中飞来飞去，繁忙地工作着。看着那些美丽的蝴蝶，她和旺林哥经常会偷偷跟在后面欣赏它们。有时，旺林情不自禁地逮几只送给她。每次旺林都深情地告诉玉兰，她在他心中永远像这些美丽的蝴蝶那么可爱。她把这些蝴蝶夹到书本里，每打开书本看到它们就会想起旺林。有一次在课堂上，她看着这些蝴蝶忽然走了神，眼前全是旺林的影子和他们玩耍嬉戏的情景，不由自主地陶醉在幸福的回忆中。老师发现后，便叫她站起来回答问题，叫了几次她都没反应，逗得全班同学哄堂大笑，搞得自己很狼狈，在同学们面前出了糗，现在想起来还有点难为情。

他俩常跟路旁的庄稼比高矮，天天祈盼着它们快快长大，从春到秋看着地里的庄稼由小变老，祈望也随庄稼的变化渐渐变成泡影。有时年景好老天爷下点雨的话，他们心里别提多高兴了。到了冬天，这条路上光秃秃的，一刮风尘土飞扬，连眼睛都睁不开。偶尔下一场雪，他们也绝不放过玩的机会，堆雪人、打雪仗。最有意思的是几个孩子沿路踩雪，经常以旺林或大哥为首，其他人排队紧跟在后。大家把两手搭在前面那人肩上，然后低着头两眼盯着脚下，随前面的人往前走。为首的人常搞恶作剧，趁人不注意有意把大家带进雪坑，使身后的人摔倒，其他人也跟着往倒摔。摔倒后形态各异，有摞在一起爬不起来的，有相互碰脑袋、碰鼻子的，还有干脆狗啃地的。领头人却站在一旁幸灾乐祸看热闹，乐得前仰后附直不起腰来。摔倒的人爬起来自然会群起而攻之，拿雪块一起追打领头人，不大一会儿工夫又变成相互之间的混战。大家你追我打，在雪地里尽情嬉戏，尽情玩耍。有时，他俩故意把大家领进猪圈或驴圈取乐。旺林常借此把大家领回自己家，这是玉兰最开心快乐的。她喜欢这种开怀的游戏，更喜欢去旺林家。

今天，玉兰的心情很沉闷，带着孩子去旺林家串门，是想让旺林的父母看看儿子，更想知道旺林的近况，弄清他没有来信的原因。快要到旺林家了，玉兰的心不由得通通地跳了起来，这是她从未有过的感觉，而且离旺林家越近，心跳得越厉害，甚至能听到心房跳动的声音。她扭头看了看妹妹，只见她低着头背上润圆一个劲儿地往前走。背上的孩子睡着了，脸上的围脖在轻风吹动下不断地摆动。玉兰叫妹妹停下来，借给孩子摆弄围脖来掩饰自己内心的不安，让激动的情绪稍微稳定一下。她把围脖翻来覆去地摆弄了好几次，直到妹妹催促，才又迈着沉重的步子硬着头皮往前走。

到了旺林家幸好大部分人都出去了，只有他的父母在家。见玉兰来他们非常吃惊，旺林妈赶紧接过孩子把玉兰姐妹让上炕，老两口仔细地端详着玉兰和孩子，半天说不出话来。旺林妈紧紧地抱住润圆不断亲吻，旺林的父亲也不由自主地在孩子的脸上、身上抚摸。这个孩子和旺林小时候长得一模一样，老两口一见他什么都明白了，看见孩子就像见到旺林，所以对孩子格外亲热。玉兰见老两口对孩子如此亲热，心里也十分清楚他们这么对孩子的原因，只是当着妹妹的面不好表露罢了。她装作若无其事的样子和老两口聊起来："您二老的身体好吗？今年的收成咋样？"边说边从旺林妈怀里接过孩子递给妹妹。

旺林妈拉住玉兰的手慢慢抚摸着，"挺好。自从包产到户以来，日子比从前好多啦。玉兰，听说你过得不错，这次把女婿也领回来了。你哥结婚按理我们应该过去看看，可是……"旺林妈眼里转动着泪水说不下去了。旺林爸坐在炕沿边，一句话不说只一个劲儿地叹息。

她明白两位老人因自己离开旺林哥而一直耿耿于怀，虽然他们嘴上没说什么，但心里的疙瘩至今没解开。为此，两家人还闹下点儿不愉快，所以大哥的婚事谁也没来，父母的心里也很不是滋味。玉兰看两位老人这样，愧疚得不能自拔，半天说不出话来，只默默地低着头，眼泪顺眼角不断往外流。妹妹看着眼前的场景，也不知说什么好，一只手不停地在孩子的背上拍打着。大人们都沉默不语，只有润圆转动着稚嫩的小眼睛扫视着大人们的脸。沉默了一阵，旺林爸什么也没说出去了。旺林妈叹了口气，给玉兰擦着眼泪说："玉兰，别难过了，我们知道你的难处。你是个孝顺闺女，为了大哥不得不那么做。唉！多亏你那么做，才成全了你大哥，要不把你妈愁死了。"说着停顿了一下，怜惜地看着玉兰，"只是委屈你啦！"

听旺林妈这么说玉兰更伤心了，她猛地抱住旺林妈痛哭起来，"婶，呜呜！"玉兰什么话也说不出来，只是一个劲儿地哭。

孩子见妈妈哭吓坏了，也跟着大哭起来，妹妹一边哄润圆一边也不断抹眼泪。旺林妈擦了擦自己的眼泪又对玉兰说："玉兰，暂时不走吧？等哪天你把丈夫领来，我请你们吃顿饭。"

玉兰紧紧握着她的手说："婶子，不用麻烦了，我打算过几天回去。上次回来就应该来看看你们，但家里事多没顾上。这次，无论如何也得来看看你们。"说着她死死地盯着墙上相框里的照片。

旺林妈知道她在寻找旺林，于是接着说："玉兰，等过了年再回去吧。你旺林哥原打算在你大哥结婚时回来，但太忙了没顾上回来。前两天来信还问到你，说假如你回来一定告诉他，并且要你等他回来后再走。"

玉兰听旺林妈这么一说，眼睛里顿时放出异样光彩，惊喜地问："旺林哥过年回来？"旺林妈点点头。

"他现在咋样？干什么事能这么忙？"玉兰又迫不及待地问。

旺林妈告诉她，旺林在一个建筑工地干活，主管干部想把他转为正式工，只是领导出门学习还没回来，旺林等他回来看是否能行。另外，冬季工地已经停止施工，旺林正搞收尾工作，现在也回不来。玉兰听此由衷地为旺林高兴，惊喜地问："是吗？这是真的？"

"是真的。"旺林妈肯定地说。

这个突如其来的消息使她心花怒放，旺林哥可能成为正式工，将来有个美好的前程。真是功夫不负有心人！玉兰坚信旺林一定能成功。这次去旺林家看了看，她豁然开朗。旺林哥没给自己去信原来是有原因的，所以她决定在这儿过年，等旺林回来，无论如何也要让他看看润圆。

遗憾的是这个春节旺林并没回来，玉兰非常失望。临走的前一天，为了搞清旺林没回来的原因，她又去了他家一趟。旺林妈告诉她，旺林给单位照看工地没顾上回来，恐怕年后也回不来了。听了这话，玉兰的心一下凉了半截，几年没见旺林，原以为这次可以见到他，没想到事与愿违，只好失望地回去了。

第十三章　进城做买卖

　　玉兰一家回老家走了两个月，回来后发现村里有很大变化，听说给育龄妇女都定了生育指标，不能超生超育，提倡少生及优生优育。原来对城里人口控制得厉害，现在对农村人口也要进行控制。好多妇女为逃避计划生育，以串亲戚为名躲出去偷着生孩子，生下女孩要么送人，要么干脆弄死，生下男孩倾家荡产也要抚养，重男轻女现象极其严重，家家都盼生男孩，生不下男孩誓不罢休。为了尽量避免多生超生，从上到下制定了不少政策，但是多数人竭力反对甚至抵制，骂搞计划生育的干部是"断子绝孙的缺德鬼"，有些干部帮自己的亲朋好友走后门拉关系搞超生，大多数干部则采取睁一只眼闭一只眼的态度。现在，上面要加大力度抓计划生育工作，凡超生的妇女都要进行绝育手术，人们对此不理解，抵触情绪很大，怨声载道，骂声一片，谁上门做工作就攻击或辱骂谁。

　　另外，政府提倡大力种树种草，乡里发下树苗和草籽让社员种，好多人不愿意种，你推我靠，一家看一家。玉兰认为种树种草是好事，所以积极配合，凡发给自己的树种和草籽都种在房前屋后、田头地畔。人们见玉兰这么做也跟着干起来，很快村里种树种草的任务不费吹灰之力就完成了。村委会发现大家很信任玉兰，有人提出计划生育让玉兰来搞或许会好些。玉兰听说要让自己搞计划生育，起初无论如何不肯答应，经支书和村委主任再三做工作才勉强同意了。计划生育是件让人头疼的事，玉兰答应了虎旦死活不愿意，气呼呼地去找村主任，坚决要求把玉兰撤下来。村主任见他闹着不让玉兰干，推说自己不管此事，叫他去找支书，虎旦怕挨支书骂，只好灰溜溜地回去了。

玉兰一回来就开始为春耕做准备，她不想放过一年四季中的重要节气，并决心彻底改变以往传统的种植方式，把所有的土地都进行调整，搞科学种田。

村里人听说羊绒能赚钱，好多人纷纷倒卖起羊绒来。这样的机会建民是不会放过的，所以他来找虎旦，拉他一块儿贩绒，一来玉兰有钱，二来虎旦能吃苦好使唤，想借虎旦的财力和人力赚钱。起初虎旦不同意，怕挣不上钱反而把工搭进去，后经建民一伙儿撺掇动了心，决定去试试。他把这事跟玉兰一说，没想到她竟痛快地答应了。

一听玉兰同意了，建民心里别提有多高兴，情不自禁地扑上去亲了虎旦两口。虎旦迅速抹了一下自己的脸蛋，啐了口唾沫，歪着头摆着手说："哎！这是哪儿来的野猫发情呢，到处乱咬人？"

建民笑着做出要打他的样子，"哎，你小子好本事不多，灰毛病倒不少，还瞅着空骂人！"虎旦抬起两只胳膊边笑边招架着往开躲。

建民自从挖甘草没挣上钱，心里一直不甘心，天天做着发财梦。他从小就不爱在地里干活，现在全国上下搞改革，好多农民到城里找活儿干，心里也活泛起来，想出去找点儿不费气力能挣钱的活儿干干，只是没胆量走出去。听说贩绒能赚钱，他自然坐不住了。

去年，社会上刮起一股倒卖毛线和羊绒等毛、绒产品的风潮，从城里到农村，不管男女老少，不论职位高低，不分职业和行业，好多人都参与了。这场风潮的起因是毛纺厂和绒毛厂原料紧缺，人们趁机贩卖毛线和羊绒从中获利，于是就出现了一些不明真相的人跟着捕风捉影，企图从中获利。由于受好处费或中介费的诱惑，好多干部、职员、医生、教师、工人、农民都加入，各行各业的人都有。他们日夜兼程，到处奔波，找关系、找货源，辛苦了半天才发现上当受骗，这只是一场闹剧而已，是有人利用不明真相的人们发财心切的心理进行欺骗，试图把市场搞乱,从中割国家的"草",骗国营企业的钱。大家给这种人取名为"割草队"。建民也卷了进去,一分钱没挣着,跟着瞎忙活了半天。

通过这事好多人变得聪明起来,干脆走村串户直接从农牧民手中收购绒、毛、皮子等,然后卖出去从中获利,听说利润很可观。建民心里痒痒得睡不着觉,好几天都在琢磨此事,思来想去最后决定再冒一次险。于是,他去找马正经等人商量,想让他们和他一起干。这些人谁也不愿意去冒险,更不愿掏腰包,只是鼓动他干。为此,建民感到非常失望,发财的梦眼看又要破灭了,马正经给他出了个主意——去找虎旦。建民听了这个建议,抱着试试的态度去找虎旦。玉兰本来不想让虎旦去,后来她考虑一来能挣点活钱回来,二来让虎旦出去见见世面锻炼锻炼,学着做点买卖,或许以后自己也能跟着干,所以就同意了。

贩绒的事定下后,建民立刻去城里找销售关系,虎旦也开始筹钱做准备,一切准备就绪,两人就干了起来。玉兰更忙了,每天除了家里的一大摊事外,地里的活儿也等着她去干,吃过早饭,把家里的事料理一下,她急急忙忙往地里赶。润圆天天跟着母亲,风吹日晒,小脸黑乎乎的,脸蛋和小手皱得像山药蛋。大婶说了好几次让她把润圆送过去,玉兰不忍心再麻烦他们。老奶奶病得很厉害,身体一天不如一天。支书的三婶也经常闹病,家里家外全凭大婶大叔支撑,老两口也是五十来岁的人了,整天忙里忙外累得够呛,哪忍心再去麻烦人家。再说,润圆也能经得起风吹日晒,所以她决心带上孩子干活。

吃过饭娘儿俩坐着毛驴车往地里走,看着路边绿油油的青苗,玉兰心里感到无比舒畅,见周围没人清了清嗓子唱起来:

  心里头乐来脸脸上笑,
  止不住想唱个蒙那汉调。
  大青山高来乌拉山低,
  蒙汉两家谁也离不开谁。

润圆仰起头看着妈妈，玉兰俯身亲了亲儿子，用鞭子抽了下毛驴的屁股，放开嗓子接着唱道：

汉家那家妹妹长得俏，
哥哥他个头高。
你看亲亲亲来我看哥哥好，
一心一意和那妹妹交。
…………

玉兰的歌声清脆悦耳，婉转动听，像清香的玫瑰徐徐飘荡在原野的上空，弥撒在大地的各个角落，使土生土长的美妙旋律绽放出绚丽的光彩。玉兰越唱越来劲，越唱越动情，她扬起头甩开手中的鞭子，又在驴屁股上猛地抽了两下，放开喉咙继续唱：

你知道那天下黄河几十几道弯？
几十几道弯弯上有几十几条船？
几十几条船上有几十几根杆？
几十几个艄公哎嗨哟哟把船来搬？
我说那天下黄河九十九道弯，
九十九道弯弯上有九十九条船。
九十九条船上有九十九根杆，
九十九个艄公哎嗨哟哟把船来搬。

这久唱不衰的蛮汉调伴随着玉兰母子奔向自己的土地，也随着清风飘洒向远方。一个个优美的音符在田野跳跃、飞翔，它告诉人们生活在黄河两岸的蒙汉儿女世代相依，骨肉相连，他们渴望爱情，渴望幸福，在不断追求着爱情与幸福，向往着美好的生活。

虎旦和建民离开家，马不停蹄地到各处收购羊绒。剪绒毛季节，哪家或多或少总会有绒毛的，出于各种原因，大多数人家不能及时把绒毛卖出去，希望有人上门收购，尽早卖出去赚点钱。建民利用大家的心理，加上自己那张歪嘴，收绒还挺顺利。他和虎旦从农牧户手里收绒毛不用秤称，而是断堆儿，一堆或一包是多少斤约莫着给付现金。到后来他们和农牧户熟悉了，干脆连现金也不给，打个白头条子了事，说好出了货再付钱。他俩把收下的绒毛再卖给二道贩子时，便用秤来称了，差一两也不行。这样，除了在价格上盈利，在斤两上也赚了不少。

虎旦和建民走了个把月后回来了。村里凡出去收购羊绒的都收获不小，他们自然也不例外。建民经这段时间的瞎闯盲撞终于赚了钱，虎旦也有生以来第一次体验到拿小钱换大钱的甜蜜滋味。两人得意扬扬，走路都有些飘飘然。通过贩绒毛，他们不仅积累了些经验，还学到了如何掺假的本事。为了获得更大利益，一些人把有机油涂抹到绒毛上，再把已经加工好的石头粉、玻璃粉、重金粉、沙子、白糖等撒在上面，以此增加绒毛分量。虎旦和建民也把收下的绒毛如法炮制，然后再卖出去。

"割草"风还没过去，一场"羊绒大战"又开始了。好多手里有羊绒的人，受利益驱使纷纷掺假，尤其是卖给毛纺厂的绒毛严重掺假，不掺假的很少，甚至一斤绒毛掺二三斤假，使国有绒毛企业严重受损。每天把洗出的沙石用专车往外拉，面粉及石膏水不断从污水管排出，企业损失惨重不说，还严重污染了环境。"羊绒大战"这种怪现象让一个个企业始料未及，使企业顿时处于危机状态。人们的贪婪与无耻使一个国有企业濒临瘫痪。

可是虎旦和建民这些绒毛贩子们只想着自己赚钱，从没想过企业和国家是否受损。吃了甜头后，两人就没有种地的心思了，打算继续干这赚钱的买卖。他们不仅贩绒毛,还有了做其他买卖的想法。于是,两人合计到城里跑一趟,看是否有能干的事。正在农忙季节,虎旦不顾玉兰在家里是否忙得过来,没征得玉兰同意,拿着贩绒所挣的钱跟建民走了。玉兰为这事非常生气,但事已至此,也只好等虎旦回来再说了。

虎旦和建民进了城,刚下车就有人把他俩带到附近的一个私人旅馆,里面住的全是过路人,多是男人,只有两个服务员是女的,建民跟虎旦登记了一个两人间。虎旦很少出门,从没去过大地方,只去过县所在地。去年冬天,他跟上玉兰回家路过两个城镇,但也只匆匆而过,除此,在他记忆中再没去过什么大地方。这次是真正进了城,实实在在站在城市的土地上,他感到从未有过的新奇和激动。登记了住房,他就迫不及待地拉上建民往街上走,只见街道纵横交错,行人和车辆来往不断,马路两旁种的树和花草郁郁葱葱。最让他开眼界的是目睹了那么多楼房,过去只听人说,偶尔也从电影里看过,现在自己终于看见了。他两眼发呆,惊异地盯着街上的幢幢楼房,面对来来往往的行人及飞驰而过的车辆,真有些眼花缭乱、目不暇接。城里人的潇洒、城里人的打扮让他羡慕不已。城里人个个白白净净,长得真好看,尤其女人们,人人手臂上挎一个小包,不管老少多数人都穿裙子,在微风吹动下轻轻摆动,活脱脱一个仙女下凡,头上的烫发各式各样,就连男人们的发型也各不相同,也很奇特、好看。在村里男人们一辈子也没进过理发馆,只是自个儿剃头。虽说这几年也有不少人家用推子理头了,但咋也不如理发店的师傅那么专业、好看。村里人只会理光头,要么就是盖盖头或分头,哪还会有什么新花样。再说农村人谁还注意好不好看。现在,村里女人也烫发,为了烫发专程跑几十里上乡理发馆去烫,个个烫得像草鸡窝。尤其风一吹,全夯起来了,像脑袋上顶了个大筐箩。哎!乡理发馆,他们能烫出个甚!他鄙视地想。

其实,建民站在那儿也在想心事。虽然他比虎旦强些,可毕竟也是农民,从哪方面都比不上城里人。他多么希望有一天自己也像城里人一样,生活过得舒服、洒脱，少干活甚至不干活就能拿到工资，就能挣到钱。

两个人自从下了车，饭没吃水没喝，像两只恶狼站在街上，一副羡慕、嫉妒、贪婪的眼神，看着街上来来往往的行人，直到饥肠辘辘才意识到该吃饭了，于是走进一家小饭馆要了点吃的，狼吞虎咽地吃起来。吃完饭不知该上哪儿，他俩就漫无目的地在街上瞎溜达，饭馆、商店、理发店，凡可以进的地方，都要进去看一看。

天黑了，附近的夜市也陆续开了张，他俩好奇地在夜市上来回转了几个圈，目睹好多年轻人三五成群或夫妻俩带着孩子到夜市就餐，好不惬意。夜市上有卖烤肉、羊杂碎的，有卖水饺、馅饼和各种面食的，也有卖炖肉、卤肉和各种小炒的，品种很多花样俱全。看着这些好吃的东西和夜市上散发出的浓浓香气，虎旦直流口水。好多人吃过晚饭还来夜市享受生活，喝点儿啤酒饮料，来点儿烤肉或其他下酒菜，边喝边看着周围的一切，在流行歌曲声或卡拉OK声中慢慢放松，充分享受着夜幕下的生活，他俩好羡慕啊！建民拽了拽虎旦说："哎，虎旦，咱们也来瓶啤酒享受享受？你看人家活得多滋润，跟人家比咱们真是白活了。"虎旦也叹息着点了点头。

两人找个地方坐下，也学人家要了两瓶啤酒、几只煮羊蹄和两碗羊杂碎，边吃边喝起来。吃喝过后虎旦心情异样舒畅，虽然不像城里人吃得那么爽，但自己也体验了一次城市的夜生活。牛二他们看似很能，还没享受过这呢！他不由洋洋自得起来，伴随音乐嘴里也哼起了小曲儿。

逛完夜市两人回到旅馆，只见老板手中拿着一把扇子，跷起二郎腿，坐在椅子上，一只脚不停地晃动着，满脸肥膘，嘴里叼着一根烟，手指上戴着一个金戒指，上衣敞开，雪白的肚皮上脂肪一层一层重叠着。见他俩回来，老板抬起眼皮问了一声："回来了？"他俩点了点头。老板拿上钥匙给他们把门打开，然后又问了一句："上哪儿去了？明天走吗？"

"明天不走。"建民说，"老板，我想打听一下，有没有要临时工或干活儿的地方？"

"怎么？你们想找活儿干？"他停了停说，"活儿有的是，就看你要干什么？"说着又把建民和虎旦上下打量了一番，扭头出去了。

听了老板的话建民和虎旦动了心，躺在床上反复琢磨老板的话。建民说："看来这儿找活儿不难，要不老板不会这么说。"虎旦也同意建民的看法，觉得他说的有道理。于是，两人决定好好跟老板打听一下，看是否能找到合适营生。

第二天，两人睡了个懒觉很晚才起来。洗完脸，建民就出去找老板打听干活儿的事，老板正坐在椅子上悠闲地嗑瓜子。建民凑了过去，有一句没一句地跟他聊了起来，并告诉老板他们想找活儿干。老板问他想干什么，建民说什么也行，于是，老板二话没说拿起电话就打。打完电话不久，突然来了一个四十出头的女人，长得五大三粗，梳一头短发，上身穿件瘦小的紧身衣，周身厚厚的脂肪被勒得一道一道清晰可见，下身穿一件浅蓝色的牛仔裤，把整个脚脖子都露在外面，两只脚上有两根细带子，脚指甲和手指甲都涂得红红的，瘦小的紧身衣全系在裤子里，裤带上别着一串钥匙，钥匙上挂着一个比皮球还大的布狗熊，吊在左侧的胯上，走起路摆来摆去，远远看就像胯上滚动着一个黑白相间的大皮球。她的身材和这身装束滑稽可笑极啦，建民一见就想笑，勉强忍着没笑出来。老板斜视了他一眼，用手指了指他，对那女人说："他们想找事做，看那点营生能不能干。"说完他又扭头对建民说："这是我老婆，我家里有点儿土工营生，正准备找人干，你们要干管吃管住，咋样？愿意干就跟她走。"

建民一听这话瞪大眼睛看着老板，以为自己听错了。老板娘见他瞪着眼睛不说话，好奇地看了一眼问："行不行？嗯？"声音很粗像男音。建民没想到老板是想雇廉价工给自己帮忙，感到很失望，正准备婉言回绝，身后的虎旦说话了："行！你家在哪儿？离这儿远不远？"建民嗔怪地看了虎旦一眼，什么也没说低下了头。

虎旦这么痛快答应是有原因的，昨晚从夜市回来后，他的心情一直没有平静下来，看了城市人的生活，他宁愿在这儿当牛马，也不愿意再回农村受罪了。他决定不管是什么营生先干着，等慢慢熟悉了这儿再说。一听老板说管吃管住，他认为这是好事，不管建民是否愿意就痛快答应了。

既然虎旦已经答应了人家，建民也只好跟着一起去了老板家。

这是一座旧宅，一看就知道是老祖宗留下的。院墙很旧，全是泥土打的，破破烂烂高低不齐，几间正房全是砖瓦房，也很旧了。院子里堆了好多破砖烂瓦和一些被风雨腐蚀后已发霉的木料，除此还有用废铁皮做的鸡笼、狗笼及兔笼等。窗台下放了好多空花盆、罐头瓶及几盆快要旱死的花。院子里乱七八糟，看样子主人要把它重新收拾一下。

老板娘把他俩领进屋，门口横七竖八摆放着好多大人小孩的鞋，家里也乱糟糟的，茶几上、沙发上、床上到处都是东西。老板娘用脚踢开挡在门口的鞋子，扭动着肥胖的身体一屁股坐在沙发上，用手抹了把脸上的汗说："你们的营生是把旧院墙拆了，再用砖重新垒起来。另外，把院里所有的笼子也拆掉，然后再盖两个南房。这样行不行？如果同意，今天就干。"说着她看了看虎旦。建民觉得只管吃住不划算，应该和她讲讲价，正要开口，虎旦已点头答应，话到嘴边也只好咽回去了。

老板娘见虎旦答应，手在大腿上一拍说："好！那咱们就这么定了，马上就干。"说完拿出镐、锹等工具交给虎旦。于是，他俩就这样干了起来。

老板娘把他俩安排在西屋住下，每天管吃管住。老板天天一大早就走了，很晚才回来，有时客人多，晚上也不回来，甚至老婆也得过去帮忙。两个孩子很少在家，经常住奶奶家，据说那儿离学校近。夫妇俩原来同在一个集体企业上班，老板是电焊工，老板娘是看泵的，因近年单位不景气挣不了钱，双双下岗开了旅馆。老板娘一没事就去打麻将，除此再没别的，旅馆基本由老板管，家里平时除了老板娘再没多少人。建民他们干活儿，老板的父亲过来帮着照应，也算是监工。

老板的父亲早年随父逃荒来到这儿，一直靠做小买卖为生，后来到一个中学当伙夫直到退休。父亲正为没事干感到无聊时，儿子给他这么个差事非常高兴，所以每天早早地就赶来了。老板娘也有事，每天忙着做饭、采购。建民起初还能坚持着干，没过几天就腰酸背痛干不下去了。老板娘看这样不行，又在外面找了两个人。她看建民年轻又有文化，办事也很机灵，领着他帮着购买些材料或替自己跑跑腿。这是建民的长处，没跑几次他就和那些人熟悉了，一张大歪嘴很快就把事情搞定。老板娘很器重他，很快大事小事都派建民去办，自己成了甩手掌柜，趁机还溜出去搓一小会儿麻将。她走时总要避开公公的视线，在建民耳朵上说几句悄悄话，然后缩着脖子，弓着腰，两个肥胖的胳膊放在胸前，紧紧抱着个小提包，好像怕被人抢走似的，身子贴墙溜走了。当公公发现时，她早已溜得无影无踪，老汉就伸着脖子瞪起充满血丝的眼狠狠骂几句，等她回来了，老汉脸上一副平静自若的样子，好像刚才什么也没发生过。虎旦他们便偷偷耻笑老汉怕儿媳妇。

　　老板的父亲刚开始还摆出一个监工的架势，可没几天建民、虎旦就跟主家混熟了，老汉自然也没了原来的架子，只要媳妇一出去，就沏壶茶盘腿坐在沙发上看电视或打盹，有时也拿个小板凳坐在院子的阴凉地，跟虎旦他们东拉西扯地闲聊。他一边喝茶一边给虎旦他们讲自己的历史："民国三十六年，我们那地方闹灾荒，饿死的人不知有多少。逃荒的路上尸骨遍地，我父亲领着一家人出来逃荒，一路死的死散的散，最后，就剩下我跟父亲。父亲领我跑到这儿，我饿得皮包骨头，眼看要死了，父亲跟人讨了一碗米汤才救了我的命。父子俩沿街乞讨，后被一个店老板收留才在这儿站住了脚。"他讲起这些好像在说书，手舞足蹈有鼻子有眼的，虎旦他们不时也插几句，讲些自己听到的有关民国三十六年闹灾荒的事。他把自己的经历和所见所闻及发生在这里的有趣的事讲给虎旦他们听，也把这个城市的发展变化讲给虎旦他们听，并说自己是这个城市发展的见证人。总之，他把这个城市的一切都讲到了，不免有些添油加醋。

从他的谈话中，虎旦了解了这个城市，知道了这里的好多事情，让他从心底喜欢上了这个城市。他喜欢这里人的生活，喜欢这里的热闹和喧嚣，更喜欢这里的高楼大厦。虎旦只要稍有点空就偷偷地溜出去到街上看看，他羡慕建民天天上街。他急切地希望赶快把手头的活儿干完，也到街上到处走走，尽快对这儿熟悉起来，否则老得听建民的，甚至期望老板娘也能领他出去办事，让他也开开眼界长长见识，说不定把这儿的营生一干完，又能找上新的营生。

老板娘也把每天的所见所闻和从麻将摊听来的奇闻怪事说给他们听，明元城又招来一帮外地姑娘，个个都长得很漂亮，听说有些当官的还偷偷去逛明元城；某某家属区一家人被弄死了，死因不清，警察正在调查；某某舞场两个男的因为一个女孩打得不可开交，差点儿遭下人命……在虎旦脑子里，这个城市五花八门什么事都有，他爱听老板娘每天传递的这些信息，有时老板娘不说了，他还要再三打听。

建民也常把出去办事遇到的及所见所闻讲给他听，有时建民借口出去办事，趁机偷偷去看电影，回来后，把电影的内容也讲给他听。有一次，建民吃过午饭出去买水泥，可整整一下午都没回来，晚饭后鬼鬼祟祟地回来，怕挨主家的骂连饭也没吃，躲回自己住的屋里。老板的父亲正好走了，老板娘晚饭后也被老板叫走，建民走运，总算躲过一场恶骂。

晚上，建民偷偷告诉虎旦，自己下午去舞厅了。虎旦一听大吃一惊，好奇地催建民赶快把见到的一切告诉他。起初，建民只是出于好奇想去看一看舞厅是什么样，没想到进去后就不由自主地待在那儿，不想出来了。舞厅里男女老少都有，男的大都西装革履，女的大都脚蹬高跟鞋，身着各式各样的裙子，随着震耳的舞曲和炫目的彩色灯光，双双对对搂在一起翩翩起舞。人们跳累了还有休息的地方，可以买饮料、啤酒、水果、瓜子等，一边坐下来聊天一边享用。

整整一个下午，建民待在那里始终没出来，直到舞厅停止营业为止。他充分感受了那样的环境，真正欣赏、见识、体验了城市人的又一种生活，目睹了城里人是怎样生活的。他告诉虎旦在回来的路上自己无比感慨，"城里人没事干把时间花费在舞厅里和麻将摊上，而咱们农村人却整天泡在太阳地，风吹日晒和雨淋，一年四季受不完的罪。唉！正如老祖宗留下的那句话：人比人活不成，毛驴比马骑不成。咱们跟人家城里人相比真是天上地下啊！"建民的话深深触动了虎旦，听完他的叙述没说一句话，打算一定抽时间去舞厅看看。

连着两天下雨，老板家的南房只好停盖，建民被叫到旅馆给老板帮忙，虎旦趁机溜了出去，想去舞厅看看。可是，他不知道舞厅在哪里，于是就拉上跟他干活的后生一起去。后生舍不得花那些冤枉钱死活不去，虎旦说这钱他出，死拉硬拽把后生拽到舞厅。

舞厅里人头攒动，灯光四射，男男女女搂在一起，在舞曲的伴奏下，不断变换着舞姿。有的相依在一起卿卿我我，窃窃私语；有的在昏暗的灯光下接吻拥抱；有的跷着二郎腿悠闲自得地嗑着瓜子，喝着饮料，和周围的人交头接耳，大声谈论；也有的干脆闭上眼睛，头靠在椅背上静静地坐在那里，好像舞场上的嘈杂声与他毫无关系。场上震耳的舞曲和霓虹灯下不断转动的人群使虎旦很激动，他跃跃欲试，真想跑上去跳一场。但怎么跳他根本不会，甚至连舞点都搞不懂。他见别人跳得很轻松以为不难，几次试着上去跳一下，可谁也不愿意跟他跳。虎旦很纳闷：为什么人们不愿意跟我跳？他怀疑这些人有火眼金睛，能看破自己的一切。他只好坐下来瞪着鳄鱼般的眼睛看着别人跳，久久不愿离开这里。舞厅散场了，工作人员要打扫场地，他才迫不得已走出来。这时他才发现，跟自己一起来的人早已不知去向。

虎旦把自己去舞场的事告诉了老板娘，并且还向所有人炫耀了一番，在他看来这是个非常值得炫耀的事。没想到老板娘听了哈哈大笑，其他人也哑然失笑。其实，那后生早已把他去舞厅的一切告诉了大家。听说他在舞厅还想跳舞时，几个人都嘲笑他的所作所为太滑稽可笑，建民不明白他怎么会产生这种怪念头。老板娘拿了个小板凳坐在院子里，黑色的大摆裙撒落在地上，粉红色的蝙蝠衫袖子高高挽起，两腿伸直脚后跟着地，穿着拖鞋的光脚丫活像两个无头的大白鱼，齐刷刷的趾头上都涂抹着血红的指甲油，两手放在大腿上，冲虎旦说："哎，没想到你还真有胆量，第一次进舞场，就敢邀请人跳舞。"

虎旦挠了挠头说："我看跳舞并不难，所以想试一试，谁知道你们城里人真矫情，跳舞还挑人哩。"

老板娘一咧嘴瞪大眼睛大声说："你真是个乡巴佬！"然后抬起手指着虎旦，"就你那样还跟人跳舞？没把人家当场吓跑，就算你小子走运了。"

虎旦不解地眨巴着眼，"为什么？"

"看你穿的那点儿衣服，另外，满身都是臭汗味儿，谁愿意跟你跳！在舞场上一定要彬彬有礼，打扮得干净漂亮，才有人愿意跟你跳。另外，你不会跳老踩女方的脚也不行。这些都不具备就敢冒冒失失地邀请人家跳舞，真不知天高地厚！人家还以为你是神经病哩。"

虎旦万万想不到跳舞还有这么多说道，觉得自己跟城里人有很大距离，究竟为什么他根本不清楚。去舞场时他还特意换了一身洗过的衣服，这是去年做的还没咋穿，只是显得土气了些。老板娘扯着粗嗓子告诉他进舞场首先得学会跳舞，否则没人和你跳，除非是认识人。另外，必须把自己好好装扮一下，买套西服佩戴上领带，身上没有异味，最好洒点香水。老板娘最后挤挤眼说："假如你能做到这几点，那些大姑娘小媳妇就会抢着跟你跳，甚至还会跟你交朋友，到时，你就可以在这儿找个媳妇，不用回农村了。"

建民打趣地说："早知道有这种好事，虎旦早点儿出来，就不用找李玉兰了。"

老板娘双手一拍，"没事儿，把家里的休了，再换一个城里的。"其他人都跟着笑起来。

说者无心听者有意，建民和虎旦真的动了心。建民已经二十好几的人了，想找老婆是自然的，而虎旦却不同，他想如果能找个城里老婆，自己就成了城里人，再也不用回去了，在这儿安家该多好。

夏收马上就要开始，老板家的活儿也干完了。玉兰让虎旦赶快回去搞夏收，建民想尽快回去，而虎旦却不想回去。他已从心底爱上了这个城市，希望过城里人的生活，甚至幻想自己能变成城里人，所以他求主家再给自己找个工作。昨天，老板娘告诉他一个麻友想盖凉房，但还得等一段时间。因此，他决定与建民先回去，等夏收完了再说。

自从把种子种进地后，虎旦再没管过，家里所有的事都是玉兰干，把她忙坏了。最近，她突然发现自己有了身孕，心里烦躁不安，打心眼里也不想要这个孩子，不知该咋办。今天，趁天气不好不能出工，她背着孩子去找明芳，想让明芳出个主意，谁知正赶上明芳的丈夫回来，娘儿俩只好又回了家。回到家玉兰心里一直不舒服，一来为自己的事惆怅，二来又为明芳担忧。因为她看见明芳并没因丈夫的归来而高兴，反而一脸忧愁痛苦的样子。因屋里人多玉兰不好说什么，跟明芳说了几句就赶快出来了。明芳把她送到门外时，眼里含着泪，好像有多少话要说，但又欲言又止。

正在玉兰感到十分郁闷时，虎旦冒雨回来了。只见他身着一套新西服，脖子上还系着根红领带，浑身上下湿透了像个落汤鸡，红领带被雨淋成了红领巾，虎旦也被淋成一副怪模样，再配上这身打扮，显得不伦不类的，玉兰看着心里很不舒服，拿出几件干衣服扔给他，叫他赶快换上。虎旦还没来得及把衣服穿好，就迫不及待地告诉玉兰这次出门遇到的一切，他讲得眉飞色舞、手舞足蹈，完全陶醉的样子，让玉兰觉得既好笑又纳闷，她什么也不说只睥睨着虎旦。

玉兰想把自己有了身孕的事告诉虎旦，但见他这次回来对家里的一切漠不关心，大人孩子过得咋样只字不提，逢人便炫耀进城的事，并吹嘘夏收完还要回去，好像已经离不开城市了，所以赌气没把这事告诉他。夏收一结束虎旦就火急火燎地嚷着要回去，建民却不着急，因为他不愿意吃那样的苦，更不愿意再给城里人当廉价工。虎旦干着急没办法，他没胆量一个人回去，只好暂时打消回城的念头，又跟玉兰干起地里的活儿。

　　建民是个娇子，从小在外念书，家里的活儿由姐姐哥哥干，因此养成了不爱劳动吃不了苦的习惯。现在，哥哥姐姐们都有自己的家，连两个妹妹也已成家，家里就剩父母和他了，有些活儿不得不干。但只要一有空他就想溜，把活儿推给哥哥姐姐或妹妹们。尤其近两年，他听说别人出去打工做买卖挣钱更坐不住了，隔三岔五地往外跑，幻想能找一个既不吃苦又能挣钱的营生。这次出去给老板娘跑腿，使他开了眼界，从中悟出好多道理，深切认识到再也不能单凭苦力赚钱了，而要用脑子和知识来赚钱。自己学的那点知识是无法赚到钱的，因为那只属于文化普及阶段，和城里目前的高科技相比简直搭不上边，只有靠自己的脑子来赚钱了。虎旦找他商量再次进城时，他表面上显得不着急，但心里已经想了好多天，认为跟虎旦在一起挣不到钱，想找一个会挣钱的一块儿干。原民兵连长陈文海这两年一直在外揽小工盖房，以前自己看不起他那点儿营生，这次进城才明白文海干的活儿很能挣钱，所以他决定去找文海跟他一块儿干。

第十四章　计划生育

　　村委会进行了新的调整，玉兰被推选为妇女主任，这下她的事更多了，摆在面前的计划生育就是大事。村民有句顺口溜：春天种树，夏秋粮食入库，冬天老婆们"割肚"。老婆们"割肚"就是指妇女做绝育手术。秋后，上面派了医生下来做绝育结扎，谁也不想做，有连夜逃到外面去躲避的，有藏起来谁也找不到的，甚至还有婆婆冒充媳妇或母亲冒充女儿去做绝育手术的。为了生儿子，好多人吃多大苦受多少罪也在所不惜。牛二年纪轻轻已经生了三个女儿，夫妻俩眼巴巴盼着生儿子，没想到叫指标外的育龄妇女做结扎术，犹如晴天霹雳，急得像热锅上的蚂蚁团团转，全家人绞尽脑汁不知道咋办才好，最后决定让母亲先去探探底再说。

　　晚上玉兰正准备睡觉，牛二妈来敲门，玉兰一打开门她就冲了进来，仰着头显出十分痛苦的样子干号道："玉兰，听说要给老婆们做什么手术，你二嫂可不能做。我家几代香火不旺，全凭他们传宗接代。你二嫂做了绝育手术，就等于要了我们全家人的命，断了牛家的根。"她边哭边用手背使劲儿擦眼睛，半天没看见一点泪，反而把眼睛擦得通红。

　　玉兰看她假哭的样子，心里暗暗发笑，牛二妈明摆着是来演戏的。牛二夫妇是典型结扎户，他弟兄几个都有儿子，只有牛二生了三个女儿。农村人认为，儿子是自己的根，有了儿才有了依靠，女儿是外人靠不住，像牛二夫妇这样是最没福气的,生了三个赔钱货,到老靠不上,所以他们哪能甘心没儿子呢!玉兰对此十分清楚。可是,国家的政策决不能违背,假如人人都像牛二这样,国策怎么执行?人口怎么控制?她左右为难不知说什么好。

牛二妈看玉兰不说话继续装哭,虎旦憋不住扑哧一下笑了出来,他边笑边把脸凑到她眼前说:"三婶子,别哭了,把眼睛揉瞎不合算。"

牛二妈也止不住笑了,嗔怪地冲虎旦骂了一句:"唉!你个死不了的货。"说着,干脆盘腿坐到炕沿上,摆出一副盛气凌人的架势对玉兰说:"虎旦媳妇,咱干脆敞开窗户说亮话吧,你二嫂绝不能做手术,要做,我就跟你们拼老命!"

玉兰笑了笑说:"三婶,这也不是我要二嫂做,这是公家要这么做,你老是明白人,不用多说也知道。"

三婶脑袋摇得像拨浪鼓,手不停地摆动着说:"我不管,我不管!我就找你!因为你是搞计划生育的。"

玉兰什么话也没说坐到她跟前。虎旦转动着两只大眼睛看了看玉兰和牛二妈,干咳了一声,故意摇晃着脑袋抬腿上了炕,怪声怪气地说:"看来,三婶今天没吃对,吃上枪药了,给三婶喝口水,让顺顺气,慢慢说。"他的话逗得玉兰和三婶都笑了。

三婶瞅着虎旦嗔怪地骂:"唉!你个死不了的货!我让你死小子老打岔。"说着就往炕里扑,伸手要打坐在下炕的虎旦。虎旦赶紧一手护着脑袋,一手支撑着身子站起来往前炕走,害得牛二妈扑了个空。虎旦高兴得拍手大笑,玉兰也禁不住笑起来,牛二妈也跟着笑了。

僵局叫虎旦给打破了,玉兰心平气和地对牛二妈说:"三婶,说归说,笑归笑,你老把我难住了,不是给我出难题吗?我只是个跑腿传话的,怎么能做了这个主呢?"她满脸无奈看着对方。

牛二妈叹口气问:"你真的不能给想想办法?"

玉兰摇了摇头依然无奈地说:"一点办法也没有,真要有三分希望我也不愿意这么做，何苦呢？叫大家心里都不痛快，到处得罪人。"

牛二妈见玉兰说话不硬但态度很坚决，知道这次手术是做定了，她只好跳下地愤愤地走了。

回到家把这事一说，全家人知道这是铁板上钉钉没希望了，于是决定冒一次险，让婆婆去替媳妇做结扎。

乡医院和乡政府聚集了好多来做绝育手术的人，牛二妈今天也特意打扮了一番来到乡上，想瞒着玉兰和村委会所有人替儿媳妇做手术。牛二妈已经五十几岁了，由于长年风吹日晒，看外貌足有六十几岁模样。为了尽量使自己年轻些，她昨天特意去乡理发店烫了回头发，这是她有生以来第一次走进理发馆，也是第一次烫发。虽说现在城乡妇女全烫头，可她却从没沾过边，为了冒充儿媳，才风光这一回。

昨晚回去照了照镜子，她觉得自己比过去年轻了许多，也洋气了不少。唉！真是人靠衣裳，马靠鞍啊！她心里想，没想到自己这个灰菜老板经过打扮也会大不一样，怪不得城里的女人长得好看，原来跟人家整天梳洗打扮分不开啊。为了让婆婆替自己去挨这一刀，牛二媳妇把只围过几次的花纱巾围在婆婆的脖子上。怕过不了这一关，婆婆抢在玉兰领人来做结扎手术之前赶到乡医院。做手术的妇女真多，都是由各村干部领着来的，只有牛二妈例外。他由儿子牛二领着先找了个地方住下，怕被人认出来，自己待在屋里哪也不敢去，叫牛二出去探听消息，瞅机会抓紧做，以防夜长梦多。

赖小是个烧死人都要添一条腿的人，不管大小事都爱掺和。现在又是农闲时节，他没事干坐着无聊，听说乡医院给老婆们"割肚"，他一定短不了去看看。那天早饭过后，他骑上自行车急速到了乡里，见乡政府的办公室和院里院外全是人，就赶快凑过去。这些人有的是来做手术的，有的是来作陪的，有的也像赖小一样是看红火热闹的。人们怨声载道说什么的都有。这个说："祖祖辈辈只听说过劁猪的，没听说过劁人的。"那个又说："祖祖辈辈只见过给牲口骟蛋，没见过给人骗蛋的。"更有甚者咬牙切齿地赌咒漫骂，说剞人骗蛋是缺了八辈子大德，让他不得好死遭雷劈，祖祖辈辈不安宁，世世代代遭报应……大家站在太阳地你一言我一语，怪话连篇骂声不绝。他蹲在阳圪崂转动着两只小鼠眼，半张着嘴露出宽宽的牙缝，不时抬起头斜眼看着说话的人。当听到十分挖苦或非常好笑的话，他就会哧哧地笑起来。在乡政府门前待了一会儿，他又往乡医院走去，刚到大门口就看见牛二在院子里探头探脑地往手术室瞧，正准备上去跟牛二打招呼，突然又打消了这个念头，赶紧跑到院外爬在墙头上偷偷观察着牛二。

后半晌，多数做完手术的人被家人用毛驴车或马车拉走了，还有几个没做的愁眉不展耷拉着脑袋等待着。只见牛二匆匆离开医院，不大一会儿工夫搀扶着母亲蹒跚走来。牛二妈穿着一件大棉袄，头戴一顶大棉帽，脖子里系着一块花纱巾，帽子底下露出一圈卷发，娘儿俩进了医院的走廊。

赖小爬在墙头上，看着牛二妈这身打扮，捂住嘴痴痴笑个不停。他想看个究竟，所以悄悄地跟了过去。只见牛二妈脱掉棉袄、摘下帽子向手术室走去，牛二心神不安地抱着衣物等在门外。赖小万万没想到牛二是领着母亲来做手术的，这意外的发现使他高兴坏了，差点儿跳起来。"原来你小子是让老娘替老婆做手术！龟孙子，你等着！看老子咋收拾你狗日的！"他自言自语地说，赶紧三步并作两步走出医院大门，骑上自行车朝村里飞驰而去。

回到家已经是上灯时分，家里人早已吃完了饭，当妈的见他一天不着家这么晚才回来，边唠叨边准备给他热饭。赖小顾不得这些，盛了一碗就吃，吃完饭匆匆去找玉兰，把他今天看到的事从头至尾跟玉兰说了一遍。玉兰听了他的叙述，觉得问题很严重，赶快向老支书做了汇报。支书叮嘱暂时不要声张，工作仍按原计划进行。

赖小告了牛二一状心里感到从未有过的痛快。多少年来，牛二夫妇总欺负他，常拿他的短处取笑，从未叫过他的大名，好像他没有大名似的。他曾多次翻脸抗议，夫妇俩根本没把这放在心上。为此，赖小早已怀恨在心，只是找不到报复他俩的机会，今天终于找到了机会，哪能不高兴。

牛二以为自己干的事神不知鬼不觉没人知道，娘儿俩回来后，二嫂便假装做过手术的样子，躺在炕上装起蒜来。轮到村里的妇女要到乡上做手术了，玉兰挨家挨户去通知，二嫂却躺在炕上哼哼唧唧地不起来，以为这样就可以蒙混过关。谁知道老支书却发了话，用四轮车把所有育龄妇女都拉到乡医院进行检查，有病的看病，没病的结扎。牛二一家傻眼了，叫来父母领上老婆去玉兰家闹事，想给村委会来个下马威。虎旦一看急了眼，拿起铁锹就要跟牛二拼命，牛二妈不顾一切朝虎旦撞去，被玉兰和几个围观的人拉住。赖小见势不妙赶快去通知了正在开会的村主任和老支书他们，老支书几个人迅速赶来才把牛二一家的气焰压住。

牛二家的事败露了，不仅老婆没躲过这次手术，老娘也跟着白挨了一刀，在全乡传得沸沸扬扬，一夜间牛家在方圆百里出了名。类似他家的事在全乡还有，但最终都是赔了夫人又折兵。牛家人出尽了洋相，而赖小却在背地里暗暗幸灾乐祸了好长时间。

在农村计划生育是最难搞的，但通过搞这项工作，使玉兰逐渐认识到了这件事的重要性。那是在市计生委组织的一次计划生育大检查中，乡里选了部分代表，玉兰也被选上了。她跟着检查团目睹了计划生育做得好和差的人家。两种情况一对比就有了明显答案，在同等条件下，好的人家过得红红火火，把精力放在了孩子受教育问题上，孩子的受教育程度比较高，各方面条件都比较好；差的人家简直不堪入目，最典型的是有的夫妇生不出儿子誓不罢休，连着生了六七胎还要生，家里所有值钱的东西都被拿去顶了罚款，穷得一贫如洗，孩子们连肚子也填不饱，哪还能顾得上其他。光生孩子不考虑生下的孩子咋办，对孩子极不负责，所以这些人家的孩子严重缺营养，要么是智力低下，要么就是发育不良，人口质量很差。通过好些事例玉兰决心再不多要小孩了，要让自己和孩子的生活质量大大提高。自从生完第二胎后，她毅然做了手术，成了全乡计划生育的模范。

第十五章 抉择

虎旦耐不住寂寞与繁华城市的诱惑,和建民又一次进了城,这次是陈文海带他们走的。前面已经说过,建民想跟上文海一块儿干。春节文海一回来,建民就立刻去找他。文海这两年出外挣了些钱,在建筑方面也积累了不少经验,有了一定基础,正准备回村拉一帮人出去往大干,建民去找他,他自然答应了。虎旦天天做进城梦,听说文海招人去城里干活,正合他意,也赶紧报了名。玉兰生了个女孩,这是虎旦的。孩子生下不久虎旦就急着要进城,她并没阻拦。这几年农村人的生活虽然一年年好起来,但只是解决了温饱,手里并没钱,再加上农业税、水电费、农药、化肥等各种费用,手头也很紧,所以村里的男人们都陆续往城里跑,出去打工挣钱补贴家用。玉兰也和大家的想法一样,希望虎旦能在外面挣点钱,家里的事自己一个人干就行了。

玉兰的老家依然很穷,虽然也实行了家庭联产责任制,但由于缺水,只能靠天吃饭,日子比大集体时强不了多少。玉兰决定把妹妹和两个哥哥也拉扯到这儿来安家落户。她写信把想法告诉了他们,收到信后妹妹和三哥很快就来了。妹妹帮着她带孩子,三哥承包了几十亩农地,兄妹几个相互照应,日子过得也很惬意。

虎旦跟文海再一次进城心里非常高兴,趁没开始干活儿这几天,把这个城市转了个遍。上次只顾干活儿没顾得上好好看看,这次他用了两天时间把上回欠下的都补上,凡想转的地方都转了,没事干还领着人到老板的旅馆去看了看。老板还是那么敦实肥胖，硕大的金戒指戴在厚墩墩的手指上显得指头更粗了。虎旦羡慕地看着他那大戒指和发光的脸心里直痒痒，多么希望有一天自己也像老板一样，手上戴纯金大戒指，一只手握两颗闪亮的圆球滚来滚去，另一只手端一个小茶壶或扇把扇子，悠闲自得地跷着二郎腿，对雇用的人吆五喝六，整日觉够睡，钱够花，不受风吹日晒，钱不断往腰包里装，那该多好。

老板娘的发型依然如初，只不过衣着打扮不一样了。老板娘一看见虎旦就惊奇地叫了起来："咦！这不是虎旦嘛，什么时候来的？要住店吗？建民来了吗？"她像放连珠炮似的不容别人说话，只顾自己一个劲儿地往外倒。虎旦只管咧着嘴笑，等她问完了才慢腾腾地回答。得知建民也来了，她高兴得蹦了一下，拍着肥胖的手大声笑着说："是吗？那他为什么不和你一块儿来？"粗哑的声音活像个男人。

虎旦看她提到建民时的兴奋劲儿，心里很不高兴，于是便说："他不想来。"

"为什么？"老板娘不解地问。

"谁知道，可能有事吧！"虎旦斜眼看了看她。

老板娘毫不在意地说："他在哪儿，我去看看，顺便去看看你们住的那地方。"说着就要拉上虎旦走。老板也竭力撺掇，好像老婆出了个绝妙的主意。虎旦却迟疑起来，他不愿领着老板娘去找建民，这样做使自己很没面子。可他禁不起夫妻俩的一再撺掇，只好带她去找建民。

文海一伙人租住在城乡接合部的一户农家，是文海的老关系户。这是一个很大的四合院，除正屋的部分主家住外，其余的都租出去了。文海在这儿已经住了两年多，跟主人混得很熟，为搞工程方便些，他提前包了几间南房，虎旦他们就住在这儿。

见虎旦领来一个人大家都很惊奇，建民听说老板娘来看他，觉得很不舒服，表现出不冷不热的样子。老板娘冒冒失失来看建民，其实是有自己的用意。她听说虎旦是跟一伙人来搞工程，想把这些人拉到她那里住，所以才显得如此热心。她看了一下这些人和这儿的住宿条件，知道自己的如意算盘落空了，所以没说什么就走了。走后人们就拿虎旦和建民开玩笑，说老板娘看上建民了，还说虎旦长了本事，在城里发展了关系户，有的人甚至说虎旦是在给建民和老板娘牵线等等。这些人刚离开家没事干无聊，所以拿这点事穷开心。

建民听着人们的玩笑话心里很不舒服，冲着大家发起火来："少拿我开玩笑，谁再胡说八道，我就把他的嘴撕成八瓣！这是城里，别以为还是你那乡圪崂，想放啥屁也行！你们用污言秽语随便拿别人开心，人家听见了非把你的狗头砸烂不可！"他停顿了一下又补充了一句，"进了城要学的文明点，不要让人家看不起！"

大家听他这么说一时都沉默了，谁也不再起哄了。

建民的话引起了文海的极大兴趣。他觉得建民说得很对，到底还是建民有文化，与这些大老粗不一样。他惊异地看着建民说："嘿，你小子几年不见懂事了。"接着又对大伙说："建民说得对，进了城就要学人家城里人，文明点儿，别想说啥就说啥，想干甚就干甚。今后，我们也得有严格的组织纪律。另外，也不能打架闹事。如果谁打架闹事惹是生非，我就不客气了。都是乡里乡亲的，咱把丑话说在前头，到时别怪我没提醒你们。"文海低头想了想，语气放缓了些，"干脆这样吧，以后建民就是我的助手，协助我工作。我不在的话，有什么事就找他。"

建民没想到文海这么信任自己，一下子把这么重的担子给了他，一时不知说什么好了，有些措手不及地望着文海。其他人一听也都傻了眼，建民这么快就当了他们的头，大家面面相觑，心里都打起了小算盘。

说完，文海又把建民叫出去交代了一番，最后拍着建民的肩膀说："建民，成熟了，长成大人了，有出息了。以后咱哥儿俩拧成一股绳好好干，争取干出个样儿来！城里人能办到的事，咱们也能办得到！你有文化，好好帮哥哥。"

建民激动得半天说不出话来，只是不停地点着头。他知道文海初中毕业当了几年兵，在部队当过排长，听说提拔时因为看不上指腹为婚的娃娃亲，想通过人另介绍对象，因此被复员了。回来后他一直不甘心，盼望干一番大事业，所以农村政策一放宽就出来了。建民很佩服文海，无论干什么，只要认准的事一定会干到底。听了文海的话，建民知道他的决心已下，相信一定能成功。最后他紧紧握住文海的手说："文哥，你放心，我一定会帮你的！以后有什么事尽管说，老弟会全力以赴！"文海也紧紧地握了握建民的手，看着建民默默点了点头。

从此，文海带着这些人拉起了建筑工程这面大旗，在建筑行业中开始拼搏。文海以前都是搞小包工程，今年第一次揽大包工程，所以要干的事很多，用的人也不少，不单单有壮工，更重要的是还有技术员、技术工人、管理人员等，忙得不可开交。建民成了他的左膀右臂，整天忙得手脚不闲。虎旦看建民的工作非常眼馋，对建民产生了几分羡慕与嫉妒。他羡慕建民有文化，脑子活，长了一张好嘴头能说会道，深知自己干不了，只有受苦的份儿。

明芳的丈夫坐了几年牢后，出来把原有的工作丢掉了。村里好多人都跟着文海走了，但他对此无动于衷。文海这次想带着明芳一起走，但是明芳说什么也没答应，文海只好再次死了心。明芳的丈夫在家大门不出二门不迈，与任何人也不来往，待了两个月后没跟明芳打招呼就走了，究竟去了哪儿明芳毫不知情，婆婆家的人谁也不告诉她丈夫的去向。

转眼，丈夫离开家一年多了，音信全无。那天，明芳去问婆婆到底丈夫去了哪里，婆婆佯装不知道，明芳实在气不过就跟她大吵了一架。这一架使明芳对丈夫和婆婆彻底失望了，对自己的婚姻也彻底绝望了。她换了一身干净衣服，梳理好头发，恍恍惚惚地朝水库走去。

玉兰的三哥正在浇地，从坝梁那边传来了女人低沉的呜咽，他抬头一看，只见明芳坐在上面痛苦地抽泣着。见明芳坐在坝梁上痛哭，他心里猛烈地抽搐了一下，停下来静静地望着她。只见明芳越哭越伤心，越哭越痛苦，他放下手头的活儿急速朝明芳走去。在他快要赶到时，明芳听见有动静便站起来，准备纵身往下跳，三哥一个箭步冲上去抱住了她。明芳挣扎着想脱身，但他紧紧地抱着不放，两人一起连滚带爬从坝梁上摔下来。明芳一看，原来是玉兰的三哥，顿时失声痛哭起来。

三哥从地上爬起来，扶明芳找了个地方坐下，并拍了拍他和明芳身上的土说："明芳，有什么想不开的事，可以想办法解决，为什么非要走这条路？你怎么这么傻啊！"

明芳做梦也没想到，在生死关头竟是三哥不顾一切救了自己。

她痛苦地哽咽着说："三哥，我心里好难受，实在受不了啦。"她两只手捂着脸，肩头颤抖得非常厉害。

玉兰哥不知如何是好，弯下腰用手扳了下明芳的肩头，轻轻地说："明芳，别哭了，别哭啦，这样会哭坏身子的。走，回家去，有什么事咱回家想办法解决。"说着他硬把明芳从地下拽起来，搀扶着往玉兰家走。

到了玉兰家，只见家里连一个人影儿都没有，玉兰跟妹妹出去了。三哥从暖壶倒了一碗水递给明芳，她接过水放在炕沿上，呆呆地看着碗里的水，眼泪扑簌簌直往外淌。三哥坐在地下的小板凳上，看着痛苦中的明芳，不知咋的，心里也感到无比压抑和难受，咳了两声，半天没说话，怔怔地望着明芳，不知如何是好，安静的小屋只有明芳的啜泣声。

过了好大一会儿，明芳的哭声才停下来。三哥拿了一块毛巾递过去，她突然用两只手拽住三哥的胳膊，把脸放在上面又痛哭起来，"三哥！我的命真苦啊！"

三哥下意识地一把将她揽在怀里，低沉而急促地说："我知道，明芳，这些我都知道。"明芳把脸贴在他的胸口上，好像一个即将溺水身亡的人，突然抓住救命稻草一样，紧紧地抱住了三哥。

三哥为了给二哥娶媳妇，千里迢迢到这儿给人家种地，转眼已经两年多了。

他吃苦耐劳、为人忠厚，给村里人留的印象很好，只是因家穷，三十来岁还没娶上媳妇。因为玉兰和明芳是好朋友，所以他和明芳也很熟。在和明芳的接触中，三哥发现她是个非常好的女人，只可惜遭遇不好。不知从什么时候起，只要一看见明芳，他的爱怜之心就油然而生。他爱慕明芳温柔、善良、精明，又怜惜她常遭婆家人欺负。不知多少次了，只要他想媳妇时，就会想到明芳，在他的潜意识中，明芳就是他要找的人。

自从丈夫出狱后，明芳打算两口子另立门户，便跟婆婆分了家，没想到丈夫却一去不回。地里有些活儿女人家干不了，常找三哥帮忙，时间久了她对三哥有了好感并且有种依赖，好像遇到什么事只有找他才踏实。每当想到自己不幸的婚姻，她就更加渴望爱情，渴望有个男人来关心、体贴、爱护自己，甚至希望有一个像三哥一样的丈夫能干、靠得住。有时，她还把三哥想象成自己的丈夫。现在三哥就在跟前，而且紧紧地搂着自己，她感到心在剧烈地跳动，精神很快就要崩溃了，猛然意识到，自己再也承受不了没有爱的痛苦。她强烈地渴望爱，急切需要有爱人来保护，而只有三哥才是她的爱人，才能保护她，只有在三哥的怀里，她才是最安全的。明芳知道，虽然她和文海很相爱，但那是可遇而不可求的事。从今往后她要把文海从自己的心中拔出去，开始寻求真正的幸福，再也不能犹豫了。她紧紧抱住三哥，苦涩的泪水顺着两颊一个劲儿地往下流。久违了的爱瞬间来到身边，使她来不及细细回味。三哥的心情也很苦涩，这是自己有生以来第一次大胆地把心爱的人搂进怀里，但她不属于自己。看她痛苦自己也很难受，恨不能替她分担所有的痛苦。两人紧紧地抱着，谁也不说话，三哥用手轻轻抚摸着明芳的头发。

过了好长时间，明芳的情绪终于平静了下来，三哥拉他坐在炕沿边。明芳拢了拢头发沮丧地说："三哥，要不是你，我现在恐怕已经见了阎王爷。"

三哥望着她苍白的脸说："明芳，以后可千万别再做傻事了。再大的事也可以解决，为什么非走绝路不可？好好爱护自己，你这样一走了之，会给家里人带来多大痛苦，你想过吗？"明芳忧愁地看着他，长长叹了口气。三哥接着又说："你不为自己考虑，也要为别人考虑，你不心疼自己，可我还……"他一副不好意思的样子，稍停顿了片刻又低沉地说："看着你痛苦我心里也很不好受。"说着眼睛里满含着难以抑制的泪水。

明芳抬起头深情地看着他说："三哥，我以后一定要好好活着，为了你，我也不会再寻死了，放心吧。"说完她站起身步履蹒跚地朝门外走去。

明芳浑身颤抖，感到此时此刻自己是痛苦的，而又是幸福的，痛苦的是自己和一个相互不爱的人生活在一起，饱尝着不幸婚姻的煎熬，幸福的是现在身边有一个日思夜想的人，他能为自己的痛苦而发愁，更为自己的痛苦而担忧。

明芳离开玉兰那儿径自回了家，爬在炕上没吃没喝整整躺了一天。正在晕晕乎乎的时候，玉兰提着鸡蛋来看她。见她这样玉兰吓坏了，赶紧找来村医给她配了几服药，喝下去后，她的身体才慢慢好了些。虽然明芳能够下地了，但心力交瘁浑身没劲儿，干起活儿有气无力，坚持不了多久就全身发抖，直冒虚汗。这些都被三哥看在眼里，所以他坚决要明芳回去休息，把明芳地里的活儿全揽了下来。

在家休息了几天，明芳感觉精神好多了，大早起来，匆匆煮了些鸡蛋，烙了几张饼，还做了个肉炒粉条，没顾得上吃，便拎着这些东西和一小罐水急急忙忙给三哥送去。她知道三哥天一亮就到地里干活去了，早饭都是玉兰姐妹俩给他送。她想在玉兰姐妹送饭之前拿给三哥吃这些饭菜，以此好好感谢他。

明芳拎着东西匆匆往地里赶，远远望去庄稼地绿油油一片，好像大地铺上了绿地毯，几天不见庄稼又往上蹿了一节。明芳看着眼前的一切，心里顿时开朗。她突然觉得原来大自然是这么美好，上苍赋予万物以生命，并且让这些生命在阳光雨露的滋润下焕发出勃勃生机和活力。地里的庄稼和其他生命一样，不论风吹日晒、雷雨霜雪，从不放弃享受阳光雨露的恩赐，尽一切所能去珍惜每一瞬间，来完成自己的生命历程。可是，自己却想轻易地放弃生命，与这些庄稼和自然万物相比，显得多么渺小啊！她无不感慨，多亏三哥相救，要不然自己早已做出傻事，酿成苦果。所以，她一定要好好谢谢他。

来到三哥干活的地畔，见他正在给玉米施肥，在茂盛的玉米林中或隐或现，明芳放下手中的东西，蹑手蹑脚地朝他走去。快到跟前时，她猛然扑上去紧紧地抱住了他。三哥被这突如其来的拥抱吓了一跳，扭头一看是明芳，立即转身把她揽在怀里。

早晨，人们刚刚起炕，正在忙于家里的营生，谁也不会一大早往地里跑，空旷的原野除了片片绿油油的庄稼外，就只有明芳和三哥了。三哥抱起明芳朝玉米林深处走去，在满是露珠的玉米林中，三哥第一次体验了女人给予的幸福，感受到了明芳柔情似水的爱，明芳也真正体验了一个男人烈焰般的激情。她和丈夫虽然结婚多年，从来也没有这么幸福过，丈夫只是徒有虚名，仔细想想这些年过的日子，真是不堪回首。明芳搂着三哥的脖子，轻轻闭上眼睛，躺在玉米林潮湿的地面上久久不愿松开。一阵轻风吹过，玉米叶上的水珠扑簌簌地抖了下来，打湿了他俩的头部、脸部和全身，三哥拉着明芳的手走出玉米林……

明芳这次和婆婆彻底闹翻了，两人好长时间见面不说话，跟婆婆家成了老死不相往来的仇人。婆婆和几个小姑子见了她总是皱眉瞪眼，指桑骂槐。自此，她彻底想开了，决定离婚，于是往乡政府跑了好几回。分管干部告诉她，丈夫不在不能离婚。听到这一消息犹如晴天霹雳，她怎么也想不明白，假如丈夫这辈子不回来，自己就等着守活寡吗？吃过晚饭，她心神不定地去找玉兰。到了玉兰家，她希望从那里得到答案。可是玉兰和三哥出去了，只有妹妹跟两个孩子在家，明芳只好失望地回去，决定离婚的事暂搁一下，待以后再说。

明芳丈夫坐牢时曾结识了市里某局长的儿子，这位局长儿子是因吸毒抢劫坐的牢。在狱中他曾得到明芳丈夫的多方照顾，两人成了患难之交。明芳丈夫出狱半年后，局长的儿子也被放了出来。两人在狱中就合计好了，出来一块儿去云南贩毒挣大钱，将来远走高飞，出国干一番大事业。明芳丈夫出狱后什么也没做，在家等了他半年，他一出狱就开始筹划这些事。局长儿子拿钱，明芳丈夫跑腿，通过局长儿子在吸毒中认识的那些人的介绍，神不知鬼不觉地去了云南。局长儿子在云南搞毒品，明芳丈夫负责把毒品带回来交给毒贩子。两人干了几次收益不小，所以胃口也大起来。局长儿子想借助其父的权势和关系网往大干，但感觉人手不够，于是叫明芳丈夫回来再拉几个人一起干。

明芳丈夫一走又快两年，怕自己贩毒的事被发现，连信也不给家里写，只托人给他妈捎过几次话，还给家里捎回两次钱，可是这些事明芳一点也不知道。这次他打算趁机回家看看，把带回的货交给毒贩子后，就坐上车匆匆往家赶。

坐在车上，望着窗外匆匆而逝的房屋、街道、村庄、田野，他心里很乱也很迷茫。想起这些年走过的路，他心里有种说不出的滋味。他原打算高中毕业回乡好好干一番，当个大干部，像乡长、书记甚至县长那样出人头地，从此摆脱土头土脑庄稼汉的日子，过不愁吃穿，受人尊敬，光宗耀祖的美好生活。小时候看见乡里的干部和上面来的干部羡慕极啦，羡慕他们有文化，了解国家大事，懂政策，说话办事跟老农民大不一样，所以他高中毕业就决心回乡好好干，争取当干部。没想到，过了不久竟心想事成，自己被录用为供销社的职工。再加上有文化，脑子灵，很快他又受到领导重视，把单位的经济权也拿到手。可是不知为什么，自己却鬼使神差、稀里糊涂地走到这一步，个人前程彻底葬送，梦想也彻底破灭了。他绝望到了极点，一天也不想活，可一想到可怜的母亲，只好一次又一次地打消死的念头，硬着头皮活下来。

经过几年的牢狱生活，他的人生观发生了翻天覆地的变化，欲望更强，渗透在骨子里与生俱来不服输和侥幸取胜的冒险心理暴露出来。他决心摒弃过去的一切追求和愿望，重新开始，再也不当乡长、县长，而是一心拼命挣钱，并且决心要挣大钱，将来成为大老板或统治者，呼风唤雨，为所欲为，成为天下第一，让所有人拜在自己脚下。他甚至幻想自己做个成吉思汗式的人，征服世界，打败所有人，但他知道这是不可能的，是痴心妄想罢了。

自己走的是否是一条不归路,心里始终没底。"既已走到这一步,只好硬着头皮往下走!"他经常暗暗对自己说。至于将来后果怎样,根本不敢想,也不去想。"这次也许是和家人见的最后一面。"脑海中无意识闪过这样一个念头。突然,他又为自己从潜意识产生的想法不寒而栗。难道要出事?我命中注定就该倒霉?他的脑子嗡一下膨胀起来,头像个巨大的炸药包,马上要爆炸似的。猛然间,有人在背上拍了一下,他像触电似的迅速从座位上跳起来,头狠狠地撞在座椅背上。顾不了这些,他紧张地回头一看,原来是大旋风,极度紧张的情绪一下松弛下来,抱着头瘫软歪坐在座椅上。大旋风见状,乐得捧腹大笑,并且跟他身旁的人换了下座位,不容分说挨他坐下,一只手放在他大腿上,并用眼瞟着他哈哈大笑:"啊哈!吓了一大跳,没想到吧!"

　　他斜瞅了大旋风一眼说:"这个怂老婆是从哪儿冒出来的,我还以为碰上鬼了,吓我一大跳。"

　　大旋风咯咯地笑着,在他大腿上使劲儿拧了一下。他也笑着捏住大旋风的手说:"哎哟,小手绵绵的,一摸就知道不是劳动人的手,这是在哪儿享清福呀?"

　　大旋风娇嗔地笑着抽出手,迅速在他手上打了一下说:"唉,我能有啥清福可享,听说兄弟你现在才享清福呢!"并用试探的眼神打量着对方。

　　明芳丈夫笑着摇了摇头,"唉!享啥清福,整天受得活像一头驴,哪像嫂子坐在那儿,二郎腿一翘,不愁吃,不愁穿的。"

　　大旋风知道他在挖苦自己,但并不在意,接着说:"快别瞎鬼嚼了,说点儿正经的吧。听说兄弟在南方买卖做得不错,能不能给嫂子传点儿经,让我也学一学?"说着她便侧转身仔细地端详起他来。明芳丈夫跟上局长儿子自然是西装革履,尤其打算回家,更特意打扮了一番,一身砖青色的新西服是南方目前最流行的,一双铮亮的黑色牛皮鞋,脖子上还系了条枣红色的领带,看上去活像一个阔少或大老板,跟过去真有天壤之别。大旋风拽了拽他的衣服,咂着嘴故意把声音拉长说:"啧!啧!啧!看看人家,西服笔挺,皮鞋锃亮,脖脖上还挽着条红领巾,不用问就知道是个大老板。"

明芳丈夫听她这么说,扑哧一下笑了,笑得满眼是泪,并且不断地咳嗽着,大旋风也跟着笑起来,边笑边给明芳丈夫捶着背。满车厢人的眼光都投向他俩,坐在后面的人还站起来,伸长脖子好奇地朝他俩张望着。

一阵嬉笑过后,大旋风又接着说:"哎,兄弟,听说你的生意做得不错,咋做的,能不能教一教嫂子?要不干脆帮嫂子一把,等嫂子挣了钱,一定好好酬谢你。"

明芳丈夫淡淡地笑了笑,然后又装模作样地说:"我的生意跟这儿的人比是做得不错,但是跟人家南方人比,简直就是毛毛雨。"他摇晃着脑袋撇撇嘴,后面一句话故意用南方口音说。

大旋风好奇地问:"是吗?哎,他们都在做什么生意?"她拍了下他的大腿,脸往他跟前凑了一下。

"人家的买卖可大哩,说出来把你吓一大跳,一天就成千上万地挣,有些大老板甚至几十万、几百万地挣。做的生意五花八门,好多都做到国外去了。到了那儿,看见人家大把大把地挣钱,会叫你立马眼花缭乱,心里直痒痒,恨不得尽快发财,哪儿还能坐得住!"

大旋风听他这么说,也真的动了心,便不停地问这问那,试图摸清南方的情况。他明白大旋风的心思,所以趁机说:"我正准备把生意往大做,可是人手不够,这次回来就是想招两个人过去帮忙。"

大旋风一听眼睛发亮,惊喜地说:"是吗?哎,兄弟,你准备招什么样的人?我行吗?"

他撩起眼皮看了她一眼问:"你想去?"

大旋风赶紧点了点头说:"嗯!"

明芳丈夫正愁找不到人,没想到这儿倒有个主动上门的,心里不觉暗暗高兴。其实，他今天一见到大旋风就开始打她的主意了。因为大旋风的为人无人不知，无人不晓。何况他在供销社上班时，这女人三天两头领司机跑供销社买东西，所以彼此混得很熟。多年不见，这女人还不显老，而且打扮得更妖艳了，红嘴唇，红指甲，浓浓的两道眉，两个眼圈纹得像熊猫眼，长长的烫发披在肩上，耳朵、手腕和手指上都戴着镶嵌宝石的首饰，跟人说话依然眉来眼去，不时流露出轻浮和放荡。她心狠手辣，为了钱什么事都敢干。以前他接触的那些人都知道大旋风既贩卖人口，又开窑子，也是个无恶不作的货，所以他觉得这是个再合适不过的人选了，便立刻答应了下来。这下可把大旋风高兴坏了，听说还有局长儿子做后盾，更觉得有了靠山。

常言道：物以类聚，人以群分。真是一点儿不假，两人一拍即合，越说越来劲儿，越说越投机，一路说笑声不断。大旋风给他讲自己的所见所闻，他也把在外面的新鲜事和笑话讲给大旋风听。直到汽车到站，两人约好下次见面的时间和地点才分了手。

大旋风离开农村好几年了，起初是通过一个司机进城做小买卖。在做买卖的过程中，她认识了不少人，然后租了个私人小旅馆，明里开旅馆，暗里开窑子。另外，她还跟两个弟弟串通一气，偷偷贩卖人口。当然，这些事都在暗地里进行。开窑子的事当地公安曾查过几次，但因没找到证据，只好不了了之。贩卖人口的事是近两年开始干的，也没人知道，所以她胆子越来越大。对她而言，只要能赚钱就行，从不考虑后果。

她早已跟丈夫离了婚，这次回去一来看看孩子，二来想给丈夫贩个老婆，看他要不要。虽然离了婚，但她还常回去。起初婆家人不让她见孩子，但丈夫窝囊，单凭种地挣不了几个钱，孩子上学的费用全靠她接济，久而久之这儿好像仍是她的家，想啥时来也没人管。现在，婆婆已年迈，没能力帮丈夫维持家，大旋风见丈夫维持家不容易，动了给前夫贩老婆的念头。

明芳丈夫和大旋风说定五天后在她的旅馆见面，所以两人分头抓紧回去办自己的事。明芳丈夫有事在身更不敢怠慢，与大旋风一分手就匆匆赶回了家。当妈的做梦也想不到儿子回来，所以高兴坏了，又见儿子西装革履，打扮得像城里人，还给自己放了不少钱，以为儿子真的当了大老板，逢人便讲，逢人便夸，到处炫耀，还扬言要休了明芳。

明芳丈夫在外面见的女人多了，对明芳更没了兴趣。他一回来，明芳便提出离婚，他推脱有事，说过了这个春节再办，两人离婚的事又一次拖了下来。

五天后，大旋风和明芳的丈夫如约在她开的旅馆见了面。

这是一个占地约四五百平方米的院子，属城乡接合地段。院子四周全盖上了房，中间有一口自流井，井上盖着一个铁皮盖，旁边安一个电闸，看样子旅馆里人们的所有洗漱都由这眼井提供。除了正房较大外，其他房间都不大，每个房间只有一个小窗户跟门连在一起，每个屋只能住两三个人。大多数屋子的窗帘都拉得严严实实，从外面什么也看不见。有些男男女女不断进进出出，个个流里流气。女人们穿着市面上最廉价的衣服，但很花哨，脸上涂抹的色彩很浓，手指、脚趾的指甲都涂得红红的，就连身上的首饰也都是廉价品。看着这些，明芳丈夫不禁有些作呕。他偷偷看了大旋风一眼，心里默默地骂了一句。

大旋风并没察觉他鄙视的眼神，只是赶紧指使人给他倒茶端水果，自己到外面把两个兄弟叫进来，然后对明芳丈夫说："这是我的两个娘家兄弟，这些年一直跟我在一块儿做生意。"

明芳丈夫仔细打量了一下他俩，扭头对大旋风说："这次干脆让他们跟我一块儿走吧。"

大旋风惊异地问："这次就跟你一起走？"

明芳丈夫点了点头说："嗯，对。"

大旋风姐弟三人惊喜地相互看了看，然后大旋风急着问："啥时走？"

"明天。"明芳丈夫干脆地说。

大旋风做梦也没想到他们姐弟几人的转机来得这么快。明天两个弟弟就可以到南方去做大生意，可现在手头还有些没脱手的事，所以她殷勤地凑过去说："我们还有些事情没办完，能不能等把事情办完了再走？"

明芳丈夫摆了摆手说："哎，不行！要么你们先走上一个，另一个过几天再来。"

大旋风赶快答应了。于是，她把两个弟弟叫到外面商量了一下，转身又回到屋里笑着对明芳丈夫说："兄弟，我的两个弟弟就交给你了，他俩鲁莽，没文化，有什么不对的地方你多指教，如果有用得着我的地方尽管说话，嫂子定会竭尽全力的。"说着她把圪旦拉过来，"这是我二弟圪旦，先让他跟你走吧。等把手头的事办完了，再让我大兄弟也过去。"她用手指了指另一个。

明芳丈夫笑着点点头说："嫂子，你也是我的一个成员了。我看你这儿的条件很好，所以想把它作为一个点，拿来的货从这儿推出去，这样生意会做得很大。你看咋样？"

大旋风一听高兴得连嘴都合不拢了，把手一拍，长发使劲儿往后甩了甩，扭捏着腰身走到明芳丈夫面前："行，咋不行！你看我这儿来来往往的人有多少，不管什么货肯定能推出去。你就放心交给我吧，保证能干好。"她的话说得一点也不假，为了钱她会不顾一切的。这几天，姐弟几个通过鞠引娣从甘肃又骗了三个女子，马上就到。此次她就是回村给她们找买主，几天工夫她已找了好几个买主，而且那些人也把买老婆的钱给了她，回来时真是满载而归。大旋风的前夫听说要给他买老婆，便发了话：白送的老婆他要，拿钱买他没有。原来想在前夫身上拔根毛，没想到竟碰了一鼻子灰，她只好打消了这个念头。数着一沓一沓拐卖妇女赚来的钱，他们姐弟几人连一点愧疚也没有，反而越来越胆大，越来越心狠。这次跟明芳丈夫联手，使他们又向罪恶的深渊迈了一大步。

第十六章　罪恶

大旋风姐弟几人从小没爹，缺乏教育，养成我行我素，打败天下无敌手的个性，再加上没什么文化，办事鲁莽、蛮横霸道、不守规矩是出了名的，只要提起他们姐弟，谁都头疼。两个兄弟一个叫圪墩，一个叫圪旦。圪墩是老大，比大旋风小两岁，但比大旋风老面，不知道的人总以为他是大旋风的哥哥。他长得膀大腰圆，满脸杀气，从小就爱打架闹事，小偷小摸，话虽不多长相却很凶，再加上他那健壮肥胖的体魄，人们一般是不敢惹。他通过姐姐的关系在城里当了几年司机，帮人家跑长途运输。因为经常出事，谁也不敢用他，他只好跟姐姐一起开旅馆。由于家穷和名声不好，三十几岁还没娶上老婆。在开旅馆的过程中，他认识了附近摆摊的鞠引娣夫妇，有空常去小摊溜达，没事干还给他们帮帮忙。这样一来二去渐渐混得很熟，跟鞠引娣越走越近。

鞠引娣的丈夫是个老实巴交的人，话不多，非常勤劳善良，年长她七八岁，因家里弟兄多娶不起媳妇，所以找了引娣。起初在煤矿干活，但一次意外腰椎受了伤，不能再干重活儿，因此他到城里来做买卖。引娣年轻漂亮，性情活泼开朗，就是水性杨花。虽然不像大旋风那么外敛，但她骨子里也有一股不甘寂寞、不安分的东西。她很欣赏大旋风的某些地方，认为大旋风能放得开，敢摆脱世俗干自己想干的事，尤其是与男人们的交往从不受任何约束，真正体现了女人的魅力，没白当一回女人。因此，她常暗自羡慕大旋风，认为做女人就应该做大旋风这样的，能把那么多男人搞得团团转，不愁吃不愁穿，不像村里的女人只会围着锅台转，一辈子依赖男人，做不了自己的主，只会在一棵树上吊，心甘情愿做男人的附属品，一辈子都是做在前吃在后的奴隶，是别人的使唤丫头。大旋风却从来也没委屈过自己，所以大旋风成了她心中的偶像。

大旋风长这么大，交的全是男朋友，却没有女朋友，好不容易找到一个与自己性情相投的人，加上又是老乡，如同找到了知音。另外，她还觉得引娣这样的人说不定今后还能用得上，所以，两人上拜天下拜地，以天地为证，海誓山盟做了结拜姊妹，从此以姐妹相称。由于引娣的狭隘和接触的人少，决定了她看问题片面，误以为大旋风就是自己的榜样。虽然两人年龄相差十多岁，但她还是处处以大旋风为榜样，模仿她的穿衣打扮和处人做事。最受益的是大旋风的弟弟圪墩，很快就把引娣占为己有，两人成了名正言顺的情人，整日勾勾搭搭、拉拉扯扯。刚开始引娣的丈夫接受不了打过她，这样不但没解决问题，反而促使他俩更无所顾忌，明目张胆。为此，大圪墩还多次威胁引娣的丈夫，如果再闹就把他彻底打残。丈夫软弱善良，自知小胳膊扭不过大腿，也只好睁一只眼闭一只眼罢了。在大旋风姐弟的影响下，摆摊挣的那点钱已不能满足引娣的需求，所以她干脆放弃了这个营生，跟着大旋风姐弟干起了拉客和贩卖人口的勾当。

大旋风的二弟圪旦个头比哥哥高些，淡淡的眉毛有些泛黄，右眉中有颗棕色的痣，高鼻梁，红鼻头，尤其受了冻鼻头就更红了。兄弟俩的长相截然不同，只有一处很相像，就是那双鹰一样的眼睛。他的个性没哥哥强，话也比哥哥多，为了达到目的，常会花言巧语说一些人们喜欢听的话，但背后又是一套，肚里的坏水比哥哥还多，也是个无恶不作的家伙。从小弟兄俩干坏事形影不离，只要其中一个人干了坏事，另一个也少不了。凡了解他们兄弟的人都不会把女儿给他们。为了兄弟俩的婚事，大旋风没少张罗，但都无济于事。最后，她在城里骗了一个外地的打工妹做了老婆。他们姐弟几个相互配合，借开旅馆的便利条件，欺骗、贩卖了不少来这儿打工的女孩，并且还为嫖娼卖淫提供场所，名义是开旅馆，实则是开窑子，从中牟利挣黑心钱。

大旋风跟一个司机是多年的老把子。农村一实行责任制时，她就跟着司机进了城，起初由司机保养着，没过多久做起了小买卖。在做买卖的过程中，她认识了一个年长自己十几岁的本地人，很快又成了这个人的情人。这人把自己的老房子让给她开旅馆，明着两人一起开，暗地里却成了大旋风的大本营，挣来的钱大部分都装了她的腰包。大旋风打心眼里觉得这个旅馆就是她的，挣的钱自然都应该归她才对。

现在，多了一份跟明芳丈夫合伙赚钱的营生，心里自然又添了一份欢喜。把二弟和明芳丈夫打发走后，她无所事事地平躺在自己那屋的床上，两手交叉叠放在肚皮上，望着天花板想起了心事。

刚进城时，自己盼望跟城里人一样穿上漂亮衣裳逛大街、做美容、搓麻将、看电影，舞厅里进饭馆子里出，不受风吹日晒，生活悠闲自得。现在虽然有好多愿望实现了，但她越来越觉得那点追求很浅薄，和城里人差距还很大，没有真正属于自己的窝，虽有地方住，也是暂时的。为了笼络住这几个相好，自己真是费尽了心思，应付了这个还得应付那个。这么多相好，除了肯为自己舍出唯一家产的老汉外，多数人只想占自己的便宜，却不舍得拔毛。混了这么多年，没有一个想真心把自己娶回家的，尽是一帮杂毛禽！想到这儿，她的气不打一处来，愤愤地翻了翻身，床板也随着嘎吱嘎吱直响。不过，跟自己的这几个相好基本都是司机，社会地位不高，也没什么油水可揩，多亏这个老汉，才有了临时栖息之地。但毕竟不是自个儿的窝，城里人的鬼把戏挺多，让你始料不及，说不定哪天一翻脸就住不成了。她盼望尽快有个家，过上楼上楼下的生活。但靠目前的收入是远远不能满足的，靠相好们给更没指望，还是靠自个儿拼命挣哇。看来"靠人不如靠自己"这句话说得一点也不假，随着年龄的增大，她的感觉越来越明显。想到这儿，她怔怔地盯着眼前的墙壁，沮丧地长长叹了口气。

跟明芳丈夫合作也许是个极好的机会，虽然明芳丈夫没把底细告诉她，但也猜到了几分。听人说贩毒很赚钱，暴富很容易。他们姐弟几个商定，抽空干上一段时间，等挣了大钱就不干了。那时，就可以买房子、买电器、买汽车，甚至还能买商铺，过上楼上楼下且有电灯电话的好日子，成了真正的城里人，到时谁也不敢小看他们，把眼前这死老汉一脚踹了，找一个有地位、有身份还有钱的人，名正言顺过日子，两人白头到老。想到这儿，她兴奋起来，猛地从床上坐起，两手握住脚脖子，身体前后摇晃着想：该找个什么人呢？找银行行长、保险公司经理或哪个单位当官的？她摇了摇头很快否定了。要么找个大夫、行政单位干部或企业经理？她又很快否定了，并且自嘲起来：唉！人家那些人能看上我？真是痴心妄想！听说，那些有地位有身份的人都爱年轻、漂亮、有知识、有文化的，我这样人家能要吗？她灰心丧气地下了地，站在穿衣镜前细细地打量起自己来。

虽然她四十多岁了，但看上去并不像，还像三十几岁，这全凭自己保养得好，白皙的皮肤，柳叶眉，杏核眼，嘴不大不小长得很周正，身材匀称苗条。她的长相跟弟弟们截然不同，每个地方都取了他俩的长处，虽不是倾国倾城的美女，但也不难看，只是言谈举止、穿衣打扮咋也比不上城里人。她曾试图叫自个儿的这张嘴说话文明些，少带脏字，可从小养成的坏习惯很难改掉，一张口就带脏字。尤其现在干的这些事，整天跟一些不是人的人打交道，和他们讲文明，好比对牛弹琴，只有打情骂俏，脏话不断，才显得近乎又不见外。另外，也只有粗鲁野蛮才能把人唬住。为了赚钱只能这样，她沮丧地想。唉，瞎盘算甚哩，只要有了钱，甚事都能办。管他呢！车到山前必有路，走了一步说一步，何必咸吃萝卜淡操心！她嗔怪地在镜子里看了看自己，又一屁股躺在床上。

她无所事事地赖在床上，其实是在等鞠引娣，焦急地盼她快点回来，好尽快把货推出去，打发圪墩走。

大旋风自幼没了爹，父亲在她的记忆中已经很模糊。家里除了他们姐弟三个，还有母亲。起初，母亲既当爹又当娘，起早贪黑忙碌着。由于没了父亲，他们母子常受人欺负。特别是父亲家里的人，不但不帮他们，反而横挑鼻子竖挑眼地找茬。太多的侮辱和白眼使她过早地成熟起来，也使她比同龄人更敏感，更具有反抗性。不知从什么时候起，家里来的人很多，大都是男人，有光棍汉，也有好些是有家室的。男人们与母亲那种异样举动及暧昧关系，深深地烙在了她的脑海里，永远也无法抹掉。母亲跟那些男人怀过好几次孕，只要一有身孕，她就推说自己腰腿痛，衣服穿得厚厚的，以掩盖体型。冬天穿的厚实没什么，但在炎热的夏天穿着棉裤，肚上还用宽宽的布带紧紧勒住，热得难受不说，经常连气也喘不上来，尤其孩子月份大时，连弯腰都很困难。起初，母亲装作自己有病的样子，还竭力瞒着，好多事都避开他们做，后来自己也一天天地大了起来，逐渐明白了其中的奥秘，慢慢地意识到了什么。听人们在背后骂母亲，自己很为她感到羞耻，所以特别恨她。很长一段时间，不跟母亲说话，打心眼里看不起她，并且经常跟她吵架。

　　在一次争吵中，母亲突然给自己跪下了。由于身子太沉，再加肚子被绑得紧紧的，腰根本无法弯曲，母亲顺势摔倒在地半天爬不起来，像一只受伤的大狗熊在地上笨重地蠕动着。她的心突然间像针扎似的难受，迅速过去把母亲扶起来。母亲一头杵进她怀里放声痛哭，在悲哀的哭泣中，告诉了她做寡妇的艰辛，诉说了自己的悲凉和痛苦及这么干的原因。通过母亲的诉说，她才知道，原来他们的日子全靠那些男人接济，没有那些男人的接济，生活就无法维持。从此，她再也不恨母亲了，反而对母亲有了几分怜悯和敬佩。她可怜母亲为了他们姐弟牺牲了自己的肉体和感情，牺牲了一个女人的声誉和幸福，真不容易啊！后来，她每天晚上瞒住弟弟们帮妈妈解开肚上的带子，早上想法支开弟弟，再帮妈妈把带子绑好。当第一次打开带子看到母亲被汗水浸泡腐烂的皮肤时，她伤心地哭了。瞬间，她感到母亲是那么伟大，在这个世界上再也没有比自己的妈更伟大的人啦。也就是从母亲和那些男人的暧昧关系中，她明白了：原来女人有个撒手锏，可以让男人为自己效劳。从那时起，她脑子里产生了从男人那里获取财富的念头。凡有政治运动，母亲总是挨批对象，"文化大革命"刚开始，母亲脖子上挂满了鞋，人们把她当坏分子游街挨批斗，还坐了几个月禁闭。村里人都骂她破鞋，姐弟几个也受到牵连，侮辱、白眼、辱骂是常事。母亲坐禁闭时，姐弟几人常无家可归没人管，于是便跟人打架闹事，经常偷生产队的东西，成了村上的无赖和小霸王。

自那以后，她发誓再也不要有善心，再也不能相信任何人，对人变得冷酷无情，为了不受欺负，处处逞厉害不饶人，办起事来也心狠手辣。

正在大旋风焦虑不安地等待鞠引娣回来时，圪墩急匆匆走进来，大声喊："快！引娣回来了！"大旋风不顾一切地赶紧往外走。

只见引娣领着三个女人走进来，可能因旅途劳累，脸上灰乎乎的没有一点光泽，走路摇摇晃晃，身后的三个女子跟在后面怯生生地看着周围的一切。引娣头也不抬径直朝大旋风那屋走去，进了屋扔掉手上的东西，没顾得上脱鞋就四肢朝天躺在床上。大旋风和圪墩两人像侍奉皇上似的殷勤地跟在引娣屁股后，圪墩忙着给她脱鞋，大旋风赶紧沏茶倒水。她一手端茶一手拿块湿毛巾递过去高兴地说："妹子，你辛苦啦。来！快喝口茶，擦把脸。累坏了吧？"说着在圪墩肩上推了一把，"快！快去给引娣弄点吃的！"

圪墩笑着晃了晃头，在引娣屁股上拍了一巴掌说："好，我给祖奶奶弄吃的去。"然后斜眼瞅了瞅引娣出去了。

大旋风搬了把椅子坐到引娣身边，迫不及待地凑到她耳边问："唉！咋样？还顺利吧？"

引娣点了点头，把声音压得低低地说："基本顺利。我说雇她们来打工的，都信以为真了。"引娣一副得意的表情。

大旋风捂住嘴咔咔地笑了笑，用手指头在引娣的脑门上戳了一下，"小精灵鬼！姐知道你一定能把事办成。这次得好好犒劳犒劳，跟姐说想要啥？"她高兴得把脸凑到引娣前。

"真的？"引娣毫不含糊地问。

"嗨，真的。你还不信我？"

"那我就不客气了，等着姐姐犒劳吧。"引娣神秘地盯着她的脸。

大旋风一仰头一副非常慷慨的样子，"行！等把这趟事情办利索了，姐送你一件漂亮衣裳。"

引娣一听撇了撇嘴不满意地说："原来姐这么大方呀！我的衣服虽说不咋值钱，但也不少啦，用不着再买。"说完翻了翻白眼。

大旋风见行不通，便笑着拉起引娣的手拍了拍说："哎呀，没想到妹妹的胃口越来越大，连衣裳也看不上啦！好，好，好！事情办完姐姐送你一条金项链，行不行？"

引娣闭上了眼，慢条斯理地说："这还差不多。"大旋风轻蔑地撇了撇嘴，并叫引娣抓紧休息，自己转身出去了。

那三个女子一直站在院子里，焦急地等待着引娣的安排，因为这些天她们也很累，希望尽快找地方休息一下。看大旋风从屋里走出来，几个人的眼光一起投向了她。大旋风像一根木头桩死死地钉在门口，严肃地上下打量着她们。几个人感到非常纳闷，于是面面相觑，不知对方葫芦里卖的什么药。大旋风把她们打量过后便问："你们多大啦？"几个女子一一做了回答。

其中有个年龄最大的问："领我们来的那个女的咋还不出来？"说着便趴到窗户上往里看。

大旋风厉声喝道："瞎看啥！出门人咋这么没规矩！"那几个女子吓得赶紧缩回头，连大气也不敢出，怔怔地看着她。

大圪墩提着一大包饭菜从外面走进来，似老鹰眼向那几个女子扫了一下，然后看了下姐姐，一头钻进屋去了。不一会儿工夫，屋内传出放荡的嬉闹声和尖叫声。大旋风偷偷笑了笑，把那几个女子领到一个空屋里，叫她们先在这儿休息一会儿，自己便扭身出去了。

几个女子是鞠引娣从老家的省城骗来的。引娣领大圪墩回老家，其实是去那儿趸摸贩卖对象去了。他们在那一带已经贩卖了好几个，这几位是在街上找工作时，被守候在那里的鞠引娣碰上了。她花言巧语编了一大堆瞎话，说男人是开煤矿的，自己在煤矿有个大宾馆，马上就要开业，需要工作人员和服务员，所以专程来招老乡……几个女子信以为真，满心欢喜地报了名，一路还与她姐妹相称，顺溜溜地跟着到了这儿。院子里和隔壁不断传出男女打情骂俏和放荡的嬉闹声，她们感到有点儿不对劲儿，但谁也不敢说，只在心里默默嘀咕着。

大旋风出去好长时间，天也渐渐黑了下来，可是一直没人理她们。几个人又饥又渴，疲惫到了极点，实在支持不住就蜷缩在床上睡着了。忽然，猛烈的推门声把她们惊醒，几个人赶紧从床上爬起来。屋里的灯一下亮了，鞠引娣扭捏着腰身走进来，大圪墩双手叉腰恶狠狠地跟在后面，厚厚的嘴唇紧闭，饿鹰样的眼睛死盯着她们，怪吓人的。此时，大家忽然觉得鞠引娣那么陌生，好像从没见过似的，几个人一起怯生生地看着她。

引娣的体能已经完全恢复，只见她满脸红润，灯光下白里透红，嘴唇和眉毛已精心描过，头发也洗了，卷发蓬松散落在肩头，身上散发着化妆品和洗发水的香味，衣服也焕然一新，脖子上的项链也是新的。她一副悠然自得的样子，手里拿着一串葡萄，摘一颗放进嘴里咀嚼着，好像故意炫耀似的，并且似笑非笑地看着她们，酸溜溜地说："哥，你看她们咋样？这就是我给你招的合同工。"然后朝大圪墩望去。

大圪墩冷笑了一声："哼！还算可以吧，谁知道好不好调教呢！"

"一定错不了吧！她们一路上还和我姐妹相称呢。"鞠引娣以嘲笑的口吻说着，慢吞吞摘了一颗葡萄扔进嘴里。

"唉，蠢货！让人卖了还帮人家数钱呢，真笑死他爷啦。"圪墩说着搂住引娣的脖子就往外走。

"唉！我们究竟咋办？啥时到你说的那地方？已经一天水米没打牙了，先给点吃的吧。"其中一个说。

大圪墩扭头朝她们瞪了一眼，引娣缩了缩脖子，异样地笑着，看了看她们和大圪墩说："今天凑合一晚上，明天就到了。到了那儿有吃有喝，再也不会受罪了。"说完两人一下出去了，一出门便捂着嘴扑哧笑起来，边笑边拉着手跑进大旋风那屋，进了屋他俩就幸灾乐祸地放声大笑起来，笑那几个傻女人到了狼窝还在做美梦。

大旋风见他俩进来急忙问："咋啦？你们笑啥呢？"

引娣撇着嘴说："饿得支撑不住啦，要吃东西呢。还问多会儿能到我说的那地方，糊脑孙，还做梦呢！"

"是吗？"大旋风也哧哧地笑了起来并说，"真是糊脑孙！吃了葱想蒜，甚也想干了！两天不吃饿不死，别管她们，睡觉！明天咱们早点儿出发，快把她们送出去，免得夜长梦多。"边说边去铺床。

引娣见此佯装要走的样子，站起来往门跟前蹭。大圪墩鲁莽地将她拽过来，由于用力过猛，引娣一个趔趄，顺势扑进大圪墩怀里。

大旋风见状哧哧笑道："引娣，快别败兴啦！你家那个又不知道你回来。另外，明天我们还得大早出发，你回去干啥？再说，跟圪墩这么长时间没见面，好好拉拉话吧。"

听她这么一说，引娣便顺水推舟住下了，一对狗男女自然是颠鸾倒凤尽享云雨之欢，哪里还顾及羞耻。俗话说：跟好人出好人，跟上巫婆跳大神。对鞠香这个涉世不深、爱慕虚荣、不肯吃苦的女子来说，整天浸泡在大旋风营造的环境中，早已不知道"羞耻"二字的含义是什么了。她对大旋风的放荡不羁和旅馆里淫夫荡妇们的所作所为早已司空见惯，不以为然，甚至认为自己和圪墩追求的是真正的爱，谁也无权干涉，至于丈夫，根本没去考虑。两人放纵了一夜，天快亮了引娣才推开圪墩翻身睡了过去。

大旋风心里有事，再加上圪墩与鞠香在隔壁翻云覆雨，她一夜没睡好，待东方微微泛白，晨曦隐隐可见才打了个盹。醒来一看，已经八点多钟，她不顾一切赶快叫醒大圪墩和鞠香，几个人匆匆洗了把脸，吃过早饭，大旋风姐弟俩就领着那三个女子上路了。引娣又懒散地躺在床上，继续睡自己的觉。

再说那几个人一路颠簸，几天没好好休息吃饭，身体搞得精疲力竭，盼望能尽快到达目的地。早饭后，她们就跟着大旋风姐弟风风火火地上了路，几经周折，终于在太阳快要落山时下了车。大旋风姐弟领着几个女子往早已说定的人家走，那几个人越走越觉得不对劲儿，但由于人生路不熟，天也渐渐地黑了下来，所以不敢说什么，只好硬着头皮跟他们走。终于进了村，姐弟俩谎称到矿区还有一段距离，今晚暂时在农户家休息。三个可怜的女子就这样被大旋风姐弟轻而易举地送进了虎口，等第二天醒来，才知道自己被人贩子卖了。她们明白了真相后哭着闹着要走，可大旋风姐弟早已逃之夭夭，毫无踪影了。可怜几个女子喊天不灵，叫地不应，在买主的威逼下只好屈从。其中一个听说自己被卖后，咋也不干，苦苦哀求，跪在地下不起来，整整跪了两天两夜，惊动了全村的男女老少，买家怕闹出人命，最后只好放她走了。

大旋风姐弟把人送到买主家，怕夜长梦多，连夜离开村子往城里返，天亮后回了城，回来连饭也没顾得上吃倒头便睡，一觉睡到太阳偏西才醒来。

大旋风每次把人送出去，就像做成一桩大买卖似的感到无比轻松愉快，今天自然也不例外。她睡醒了就叫上弟弟和引娣到饭馆，美美地饱餐了一顿。因为还惦记二圪旦那边的事，酒足饭饱后，决定让圪墩连夜赶往圪旦处。

圪墩一听姐姐要他走，心里很不情愿，一来这几天他一直来来回回马不停蹄地跑，觉得很累，所以想歇歇，放松放松；二来他跟引娣打情骂俏还没过瘾。可是一想到大把大把的钞票，他顿时来了劲头，跟引娣的那点事儿也不放在心上了。

可是引娣不同，听说圪墩要去南方，她也想跟着一起去，但大旋风坚决不同意，引娣无论如何也拗不过大旋风，只好悻悻作罢。大圪墩也感到无奈，只好自己一个人走。临走时，两人真有些难舍难分。大旋风看着他俩那样，为稳住引娣，便答应等圪墩站住脚，再让她过去，现在引娣暂时留下来，跟自己一起干。引娣只好打消了这个念头，她期盼着有一天圪墩真能带她出去，让她也见见世面，到外面风光风光。

圪墩走后，大旋风心里也觉得空落落的。这几年两个弟弟一直在她身边，不论干什么总是姐弟几个在一起。现在他俩一走，就剩自己一个人，孤苦伶仃，遇到什么事也没个商量的人了。虽说自己的相好很多，但毕竟不如弟弟靠得住。那些人表面上对她好，一遇到事就躲得无影无踪。特别是开窑子和贩卖人口的事，谁肯帮忙！再说自己也不敢让他们知道得太多，人多嘴杂，传出去怕坏事。弟弟们一走，剩下引娣和自己，贩卖女人的事就不好做了，只能专心开旅馆，无形又少了一桩挣钱的买卖。弟弟们虽说去南方挣钱，但能不能挣到还没把握。弟弟们将来的命运如何，她不去考虑，她只想赚钱，只担心眼前是否少赚了钱。一想到眼下贩卖人口的买卖受到了影响，心里就忐忑不安起来，整个上午躺在床上，思来想去只想这件事。最后，她突然有了个坏主意，赶紧爬起来梳洗打扮，草草打扮后，推上自行车急匆匆往外走。一个嫖客怀里搂着个女人来要房间，她顾不上多看他们一眼，安顿了服务员几句，就出了旅馆。

大旋风上次回去听说建民也进了城，而且跟他在一起的还有不少民工，打起了这些人的主意。她想从这些人里拉几个嫖客，兴许还能给他们找个老婆呢。她为自己突如其来的想法兴奋不已，推着自行车大步流星地来到街上。

看着马路上来来往往的车辆与行人，她站在那儿定夺了一下。她只知道他们在建筑工地干活，并不知道是哪个工地，更不知道他们住在哪儿，犹豫了起来，犹豫了片刻，转念又想：反正这么大一片地方，能有多少个工地！不如挨个儿去看看。于是，她骑着车子在建筑工地上挨个转悠起来，还没转两个工地就累得精疲力竭，她也有些心灰意冷。正在犹豫还转不转时，突然看见了虎旦。虽说大旋风是专门找他们的，但突遇虎旦还是让她惊讶得半天没说出话来，呆呆地站在那儿，两眼瞪得老大，嘴一张一张不知该说什么好。虎旦的两只鳄鱼眼珠子也定格在了她的身上,骨碌碌地把大旋风从头到尾扫视了一遍。虽说他跟大旋风不太熟,但几年前与她抢亲的事仍记忆犹新。今天突然在这个城市相遇,对虎旦来说真是冤家路窄。只见他双唇紧锁,一副很不友好的样子看着大旋风。

大旋风见虎旦不太友好的样子,明白他没有主动跟自己说话的意思,便装作不计前嫌,主动跟虎旦打起了招呼:"哎呀,这不是前村的虎旦吗?好稀罕啊。"边说边往前凑了凑,"真是老乡见老乡,两眼泪汪汪。你啥时进城的?"

虎旦瞪着大而无神的鱼眼,怔怔地端详了大旋风一会儿,然后一副不屑一顾的样子咧了咧嘴,从鼻子里发出哼哼哈哈的声音,以示回应。大旋风感受到虎旦不友好的态度,心里很恼火,但为了达到目的只好强忍着,装出满不在乎的样子,又往虎旦跟前凑了凑,"咋啦,不认识了?"说着上去把虎旦的胳膊拍了拍,故作亲昵的样子,直冲着他笑。

虎旦被她这么一拍,顿觉像过电似的,一股热流传遍了全身。大旋风虽然名声不好,但好多男人对她垂涎三尺。俗话说:苍蝇不叮无缝蛋。大旋风这种人就好像有缝的蛋,时时都能招惹来苍蝇,虎旦当然也不例外。经她一卖弄,虎旦原本紧绷的脸一下就松弛了下来,黑乎乎的脸蛋也绽放出了笑容,不友好的嘴脸变得温和了起来,"你这大名人,不认识谁还能不认得你?"黑脸上堆积的皱纹好像凝固了似的,跟大旋风那张擦满白粉的脸一比,真是黑白分明。

大旋风见虎旦的态度缓和,便趁热打铁,"哎哟,看来你没把我忘了,看你刚才那样,还以为不认得了。这儿人生地不熟的,听说你们村来了好多人,早就想见一见,就是碰不上。今天总算碰上一个,真是高兴死了。"说罢扭捏着身子又拍了虎旦两下。

虎旦见大旋风如此亲热,也不见外,仔细盘问了一遍。大旋风便趁机把自己的住址和开旅馆的事一股脑儿告诉了他,并且鼓动他带上大伙儿一起去看看。虎旦听说大旋风开旅馆,而且还有吃有住,条件不错,很具吸引力,所以满口答应要带老乡去看看。大旋风见虎旦答应了,心里暗暗高兴。

大旋风叫虎旦领她去见见老乡。虎旦原本请假出来买东西的，还没来得及买就遇上了大旋风，禁不住她的甜言蜜语，便放弃了自己要干的事，领她上了工地。

大家见虎旦突然领来一个女人，纷纷放下手中的活儿凑过来看热闹。他们中有人认得大旋风，感到十分惊讶，不认识她的人听说了她的外号也惊讶不已。大旋风跟这些人相比是见过世面的，尤其对付男人自有一套办法，再则打扮得妖艳，还不断卖弄着风情，对这些离家已久的汉子们自然产生了强大的诱惑。大家的眼睛不停地在大旋风身上打起转来，好像这儿来了个珍稀物件。大旋风被猛然投来的这么多惊异眼光搞得有些措手不及，她不自然地举起手理了理头发，想尽量镇定一下，并且强装出一副笑脸，打量着这些人，可是心里却在暗暗地骂："这些乌龟王八蛋，好像祖宗八辈没见过女人，真下贱！"

正在这时，建民突然从人群中冒了出来，摘掉头上的安全帽，惊异地大叫起来："咦，这不是嫂子吗？是哪股风把你刮来的，咋跑到我们这儿来了？"

大旋风好像遇到了救星，喜出望外地朝建民扑过去，在他背上捣了两拳，哈哈大笑着说："哎呀！没想到你也在这儿！听说你去贩羊绒了，咋又跑到这儿啦？啥时来的，我咋不知道？"其实她在说假话。

建民撇了撇嘴扭捏着身子，学着她走路的姿态和说话的音调："咦！咦！谁不知道大旋风是个耳听六路，眼观八方的灵通人士，兄弟到这儿你能不知道？"建民的样子逗得大家哄然大笑。

大旋风娇嗔地笑着瞅了建民一眼，用手指着他说："看！看！光天化日下二鬼抽精了。"

建民假装生气的样子，瞪着眼举起手朝大旋风走去，"虎旦从哪儿引来这么个怂老婆，竟敢骂本阎王，在阎王殿上撒野。来！看我今天不好好治治你。"说着一挥手喊道，"弟兄们，上！把这娘儿们给我拿下。"

大旋风一听，也顺势弯腰捡起身边的一块砖，在空中晃动着说："来，你过来！看我今天剥了你的皮。"

建民见状，故意抱住脑袋弓着腰装出害怕的样子说："哎呀呀！今天可遇见母夜叉了，真是不好惹。"逗得大旋风扑哧笑了，笑得直不起腰来，一手拿砖一手捂着肚子，在原地直打转，看热闹的人也跟着哄堂大笑。这一下使大旋风跟这伙人的距离也拉近了许多。大旋风趁机邀请建民和大家到她那里去，并且约建民跟虎旦晚上一起去吃饭。

大旋风待了一阵走了，人们却拿虎旦开起玩笑，说虎旦真了不起，在大家寂寞难挨时带来女人，让大家过过心火，上次带来旅馆的老板娘，这次带来了女老板，以后还可能带来女经理、女领导……上次大家说老板娘是建民的相好，这次人们又把大旋风说成是虎旦的细细。细细是刚兴起的一个新名词，是情人的代名词或贬义词。现在，大旋风在这帮人嘴里又成了虎旦的细细。而虎旦也成了大旋风那里的长客，只要一有空就往那儿跑。

大旋风的目的达到了。从此，她的旅馆里经常有文海工地上的人光顾，有想排解寂寞的，有想找老婆的，有想烫片片的，还有想挂细细的……总之，凡心里有鬼的，就会往她那里跑。大旋风也不惜一切，拼命从他们身上诈取着钱财。她给没老婆的贩卖老婆，给想挂细细的提供方便，给烫片片要料面的寻找货源，在这小小的旅馆里干着罪恶的勾当，做着自己的发财梦。

正在大旋风沾沾自喜的时候，突然有人来找她。原来，这次引娣带回来的三个女子中的一个得知自己被拐卖，说什么也不从，主家害怕出事就打发人家走了。主家鸡飞蛋打一场空，不但没讨到老婆，反而还损失不小，所以大老远跑来找她讨说法。大旋风怕事情败露，满口答应再给找一个，好说歹说才把来人打发走。

第十七章　丑恶与苦难交织

明芳丈夫走后又杳无音讯，好像人间蒸发。她想尽快离婚摆脱痛苦的生活，但一直找不到丈夫，离婚的事只好搁浅了。晚饭后她去玉兰家，想把心中的苦恼跟三哥诉一诉，可三哥不在，明芳就把自己的事说给玉兰听。玉兰知道明芳这么多年日子一直过得很苦，所以早就希望她离婚，但始终没直说。今天明芳又跟自己诉说心中的痛苦，她便鼓动明芳离婚。明芳满脸愁容地告诉她，这几年离不了婚的原因是丈夫不在无法离。玉兰愤愤地说："我就不信丈夫不在跟前离不了婚。假如男人失踪了咋办，老婆就应该守活寡？明芳，你想过没有？你亲自到城里问一问。"明芳忧郁地看着她说："上城里去问谁呀，我人生地不熟的。"说完，无可奈何地低下了头。玉兰想了想，忽然高兴地说："去找文海！文海现在是大老板，这么多年一直在城里，一定认得不少人，让他帮助找人问问。"

明芳一听觉得很有道理，但她没有勇气，只是一个劲儿地摇头，并沮丧地看着玉兰说："我长这么大从来没出过远门，猛不丁去城里找文海，人生地不熟的，上哪儿去找呢？"玉兰清楚，这对明芳来讲也是个难以迈过的砍。她思忖了半天后对明芳说："要么我跟你去吧！虎旦进城这么长时间，情况咋样我也不清楚，干脆咱俩相跟上一起去看看他们。"明芳一听玉兰要跟她一块儿去，好像漫天乌云一下子散了一样，自然求之不得，于是回去收拾了一下，两人就动身进城了。

这是她俩第一次进城。玉兰跟明芳一进城，根据建民在信上的地址，就直奔文海的工地。当明芳跟文海说明来意后，文海心里说不出的高兴。他知道自己跟明芳是不可能了，但他希望明芳能尽快摆脱不幸，赶快从痛苦的深渊中走出来。他立即给李大姐打了电话。李大姐和成良哥现在都已是处级干部，成良就在建筑系统，文海的好多事都是他们两口子给帮的忙，他们的关系非常密切。李大姐听说明芳和玉兰到了这儿，很快赶了过来。自从那次分手后，李大姐再没回去过。因成良的父母和家人也早已离开那里，李大姐夫妇工作又忙，所以一直没回去。玉兰和明芳没想到在这儿能遇上李大姐。久别重逢，一阵寒暄过后，李大姐就迫不及待地问起了她俩的近况。明芳把自己这些年的生活状况和要离婚的前后经过详细说了一遍，李大姐听后非常同情，并告诉她：根据法律规定，对配偶离家没有音讯的，想离婚的可以向法院起诉，然后法院通过报纸对其公告送达，六十天后，法院就能进行缺席判决。明芳听了恍然大悟，原来国家早有规定，自己完全可以离婚，并非像乡干部说的那样。她后悔没早点儿来找李大姐问一问，使自己遭了这么多年的罪，更恨乡里的干部不该骗自己。通过这件事，明芳深切感到了城乡差异。

　　她决定回去尽快离婚，希望及早和三哥走到一起。明芳进城如释重负，背在身上的大包袱一下卸了下来，而玉兰此次进城心情很不好，她无意间发现虎旦发生了很大变化。虽然她跟虎旦没什么感情，虎旦也不是一个有责任心的人，但他始终很依赖玉兰和这个家。可是，这次的情况有些不同。他对大旋风的旅馆情有独钟，跟引娣的来往非常密切，只要有空就往那儿跑，并且从建民和周围人的口中也听到些风言风语。他好久没给家里捎钱了，家里急需用钱，原打算从他那里拿点，没想到虎旦却说自己手头紧，还跟玉兰要钱。让她心情不好还有一个原因：引娣告诉她鞠香的丈夫死了，留下两个孩子，日子过得很苦，最近打算带上孩子进城打工。玉兰看着虎旦的变化和鞠香的处境，不免联想到自己的今后，心里阵阵酸楚。在与明芳回来的路上她心情很沉重，一路很少说话，回到家好几天没缓过来。

其实，玉兰的感觉一点儿也没错，虎旦自从进城那天起，就再也没有回去的打算。尤其跟上文海后，他就更不想回去了。在城里待的几年中，目睹了城里人的生活，看着城里人经济和生活上的飞速变化，心里直痒痒。尤其见了大旋风跟引娣后，他好像苍蝇遇见了屎壳郎，臭味相投。大旋风的旅馆经常有不三不四的人进进出出，他们的所作所为对虎旦是一种刺激和影响。开始他还出于好奇去注意、观察那些人，慢慢自己的心也蠢蠢欲动，再加上离开家很久了，出于生理需求也想入非非起来。但他刚从偏僻的山村来，有贼心还没贼胆。可是常在河边走，哪能不湿脚，再意志坚强的人，时间久了也会被熏染。何况虎旦从骨子里就是一个缺乏理智，没有头脑，没有责任感，只管自己舒服，办事不考虑后果的人。过去因为穷，三十几岁娶不上老婆，极其自卑，在人面前抬不起头，自从找了玉兰，他才逐渐抬起头来。现在，他一下成了文海公司的一名员工，心里感到无比骄傲，觉得从此以后自己再也不是农民了，而是一个有单位领薪水的人，比村里的人及玉兰他们高了许多，所以又飘飘然起来。但最近建民成了部门经理，虎旦心里又不平衡了。本来建民在他们这些人中吆五喝六，指手画脚，虎旦一直感到不舒服，现在他又名正言顺提了上来，还找了个郊区人，有文化，长得漂亮，还很有钱，属于占地被安排了工作。岳父家盖起好多房，给女儿也分了一套，这样建民一下在城里有了住房。这件事对虎旦的触动更大，打击也不小，自己和建民相比天上地下，心里老大不痛快。尤其玉兰跟明芳来，更激起了他心中的怨气，看她俩晒得黑不溜秋，手上脸上都起了皮，衣着打扮土里土气，和城里人比起来简直没有一点儿看头，就是跟鞠引娣、大旋风比也相差甚远，玉兰在他心中一下失去了位置，他咋看玉兰咋不顺眼，恨不得她立马回去，省得她在这儿碍手碍脚。

虎旦现在跟鞠引娣、大旋风混得很熟，经常开一些过头的玩笑，常借机触碰一下她们的乳房，拍拍她们屁股，甚至还亲一口。在与她们肉体的瞬间接触中，会激起他亢奋的神经,所以他常常想入非非,好像大旋风那儿有勾魂的鬼,身不由己老往去跑。晚上他也总做与她俩厮混的梦,一会儿梦见大旋风成了自己的相好,一会儿梦见相好是鞠引娣,醒来常为梦未成真叹息不已。干活儿时满脑子萦绕的也都是梦里的事,两个女人把他搞得神魂颠倒。那天,砌砖时只顾想她俩没注意周围,差点儿叫一个水泥吊兜砸了脑袋,为这事文海把他叫去臭骂了一顿,并警告说再有类似情况,立即让他卷铺盖走人。虽然他答应下不为例,但感情上来不由人,哪里能控制得住啊!

再说这两个风骚女人,虎旦对她们怎么动手动脚都不恼火,大不过娇嗔地在他脸上啐一口。她们不仅对虎旦这样,而是对所有的男人都如此,这么做的目的就是要把他们兜里的钱塞进自己腰包。用大旋风的话说:"叫人家揣摸一下、亲几口少不下几斤肉,就是睡一觉又能短了什么?何况人家不白揣摸你,怕什么!"这是她经常喝骂旅馆服务员的话,也是她做人的宗旨。引娣在她这种思想的熏陶下也是这么想的。她俩与来这儿卖身的那些人一样,为了钱,无论老小都不嫌弃。大旋风因受相好们的约束,有时稍有收敛,鞠引娣就大不相同了,自从圪墩走后,身边没男人深感寂寞,整天泡在大旋风的旅馆打情骂俏,陪大旋风和肯给自己花钱的那些男人们,舞厅里进麻将摊出,肆无忌惮,连家也不回,把丈夫忘得一干二净。她对虎旦的调戏心如明镜,假使虎旦对她有什么非分之想,她也会答应的,因为她觉得虎旦手头有钱。可是虎旦并不知道她的想法,不敢动真格的,只是整天对她和大旋风垂涎三尺,害单相思。

在虎旦看来鞠引娣、大旋风这样的女人才可爱,活得潇洒、大方,会逗男人开心,会跟男人们玩儿,整天跟男人们厮混在一起吃、喝、玩、乐,生活有乐趣,不像玉兰那样只知道死受苦,一心光考虑家。玉兰这样的女人已不是他想要的了,他心目中的女人就是鞠引娣、大旋风和大旋风旅馆里的那些女人。虎旦看错了人,因而将自己手中的幸福轻而易举地扔掉了。

明芳回去后,马上着手办离婚手续,法院按照程序在报纸上进行公告送达。

明芳离婚登报的事一下在全乡引起轰动，村里人更是惊讶不已，一个农村妇女为了离婚竟敢上报，这是头一回。明芳的婆家没想到她为离婚这么做，原以为明芳这些年整天吵着离婚，只是说说而已，绝不可能是真的。按婆婆的话说："放下她的绷头绳子让她跳，看她能跳到哪儿去！"她料定明芳死也不会走离婚这条道。几年来，全家老小对明芳不闻不问，住在一个院子也不理睬她，她遇到再大的困难，他们都熟视无睹。除此，他们还经常给她使坏。明芳家里只要有人来，他们就悄悄躲到外面偷听，并且还经常跟踪她，看她是否养野汉子，还不断说她的坏话。为此，明芳气得在院子里垒了一堵高高的土墙，把自己与他们隔离开来。为垒这堵墙，婆家人跟她大吵了一架，多亏老支书来得及时，要不然就打起来了。老支书把明芳的婆婆臭骂了一顿，并且警告说再不好好待明芳，村委会就帮她离婚。有老支书给她撑腰，婆家的气焰才不那么嚣张了。这一次明芳真的要离婚，全家都傻了眼。婆婆在娘家是个母老虎，兄弟姐妹们都要让她几分。明芳没有父亲，孤儿寡母更是让她欺负惯了，她根本没把他们放在心上。她认为只有儿子休明芳，哪有明芳闹着要跟儿子离婚的，更何况是登报离婚！她做梦也没想到自己的威风竟被明芳一扫而光，于是气急败坏地找明芳算账，要她给自己一个说法，想让她尝尝自己的厉害。

　　吃过早饭，婆婆气鼓鼓地来找明芳，一进门就手指明芳破口大骂："你个不要脸的东西，把离婚当本事竟敢登报！怕人们不知道你离婚，还到处丢人现眼！"

　　几年来明芳受尽了她的气，现在也变得厉害起来，见她又要耍泼，于是毫无惧色地拿起菜刀走了过去，手指着门厉声喝道："出去！你给我出去！"

　　明芳向来以善良精明著称，婆婆就抓住这点欺负她。今天还没等自己耍威风，明芳就举着菜刀冲自己来了，吓得她再不敢朝前迈一步，惊慌地说："你！你！你想干什么？"

　　明芳满脸怒气，脸涨得通红，气喘吁吁地说："你要在这儿撒泼，再敢骂我，咱俩今天就同归于尽，反正我不想活了，咱就一命顶一命吧！"说着她举起菜刀在空中晃着。

"哎呀呀！我的祖宗！祖娘娘！"婆婆吓得跑出院子，原准备好满肚子的骂人话忘得一干二净。明芳见她抱着脑袋一溜烟跑出去，不由得暗自发笑。为了彻底灭掉她的威风，明芳提着刀追在院子里大嚷起来："我离婚受国家法律保护，我有离婚的权利！离婚咋啦？离婚有啥错？你们不知道我过的什么日子？因为找不见他才登的报，你以为我愿意这么做！"

婆婆站在自己院子里伸着脖子喊："那你为什么不跟我们商量，不等他回来再说？"

"我跟你们商量啥？你们把我当人了吗？"明芳也伸长脖子喊，"我是想等他回来解决，可是能等得上吗？今天把话说在这里，如果你们识趣，我跟他好说好散，假如你再敢胡闹，我就跟你们红刀子进去白刀子出，拼啦！反正我不想活了！"说完她头也没回进了屋。

婆婆原打算好好灭灭明芳的锐气，没料打算落了空，威风没耍成反而让明芳占了上风。她看明芳真有些拼命三郎的架势，怕遭下人命，再说儿子在外干的事她也有些怀疑，闹得厉害了别对儿子产生不利影响。婆婆坐在炕头上翻来覆去想了半天，最后只好作罢。

经过这次冲突，婆婆明白明芳和儿子的婚姻保不住了，她也看出明芳与她想象得截然不同，明芳再也不是过去的明芳了。虽然自己一直没好好待过明芳，但一想到明芳很快就要离开这个家，心里堵得慌。她清楚像明芳这么好的媳妇再也找不到了，是他们母子没福分，伏不住这样的好媳妇。为此，她又后悔起来，悔不该这些年没好好待明芳。

再说明芳，万万没想到自己的举动一下震住了婆婆一家，轻而易举灭了他们的嚣张气焰。原来，婆婆是个欺软怕硬不禁磕打的纸老虎。她感到从未有过的痛快和高兴，就像打了一场大胜仗刚从战场凯旋的将士，走起路轻飘飘的，多少年的心里重负被抛到九霄云外。她要把这件事赶快告诉玉兰跟三哥,所以吃过早饭,提了些吃的扛了把锹朝玉兰家走去。她一边走一边不由自主地唱起来:

  打碗碗开花溜地皮皮红,
  苦豆蔓蔓甜根根。
  串洞洞窟窿抽起风,
  我家好比吸魂瓶。
  妹妹是一苗招魂树,
  时时把你的心揪住。
  …………

  正唱在兴头上,突听背后有人嚷嚷:"哟!这是哪来的小媳妇儿,大清早,山曲儿抖得嗒唠唠的,满村村都能听得见。"
  明芳止住歌声猛回头,原来是陈亮明。她笑着说:"哎呀,我还以为大清早哪来的扑食野鬼,闹了半天是你啊!"
  亮明三步并作两步地赶上来说:"嫂子,你这山曲儿抖得把全村老少男人们的心撩拨得火辣辣的。我就是听见嫂子唱曲儿,连饭也顾不上咽下就追来了。"
  明芳笑着瞅了他一眼说:"哎!真是人善被人欺,马善被人骑。连你也敢臊嫂子?来!让你瞎鬼嚼!"说着把锹从肩上拿下来,铲了半锹土朝他抛过去,还做出要举锹的样子,"看你再敢不敢?"
  亮明咯咯笑着,边躲边双手作揖点头哈腰地说:"哎呀,不敢,不敢。兄弟哪敢臊嫂子?我对嫂子向来毕恭毕敬,嫂子就大人不记小人过,饶了我吧。"
  "亮明,啥时回来的?几年不见就像变了一个人,头发也黑的。听说你发了财还娶了媳妇,是不是?"明芳把锹立在地上,捋着头发问。
  "看嫂子说的,你这是听谁说的?"

"嘿！还瞒我呢，村里人谁不知道！叔婶还好吧？自从你们走后再也没回来，听说这两年你们翻身了，日子过得不错，我们听了还为你们高兴呢。"说着明芳仔细地打量起亮明来，一条西式裤上配一个土黄色的休闲褂，脚蹬一双沾满了土的黑皮鞋，一头黝黑稠密的头发在微风吹拂下轻轻摆动，鼠一样的脸颊圆了好多，两眼周围全堆积着脂肪，小鼠眼眯成了一条缝，颧骨也不那么明显了，整个身体比过去壮，还有点儿男人样，最明显的是在两个大门牙中间补了一颗细小的牙，说话不走风漏气了。明芳惊奇地看着亮明，惊异地想：这就是原来那个陈赖小！

亮明见明芳惊奇地打量着自己，便走过来将一只手放在明芳后背，边走边说："嫂子，你说得对，这几年我们家可真的翻身了，我父母都挺好，姊妹弟兄们也不错。你知道过去我们过的啥日子，可现在就大不相同了。嫂子，感谢你还记得我们。咱们在一块儿住了这么多年，离开了我还真有点想大家。你是个好人，还有玉兰嫂、老支书一家、村主任，你们都是好人。这次回来我想在村里串串，再看看你们这些人。"

"哦，那你哪天过来，嫂子请你吃顿饭，见一面不容易啊。"

亮明点了点头，"我肯定去看你。"说着他俩来到玉兰家。

玉兰兄妹几个刚吃过早饭，正准备下地，见明芳和一个男人走进来非常惊讶。玉兰纳闷地看着他俩，只见那个男人笑眯眯地走过来说："嫂子，不认得我了？"

玉兰愣了一下不禁大叫起来："哎呀！这不是亮明吗？哪股风把你吹来的，你咋变成这样，我都不认得了！"她微恭着腰愕然地看着亮明。

亮明把手里的东西放在窗台上，挠了挠头笑着说："嫂子，你真的不认得我了？人家明芳嫂还认得哩！"

玉兰哈哈笑着拍了拍他的肩膀说："你不说你的变化太大了，还怨嫂子不认得你！来！快进家！好好把你这几年的情况跟我说一说。"说着她扭头给明芳使了个眼色，示意她去隔壁，自己领亮明进了屋。

明芳瞅了一眼玉兰心领神会，和亮明打了声招呼就径自朝隔壁那屋走去。三哥见明芳来了，扭头回屋等她。明芳一进门，他就扑过去，从后腰抱住了她。明芳扭过头在三哥脸上亲了一下，两人相拥着坐到炕沿上。她依偎在三哥怀里，把昨天发生的事告诉了三哥。三哥听完她叙述的一切，不由得咯咯笑起来。俗话说：狗急跳墙。何况人呢！没想到明芳这么善良温柔的人，竟拿菜刀把有名的母老虎唬住了。

亮明在那屋向玉兰叙说着他家及自己的事。他们全家是靠收羊皮贩绒毛起家，没想到收益很大，几年工夫生活马上好起来，在县城买房安了家。后来听人说他的皮肤病可以治疗，于是四处投医，后来折磨了二十多年的皮肤病终于治好了，前门牙的缝隙也镶了烤瓷牙，娶了个外地来的打工妹。玉兰从他的言语中看出了他的快活与满足，也深深地为他高兴。

几天后，亮明走了。他这次回来，一是看看自家的那几十亩地，二是看看帮助过自己的人，顺便也想炫耀一下他的今天。亮明提着点心对关心和帮助过自己的人一一进行了拜访，感谢父老乡亲对他的帮助和关心。办完事后，他就走了。他走时，玉兰、明芳和村里的一些人把他送上了车。这次亮明回来，人们感到他身上的一些坏毛病没了，如今变得老练成熟充满自信。看着他远去的背影，玉兰和大家都无比感慨。俗话说：有钱能使鬼推磨，有钱能壮怂人胆。或许，这就是有钱和没钱使人们心理上发生变化的原因吧。玉兰从这次与亮明的见面深刻领悟到了钱对人的重要性，清楚地看到钱是怎样改变人的命运。

大旋风的两个弟弟走后曾来过一次电话，然后就没了任何消息，引娣和圪墩自然也失去了联系。一眨眼半年多过去了，还是没有他们的任何消息，圪蛋老婆已跟她哭闹了好几回，引娣虽然没说什么，但也在天天盼着圪墩的消息。

再有两天就要过年了，还没有弟弟的音讯，大旋风急得像热锅上的蚂蚁，越来越为两个弟弟担心起来。街上到处呈现出一派过节的景象，家家都在准备过年，各家贴上了对联，挂起了大红灯笼和各色彩灯，爆竹声不断地响起，大旋风的心被这浓浓的节日气氛搅得像猫抓一样难受。从昨天开始，旅馆里已经没人来了，服务员也都放了假匆匆往家赶，这两天引娣也没了踪影。虽说她有那么多相好，但一到这时，个个跑得连个鬼影子都逮不到，只有这个老汉不时来搭照一下，但也是匆匆而来，匆匆而去。关键时她才知道，只有年长自己快二十岁的老汉对自己最好，其他那些都是逢场作戏，没有一个真心对自己的。想到这些她心里无比愤懑，不由得骂道："这些昧良心的乌龟王八蛋！真是天下男人没有一个好东西！"

　　她从来没像现在这么孤单过，自从离了婚，一直跟弟弟们在一起，也没觉得什么，但这次弟弟们都不在身边，平时跟自己亲近的人也都走了，偌大的旅馆只留下自己一人孤零零的，想到年三十没人陪伴，心里非常惧怕。早晨醒来，她躺在床上看着房顶一个劲儿地出神，屋子里乱糟糟的，也无心收拾，服务员临走时把玻璃擦了擦，要不然她连玻璃也懒得擦。平时看她很厉害，其实她也有脆弱的时候。此时她就感到这个世界抛弃了自己，世界需要任何人唯独不需要她，她在这个世界是多余的。寂静的院子里只能听到自己的呼吸声，再没有任何声息，她害怕极啦！此时她才真正感到多么孤独无助！"假如圪墩他们出了事，我怎么办？"她突然这么问自己。她被这突如其来的一问吓得出了一身冷汗，猛然从床上坐起来，心剧烈地跳着，连手都有些颤抖。她把十个指头插进头发里，用双手抱住脑袋，紧紧地闭着眼，竭力控制自己什么也别想，可是控制不住，全身抖得很厉害。她拿起电话给多年的相好拨过去，打了半天没打通。然后她又拨通了另一个人的电话，但没人接。一连打了五六个电话都没回应，她明白这些人是在故意躲自己，扔掉电话狠狠地骂道："你们这些王八蛋！一到关键时刻个个像缩头乌龟，没一个好东西！等以后祖爷再跟你们算账！"说着她又狠狠地跌倒在床上，用被子把头蒙了起来，脑子里一片空白，不知道究竟该怎么办，就这样又晕晕乎乎睡着了。

太阳已经偏西，大旋风躺在床上已经一天没吃东西了。她搞不清自己是身体出了毛病还是脑子出了毛病，清醒一阵糊涂一阵，突然感到生活没有任何意义，从未有过的失望和痛苦不时向自己袭来，让她喘不过气。"我这是怎么啦，难道要去见阎王？看来老天爷一天也不叫活了，故意折磨我呢！"她迷迷糊糊地想着。

突然有人敲门，她不顾一切地穿上衣服，又披了件外套急忙去开门。原来是弟弟圪墩回来了，他身后还跟着明芳的丈夫。两人脸色发青嘴唇发紫，看上去非常疲惫。大旋风像见到了救星，情不自禁一把抓住了圪墩的胳膊，大叫起来："哎呀！原来是你们啊！这两天我心里正像猫抓呢，这么长时间没有音讯，简直快把人急死啦！圪蛋呢？他回来了吗？"

圪墩粗声粗气地说："回去看老婆了！"说着头也不回地往大旋风那屋走。

他俩把提包往地下一放，明芳丈夫倒头躺在她的床上，圪墩进了隔壁那屋趴在炕上。大旋风见两人累成这样，赶快生火烧水忙活起来。她把水烧好沏了一壶茶，给每人倒了一杯，然后又给他俩打来洗脸水。明芳丈夫接过脸盆，很快把脸抹了一把，对大旋风说："赶紧去给我雇一辆车，我得马上回家。"

大旋风一听赶快就往外面走，担心年关已到，再迟就雇不到车了。她跟好多司机有联系，所以平时找这些人很容易。眼看就要过年了，大多数人都不愿意跑长途，尤其农村路不好走又偏僻，更不愿意去了，好说歹说总算找到一个，说妥了价钱后，她赶快回去叫人。当她走进院子听见圪墩他们不知在低声说着什么，她并没在意就匆匆进了屋。见她突然闯了进来，两人赶紧背对着她，手忙脚乱地在包裹着什么。

大旋风非常纳闷惊奇地问："你们俩鬼鬼祟祟干什么，有什么见不得人的事还怕我知道？"

他俩惊慌地互相看看说："没，没有。"

她狐疑地看了看他俩，便对明芳丈夫说："车一会儿就来，等车过来咱们一起出去吃点饭，然后再送你上车。"

明芳丈夫点了点头说："好。嫂子，本来有些事我准备跟你说，但来不及了，把要说的话已经跟圪墩做了交代，过后让他跟你说吧。过了年我们就走，这几天你们姐弟好好聚一聚。"

"咋这么急，一过了年就走？"大旋风吃惊地问。

"对，过了年必须得走，正月初五就上路，有话回头再说。"明芳丈夫斩钉截铁地说。大旋风听他这么说，也不好再问什么，吃过饭就打发他走了。

回到旅馆她就盘问起弟弟来，圪墩藏藏掩掩不想告诉她，大旋风见此只好什么也不问了。

明芳丈夫很晚才到了家。几天的奔波让他感到非常劳累，他想尽快吃点东西美美睡上一觉。他不想惊动母亲，一下车就往自己的屋里走，敲了半天门里面没有任何动静，他非常纳闷。敲门声惊醒了睡梦中的母亲，她披了件衣服蹑手蹑脚来到院子，偷偷朝那院门口瞭去，只见一个人把一包东西放在院墙上，攀着破烂的院门跳进院子，使劲儿敲打着窗户。她赶紧跑回去叫醒熟睡的儿子、女儿，母子几个拿上菜刀、擀面杖、铁锹等呼啦一下冲了出去，做好了打架的准备。没想到这个人已经进了自己的院子，径直朝他们走来，老太太惊恐地大声喊："谁？"

"是我，妈！"

"妈？你给祖娘娘管谁叫妈哩？到底想干什么？"

"我是你的大小子！"

"大哥！"在朦胧的月光下，弟弟突然认出了哥哥，他扔掉手中的铁锹扑上去抓住哥哥的胳膊。

母亲这才回过味儿来，明白是大儿子回来了，扔掉手中的家伙，抱住儿子哭起来："儿啊！我的儿呀！你总算回来了，你是我前世的仇人，你是妈的收命鬼！"她边哭边捣着儿子的肩。

"妈，进屋再说吧。"他搂着妈妈进了家。

妹妹迅速点上了蜡，昏暗的烛光下，母亲盘问起他近一年来的情况。他把自己的情况草草说了一下，然后就问："妈！明芳呢？她不在了，为啥敲门没人答应？"

"回娘家啦！"母亲垂头丧气地说，便一把鼻涕一把泪地向他诉说起明芳登报离婚的事。他听了这些犹如晴天霹雳，顿感脑子晕晕乎乎，抱住头半天不说话。这一年来发生在自己身上的事太多，变化也太大啦！明芳竟以这种方式跟自己离婚。他做梦也想不到这些事会是明芳干的，在他眼里明芳是个逆来顺受的人，可惜自己判断错了。母亲告诉他离婚判决书马上就要下来。他知道自己现在干的这些是杀头之罪，脑袋天天别在裤带上，说不定哪天就掉地。现在，他对离不离婚看得并不是很重，反正有没有明芳都一样，自己在外也没缺过女人。这几年类似的事见得多了，所以他也不以为然，只是不想叫明芳以这种方式抛弃自己。既然木已成舟，干脆顺其自然吧，这么做对明芳比较公平。想到这儿，他的心情很快就平静了。于是，他让母亲赶快弄点吃的，自己打开提包，把礼物拿出来分发给大家。

虽说只字未提明芳和自己的事，但他心里始终不好受。这几年他欺负惯了明芳，从未考虑过她的感受，现在明芳这么做也是被逼无奈。突然他非常理解明芳，并且很同情她。作为妻子明芳很合适，作为自己要的女人，她远远不够。他不知道自己究竟想要什么样的女人，但这些年自己遇到的所有女人都不如明芳高贵、善良。"或许，我失去明芳是此生的一大损失。"他跟自己说，"唉！这辈子我损失的东西多啦，这算什么！"他无比沮丧地自言自语。

自从圪墩弟兄参与进来，他们的贩毒规模扩大，赚的黑心钱也很可观。钱来得越多，他越觉得自己离末日越近，经常被噩梦惊醒，吓得浑身直冒冷汗，好像有了病似的。他时常提心吊胆，越干越害怕，越来越谨慎。有了钱他并不开心快乐，因为自己也染上了毒瘾，现在只能以毒养毒，否则就没法活下去。他觉得自己现在已经成了行尸走肉，对生活再没有选择的余地，只好任命运来安排了。他认为只有拼命挣钱，像局长儿子设想的那样，赚上一大笔钱逃到国外去生活。可这只是一种设想，能不能实现很渺茫，所以他没有任何生活目标，花天酒地，随心所欲，醉生梦死地混日子。每次回来看着这片生养自己的土地以及亲人，他总有一种莫名其妙的悲伤与惆怅，曾想当官出人头地的梦想没有了，现在完全成了另一类型的人，整天偷偷摸摸过日子，和不三不四的人打交道。以前，像大旋风姐弟这样的人他是最看不起的，现在却跟他们成了同类，想到这儿他有一种刻骨的心痛。春节一过，他就走了。回家这几天哪儿也没去，他不想让人们知道自己回来过。

　　大旋风没想到明芳丈夫说话算数，提前一天就赶来了，原想让弟弟们多住几天，但不可能了。明芳丈夫拿出好多预先准备好的小包交给她，叫她交给一些人，并且告诉她今后要把这儿当作一个推销点，但有一点就是她要严格保守秘密，不能告诉任何人，否则就会引火烧身掉脑袋。他说会根据她推销的数量给报酬，而报酬非常丰厚。大旋风一听高兴坏了，不用投本钱，不用往外跑，更不用费力气就能挣到钱，比开旅馆贩人口强多了，这简直就是天上掉馅饼。她喜出望外，曾经有过的灰心丧气和坏心情早已无影无踪，顿时信心百倍。她暗暗想，这可能是自己的好运到了，老天爷给了他们姐弟一个发财机会。她准备抓住这个机会大干一场，趁机狠狠捞一把。她一听明芳给那么多钱，也不问一声明芳丈夫给她的东西是什么，就痛快答应下来。其实，她虽然没问这些东西是什么，但也猜测到了几分，只是装糊涂罢了。

　　大旋风财迷心窍，根本没考虑两个弟弟是否有危险，只想抓紧干两年，等挣了钱马上再撒手。但在这个世界上，无论人们干好事还是干坏事，上苍都会记着一本账，总有一天会清算的。这就是恶有恶报，善有善报。大旋风却没想到老天爷找她算账的那一天。

　　弟弟们跟明芳丈夫按时走了。这次回来圪墩给她放下不少钱，要她替自己保管，将来娶老婆用。弟弟们走了大半年就拿回这么多钱，照这样干上三五年肯定发大财，她心里默默盘算两个弟弟跟自己很快就会有百万存款，到时他们姐弟就是千万富翁了，电灯电话楼上楼下，好多城里人都比不上。那时，她就可以呼风唤雨，好好风光风光，过上真正不愁吃穿的好日子，实现自己再找个好男人的梦。

明芳回娘家期间离婚判决下来了，她终于结束了痛苦的婚姻。得知她与儿子离了婚的消息后，婆婆怎么肯罢休，撬开她的房门，将被窝、粮食等所有可用的东西都拿走了。春播时分明芳回到村里，没料想婆婆早已把她的家抄得一干二净。她看着屋里一片狼藉，脑子嗡一下像要炸了，呆呆地站在地下好长时间。她没想到婆婆竟能干出这么绝情的事来。"好歹也是我的亲姑啊！我不做她的媳妇，也是她的亲侄女呀！"她不断嗫嚅着，反复问自己，"这是我的家？是我生活了十几年的家吗？他们咋这么绝情！她还是我的亲人吗？"明芳恍惚地坐在炕沿边，两手放在冰冷的炕席上。她感到自己的身体和这炕席一样，也是冰冷冰冷的。她的身体在颤抖，嘴唇在颤抖，心也在颤抖。她感觉自己不能再这样了，否则死在这儿也没人知道。她要坚强、要勇敢地面对眼前的一切困难，给自己争得一席之地，于是，她跌跌撞撞离开家，朝老支书家走去。

支书现在年事已高，村委会的工作已不干了，但是村里人遇到什么事还爱找他，因为他威望高，办事公道，说话有人听。支书的母亲和三婶相继去世，几个未成家的孩子也都成了家，现在一起生活的只有三叔和他老两口。在明芳看来，天快要塌了，只有支书才能撑得起来，支书是她的靠山，是她的希望啊！

支书夫妇见明芳满脸发青哭泣着走进来，知道一定有事。大婶急忙把明芳让上炕，还没坐稳，她就泣不成声地诉说起来："婶、叔，今天又来给你二老添麻烦了。我实在没办法啦，现在连个住的地方也没有，人家彻底把家抄啦！"

"甚？"老两口惊讶地看着明芳。

"他们把我的东西都拿走了，铺盖、锅碗瓢盆、粮食，凡是有用的东西都拿走了,把我的家整得就像个猪窝!"

老两口全明白了。他们看着明芳直叹气,大婶的眼泪也跟着往外流,她拿起自己的衣襟擦了擦泪说:"明芳,不要难过,不管咋说你总算离了婚,今后再也不用受他们的气了。"说完赶紧给她倒水、弄饭。支书盘腿坐在靠窗台的地方,狠劲抽着旱烟沉思起来。不大一会儿,大婶就把一碗热气腾腾的加荷包蛋的挂面端上来递给明芳。明芳端着这碗饭,泪水顺脸颊泉涌般往下流。

岁月夺去了支书的青春和容颜,大大小小的血管从原本光滑的皮肤上显露出来,脸上、手上青筋暴突,深深的皱纹好像道道沟壑,但他两眼依然炯炯有神,身板硬朗。大叔身子倾斜磕掉烟灰,用手摸了下嘴巴,边朝炕沿挪动着身体边气愤地说:"明芳,你不要哭,暂时住在这儿。我去看看,她凭甚拿你的粮食!"说着下地拿了件衣服气呼呼地出去了。

明芳和大婶等得很着急,明芳的心里一直忐忑不安。支书走后很久才回来,他脸上带着微笑,告诉明芳问题解决了。听支书这么说,她才舒了口气。明芳的婆婆被支书跟村委会的几个人狠狠训斥了一顿,支书警告她如果不把粮食还回去,就让明芳上县里告他们。她婆婆听说又要告,吓得满口答应物还原主。支书愤愤地说:"这个母老虎,真是坐在房顶摸地皮——拃不住地,不知天高地厚!儿在外好几年了,干些甚她也不管,小心她儿子哪天捅下娄子,我看她吃不了还兜着走哩!"后来,真被支书说中了。

经过支书和村委会的帮助,明芳终于摆脱了困境,彻底告别了不幸的婚姻,和三哥结了婚。这让玉兰和所有的家人非常高兴,因为三哥找到了自己心爱的人,有了一个真正的家,以后她就不用再为他操心了,多少年搁在他们心上的那块病也不治而愈。

文海听说明芳再婚的消息后,心里有股说不出的悲哀。他明白自己跟明芳的缘分就此结束了,想跟明芳在一起只是一个缥缈的梦。他只有在心里默默为她祝福,除此再没有任何办法啦!

又一个严冬,即将迎来春节。外面下着鹅毛大雪,玉兰坐在炕头上给孩子们缝补衣裳。三哥和明芳已经有了孩子,还一直没回去让父母看看,今年回去了,临走还带上了润圆。妹妹也找了对象,夫妇俩在外打工,说春节回来跟她一起过年。文海的工地已经收了工,在那里干活的人都陆续回来准备过年。昨天,建民也领着媳妇回来了,但就是不见虎旦的踪影。听说建民回来,玉兰借看建民媳妇的机会顺便打听虎旦什么时候回来。建民躲闪的目光和搪塞的语言,使她感到非常纳闷。临走时,建民悄悄在她耳旁说等抽空找她说。从建民跟她说那话的一刻起,她心里一直忐忑不安,由于心神不定针老扎手,扎得她鲜血直流,手头的活儿咋也做不下去。她放下针线,抬头望着窗外,焦虑地等着建民。

窗外纷纷落下大雪,把整个院子都覆盖了。猪、鸡、羊也都躲进了柴火垛或窝棚,只有那些不甘寂寞的鸡鸭瑟缩着躲在窗台下或墙角根,叽叽咕咕边唠嗑边观赏着雪景,还不时打个盹儿。阴云密布的天空下一片白雪皑皑,把整个院子映照成黄色,玉兰更加难过了。看着外面的天气,她深感凄凉和悲怆,好久没有的孤独感又一次袭上心来。院内的白雪把她带回往日和旺林哥玩雪的场景。她非常思念远在千里外的父母和亲人,思念好多年没有联系的旺林哥。自从三哥来了后,玉兰很少回家,多数都是妹妹和三哥回去。他们每次回去都要带回不少老家的事儿,尤其是旺林的情况。虽然她不与旺林联系,但她很清楚旺林的一切。

旺林通过自学考上了大学,大学毕业后,经过艰苦奋斗,成了赫赫有名的大企业家。玉兰知道旺林的今天来之不易。自从离开家后,他吃了常人没有吃过的苦,受了常人没有受过的罪,才有了今天的成功。她深深为旺林高兴,为他骄傲,也为自己曾经的爱人而自豪。旺林哥三十多岁才结的婚,为这事玉兰不知内疚了多少年,直到听说他有了家,心里才渐渐得到一些安慰。听说旺林结婚,她曾痛苦得不能自拔,好长时间吃不下饭,为自己失去的爱而感到极度悲哀。每当闲暇或遇到不舒心的事,她总会思念旺林,想起他们在一起的美好时光。今天,思乡的烈焰再次从心底燃起,她眼里饱含晶莹的泪花,看着窗外片片雪花,忧郁地唱了起来：

> 房檐上滴水房后墙干，
> 一辈子留下个心不安。
> 圪堵堵高来寸草壕壕低，
> 我手提上蓝蓝等着你。
> 你在东来我在西，
> 好比活树生剥皮。
> 响雷打闪龙摆尾，
> 小妹妹咋能忘了你。
> 斗大的西瓜绿茵茵的皮，
> 想死想活不能提。
> 想你想得……

建民刚一踏进大门，听见这忧郁的歌声，突然一阵揪心难过，本能地止住了脚。玉兰见有人来了，歌声戛然而止，赶紧擦掉眼泪往地下走。建民知道玉兰已看见了他，所以就三步并作两步进了家门。

玉兰拍了拍衣襟，装作若无其事的样子笑着说："建民，没想到这么大的雪你还跑来，真是对不住了。"

建民摆摆手说："哎，嫂子，你可不要说这些客气话，不然就见外了。"说着坐到沙发上。玉兰赶忙给他沏茶倒水，拿烟，拿瓜子，建民趁机仔细打量起整个屋子来。他已经好几年没来过这儿了，没想到几年不见，这里发生了好大变化。所有房子都做了翻新，正房是满面门窗的砖瓦房，原来破旧简陋的小土房早已不见了踪影。屋内窗明几净，地下打了好几件家具，立柜、斗柜、沙发、桌椅等，斗柜上放着一台二十几英寸的大彩电。原有的旧房改成了一进两开的大正房。东侧房间里放着洗衣机、录音机、饭桌及两个带门的柜子，看样子是润圆睡觉的地方。西侧房放着一对紫红色的大躺柜，炕上垒着一摞被褥，用一块白底绣花的涤棉布苫着，炕上还铺了块二蓝地毯，看样子玉兰和女儿住在这儿。一进门的中屋里除了几件家具外，还有一面锅台，一个玻璃隔断将锅台与家具隔开，屋里的格局真有些城里人的住房格局。建民把这个家仔细看了一遍，不禁为玉兰的能干咂舌。他知道整个家的翻新全是玉兰干的，虎旦几乎没出什么力，而且在经济上也没帮家里多少。他打心眼里佩服和尊重玉兰。他默默地看了看她，深深为她没找上好男人而痛惜，心里狠狠地诅咒着虎旦：这个杂毛禽！这么好的日子不珍惜！真是个糊脑孙！讨吃货！

他心情沉重地伸手接过玉兰递来的茶水，从他眼神中流露出的无声语言，让玉兰全身颤抖起来。她的心跳得很厉害，好像马上要从嘴里蹦出来。她捋了捋头发，把自己紧张的情绪压了压，然后笑着说："我家变化不小吧！自这房子翻新后你还没来过呢。"

建民点着头说："哎呀！嫂子，我真佩服你！没想到我们走了这几年，你一个女人家竟把家里搞成这样。说实在的，就是男人也办不到，真了不起！"说着竖起了大拇指。

玉兰笑着说："我这也是瞎折腾。村里这些年家家都翻新房，我也跟上人家瞎起哄罢了。"

建民张了张嘴没说什么，翻新房的人家是不少，但都是男人张罗的，唯有她是自己干。家里发生了这么大变化，虎旦却从未提起过，相反鞠引娣、大旋风的事却经常挂在嘴上，生怕大家不知道。建民暗为玉兰愤愤不平，心想：古人说红颜命薄，真是一点不假。玉兰是插在牛粪上的一朵鲜花，被活活糟践啦！他使劲儿抽着烟，并呷一口茶水，静静等着玉兰发问，心中却在默默为玉兰哭泣。

玉兰明白建民的意思，定了定神声音低沉地问："建民，告诉嫂子，虎旦为什么不回来，出了什么事？"

建民掐灭烟头，抬起头看着玉兰慢慢说："嫂子，你听了我的话一定要冷静。本来不该告诉你，但纸里包不住火，迟早你会知道。我不愿意再瞒着你了，所以今天把知道的告诉你。"

玉兰脸色煞白，紧张地点了点头，"你快说吧，即使天塌下来，该顶也得顶！"

建民定了定神，耷拉下脑袋低沉地说："虎旦在外恐怕已经有了家，他哪里还顾得上你们娘几个，今年过年别等他了。"他的声音低沉而沉重。

玉兰呆呆地望着建民，这句话犹如晴天霹雳，炸得她半天说不出话来，只觉得浑身发软，四肢发麻，脑子也不由自己使唤了。建民看她这样，急忙站起来，把她扶坐在沙发上，"嫂子，你一定要坚强，想得开，不要这样。有甚了不起！死了他，你们娘几个照样活得很好！他是个什么东西！"他愤愤地说，脸涨得通红。

"你告诉我，他跟谁？多长时间了？"玉兰急切地问。

建民见事已至此，干脆就把一切全部和盘托出。

然后他对玉兰说："嫂子，或许这是我的错觉，要么等过了年，你去看一看搞清楚再说。"

虽然玉兰对虎旦的行为有所察觉，但只是怀疑。她曾一再告诫自己不要乱猜疑，他不可能干那种事，所以总是自己劝慰自己，自己欺骗自己。看来害人之心不可有，防人之心不可无啊！玉兰的心不断地颤抖着，四肢发麻，嘴唇和舌头僵直，脑子里一片混乱。建民后来说的话玉兰一句也没听进去，只见他嘴唇在动。

建民说完后起身告辞了，她呆呆地坐在沙发上，全身不断地颤抖着。突如其来的打击使玉兰陷入痛苦不能自拔，这不是为虎旦离开她而痛苦，而是为自己的命运痛苦。因为贫穷放弃了旺林，千里迢迢来到人生地不熟的塞外，嫁给陌生人，嫁给自己不爱的人。自从结婚至今，她从未体验过人与人之间的美好情感，什么是感情、爱情，浑然不知。假如没有跟旺林的那段美好的往事，自己恐怕一辈子也不会尝到人与人之间甜蜜的情感，更不相信人世间还有这么美好的情感存在。为了生存，跟虎旦过日子，生儿育女；为了生存，强迫自己和一个不喜欢的人走在一起，竭尽全力维系着这个家。虎旦不但不与自己同心协力过日子，反而在外另有新欢，她实在觉得自己活得糟心，活得委屈，活得窝囊。她不甘心就这么委屈一辈子，决定立刻去找虎旦把问题搞清楚！

春节一过，家里的事委托给妹妹，玉兰进城找虎旦。

经文海帮忙，玉兰终于找到了虎旦。他租住了别人的一套旧房，房子约有五六十平方米。这个院除虎旦外，还住着好多人，这些人都是外来打工的。听邻居说屋里的主人到朋友家去了，玉兰趴在玻璃窗上向里望去，只见屋子里有锅碗瓢盆和新买的电视、洗衣机，还有从别人手里买来的旧货——沙发、衣柜、碗橱，样样俱全。看样子，足以抵得上她辛辛苦苦奋斗了十几年的那个家。男女内裤、胸罩、拖鞋等到处可见，俨然一个过日子的架势。玉兰顿觉头晕目眩，呼吸急促，嘴唇发紫，全身不停地颤抖着，连支撑身体的力气也没有了。她踉踉跄跄地走出大门，沿着大街漫无目的地走着。走了好长时间，不知道自己到了哪儿，更不知道要到哪儿去，脑子一片混乱，耳朵嗡嗡直响，她反复问自己：你咋这么命苦啊……好命苦！以后到底怎么办？怎么办啊！

"玉兰！"身后突然传来了呼喊声，她毫无反应地继续往前走。

"玉兰，你等一等！不要再走了。"文海气喘吁吁地朝马路对面跑过来，"玉兰，不要急，冷静点儿，我已经打发人去找他了。你这么着急也不管用，等他回来再说。"说着他向马路对面招了招手，然后拽着玉兰的胳膊说，"坚强些！为这种人不值得！走！跟我回去。"玉兰见是文海，眼泪扑簌簌地掉了下来，在马路上失声痛哭起来。文海搂住她的肩膀，朝开过来的车子走去。

文海把她带到自己的办公室，倒了一杯水递过去，玉兰接住水杯又伤心地呜咽起来。见玉兰如此悲痛，文海心里非常难过，不禁潸然泪下。他拿了一块毛巾走过去轻声说："别哭了，小心哭坏身子。"然后递给玉兰。

玉兰接过毛巾哽咽着说:"文哥,咱们在一块儿这么多年,我的情况你知道。当初我是怎么跟他结的婚,结了婚后又受了多少罪,这些你也都看在眼里。没想到生活刚刚有了起色,有了希望,他倒在外面养起了女人。"

文海同情地点点头说:"是啊!这些我都清楚。虎旦这个糊脑孙,真是山老大进城没见过大,手里有两个臭钱就烧得拿不住啦!这么好的媳妇、这么好的家庭他不珍惜,真是瞎了狗眼!总有一天会后悔的。"

"文哥,他四五十岁的人了,不考虑怎样挣钱过日子,相反,却老马学蹿跟上那些不正经的女人往火坑里跳。这几年他很少往家里拿钱,从来没大大方方给我和娃们买过东西。可是,他竟舍得把钱花在野女人身上!我离开他照样活得很好,可是两个娃娃怎么办?他们正是需要钱的时候啊!"

"玉兰,虎旦是一时鬼迷心窍,等找到他我狠狠教训教训,叫他赶快悬崖勒马。"玉兰的抽泣声渐渐停下来,但泪水还在不断地往外流。她咳嗽了两声,擦了擦眼泪,呆呆地坐在那儿,一动不动地死盯着一处发起呆来。

文海看着玉兰心里好难受,不禁暗暗思忖:天底下的事咋这么不公平呢?好男人娶不上好老婆,好老婆又找不上好男人。唉!这么好的女人却嫁给那么个瞎男人,真是好汉无好妻,赖汉头上顶花妻呀!虎旦这个糊脑孙!头上顶着花妻不珍惜,还不知天高地厚地瞎折腾。可惜一朵鲜花插在牛粪上,被白白作践啦!他心情沉重地慢慢走到玉兰身边,挨她坐下,轻轻拍了拍她的膝盖温和地说:"一切都会好的,不要难过,一定要往开想。没有他,你照样活,没什么了不起!假如把身子气坏了,两个娃娃怎么办?为了他们,你也要想得开。"

玉兰被他的话深深打动了,猛然抓住文海的手说:"文哥,没有你的帮助,我这次真不知道该咋办,都不想活了。"说着又哽咽起来。

"不要这样。"文海把她慢慢揽进怀里。

玉兰轻轻闭上眼睛靠在文海肩上,她多么希望有这么一个坚强有力的肩头靠一靠啊!一种久违的感觉忽然从心底涌起,她迅速紧紧抱住文海的腰,文海低头在她的额头上吻了吻，顺势用双手托起她的脸。玉兰猛地推开他的手，迅速从他怀中挣脱出来，慌忙站起来理着自己的头发满脸通红地说："文哥，我们不能这样。你看，我都糊涂了，咋能跟你这样呢！"

文海为玉兰的突然举动吃了一惊，他不明白她的意思，只是喃喃地说："咱们也没做什么呵，你跟我干什么了吗？"

玉兰惊慌地说："我真该死！男人是经不起诱惑的，由于我一时冲动差点儿害了你，我不能这样。"

文海站起来对玉兰说："你没有错，一点错也没有。不是你勾引了我，而是我心疼你。"然后他又坐下来缓缓地补充了一句，"我爱……爱……爱你这样的女人。"他停顿了一下又沮丧地站起来，在屋里走来走去，"虎旦那个狗杂种！摊上这么好的老婆不好好待，反而跟些婊子瞎鬼混。咋没让他遇上我的老婆？让他小子试一试！老天爷真是不公平呀！好男没好妻，好女嫁不上好男人！"好像是自言自语，又好像在诅咒。

玉兰坐在沙发上，两手并拢放在两膝之间，惊异地看着文海，听他往下说，那表情很像刚抓回来的野兔，蜷曲着身子，竖起双耳，提心吊胆地观察着主人的一举一动。文海连看都不看她一眼继续激动地说："玉兰，你知道我是指腹为婚的娃娃亲，从肚子里父母就把我定给了人。为了摆脱这桩婚姻，我毁了自己的前程，不知吃了多少苦头，走了多少弯路，才打拼到今天这种地步。可是，最终没摆脱这桩倒霉的婚姻！这桩婚姻不是我要的，是别人强加给我的！自从强加给我后，从没幸福过！虽然我们相携近二十年，但从没感到充实、快乐过，心里老是空落落的。它是我这辈子最大的遗憾！现在虽说有了钱，但在感情上很贫乏，我心里的苦谁知道！"当得知明芳要与玉兰的三哥结婚时，他曾经对着苍天这样倾诉过自己的痛苦。现在，他噙着泪水无助地望着玉兰。

文海说的这些，正是自己的心里独白，触到她的痛处，伤心地哭起来。她摆摆手低声悲泣着说："文哥，快别说了，你我的命咋这么苦啊！"

"是啊，玉兰，谁让咱命这么苦呢？我也常这么问自己，但就是不甘心，不甘心啊！"文海悲怆地大声说，他两手背在身后仰起头，像是在对玉兰说，更像是在向苍天诉说，眼泪扑簌簌地直往下掉。"你说得对，这可能就是命。像你这么好的人因为穷，千里迢迢来到这儿找个光棍不说，还受他欺负。要不是因为穷，你能嫁给他？嫁一个拎不起梁子的人？就你自身条件，找一个强他十倍的人都没问题！说实在的，自从咱们第一次比赛割地起，我就偷偷注意上了你。后来你的所作所为让我很感动。你和普通的农村妇女不一样，有文化、聪明、好学、很要强，是个有头脑、有理想、不甘落后的人，是个很了不起的女子。我也不怕你笑话，不知道从什么时候起，无论在哪儿，只要有你的影子，我就会看着你，直到看不见为止。我曾经不止一次地想过：这辈子要是有你这么个老婆该多好啊。唉！我知道，这只是痴心妄想而已。"文海坐到自己的老板椅上，抽出桌上的纸巾擦了擦脸和眼睛，沮丧地笑着摆了摆手说："哎！别提这些陈年老账了，提起来真叫人伤心啊！"

玉兰难过地看着文海，没想到这么坚强的人竟然哭得如此悲伤。她突然意识到，原来文海的感情也很脆弱。俗话说：男人有泪不轻弹，只是未到伤心处。文海之所以在自己面前掉眼泪，跟自己说这些，说明他的内心也很痛苦。婚姻带给他的不是幸福而是终身缺憾，他们俩的婚姻多么相像啊！文海和自己真是同病相连。玉兰顿时感到她与文海之间原来有许多相似的地方，他们之间有着千丝万缕的联系。文海很像旺林，他们身上有好多共同点。此时此刻她真需要旺林的安慰，那是不可能的，旺林已经有了心爱的人，有了家，哪里能顾及自己呢？可是文海却在自己最需要帮助和安慰的时候，守在自己身边。玉兰无不感激地看着文海说："文海哥，听了你刚才的话，我从心里感激你。没想到我这样的人还承蒙大哥这么看得起，真是太感谢了。其实，我并没你想的那么好。看来我们的遭遇都一样，婚姻都不理想，但事到如今还能咋样？"她悲凉地摇着头说，"你的婚姻虽然不理想，但事业上很有成就，个人的才能得到了充分发挥，在社会上有地位有影响，走在哪儿也有人抬举，没人敢小看你，所有这些完全可以弥补不幸福的婚姻。因此，你不要太难过了。"她长叹了口气，又接着说，"唉！可我就不同了，一个四十来岁的女人带着两个娃娃，靠种地为生，什么时候才是个头啊！"她惆怅地感叹道。

"玉兰，你不要愁，生活问题自然会解决的。就凭你的精明能干，赶快离开农村出来打工，一定能过上好日子。"

"我也进城打工？"玉兰疑惑地看着文海。

"对！你出来打工。现在人家都往出跑，你为什么就不能出来呢？"文海坚决地说。

"把家扔下，娃娃们咋办？"玉兰犹豫地问。

"把家扔下，带上娃娃们出来，他们念书的事我来联系。"

玉兰脑子里很乱，还没有回味过来。

"你好好想一想，出来吧。我帮你！进了城只要肯吃苦，怎么也比种地强。另外，两个娃娃还能找个好学校上。"

玉兰被文海的一席话打动，心里开始活泛起来，是啊，为什么非要认准一条道往黑走呢！她想了想很快点了点头，"嗯，文哥说得对！让我好好想想。"

正在这时，出去找虎旦的人打来电话说他已经回家了。文海放下电话对玉兰说："玉兰，虎旦已经回去了，咱们过去吧。"

玉兰点了点头，跟文海离开办公室，坐上文海的车直奔虎旦的住所。

虎旦跟鞠引娣刚看完电影，兴高采烈地回到了家。自从鞠引娣年前离了婚，两人几乎天天形影不离。前面已经说过，鞠引娣自跟大旋风姐弟混在一起以后，越来越放荡，越来越堕落，看不起老实巴交的丈夫，根本不把丈夫放在眼里，经常不回家。丈夫实在受不了她的这种行为，干脆跟她离了婚。鞠引娣离婚后没地方住，虎旦掏腰包为她租了间房。鞠引娣为报答虎旦，就跟他偷偷过起了露水夫妻的生活。虎旦做梦也想不到自己花了一千元租房钱，就让鞠引娣感动得立刻投入了他的怀抱。为了在鞠引娣面前逞能讨她欢心，干脆又买了两件电器和一些旧家具，极力装出一副大男人的样儿。春节期间，大家都回家过年了，他舍不得引娣，干脆留下来跟她一起过年。鞠引娣是个水性杨花的女人，只要有人肯花钱，啥都干。更何况这两年她一直跟丈夫不合早已没了感情，经常不回家，成了大旋风旅馆里的常客。那些男人跟她玩玩可以，谁也没有跟她做夫妻的意思。而圪墩也很少回来，即使回来跟她也疏远了许多，可能在外面见的女人多了，也不像过去那么迷恋她。她原以为圪墩可以作为依靠，但现在看来也靠不住。大旋风的腰板儿越来越壮，再也不把贩卖人口挣的那点儿钱放在眼里，因此，对她也不像过去那么当紧了。虽然鞠引娣整天跟不少男人在一起厮混，但心里常感到空虚寂寞，朝思暮想想要傍大款，始终没傍到。尤其年前，丈夫死活要离婚，这下子她连个栖身之地也没了。在她感到最没着落、最无奈的时候，虎旦却填补了她感情的空白。这好比雪中送炭，天上掉馅饼，是老天爷赐给她的大恩惠。对鞠引娣这个好吃懒做、爱慕金钱、唯利是图的人来说，简直就是瞌睡给了个枕头。

虎旦和鞠引娣就像一对新婚的老夫少妻，尤其虎旦，完全沉浸在蜜月的幸福之中。年前，他给自己和鞠引娣各买了一身新衣裳，春节穿在身上感觉美滋滋的。今天看完电影引娣又缠着他买衣服，他只好跟她去商店，给她买了一件红色的羊绒呢大衣。这是引娣所有衣服中最值钱、最上档次的一件，她在试衣镜前看来看去，心里别提多高兴了，因此，从试衣间出来就没往下脱，一直穿着。别看她跟那么多男人厮混过，但谁也没给她送过上千元的衣服，最多给上三五百零花钱，不时来点小恩小惠。就连圪墩也没送过她什么，想不到虎旦竟对她这么大方。

引娣在试衣镜前反复欣赏着，脸上绽放出无法掩饰的喜悦，虎旦呆头呆脑缩着膀子站在一旁，不时好奇地东张西望看着其他柜台。他很少来这样的大商店，更没买过品牌衣服，这是头一回。走进这种商店，感觉自己格格不入，显得好渺小。看着那些来购物的人毫不犹豫地将大把钞票甩给服务员，他不由自主地摸了摸兜里那薄薄的一沓钱，感到非常自卑。为了不在引娣面前掉价，他硬着头皮勉强装出一副没事的样子站在一旁，心里却像揣了兔子通通直跳。当引娣穿上那件衣服再也不准备脱时，他也想像城里人一样把钱甩给服务员，但是怎么也做不出来。一听说这件衣服一千多，他头皮发紧，手心直冒汗，原本一张假笑的脸，忽然开始龇牙咧嘴，既不像笑又不像哭，活像个死秧的猫头鹰。他几乎是哆嗦着把钱从衣兜里掏出来，两手微微颤抖递给售货员，同时额头上还渗出一层细细的汗珠，心也在隐隐作痛。

引娣被虎旦的慷慨大为感动，所以使出百般的妖媚来回报虎旦，一进屋就扑过去抱住虎旦，在他满脸皱褶的老脸上狂吻了几下。虎旦顿时感觉一股激流从全身穿过，浑身热血沸腾，完全忘记了失去钞票的痛苦，不顾一切把她压在床上，引娣一边挣扎一边尖笑，放荡的嬉闹声传遍整个院子。人们呼啦一下跑过去，从窗台上、门缝里往里张望。有人故意敲着窗棂起哄，大声喊着："唉！老汉人，悠着点儿！小心身体吃不消！"

文海和玉兰一进院子，看见人们围在门口起哄，不知道发生了什么事，但屋内传出的嬉闹声使他们什么都明白了。玉兰像一头发疯的狮子，不顾一切地直冲进去，文海见状也赶紧追进了屋。

玉兰看着正抱在一起的虎旦和鞠引娣，气得嘴唇发紫，浑身发抖，半天喘不上气来，她从地上拿起一只高跟鞋，狠狠地朝他俩砸过去，正好打在鞠引娣的脸上。两人被这突如其来的一切惊呆了，赶紧从床上爬起来，虎旦一看是玉兰吓了一跳，两只鳄鱼眼瞪得老大，惊慌失色坐在床边，恐慌而迷茫地看着玉兰，鞠引娣跪在床上慌忙推了虎旦一把，然后躲到虎旦的身后。她的头发在床上滚得乱七八糟，脸上被鞋砸得留下一片青紫色，上衣的纽扣解开了，内衣也露了出来，显得十分狼狈。玉兰又从地下捡起一只皮鞋，像一头发疯的狮子，不顾一切扑过去猛地朝他俩乱打起来。鞠引娣吓得浑身哆嗦，两手护着脑袋拼命往虎旦身后躲，虎旦两只胳膊抬起来慌忙招架着，几个人扭作一团。文海赶紧上去抱住玉兰，另一只手使劲儿把虎旦推开。虎旦跟鞠引娣连滚带爬下了地，两人光着脚丫子站在地下不知所措。玉兰在文海怀里拼命挣扎，手里的鞋在空中不断地晃动。她满脸煞白，嘴唇发紫，愤怒地瞪着双眼，声嘶力竭地骂道："你们这一对不要脸的东西！吃青草的畜生！你们不是人！是王八蛋！老毛驴！是连牲口都不如的东西！"

"玉兰，冷静点，冷静点。"文海急促地说，并把玉兰推到床边坐下。他不知道该说什么好，扭头狠狠瞪着那两个人。

门外的一群人，有的趴在窗户上，有的趴在门上，像看一场有趣的西洋景似的观看着这场恶战，有些干脆推门进了屋。文海生气地将他们推出去，挥手大声喊："走！走！走！这有什么好看的！"人们见他这么凶，只好退到对面的屋门口，并且开始议论："唉，这位大爷好景不长，这是老婆找来啰！"

"活该！老不要脸！你看那张老脸像个柴火垛，还红火得连扣门子也找不上，整天乐得咧着嘴，活像大鞋拔子！"

"找不到扣门子是小事，恐怕连他老祖宗是谁也不知道啦！"

"听说那是个鸡，被人家老婆摁在地上狠狠打了一顿，差点儿叫打死！"

"不要脸的！这种东西就该好好收拾！"

"活该！打死活该！世上好人死多少，这种东西死上几个算不了什么！"

"这些龟孙子应该遭报应，遭雷劈！只是可怜了老婆孩子！"

人们七嘴八舌地指责嘲笑、诅咒谩骂着，虎旦跟鞠引娣就像一对过街老鼠被人们议论着。

屋里玉兰边骂边哭，突然又抄起家伙向衣柜砸去，虎旦见她砸东西，一把抱住了她，玉兰伸手朝他脸上抽去，她用头撞虎旦和鞠引娣，拿起桌子上的东西乱砸，边砸边往那两人身上扔，满头短发全乍起来，两只血红的眼睛瞪得像两个铜铃，歇斯底里地咒骂着。虎旦伸出手使劲儿推了她几下，她不顾一切奋力跟虎旦扭打起来。文海在虎旦背上捣了两拳，把他一条胳膊往后一拧，虎旦顺势坐在了地上。他伸长鸡脖子瞪着鳄鱼眼气愤地冲文海喊："你凭甚打我？你算老几？"

文海狠狠地在他臀部踢了两脚骂道："你个狗日的，王八蛋！还有脸叫喊？还不快说几句告饶话！咋啦，还想把事情往大闹！"说着他又把玉兰抱住推到床边让她坐下，一手按住她的肩头，气喘吁吁地说："玉兰，玉兰，你听我说，冷静点，消消气，不要这么动肝火，身体要紧，为这种人不值得。"然后他指着虎旦说："虎旦！你不是人！你是畜生！快奔五十的人了，不思谋咋给家里挣点钱好好过日子，供你那两个娃娃上学，反而跟上这种女人鬼混！"他指着虎旦和屋里的东西说："看看你那点德行！尿一泡尿照照影儿，看看自己是个什么东西，还在外面养小！"然后又指着鞠引娣气愤地说："再看看你！整天好吃懒做，不务正业，年纪轻轻活成这样不害臊？俗话说：兔子不吃窝边草。你跟玉兰又是老乡又是亲戚，竟能做出这种事？你还叫人吗？"然后他又朝院子里使劲儿晃着手指，愤恨地说："你俩爹起耳朵听听，听听那些人咋说你俩呢！你们羞不羞？我都羞得抬不起头来了！"

玉兰不断地擦着眼泪，虎旦跟鞠引娣耷拉着眼皮，死人般看着地面。玉兰站起来扑到鞠引娣面前，伸出手给了她两个响亮的耳光，"你这个无耻不要脸的东西！到处丢人现眼，真是把你爹妈的德都散尽啦！"说完在她脸上狠狠啐了一口，扭头跑了出去。

"玉兰、玉兰！"文海怕玉兰想不开做出傻事，急忙追了出去。

玉兰经文海反复开导，慢慢从痛苦中走了出来。她知道，跟虎旦的夫妻缘分到此结束了。她并不是舍不得虎旦，而是恨虎旦和鞠引娣的背信弃义，恨虎旦没有责任心，没有做人的起码品格。她在旅馆里整整想了一夜，第二天天还没亮就起来准备回去。玉兰坐在床上望着窗外无比悲怆，想不到自己竟走到这步田地。今后要负起又做母亲又做父亲的责任，不知道以后的担子到底有多重，但她告诫自己：一定要咬紧牙关担起这副沉重的担子，领着孩子们坚强地走下去，让他们自强、自立、自尊、自爱，无论如何也要把他们培养成有文化、高素质的人。

文海让她再住两天，看看虎旦的态度，但玉兰说什么也要走，临走时对文海说："文哥，谢谢你！这次让你也跟着受了不少气，心里真过意不去。"

"玉兰，快别这么说了，能帮你我很高兴，回去后千万别想不开，看在娃娃们的分儿上，也得坚强地活下去。"

玉兰长长地叹了口气，并点点头，低沉地对文海说："文哥，你放心，我一定要坚强地活下去！你说得对，为了那种人不值！"然后又用乞求的眼光看着文海，"文哥，今后有困难来找你，希望能帮帮我。"

"玉兰，你放心，只要我能帮得上，一定会全力以赴的。"

"我回去好好想一想你的话，说不定哪天会带着娃娃们进城打工，到时候全凭你帮忙了。"她仍然用乞求的眼光看着文海。

"行！"文海停顿了一下说，"玉兰，干脆等工地开工你来给大家做饭吧，娃娃们念书的事包在我身上，怎么样？"

玉兰一听眼睛里闪烁着异样的光，急忙说："行！行！那我赶快回去准备一下。娃娃们上学的事就拜托你啦，有甚事咱们及时联系。"稍微停顿了一下，她又深沉地看着文海，"文哥，太感谢你啦。我一定好好干，决不给你丢脸！保证干得让你满意。"

文海挥了挥手说："唉，这我相信！你肯定会干得很好的。"

就这样玉兰带着满腹的痛苦和哀伤回去了。她一踏进家门就趴在炕上大哭了一场，并像得了病似的在炕上躺了好几天。经过痛苦思考，她彻底想明白了，于是便开始做进城的打算。

正月十五过后，三哥和明芳也回来了，并且还带来旺林的一封信。旺林把自己这些年的情况大致说了一下，然后告诉玉兰自己已经成家，在春节携老婆孩子回家过年，有幸见到润圆，看到润圆便想起了玉兰，想起他们曾拥有的美好的过去。并且还说，希望有一天能父子相认，也希望玉兰一定要培养孩子上大学，假如生活中有什么困难就说出来，他定会全力以赴……看到旺林的信，玉兰悲伤至极，在三哥和明芳面前又痛哭了一场。

当得知虎旦跟鞠引娣做出如此缺德的事后，三哥和明芳心里也很不好受。三哥气得要立刻进城找虎旦算账，玉兰和明芳阻止了他。玉兰把自己准备进城的打算及文海说的话告诉了他俩，他们很支持她进城去试一试，并且要她放心走，家里和地里的事由他们来照应。事情说妥后，玉兰就做进城准备。她把家里的猪、鸡、牛、羊、粮食等该卖的变卖，其他的都向三哥和明芳做了交代。

再说，虎旦和鞠引娣被玉兰闹了一场，两人在那院子里没法住下去，一来周围人都知道了这件事，出来进去对他俩指指点点议论纷纷，使他们很没面子；二来怕玉兰及其他人又来找麻烦，所以只好换了个地方住。

文海的工地开工后，玉兰如期来到工地上。

虎旦自文海领玉兰闹了那一出，觉得再也没法继续在文海那儿干下去，所以工地开工后一直没敢露面。起初，两人靠他这几年攒的那点钱还能凑合着过，但毕竟钱有限，跟鞠引娣红火了一阵钱花了不少，很快就要坐吃山空了，他急得像猫抓似的，想赶快找点营生做。他满大街跑着找工作，找了好多地方也没找到。现在干什么人家都要有文化的，自己虽念过几年书，但识的那点字早忘了，如今几乎就是睁眼瞎，不会写也不会算，年龄又大，还没任何手艺，唯一的本事就是垒墙，但也不是个能手。这几年他能在文海那儿干下来，一来跟文海是老乡，二来自己属于文海早期创业的老人，文海念老乡情与创业之情，对最初从老家带来的那帮人都不轻易辞退，虎旦自然也不例外。现在离开文海他才真正感到，在这个城市白虎旦什么也不是。茫茫人海纵有千千万万个好事，也没一个属于自己，他灰心丧气不知咋办才好，一种久违了的惶恐、孤独又不断袭来。起初他还信心百倍地到处找工作，过了一段时间，越来越没了信心，越来越垂头丧气打不起精神，在鞠引娣面前想充老大的架势一下跑得无影无踪。鞠引娣又去找大旋风，而虎旦却做了留守家属，整天无所事事满大街闲逛。

这段时间，他很爱去汽车站、明元城那一带的劳务市场。以前，他觉得自己是有工作、有身份的人，看不起他们，即使在休闲时也很少去那儿。可现在他突然感到自己和他们同是天涯沦落人，是一样的苦命人，只有在他们那里才能找到一丝丝的安慰和心理上的平衡。

那天鞠引娣走后，虎旦一个人漫无目的地在马路上溜达，不由自主地朝那儿走去。那里人很多，有扛行李的，有带工具的，有男有女，有老有少。有人在行李上睡觉，有人坐在地上唠嗑，还有一群聚在一起打扑克、下象棋、聚众耍赌。马路上和路两旁的人很多，熙熙攘攘，什么样的人都有。小商小贩穿梭在人群中，不停地叫卖和吆喝，马路上汽车的马达声和人们的嘈杂声帮他驱走寂寞和孤独，还吸引他的眼球，调动起他的好奇心。在人群中经常有穿着花哨、打扮妖艳的女人跟大家打情骂俏，还不时趴到人们的耳朵上说些悄悄话。他有意靠近这些女人，故意引逗她们，听她们趴在自己耳朵上说悄悄话，并满口答应她们的所有要求，装出愿意跟她们走的样子，然后趁对方不备便逃之夭夭，借戏取笑她们来寻乐开心，缓解自己郁闷而紧张的情绪。每次从那里回来，他就会产生一种莫名的满足，又会对自己和引娣说："我比他们强多了，起码我已经是半个城里人，有房住，还有家，不像他们住不起旅店，还得住在马路上。"经这么自我安慰，他对生活又产生了信心。为了排除空虚和无聊，他除了去劳力市场就是舞厅。舞厅里人头攒动，在昏暗的灯光下，人们随着音乐起舞，这让他心情愉悦。看着那些相拥的人，会激起他好多遐想。听着那强烈而有节奏的音乐，股股热流在全身涌动，使他感到非常激奋、刺激，常常按捺不住想跳几曲。可是，大部分人都有舞伴，加上自己的形象和舞步都不好，很难找到愿意跟自己跳的人，即使找到一个也只跳一曲，从没人愿意跟自己跳第二次。大多数时间，他只是干坐在一旁瞪着两只鳄鱼眼看别人跳。刚和鞠引娣相好那会儿，两人曾到舞厅跳了一阵，几乎跑遍了城里的所有舞厅。新鲜劲儿过后，鞠引娣再也不愿意跟他去跳了，现在更不愿意把时间浪费在虎旦身上，他只好孤零零一个人在舞厅坐冷板凳。尽管如此也比待在家里强，所以，除了劳力市场，舞厅就是他最好的去处。

有时候，他蹲在路边看着来来往往的行人，第一次进城的情景就会浮现在眼前。那时候他喜欢城市车水马龙的繁荣与热闹，稀罕城里人的高楼大厦和穿衣打扮，很想了解他们的生活习惯，渴望过跟他们一样的生活。现在，他早已习惯了这里的繁华与喧嚣，彻底了解了他们的生活习惯，也过上了跟他们类似的生活，但是他觉得自己仍然是个乡巴佬、穷光蛋。城里人的衣着越来越讲究，越来越时髦，吃喝越来越好，而且有车的人越来越多，房子也住得越来越大，自己永远也无法跟人家比。

他不停地进商店，逛市场，像一只贪婪饥渴的野狼看着人们购物。人们的消费刺激得他脆弱的心灵隐隐作痛，看见那么多穿名牌坐小车，在商场里、大饭店出出进进的人，心里别提多难受了。尤其那些每天拔地而起的高楼大厦和一个个新开发的住宅小区，更让他目不暇接，羡慕得直流口水。他常挨个儿往一个一个建筑工地跑，去看还没盖好的房子，把那些房子幻想成自己的新房，不断设想着自己住在这些房子里的种种美妙情景。他常常睡在床上或坐在沙发上幻想，有时觉得所有的幻想都是真的。为此，他无比兴奋，哼着小曲儿，手舞足蹈，站到镜子前把自己由上至下看个遍，并且做出各种动作，摆出城里有钱人的架势，在地下来回大摇大摆走来走去。其实，有钱人也并非他那架势，那只不过是他想象出的罢了。

每次他去工地或商场都会受到强烈刺激，情绪难以控制，急切地想找工作挣钱，于是便开始到处找活计。同时，他还做着发财的梦，梦想有一天银行变成他的，某大公司也是他的，大把大把的票子整天像下雨似的，哗哗哗直往自己腰包里流，数也数不完，手下的保镖好几个，公司职员一大帮，比文海的人多得多。到时候，文海还得巴结他，所有那些当官的也都来巴结他，他再也不用羡慕文海和李大姐夫妇了，至于建民就更不值一提了，说不定那时，建民抢着伺候自己呢！想着想着，他不由自主地跷起二郎腿摇晃起来，缩着脖子咻咻直笑，好像真事似的。幻想过后，自己仍是一文不值的穷光蛋，他才意识到这是心里的魔鬼在作怪，于是，高涨的情绪一落千丈，失望、迷茫、恐慌又开始了。他就像荒原中的一只狼，整天惶惶不可终日，在焦急、忧虑中度日。刚开始遇到这种情况，他还不断地安慰自己，说服自己，跟人力市场上那些外来打工者做比较。经过比较后，他的自信心就被激发起来，于是赶紧出去找活儿干。可他看不上打杂和太吃苦的营生，想干的营生又轮不到自己，到处碰壁，壁碰多了自信心再也激发不起来了，恐慌与孤独感不断吞噬着他，使他再也无法忍受。于是，他又去找大旋风，试图从她那里寻求刺激排除寂寞。

在大旋风那儿，他看见鞠引娣跟别的男人眉来眼去，心里很不是滋味，第一次感受了从未有的歧视和不尊重，回到家为此跟鞠引娣闹了起来。鞠引娣告诉他，自己也是出于无奈，要不然今后的日子没法过。她把自己的一套理论给虎旦讲了一遍，还说为了生活不要把男女之事看得太认真。这全是大旋风的人生哲学，引娣把它赤裸裸地拿来讲给他听，虎旦听后似乎觉得也有道理，所以就睁一只眼闭一只眼的，再也不说什么了。时间一久，他由看不惯到看得惯，由看得惯到怂恿她去干。

俗话说：跟好人出好人，跟上巫婆跳大神。白虎旦跟玉兰在一起堂堂正正地做人，但跟大旋风和鞠引娣在一起，他却成了没有原则、没有灵魂的魔鬼！

起初，大旋风不知道他跟引娣的事，后来知道了很生气，气鞠引娣这么快就把弟弟忘了，而且还跟虎旦那么一个糟老头住在一起。于是，他马上打电话把这事告诉了圪墩。圪墩听了也很气愤，认为鞠引娣为了生存跟那些男人们厮混还有情可原，可现在却和虎旦同居了，说明她心里根本没自己。他气鞠引娣背信弃义忘了自己，更恨虎旦狗胆包天敢那么做。这几年他在外面也遇到不少女人，可是这些人大多跟自己是同行，不是贩毒就是吸毒，他越来越感到跟这些人不是长久之计，而且姐弟几人合计好，很快就洗手不干了。他已四十出头的人还没娶老婆，原想鞠引娣离婚以后顺理成章就应该跟他才是，没想到竟让虎旦逮了便宜，他怎么能受得了这口气，于是决定回去好好收拾虎旦。

虎旦自从跟鞠引娣厮混在一起，再没过问家里的事，所以对家里的情况一概不知。前几天他在大街上闲逛，一个老乡告诉他玉兰也带孩子们进城了，现在在工地上做饭，两个娃娃还在这儿上了学。听了这个消息，他既吃惊又害怕，吃惊的是几个月的工夫家里发生了如此大的变化，不明白玉兰哪来那么大勇气，竟敢带上两个娃娃进城打工；害怕的是，他怕玉兰领上孩子们来闹。那人告诉他玉兰要离婚，只是找不到他。一听说玉兰要离婚，他紧张的心才放了下来，心想：这样再闹的可能性不大，今后自己可以安安心心地过日子了。虽这么想，但他心里很不是滋味，家里发生这么大的变化自己一点都不知道，并且母子几个到这儿半年多谁也不理睬他，就连两个孩子也没来找他，好像自己不是那个家的人。他的心扑通扑通剧烈地跳动着，浑身像被抽了筋没有一点劲儿，全身的骨骼快要散架了。用尽世界上所有的语言，也无法表述他此时的心情，迷茫、失落、孤独再一次吞噬着他，他感到家庭非常陌生又很遥远。

他沮丧地低着头，迈着沉重的步子回到自己住的地方，一头倒在床上，瞪着两只鳄鱼眼看着屋顶发呆。他不知道应该干什么，也不知道自己在干什么。老婆孩子骤然离他而去，失去了往日家庭里的亲情与热闹，再也看不到儿女们的嬉戏，体会不到那样的家庭气氛了。他跟鞠引娣在一起能否长久还不好说，即使做了夫妻，她也不会像玉兰把心思全放在家里，一心一意过日子。鞠引娣的心漂浮不定，生活没有准则，老给人一种靠不住的感觉，整天往外跑，家里冷清清的，年龄大了后该咋办？他未免也犯起了愁。究竟跟鞠引娣过，还是跟玉兰过，他心里拿不定主意。一会儿回忆跟玉兰生活的一点一滴，一会儿又思量跟引娣在一起的情景，满脑子都是跟两个女人的事，把脑子搅得像盆糨糊，稀里糊涂，对以后的事很迷茫，不知道如何是好。他感到这些事太费脑筋又折磨人，于是抓起身边一个枕头盖在脸上，愤愤地说："管他狗日呢！车到山前必有路，走了一步算一步！"就这样，什么也不想，把玉兰跟他离婚的事也一股脑儿地扔在了九霄云外。

跟鞠引娣在一起最大的收获是让虎旦学会了怎样混日子，鞠引娣的思想潜移默化地影响了他，大旋风那形形色色的人，使他看到做人的另一面：男人们图吃喝玩乐红火热闹，女人们图傍个有钱人坐享其成。女人们用自身的"无本资源"赚钱，把有钱人的票子装进自己腰包。可男人咋就不能？有时他愤愤不平地想，假如男人也有人要的话，自己也可以用"无本资源"来赚钱了，省得整天劳心劳力，为找不上工作而发愁难受！

玉兰在工地做饭，赢得了工人们的一致好评。除了做饭，她把大家需要洗的东西也都包了，白天做饭，晚上回去用洗衣机给大伙儿洗衣物。听说她洗衣物，好多打工的也把要洗的东西拿到这儿洗，这样，除了做饭的工资外，她又意外得到一笔不小的收入。一年下来，扣除娘几个的吃、喝、拉、杂，还有不少富余。最主要的是让她从中看到了商机，于是她想来年除了做饭再办一个洗衣店，为那些外出人员洗洗涮涮、缝缝补补。春节她回去和三哥、妹妹一说，他们都很支持，只是担心这样会把她累垮。玉兰便让妹妹夫妇跟她一起干，他俩马上答应了，年后姐妹几个一块儿办起了洗衣店。除此，他们还兼做些小买卖，很快日子又过得红火起来。经济上的收益弥补了婚姻带给她的创伤，她再也不愿意提起虎旦，至于离婚的事也暂时不想，一心只想把手头的活儿干好，让他们的买卖尽快兴旺起来。

虎旦把玉兰要跟他离婚的事告诉了鞠引娣和大旋风，那两个女人都鼓动他离婚，她俩说有什么了不起，一个大男人与其让老婆甩了，还不如趁早先把老婆甩掉算了，离了婚甩掉两个孩子的包袱，甩掉家庭的束缚，想干什么也没人管，想跟谁过就跟谁过，当今社会谁也管不着。鞠引娣在私下还不断给他打气，承诺自己永远也不会把他抛弃。虎旦经这两个女人的怂恿，曾经的失落、孤独一下消失得无影无踪，郁闷的心情顿时舒畅起来。这两个女人之所以这么怂恿他，是有自己的目的的，大旋风嫉恨他与鞠引娣，是想看他的笑话，而鞠引娣却是为了眼前的利益，假如虎旦和玉兰离了婚，他们同居也无可非议，自己的栖息之地有了保障。虎旦却把两个女人的话当真了,于是跑去找玉兰离婚,想显摆一下他抛弃老婆的威风。

虎旦要离婚,在整个工地和老乡中间引起了不小的轰动,大家都骂他是糊脑孙,说他瞎了狗眼,看是火坑还往里跳,将来没有好结果……玉兰听虎旦要离婚,二话没说就跟他办了离婚手续,两个孩子都由玉兰管,家里的所有财产都归玉兰,算是给孩子们的抚养费。一个好端端的家庭就这样散了,从此两人形同陌路,相互之间没有了任何瓜葛。

再说圪墩,听鞠引娣跟了虎旦心里很不是滋味,心想:自己闭上眼睛也比虎旦强百倍,咋就让他钻了这么大的空子!他很不甘心,借外出办事抽空回来走一趟,顺便要狠狠整整虎旦。

第十八章　恶果

圪墩这次有意把自己修整了一下，梳着小平头，顶部的头发比其他部位的稍长些，皮鞋锃亮，一身浅灰带条的西服，里面穿了件浅紫色的衬衫，上面佩条红领带，外面还穿了件大衣。他携带的提包和旅行包都是皮质的，手腕上戴个很大的特制表，另一个手腕戴着一串不知用什么材质做的珠子，手指上还戴了一个金戒指，看上去颇有点像电影里港商的派头。本来很时髦的一身西服，穿在他肥胖的身上完全变了样。他一路没舍得穿这身衣服，快回来时才在火车站的厕所里换上。可惜搭配得太酸气，红领带佩在衣服上活像系着一条红领巾。尽管他穿得笔挺，举止衣着竭力装出一副大老板的模样，但装出来的和自身所具有的毕竟不一样，人们一眼就能看得出来。可在鞠引娣、大旋风这些人看来，就很不一般了，在虎旦眼里更是如此。光这身打扮就足以唬住虎旦，何况他兜里装着红塔山，嘴上叼着红云，不时还掏出手机拨几个号码打个不停。虎旦偷看着圪墩，心里感觉自己矮他几分。虽然他与圪墩不熟，但没少听说他的事，以前是根本瞧不起他的，现在自己再也没法瞧不起人家了。鞠引娣见圪墩回来，心里自然有些惊讶。因为跟虎旦同居，她在圪墩面前显得有些拘谨，也不像从前那样在圪墩面前搔首弄姿了。可是，她的心早已飞到了圪墩身上。圪墩的行头告诉她，圪墩有钱啦，所以她心里很难受，心想：假如自己一直跟圪墩好，兴许还能跟他风光风光呢，现在说什么也晚了。她想竭力在圪墩面前装出一副矜持、可爱相，以便引起他的注意，唤起他往日的激情，寻回他们的爱。圪墩这几年不经常回来，见了引娣也不像过去那么有激情了，但毕竟是情人，与普通朋友不同。他为了显摆自己，还给鞠引娣跟大旋风买了一条珠宝项链和一些小礼物。鞠引娣拿到这些礼物后态度突然发生了改变，再也不矜持拘谨了，而是又跟从前一样妖媚放荡起来，出来进去和圪墩手拉手，胳膊挎胳膊，卿卿我我，甜甜蜜蜜，无法分开，全然不把虎旦放在眼里，而且天天不回虎旦那儿。大旋风也主动提供场所，故意给她和弟弟创造条件。

现在，大旋风对鞠引娣根本看不上眼，只等将来圪墩兄弟俩金盆洗手，他们姐弟再创大业，到时给弟弟找个黄花闺女，把鞠引娣甩得远远的。眼前为了让弟弟高兴，为了气虎旦，她竭力把鞠引娣往圪墩身上推。圪墩回来最多能住半个月，为多住这几天，他还特意请了假。他抓住时机报复虎旦，所以在回来的路上就已想好了计策。

回来后，他极力克制对鞠引娣和虎旦的怨恨情绪，见了虎旦强装笑脸，每次见面总要招招手打一声招呼，表现出极大的热情，一改往日满脸凶相。原本他头脑简单，鲁莽粗俗，经过险恶环境以及明芳丈夫他们的熏陶，变得沉着奸猾起来，再加上人到中年，办事不像过去那么火急火燎，也能沉得住气了。他隐藏在内心的一条毒计，有条不紊地开始在虎旦身上实施。

一开始，虎旦对他很有敌意，一是因为他和鞠引娣之间的暧昧关系，二是因为自他回来鞠引娣一反常态几天不回家。虎旦对他嫉恨不已，无论如何也不想再看到他那张脸了，所以一连几天不去大旋风那儿，坐在家里偷偷生闷气。圪墩见虎旦露过一两次面后再也没来，心里很着急，于是打发引娣回家去叫他，并说自己有事想请他帮忙，而且还有丰厚报酬。鞠引娣把圪墩的话如数转告给虎旦，他为了报酬又来了。圪墩把一包东西交给他，让送到百公里外的矿区，临走还塞给他一条红塔山和半盒中华烟，说红塔山招待客人，中华烟可留着自己抽，待事办妥再送他几盒中华烟抽抽。虎旦平时抽烟不多，抽的都是些便宜烟，哪舍得抽这么贵的烟，尤其长这么大还从未抽过中华烟，好不容易有人送他几支，如获至宝没舍得抽一口，赶紧把它们当宝贝一样小心翼翼地装到上衣口袋，准备以后慢慢享用。他先把那条红塔山打开抽了起来，边抽边品尝着这烟中的味道，并细细捕捉着有钱人的感觉，不禁暗暗羡慕起圪墩来。

虎旦不知道自己送的是一包什么东西，包裹得很严实，临走圪墩还再三嘱咐要原封不动地交给对方，不能让任何人打开，而且还专门打了一辆车送虎旦，叫他快去快回。虎旦按要求把东西交给对方后，又乘那辆车返回了。回来后，圪墩请他大吃了一顿，还甩给他一千块钱，附带一条中华烟。虎旦拿到这些，惊喜的眼神放着绿光，他做梦也没想到，没花一分钱跑了一趟竟赚了这么多，简直是福从天降。他希望类似的好事天天有，那样就再也不用为没钱而犯愁了。在饭桌上圪墩不断地递烟给他抽，这顿饭使他大饱口福，不仅吃得好喝得足，还敞开抽了大中华，真有点富人的派头。

酒足饭饱高兴地回到家，他睡在床上反复寻思起白天的事来，越想越高兴，越想越开心。真是踏破铁鞋无觅处，得来全不费工夫！轻而易举逮了这么大的便宜，简直就是天上掉馅饼。于是，他打算明天再去大旋风那儿看看有没有这样的好事。想着想着，他感觉自己的身子轻飘飘的，像在云中一样飘起来，一沓一沓的钞票下雨似的朝他砸来，垒成一座小山。空中有个声音告诉他：这些钱是你的，都归你啦！他惊喜得赶紧跑过去爬在这堆钱上，高兴地想，从今往后自己再也不用愁没钱花了。于是，他兴奋地扯着嗓子拼命喊："这些钱是我的啦！这些钱全归我啦！"忽然，脑子轰的一声巨裂，一片空白，晕晕乎乎什么也不知道了，一觉睡到大天亮。

昨晚引娣又没回来，因为他得了利，也就不计较这些了。他爬起来洗漱了一下准备再去大旋风那儿走一走，看圪墩有没有事要他做。可是不知为什么浑身特别难受，只好强打精神去了大旋风那儿。圪墩见虎旦来了非常热情，问他昨晚睡得咋样，虎旦说昨天睡得很好，并且做了一个有生以来最好的梦，只是身上非常难受,可能是酒喝多了。圪墩听他一说笑了笑,也斜着双眼对他说:"可能是酒喝多了,我也有类似情况。来,抽两口就不难受了。"说着递给虎旦一根烟。

虎旦十分疑虑地看着他,不太相信他的话。圪墩见他不信,自己先抽了起来。虎旦见他抽得很来劲,于是也要了一根抽起来。说来奇怪,一根烟过后感觉好多了,浑身舒服了许多。圪墩看着他,脸上浮现出一丝得意而鄙夷的笑。圪墩这几年在贩毒中也染上了毒瘾,每天离不开它。这些烟是他特制的,给虎旦抽的中华烟里都含有毒品。就这样,虎旦在不知不觉中染了毒瘾。大圪墩见虎旦已上了瘾,便告诉大旋风,假如虎旦再难受,就把他带回来的东西卖给虎旦点儿,这样他会经常来买这些东西的。大旋风听了这话心里咯噔一下,原以为吓唬吓唬他解解气就行了,没想到圪墩这么狠竟干出这种事。她不免有些同情虎旦,心想这次他彻底完了,从此再不会有好日子过了。

圪墩幸灾乐祸地走了,可是谁也没想到他此次一走再没回头,最终走上了一条不归路。

圪墩走后虎旦吸毒成瘾,大旋风就按照弟弟的吩咐经常给虎旦提供他需要的东西,从中赚他的钱。虎旦为了得到那东西,开始拼命设法弄钱。

正在大旋风憧憬着未来的美好生活,鞠引娣幻想圪墩带她到外面风光的时候,忽然传来了圪墩被捕的消息。她俩听到这个消息如晴天霹雳,全惊呆了。鞠引娣不明白大圪墩究竟干了什么被抓起来,以为贩卖人口的事被公安发现了,浑身直哆嗦。经过详细一问,才知道原来他是因贩毒而被抓的,她俩便松了一口气。公安人员告诉她们,除了他还有二圪蛋和明芳的前夫也一起被抓了,这几个人犯的是死罪,必死无疑,一律没收他们的所有财产。

这个消息对大旋风简直就是当脑门扔了颗定时炸弹,她被炸得躺在床上几天没起来。两个弟弟同时被抓,而且都是犯的死罪,即使再没人情味的人遇到类似情况也不会无动于衷的。自从离婚后,她无论干什么都跟两个弟弟分不开,所以弟弟们出了这么大的事,对她的打击是可想而知的。只要她一闭眼,两个弟弟就会出现在眼前，从小到大姐弟几个在一起干的那些缺德事，像过电影似的一幕一幕浮现在眼前。他们本来打算再干一段时间金盆洗手，谁曾想还没来得及收场，就被公安发现了。眼看要实现的美梦刹那变成泡影不说，两个弟弟还要被判死刑……她怎么也不敢再往下想了。

　　圪蛋老婆听到这个消息，跑来找她。虽然圪蛋跟老婆感情不是很好，但毕竟是生活了多年的夫妻，何况还有孩子。圪蛋一死，一个完整的家变得支离破碎，抚养孩子的事全落在老婆一个人身上。对一个没有固定收入的家庭，这意味着掉进了苦难的深渊。大旋风哭得泪人一般，两眼睛肿得像核桃，熊猫眼眯成了一条缝，整天蓬头垢面、有气无力地躺在床上。圪蛋老婆领着孩子闯了进来，指着她的鼻子破口叫骂，要她还自己的丈夫。因为是大旋风唆使弟兄俩出去挣钱的，她认定大旋风一开始就知道他们弟兄俩干的事。可大旋风却一口否认，事到如今她哪敢有半点闪失，即使知道也不敢承认。圪蛋老婆披头散发，眼睛瞪得足有乒乓球那么大，直冒绿光，嘴唇紧闭，牙咬得嘎嘣嘎嘣直响，脱下自己的一只鞋使劲儿朝大旋风脸上打去。大旋风从床上爬起来，气急败坏地扑过去要抓她的头发，被圪蛋的孩子一把推得坐在地上。圪蛋老婆扑过去把她压倒，骑在她身上，一手抓头发，另一只手提着鞋朝脸上、头上猛力抽打。大旋风竭力用手招架、反抗，始终无济于事。两个女人大声哭喊叫骂着，在地下滚打成一团，旅馆的人们都围过来看热闹，有些平时恨大旋风的人故意拉偏架帮圪蛋媳妇。大旋风一边尖叫哭喊，一边咒骂。她越骂对方打得越狠，她满脸发青，鼻口流血，喘不上气来。旅馆一个打杂工跑进来，使劲儿把圪蛋媳妇拽起，这场恶战才停了下来。大旋风痛哭着扑进那人怀里，满脸是伤，紫黑色的烫发乱糟糟地披散在肩头，活像一个女巫，更像一个无家可归的叫花子。圪蛋媳妇满脸怒气，两手叉腰，呼哧呼哧地喘着粗气，脖子伸得像鸵鸟那么长，声嘶力竭地大声叫骂着，满嘴唾沫四处飞溅，脚来回跺个不停，好像刚才的那场恶战还没解了她的心头之恨，见有人拉架，气焰更嚣张了，恨不能一口把大旋风吃掉。大旋风只是不停地啜泣，浑身发抖，两腿发软，昔日那个专横跋扈、盛气凌人、不可一世的泼妇，竟然像一条被打得焦头烂额趴在地上哀鸣的狗，再也没有撒泼的力气了。最后，在人们的劝说下，圪蛋媳妇领着孩子走了，这场恶战才停了下来。

　　这对大旋风来说，就像雪上加霜，火上浇油一样，从来不受气的人，竟受了圪蛋媳妇这么大的气。过去都是她对别人耍泼、发狠，从未有人敢对她这样。以前她对圪蛋媳妇更是吆五喝六，认为圪蛋媳妇好欺负，所以向来不把她放在眼里，从没尊重过。为了孩子，圪蛋媳妇只好忍气吞声往下过。有时圪蛋实在看不下去，就出面为她打抱不平。随着年龄的增长，圪蛋越来越懂得疼老婆了，这几年在外挣下的钱，给老婆拿回不少。为此，大旋风耿耿于怀，趁圪蛋不在经常找茬欺负她。圪蛋媳妇憋在心中的怨恨已经很久了，这次突然爆发使大旋风始料不及，还叫大旋风想不明白的是那孩子怎么也帮母亲欺负她，根本没把自己当亲姑看。

　　自从事发，虎旦跟鞠引娣也不来了，躲得远远的，她知道这两个人也在恨自己。确实，她猜得没错。鞠引娣根本不知道圪墩在外贩毒，还指望凭他享福呢，现在不但没享了福，连人也没了！大旋风害得她与自己的男人离了婚，让虎旦也染上了毒瘾，眼下的日子很不好过。她明白，这全是大旋风害的，因此憎恨大旋风的程度绝不亚于圪蛋老婆。可她一想到自己跟他们做过坏事，所以只好干恨不咬牙，认啦。

　　虎旦听到这个消息高兴坏了，一个劲儿地拍手叫好。他恨透了大圪墩，不小心上了这个狗日的当，染上毒瘾，大旋风还拿那东西不断在自己身上刮钱。以前，他误以为大旋风是帮自己摆脱痛苦才那么做的，现在全明白了，那是姐弟俩合伙设套叫他往里钻。他恨大圪墩，更恨大旋风，恨不得把他们全杀了。毒瘾犯上来没钱买那东西的难受劲儿，是常人无法想象的。现在，他脑子里什么也不想，只想那东西，人生的准则成了为买毒品而赚钱，只要有人给钱什么都干。他不止一次地想到抢银行，但因势单力薄没有勇气。有时他为自己的想法感到惊讶，不知不觉变得自己不认识自己了。很多时候他想到了死，与其这样活着还不如死了好，可是听人说这样死了会下地狱，比现在还痛苦，所以又不敢死。他实在没办法就回家变卖东西，把家里的所有电器都偷偷拿出来变卖了，玉兰还不知道，假如知道了，又得跟他打闹一场。实在没办法，他还跟玉兰要了好几回钱，可是老要也不是办法。幸亏玉兰不知道这些事，否则一分钱也不会给他的。以后怎么办，他很迷茫。做人最起码的尊严和权利都被这可恶的毒品剥夺了。这几天他想趁大旋风在危难之际找她讹些钱，让她赔偿自己的损失，只是办法还没想好。

由于虎旦染上毒瘾，鞠引娣也跟着倒了霉，他俩陷入了极度痛苦中无法自拔，生活受到了挑战。她怕虎旦毒瘾上来干出傻事，所以手里的钱除了两人的生活外，还得不时给虎旦买毒品。为此，她经常想逃走，只是没地方可去，唯一的办法是回娘家，但回娘家也不是长久之计，考虑再三决定留下来等年后再说。

自从事发以来，大旋风痛苦不堪，做梦也想不到事情发展得这么可怕。她除了为弟弟们厄运临头痛苦外，还害怕自己的事也被暴露出来，所以整天如坐针毡，度日如年，吃不下饭睡不着觉，根本没心思也没精神管旅馆的事，精神恍惚，疑神疑鬼，昔日那霸道和盛气凌人的劲儿一扫而光。她像泄气的皮球，霜雪打蔫的瓜秧，耷拉着脑袋，两个眼皮肿得犹如核桃，披头散发，衣冠不整，几天工夫竟连点儿人样都没了。天有不测风云，她还没从痛苦中走出来，公安局来了，说要把她和鞠引娣带走。

一连几天大旋风几乎水米没打牙，整日睡在床上，感到天塌了一样。那天上午，她挣扎着爬起来打算洗漱一下，出去吃点儿东西，可是还没等洗漱完毕，就有几个公安局的人来找她。当公安人员来旅馆亮出证件说明来意后，她的脑子简直就要爆炸了，一阵昏厥瘫软在地上再也爬不起来。公安人员把她从地上拽起来，让她赶紧收拾一下东西跟他们走。她知道这下彻底完了，自己的罪行再也包不住了，这可能是老天爷对自己的惩罚，是报应吧！她两手一个劲儿地发抖，脑子也不听使唤，东抓一下，西抓一下，不知拿什么好，身体软得像面条，东倒西歪站都站不住，哪还能收拾得了东西！执行公务的公安人员只好叫旅馆里的服务员帮着简单地收拾了一下，搀她上了警车。警车要开了，不少人围在警车前后喝彩叫好。街坊邻居议论纷纷，说政府为老百姓除了大害，他们姐弟罪有应得。

原来，半年前有几个从云南来打工的女孩到她旅馆投宿。因为大老远来，她们身上的钱不多。她和鞠引娣俩乘人之危，把人家骗卖到农村，其中一个卖给了瞭烟筒家的二小子做老婆。可女孩死活不同意，最近自杀了。瞭烟筒父子吓得马上报了案，于是她俩干的事败露了。公安局又顺藤摸瓜查出了她俩就是他们一直寻找的犯罪嫌疑人。

俗话说：要想人不知，除非己莫为。世上哪有不透风的墙！在人们欢天喜地准备过年时，她跟鞠引娣也被公安局抓走了。她还没来得及去看两个弟弟就进了监狱，虎旦讹人的打算也落了空。鞠引娣也不用愁没饭吃了，监狱会给她管饭。

也有人偷偷为大旋风难受，就是那个多年的老相好。他得知大旋风被公安抓走，就急忙赶来。当他踏进旅馆，看见大旋风留下的所有衣物时，不由得蹲在地上抱头痛哭起来。有些人听说他来了，赶紧跑来围了一圈，像看西洋景似的看笑话，说风凉话。也有些老邻居们出来劝慰的……痛哭了一场后，他把大旋风所有的东西打包好，让旅馆服务员把房间打扫了一遍，锁上门步履蹒跚地走了。人们看着他伤心地离去，又是好一阵议论，有的撇嘴，有的咂舌，为他的傻气愤不平。为了大旋风，抛弃了老婆娃娃，跟这个女人名不正言不顺地混了半天，到头来蛋打鸡飞一场空，不但没捞到什么，反而连老婆娃娃也丢了，对他，人们只是鄙视罢了。

再说鞠引娣，一听公安要抓她，吓得脸色煞白，慌得不知所措，连东南西北都找不见了，瑟缩着躲在虎旦身后声音颤抖地问："虎旦，你说该咋办？嗯？你说咋办？"好像虎旦的主意能决定了她的命运。虎旦张着嘴巴，两只手悬在半空中，不知所措地抖动着，睁大两只鳄鱼眼，惊恐、迷茫、无神地看着公安人员。公安厉声呵斥鞠引娣赶快收拾东西跟他们走。虎旦抖动着嘴巴，结结巴巴地问："为……为甚？这……这究竟是为什么？"鞠引娣也惊恐地低声附和着："就是！这……这……究竟为什么？"一个公安告诉虎旦，她因贩卖妇女触犯了法律。鞠引娣只想不劳而获，从没想过干那些缺德事的后果，经公安人员这么一说，吓得尿了一裤子，浑身颤抖起来。她死死抓着虎旦的衣角不放，用哀求惧怕的眼神看着虎旦和公安人员，不知如何是好。无论她怎么害怕都无济于事，她最终还是被公安人员带走了。

望着鞠引娣离去的背影，虎旦心里一片空白。此时的他，顿觉自己没了方向，全身失衡，晕晕乎乎地坐在了地上，半天缓不过神来。

鞠引娣跟大旋风被抓，虎旦的日子也没法过了，一来手里没钱，二来断了毒品的货源。年关已近，外出打工的人准备回家过年，纷纷购买年货。虎旦这些天心情很不好，手里的钱眼看就用完了，毒瘾上来难受得不行，他不想活了，试图死了几次，但又下不了手，害怕死了下地狱。他企盼出现奇迹，就像自己的梦那样，天上突然掉下好多钱来。听说世界上曾有过这种事，可偏偏没让他遇上。假如现在天上真要刮钱的话，他会不顾一切地去抢，把它们统统都抢回来，可惜眼下连一个钢镚也不会掉。他感到无比沮丧，深知这种想法是不可能的，然后又开始幻想捡个大钱包，于是睁大两只灰狼一样的眼，整天满大街逛游看是否能捡上。一连半个月了，仍没任何希望，他气愤地咒骂起老天爷，咒骂起所有的人，怪老天爷明明看见自己这样也不帮忙，骂人们吝啬，把那点臭钱看得那么紧，没有一个丢钱包的。他彻底泄了气，待在家中无比绝望，想寻死，可是又不敢死，他双手抱住脑袋使劲儿揪着头发，脑子嗡嗡直响。

他根本顾不上引娣的死活，一心想着赶紧出去寻找货源，打闹钱。可是他没有打闹钱的资本，煎熬得像热锅上的蚂蚁团团转。"老天爷！我该咋办呀！"他坐在地上仰起脖子，声嘶力竭地叫起来。任凭他怎么喊，老天爷就是没反应。他也明白，这是没用的，这是无济于事的！

他有气无力地闭上眼睛,苦苦思索着,忽然产生了一个怪念头:也许年关跟前财神爷会帮忙,今天出去真能捡到钱包呢?要是我死了,岂不是白死了吗?他再一次放弃了死的念头,从地上爬起来,穿好衣服出了门,想再碰碰运气。

刚下过雪路面很滑,大街上的车辆开得很慢,行人个个都蜷缩着脖子踮着脚尖走路,尽管这样商店里的人依然很多。他跟着人们进了商店,站在柜台前贪婪地看着他们购物交钱,心里像猫挠一样直痒痒,不由自主地朝他们身边蹭过去。他看着售货员不断数着递在手中的钱,快要发疯了,强烈的占有欲再也无法控制,趁一个妇女给售货员递钱的一刹那,伸手抢过她的钱包转身就跑,横冲直撞跑出商店没多远,就滑倒了,赶来的保安没费吹灰之力就把他当场抓获。虎旦天上掉馅饼的梦彻底破灭,在人们欢天喜地准备过春节时,他进了牢房。

年三十家家都团团圆圆过年,明芳婆婆一家却浸泡在苦海中,一心要靠儿子光宗耀祖的婆婆像泄气的皮球,霜打的瓜,耷拉着脑袋,紧闭双眼,用被子围着斜靠在行李旁。她已经好几天不吃不喝了,儿女们害怕出事都哭着央求她往开想,但无济于事。明芳和玉兰的心情也不好,虽然明芳受婆家欺负多年,但听说家里出了这么大的事,心里也很不是滋味,毕竟婆婆是她的亲姑,前夫也是自己的表兄,即使再怨恨他们,也不愿发生这种事。玉兰虽恨虎旦给她带来那么大的伤害,但他毕竟是女儿的父亲,听说虎旦吸毒抢劫心里也不好受,很不愿意他是这种结局。

玉兰姐妹几个在城里干得不错,收获不小,干的过程中她又有了新想法,准备开饭店。一过完年,她便开始张罗。在文海的帮助下,几个月后饭店开张了,玉兰也当上了老板。开张那天,她请来了文海和李大姐夫妇助阵,席间,李大姐告诉大家一个不幸的消息:明芳前夫、大圪墩、二圪蛋因贩毒被判了死刑。遗憾的是他们的总后台——某局长的儿子却下落不明,听说已经跑到国外,但这只是传言,现在公安机关对他仍在调查追捕中。大旋风因贩卖妇女及提供卖淫嫖娟、贩运毒品的场所等数罪并罚,被判无期徒刑。虎旦跟鞠引娣也分别判了五年及五年以上有期徒刑。这些人得到了相应的报应,真是罪有应得,大家为此感慨万分!正如李大姐所说,同样都是从农村进城打工的人,他们的人生轨迹却迥然不同。有的人借国家的改革政策,进城抓机遇,学习城里好的和先进的东西,奋力拼搏,充分施展自己的才能,经过努力奋斗,艰苦创业,成了城市发展的主力军、社会的佼佼者,他们是农民中的优秀代表,像文海、玉兰……好多这样的人。有的人进城,不是学城里好的、积极的东西,而是学些城里表面浮华的东西,整天好吃懒做,好逸恶劳,不干正事,投机取巧,游手好闲,寻求刺激,把农村的坏习气带进城不说,又沾了不少城里的坏习气,把原来劳动人民身上固有的一点东西丢得一干二净。正如一句老话:城里没学好,乡里也误了!

玉兰的饭店开张后,她不断总结经验提高服务质量,很快就火了起来,整日忙得不可开交。那天早饭后,玉兰正给大家指派工作,突然一个服务员告诉她有人找。玉兰抬头一看,饭店门口站着一个女人,拘谨地望着自己。她走过去仔细打量着这个女人,惊奇地问:"你找我?有什么事?"那女人眼睛直勾勾地看着她,半天说不出话来。玉兰非常纳闷正要开口再问,女人用双手一把将她的手紧紧握住,惊异地说:"玉兰姐,你真的不认识我了?"玉兰没说话,纳闷地打量着她。女人使劲儿摇了摇握着的手说:"我是鞠香啊!"

听说是鞠香她大吃一惊,一下搂住鞠香的肩膀诧异地叫起来:"呀!你……你是鞠香?这是真的?这么多年不见,我都不认得你啦!好稀罕啊!"说着拍了拍鞠香的肩,拉她坐到椅子上,惊喜地说:"你先坐一会儿,等我把事情安顿好,咱俩好好唠唠。"说完就匆匆去安排工作了。

玉兰把工作安排好又来到鞠香跟前,拉起鞠香走进一个雅间坐定,握住她的双手仔细地打量起来,并高兴地说:"鞠香,快告诉我,你过得咋样?咋找到我的?"

鞠香忧郁地看着她,不知从何说起,玉兰看出她有难言之隐,于是默默地盯着她。唉!岁月的沧桑,把那么漂亮水灵的一个好女子,折磨得失去了昔日的容颜，变成一个老太婆啦！玉兰默默地想。她望着鞠香满是皱褶的脸，原有的魅力被掩盖，看上去比同龄人苍老了许多，变得让人不认识了，玉兰无比感慨。鞠香死了丈夫她是知道的，但后来鞠香领着两个孩子是怎么过的，她一点也不清楚。一看鞠香那张脸就知道，这些年她一定过得很艰难。她的样子让玉兰联想到了自己，不免有些伤感。鞠香稍微调整了下自己的情绪，勉强装出一副笑脸说："我的情况你可能也听说了，那个死鬼一走家里没法待下去，我只好领上两个娃娃出来了。我们娘几个这些年过的那个日子就不用提了，反正磕磕绊绊，跌跌撞撞，稀里糊涂走到今天，提起话长一言难尽啊！"说着不断摇着头，眼泪在眼睛里直打转。

玉兰轻轻拍了拍她的手说："过去的事咱们不要再提它了，现在你们过得咋样？娃娃们干什么呢？"

"老大马上就要上大学了，可我实在供不起，高中毕业就不打算让她再念了。老二正上初中，再有一年就要毕业。"她停顿了一下咽了口唾沫，叹了叹气接着说，"这些年日子过得很艰难，原打算让他们念完初中就算了，可两个娃娃学习都不错，都爱学，谁也不想退学，没办法只好硬着头皮往下供。现在，上大学费用那么高，我实在没能力再供他们，所以只能念到高中。可就这样，全年上学的费用也不少，为了他们我什么事都干过，说出来不怕姐笑话，女人不该干的事我都干了。"说到这儿她泪如雨下，低下头用衣襟擦着眼泪，"自从那死鬼走了以后，给我丢下一大摊，生活实在无法维持，引娣拉扯我们娘几个进了城，在大旋风旅馆里打杂。"

玉兰听着心情十分沉重，鞠香这些年生活这么艰难，真不知该说什么好，只是无言地看着她，一句话也说不出来。

鞠香理了理头发，低沉地说："引娣的事你肯定知道，没想到她跟虎旦鬼混上了，现在他俩罪有应得，这是老天爷给他们的报应。"说着她有些难为情地看着玉兰，玉兰满脸忧伤，看着桌面出神。她张了张嘴还有话要说，见玉兰的神色很不好看，再没敢往下说自己的事，停顿了一下又低声说："玉兰姐，你快不要难过了，为他们不值得。看你现在，没他白虎旦照样过得挺好。可他呢！成了犯人啦！真是活该！"

玉兰抬起头看着她问："鞠香，我原来一直不知道你在大旋风那儿干，这么说白虎旦经常去大旋风那儿你也知道？"

"他去那儿，我见过几次，总以为男人们出门在外无聊，去那里转一转而已，根本没把这些事放在心上，可没想到他突然跟鞠引娣混上了。听说此事后，我曾找过他们，把他俩狠狠臭骂了一顿，准备把这事告诉你，去工地找了你们村的人，他们告诉我你早知道了。于是，我就没去找你。"

玉兰听了她的话点了点头说："噢，原来是这样。我还以为你明知此事还瞒着我呢！假如真这样的话，看我不活剥了你的皮！"说着她指着鞠香笑起来，"咳！他们那些驴事咱们再别提它啦，你还没跟我说你们母子现在过得咋样，娃娃们还好吧？"

"玉兰姐，鞠引娣干的那些事让我没脸见你，但眼前我们娘几个实在没办法了，我只好硬上头皮厚着脸来找你。自从大旋风被抓，旅馆几乎塌了，大旋风鬼混的那老汉好长时间都没来，后来人家女儿接收了那个烂摊子，现在由她开着哩。"

"这段时间你干什么啦？"

"我到处给人家打零工，现在干脆卖碗砣了。"她两眼怔怔地盯着玉兰，忧郁地说："辛苦一天走街串巷也挣不了几个钱。"

"你干脆来我这儿吧，帮我干点活儿，只要有我一口饭，肯定少不了你的。这样，你让娃娃们好好念书，一定要供养他们上大学。"

鞠香的眼泪如潮水一般扑簌簌地掉下来，她猛然抓住玉兰的手哭着说："玉兰姐，真是我的好姐姐！我知道你会帮我的。"说着她捂住脸呜咽起来。

"鞠香，不要难过。只要咱们好好干，相信日子会好起来的。"她用手捋了捋鞠香的头发。

鞠香使劲儿点了点头,"嗯!我一定跟你好好干。玉兰姐,我真不知该咋感谢你。其实,我今天是硬着头皮来找你的,担心你为引娣的事记恨我,所以一直不好开口。没想到姐姐这么宽宏大量伸手帮我,真不知说什么好啦。反正以后都听你的,我要向你学习,咬住牙也要把两个娃娃培养成人。"说着眼泪从脸上一个劲儿地往下掉。

"你这话太见外了,咱们姊妹还有甚客气的!眼看你有这么大的困难我能不管?当年,咱姐妹一块儿逃荒来到这儿,风风雨雨多不容易。如今,咱一定要争口气,决不能叫人家看笑话。自己虽然过得不好,但一定要把娃娃们培养出来,让他们过上好日子,老来凭他们享几天福也行!"说着她叫服务员端来两碗面,跟鞠香一起吃了起来。吃完饭她让鞠香回去准备一下,过几天来上班。可鞠香说一天也不等了,马上就挽起袖子干了起来。就这样,鞠香在玉兰这儿留了下来。在玉兰和文海的帮助下,她的孩子顺利地完成了高中学业,相继考上了大学,其中一个孩子还考上了名牌大学。

大旋风自被抓起来后,痛苦和惊恐把她折磨得几乎没了人样。尤其她被判了无期后,感到自己一切都完了,加上两个弟弟对她的打击,所以一天也不想活了,想方设法瞅机会寻死,在监狱已经成了看管人员最棘手的犯人。监狱专门派人严加看管,使她找不到机会。今天,一个阴历十五的晚上,窗外的月亮把监狱照得通明。同监的犯人都睡着了,她望着窗外的月色和射在地上的缕缕亮光,心中烦躁不安,翻来覆去睡不着,便开始盘算起自己的事来。

政府说自己犯的是重罪,贩卖妇女,为卖淫嫖娼提供场所,参与窝藏、贩卖毒品,把旅馆作为贩毒的中转站。仔细想想,原来自己一直在做犯法的事。从小她就怕吃亏,耍泼、蛮横、为所欲为惯了,根本没想到这些事会有人管,更没想到自己能走到今天这一步。贩卖妇女、贩毒、提供嫖娼卖淫场所,哼!干这些事的人多了,只不过没被公家抓住,她恨姐弟几个命苦不走时气,正好碰在枪口上。她的眼睛眯成一条缝,看着窗户上惨白的月光,忽然,眼前被卖的那些妇女栩栩如生,一个个像过电影似的在她脑子里晃动……

引娣跟圪墩骗来一个十六岁的姑娘,把她卖给一个三十多岁的光棍。那孩子死活不从,藏在柴火垛和草垛不出来,全家人硬把她从草垛拉出来成了婚。十几天后,晚上她趁人们不备杀死了丈夫和婆婆,自己被判刑二十年。亏得那家买主讲义气,没把他们姐弟供出来。后来他们不但退了人家的钱,还倒赔了好几千元,才了结了这件事。否则,那次他们就进了局子啦!还有一次,圪墩从远路骗来一个二十来岁的女子,卖给一个四十多岁的老光棍。大旋风担心她待不住,过段时间跑了,给他们带来不必要的麻烦,于是,她跟圪墩就给那姑娘吃了些药,让她完全丧失了记忆,把过去的事忘得一干二净。刚开始那女子怕见人,整天躲在家里不敢出门,只要一来人,就赶紧躺在炕上用被子把头蒙住,等人走后才敢露面。时间长了虽然敢见人了,但至今十几年过去了,她仍不知道老家在哪儿,父母是谁,自己从哪儿来。

她翻身平躺着,两眼死盯天花板,两手搁在肚皮上继续盘算,这些年他们贩卖到农村的女人真不少,有个别的发现自己被卖死活不干,寻死觅活地要走,最后买主怕闹出事来,只好放人家走了。也有当时就被政府发现解救回去的。也有因男方看得紧,几年以后趁男方不备,跑出去告发或跟家人联系上后,家人和政府来解救的。几年以后走的这些人几乎都有了孩子,即使被解救出去日子也不好过。大多数被逼无奈,只好留下来做了人家老婆,这些人多数过得不舒心。她们都恨透了人贩子,提起人贩子就咬牙切齿,恨不得一口活吞下去。只要把那些女子们交给主家,他们姐弟几个就赶紧离开,平时躲在城里生怕被她们发现。

无论是贩来的女子还是买主都不是省油的灯,大部分都不叫你省心。有的女人打死不干,哭着闹着非走不可,甚至几天跪在地下不起来;有的是东躲西藏,瞅准机会就想逃;有的干脆来个你死我活,寻死上吊,举刀杀人。男方好不容易用钱弄到了老婆,哪肯让送到嘴边的肥肉跑了,所以想方设法硬逼她们留下。为把她们留下，他们采取各种手段，一闹不好就捅下娄子。像瞭烟筒这样，不但没了媳妇，还让她和鞠引娣都栽进去了。唉！真是些蠢驴！她心里狠狠地骂着翻了一下身，床板轻轻晃动了几下。原以为，婚姻是捆绑的，这是祖祖辈辈延续下来的。穷人生活不了，还不得这样！有什么爱呀情呀可谈！像人家城里人一样谈情说爱，哼！简直白日做梦！只能怨她们命苦，怨她妈没把她生在好时辰上！谁叫她穷呢？穷人只能穷将就，有口饭吃就不错了！再说，农村那么多光棍，没老婆咋行？其实，我还给那些找不上老婆的人做了好事哩，为他们解决了大问题。想到这儿，她心里愤愤不平，好像自己被冤枉了似的。另外，也有些城里人被骗，只怪她们时气不好，放下好好的日子不过，被我们骗到偏远的地方受大罪，活该倒霉！她狠狠地翻了一下身平躺下，床不停地晃悠而且还嘎吱嘎吱直响。她又把两条腿立起来，两脚踩在床上，呆呆望着天花板。唉！公家才不说你为光棍汉解决了难题，只说你侵犯了人权，对妇女造成极大伤害，犯了罪，所以把你抓来坐牢，叫你生不如死，这辈子出不了禁闭房！她暗叹自己生不逢时，再拿提供嫖娼卖淫场所这件事说，村里城里都有，又不止我一个！只不过有些人是漏开空干，影响范围没我这儿大点儿，公安就把他们放过了。唉！只怪我们姐弟命苦，偏偏让公安逮住了。

　　她恨城里人，恨他们不愁吃穿，不受风吹日晒，住在高楼大厦；恨他们活得逍遥自在，不受罪；恨他们清高，不可一世。自己从小就羡慕他们，梦寐以求做一个真正的城里人，但始终没做成。为此，她更加仇恨，恨不得来个大灾难，让城里人全死光了，他们的房子、汽车和钱财都归她，认她尽情享用……

　　除了恨城里人外，她还恨所有的女人。从小她就挨女人骂，那些女人骂她和母亲，在她心里留下了深刻的烙印。自己虽是女人，却从不同情、怜悯女人。面对一个个被卖的女人，还有到自己旅馆来打工住店或卖淫、勾引男人的女人，她一律一样看待，厌恶、仇视她们，从没有同情和怜悯过她们。尤其那些卖淫的，与我有什么关系？我又没逼她们！她愤愤地想，那些人没有一个是强迫的，全是愿打愿挨。有人甚至把卖淫和勾引大款作为自己的职业，为了达到目的，甘愿到阴暗角落和见不得人的地方干那些卑鄙、下流的勾当。我只不过给他们提供了这么个场所，借此赚他们的钱而已。再说，凡到我这儿来搞卖淫嫖娼的人，都是一些不上档次的。男人不是真正的有钱人，女人也都是从农村来没什么文化。真正有钱的大富翁和那些当官的，听说都是在大酒店、大饭店搞包房。而那些有点儿档次、有文化的女人也不会到我这儿来卖淫，人家要去也是去高级酒店和饭店。我跟人家那些饭店、酒店比起来，才能挣嫖客们几个钱啊！唉！没听说给哪个大饭店、大酒店的老板治罪，反而却给我定了罪，真是太不公平啦！这不是看我一个妇道人家好欺负吗？还不是因为我没靠山？哼！我要有靠山，谁敢治我的罪？她再次使劲儿翻了下身，床剧烈地摇晃着，又发出嘎吱嘎吱的响声。

　　这些年她所做的事中，除了贩卖妇女外，那些卖淫嫖娼和吸毒的都是自愿。而自己只是为挣钱，给他们提供了场所，为他们服务罢了。没想到几件事情加起来就构成了大罪，比鞠引娣的罪重多了，差点儿送了命。为了钱，她稀里糊涂地走到这一步，想做有钱人没做成，反而成了阶下囚。一切都完了，这辈子再也出不去了，余生将在这里度过。她越想越害怕，多么希望老天爷能帮个忙，给她一次重新做人的机会。假如能像以前那样生活的话，再也不敢干这些缺德事了，一定要老老实实做人，干什么事前都要好好想一想。这种想法她不知有过多少次，每当十五月儿圆时，就会对着月亮默默祈祷，祈求老天爷高抬贵手，可是都无济于事。现在，她彻底失望啦，感觉老天爷早已把自己遗弃，想到这儿，猛然从床上坐起，两手使劲儿抱住头前后摇晃着，脑袋又涨起来，涨得好大好大，床板也嘎吱嘎吱发出痛苦的哀鸣，今晚又是一个刻骨铭心的不眠之夜！

　　五年后的春节，也是二十世纪末的最后一个春节，眼看就要到了。玉兰和全体员工都在为年夜饭做准备工作，监狱来电话告诉她，白虎旦刑期已满要出狱了。在除夕的前几天，玉兰领着女儿踏着皑皑白雪把他接回来，并找个地方让他住下，跟女儿一起过个年。

五年的变化可真大，女儿上了高中，润圆眼看就要大学毕业了，说是搞勤工俭学，寒假去旺林的公司实习。其实是旺林邀他去的，这是他们父子第一次相处。旺林想让他和自己一起过个年，并且了解一下自己的公司，所以春节孩子没回来。自从那年虎旦跟鞠引娣同居后，他再也没见到孩子们，现在两个娃娃已经长成了大人，女儿长得白白净净戴一副眼镜，显得非常斯文，经常用一双冷漠、生疏的眼神看着他，很少跟他说话。在女儿和玉兰面前，他感到自己抬不起头，真想象不出儿子现在怎么样，但是看女儿对自己的态度，根本不敢再去想儿子了。

玉兰的事业越办越火，不仅在城里开了大饭店，而且正在跟文海、李大姐他们筹建旅游度假村，打算在家乡办个旅游度假的地方，为家乡做点贡献。另外，她还参与了文海的助学基金会，为全乡上不起学的孩子提供一些资助。

文海已成了全市有名的企业家，不但有房地产开发公司，还拥有煤炭、电力等好多产业。建民也成了房地产开发公司的副总经理，凡与文海一起创业的人都在城里有了房子，老婆孩子都跟着进了城，曾与他在一起的那些人过得都不错。听到这些，虎旦心里七上八下，好像打碎了五味瓶，酸甜苦辣样样俱全，要多难受有多难受。

二十多年来，人们在经济改革的浪潮中大浪淘沙。随着改革开放，大批农民涌进城市去淘金，好多优秀人才脱颖而出，成了城市建设和经济发展的主力军、佼佼者，为社会做出了很大贡献。而有些人却追求好逸恶劳、唯利是图的生活方式，铤而走险、自甘堕落，最终葬送了自己的幸福，毁了自己的一生，甚至走上一条不归路。

一个春耕时节，虎旦回到村里，回到了这个多年没回的家。对这个寂静空落的农家小院，他感到无比陌生，怀疑自己走错了门。但是，这绝对没错，是明芳把他领进来的。明芳跟三哥始终固守着这块土地，三哥已经当了村主任，用他的话说，一定要把这个地方变个样。他俩对这儿的一草一木真是太熟悉了，所以咋会错呢!

还是这片土地,依然是父母留下的这块宅基地,玉兰又把它还给了自己,除此什么也没有了。唯一疼爱自己的姐姐,十多年前就与世长辞,姐夫和孩子早已跟他失去了联系。一阵强烈的孤独感骤然袭来,使他特别害怕,赶紧离开家朝门外走去。他茫然地沿着村里的路往前走,只听得远处传来一对男女欢快的嬉笑声,一阵笑声过后,又响起了悠扬动听的歌声:

男:阳婆婆出来丈呀么丈二高,风尘尘不动天气好。哎哟,叫上我那妹妹去打樱桃。

女:红圪彤彤的阳婆满山照,手提上篮篮我抿嘴笑。哎哟,我跟上哥哥去打樱桃。

女:这山瞭见那山高,那山上长的一苗好樱桃。哎哟,咱们二人去走一遭。

男:樱桃好吃树难栽,想为朋友我口难开。哎哟,满肚肚那话儿我说不出来。

女:想吃樱桃你把树栽,想为朋友你慢慢来。哎哟,还得哥哥你多忍耐。

男:头一回眊你你不在,你大大打了哥哥两眼袋。哎哟,脑袋上打起一个圪蛋来。二一回眊你你不在,你妈妈打了我两锅盖。哎哟,差点儿打出哥哥那脑浆来。

⋯⋯⋯⋯⋯⋯

虎旦知道这欢快而古老的歌,是他从小就耳熟能详的《打樱桃》,是村里人和伙伴们在田间地头经常唱的歌。这歌是从三哥和明芳那儿传来的,他们准备收工了。夕阳下,不断传来这对夫妇断断续续的歌声和说笑声。夕阳的光辉映照在他们身上，散发出火红的光彩，远远望去就像是下凡的牛郎织女，又像是彩虹中的一对精灵，更像是田野中的两只火凤凰。虎旦怔怔地站在那儿望着他们，心在剧烈地颤抖着。

太阳马上就要落山了，一片片瑷褋的云层在天边翻滚，被太阳照得火红火红，波澜起伏，像一片浓烟滚滚的熊熊烈火，在天边蔓延，又像一片红色的海洋，汹涌澎湃地向这边咆哮而来。他朝红红的云海奔去，在夕阳下长长的坝梁上，留下了他佝偻的身影，远处传来沙哑凄凉的悲泣声：

  正月十五庙门开，
  牛头马面两边排，
  你看人家有老婆的多痛快，
  光棍无妻心里真难挨，
  泪蛋蛋抛下来。
  …………
  八月里来八月八，
  月爷爷脚下庆丰收，
  有老婆的人儿包饺子，
  光棍无妻一碗冷酸粥，
  站在门后头。
  九月里来秋风凉，
  家家户户换衣裳，
  老虎下山一张皮，
  光棍无妻好呀好惆怅，
  还是个烂门窗。
  十月里来天气冷，

鹅毛大雪闭山门,

有老婆的人家暖烘烘,

光棍无妻活呀活不成,

苦死咱这一个人。

        2007年11月1日于鄂尔多斯

后　记

　　《光棍汉》一书写于十几年前，曾陆续在网上发表，是我的处女作。创作这部长篇小说，是出于对文学的爱好与追求，出于从中学时代起深藏心底的作家梦，更是出于对养育自己那片土地的热爱。我想通过这部作品，对这片土地上的文化习俗、自然环境、社会现状以及人们的奋斗精神等，做一客观、深刻的反映。通过人物刻画，把善与恶的因果定律呈现于世，让读者有所领悟，从中得到一些启发与教育，并给后人带来积极向上的正能量。

　　许多作家请一些有影响的人写序，我没这么做。因为我觉得一部好作品不是昙花一现，更不是拉大旗做虎皮，而是要经得起时间的考验，经得起读者检验。读者是最好的大家，最好的老师。我的作品源于生活，源于百姓，所以让它回归生活、回归百姓、回归读者。

　　当我看到《简·爱》《红与黑》等名著时，深深被勃朗特姐妹和许多文学巨匠的才学所震撼，仰慕他们作品中深刻的内涵，优美的文字。在他们笔下，一个个栩栩如生的人物跃然纸上，善与恶、美与丑被他们刻画得淋漓尽致，从而让我们受到深刻的教育与启发，并反思、领悟人生的真谛。我愿像他们那样，用笔去描绘美好的生活，鞭挞丑陋、污浊的东西，为净化社会尽些绵薄之力。

　　这里我要特别感谢名为晴春晚照的网友，她与我素不相识，我们仅在网上一个"广阔天地大有作为"的栏目里有过接触。她在我写《光棍汉》一书中给了我很大的支持。或许她并不知道，但对我来讲，非常重要。第一次尝试写小说，能否写下去自己心里也没底，只抱着练笔的心态，想看看写的东西是否被人们认可，所以，每写完一章，就发表在网上。没想到看的人很多，但坚持看下来的人不多，唯有这位朋友经常关注、留言，让我很感动。为了这位忠实的朋友，我决心写下去，并且坚持一章一章地发上去给她看。是她给了我创作的信心和完成这部作品的力量，我衷心地谢谢她。

感谢我们在没有战争、没有饥饿的环境中自由徜徉于文海写作，感谢耄耋之年的父母和爱人、女儿及家人的鼎力支持，感谢所有在我写作中给予帮助与支持的人。在此，我对大家致以最真挚的谢意。

另外，我还要特别感谢我大妹妹夫妇给予的支持与帮助。我能圆满完成这部长篇小说的创作，与他们的支持也是分不开的。在此，我对他们再次致以最真挚的谢意。

2018年春